SESSÃO DA MEIA-NOITE COM RAYNE E DELILAH

TAMBÉM DE JEFF ZENTNER

Dias de despedida
Juntos somos eternos

JEFF ZENTNER

SESSÃO DA MEIA-NOITE COM RAYNE E DELILAH

Tradução
GUILHERME MIRANDA

O selo jovem da Companhia das Letras

Copyright © 2019 by Jeff Zentner

O selo Seguinte pertence à Editora Schwarcz S.A.

Grafia atualizada segundo o Acordo Ortográfico da Língua Portuguesa de 1990, que entrou em vigor no Brasil em 2009.

TÍTULO ORIGINAL Rayne & Delilah's Midnite Matinee
CAPA Simon Prades
LETTERING Casey Moses
PREPARAÇÃO Luisa Tieppo
REVISÃO Renato Potenza Rodrigues e Jasceline Honorato

Dados Internacionais de Catalogação na Publicação (CIP)
(Câmara Brasileira do Livro, SP, Brasil)

Zentner, Jeff
   Sessão da meia-noite com Rayne e Delilah / Jeff Zentner ; tradução Guilherme Miranda. — 1ª ed. — São Paulo : Seguinte, 2019.

   Título original: Rayne & Delilah's Midnite Matinee.
   ISBN 978-85-5534-093-2

   1. Ficção norte-americana I. Título.

19-28401   CDD-813

Índice para catálogo sistemático:
1. Ficção : Literatura norte-americana 813

Cibele Maria Dias – Bibliotecária – CRB-8/9427

[2019]
Todos os direitos desta edição reservados à
EDITORA SCHWARCZ S.A.
Rua Bandeira Paulista, 702, cj. 32
04532-002 — São Paulo — SP
Telefone: (11) 3707-3500
www.seguinte.com.br
contato@seguinte.com.br

/editoraseguinte
@editoraseguinte
Editora Seguinte
editoraseguinteoficial

Para Tennessee e Sara, minhas salvações.
Para Jessi Zazu (1989-2017) e todas as garotas que fazem coisas juntas e brilham muito.

JOSIE

Esse é o lance dos sonhos (e estou falando do tipo de sonho que a gente tem quando está dormindo, não do tipo em que a gente finalmente aprende a surfar aos cinquenta anos de idade): eles são feitos sob medida para o único espectador que vai assistir a eles, que é você mesmo. É por isso que eu não curto muito contar meus sonhos para os outros.

Dito isto, tenho um sonho recorrente. Ele se repete de meses em meses, mas queria que se repetisse mais porque é incrível e, quando acordo, fico deitada por um tempo, querendo poder voltar a ele. Nesse sonho, estou em algum lugar muito familiar. Normalmente, é a casa da minha avó.

A casa dela era bem pequena. Sempre cheirava a cobertor e biscoitos de aveia e aquele odor de mofo de quando se liga o ar-condicionado pela primeira vez depois do inverno. A casa tinha um porão que cheirava a terra fria mesmo durante o verão, onde minha avó armazenava latas de creme de milho, frascos de vagem em conserva e garrafas de dois litros de Coca Zero. No meu sonho, vou até o porão. Descubro uma porta que dá para um corredor. Entro. Percorro um longo caminho; é escuro e frio, mas não sinto medo. Depois de um tempo, chego a uma imponente sala de mármore, luxuosa e bem iluminada. Há colunas e fontes e sinto cheiro de flores. Sigo em frente e me deparo com um cômodo seguido do outro. É tudo imponente, glorioso, lindo e perfeito. Não é o que se esperaria encontrar ali.

Mas está ali e, por alguns instantes (já ouvi dizer que os sonhos nunca duram mais do que cinco minutos; eu duvido muito, mas enfim), posso viver a mais inesperada das grandiosidades, que se esconde, como um labirinto secreto, sob a pequena casa da minha avó em Jackson, no Tennessee.

Então eu acordo, a adrenalina da possibilidade e da descoberta escapa de mim feito fumaça. É uma sensação deliciosa. *Só mais um pouquinho*, digo. Mas sempre passa.

Outro motivo por que é uma droga contar os sonhos para os outros é que, de repente, todo mundo vira um especialista em interpretação de sonhos: [voz genérica de um psiquiatra alemão] "Então, veja bem, quando você está dirigindo aquela bicicleta feita de varas de pescar usando uma fralda geriátrica, isso simboliza…". Que você tem medo de fracassar. Que está espumando de raiva. Que tem medo de ficar tão adulto que não vai mais rir pensando no duplo sentido de "varas". Vai saber?

No entanto, os sonhos têm seu próprio universo. Eles existem dentro de você, e você é o Deus desse universo, por isso ninguém pode dizer para você o que eles significam. Você precisa descobrir sozinho, isso se os sonhos significam alguma coisa, o que não acho que seja sempre verdade.

Mas esse sonho em particular — esse em que encontro todas essas passagens secretas —, acho que ele significa alguma coisa, sim. Acho que significa que existe algo grandioso dentro de mim, algo extraordinário e misterioso que ainda não foi descoberto.

Isso é o que digo para mim mesma. Uma coisa em que acredito.

DELIA

Adoro gente medíocre. Aquelas pessoas que dão o máximo de si para criar algo lindo, grandioso, que os outros vão lembrar e comentar depois que elas morrerem — e não conseguem. E não por pouco. Por *muito*. Esse é meu tipo de gente. Damos risada dessas pessoas, mas ninguém tem outra escolha na vida a não ser acreditar de todo o coração que é extraordinário. Precisamos ter essa convicção mesmo com todas as evidências do contrário. Senão viver é muito triste.

Às vezes me pergunto se sou mesmo a pessoa medíocre que acredito que sou, porque provavelmente um dos lances da mediocridade é você não saber que é medíocre. Na verdade, aposto que, para atingir a mediocridade plena, a pessoa precisa achar que é *melhor* do que todo mundo. Alguns dos filmes a que Josie e eu assistimos? Só podem ser frutos de uma mente megalomaníaca. Se a pessoa tivesse alguma noção, não colocaria esse tipo de filme no mundo. Monstros ruins. Trabalho de câmera (bônus para tentativas óbvias de ser "artístico") que dão náuseas (e não no bom sentido que se espera de um filme de terror). Subenredos românticos bizarros e narrados de qualquer jeito, que costumam ser ainda mais aterrorizantes do que a trama central. Interlúdios musicais tenebrosos (quanto mais mirabolantes e menos a ver com o enredo ou tema, pior). Finais abruptos e anticlimáticos que dão a impressão de que o orçamento acabou antes do fim da história.

Sinto que tenho a obrigação de testemunhar tudo isso e dar aos outros a chance de fazer o mesmo. Um dever, acho. "Vejam só, esta é a obra dos meus irmãos e irmãs do lixo. Lembrem-se deles e do que tentaram fazer."

Também adoro gente medíocre porque somos abandonados a todo momento. Quando você é abandonado, às vezes você sabe o motivo, às vezes não. Não sei o que é melhor. Se você sabe, acho que pode se esforçar para melhorar ou algo do tipo. Para não ser abandonado da próxima vez. Isso deve funcionar mais com namorados e namoradas do que com pais. Você só tem um pai e, se ele for embora, meio que não faz diferença se você fica sabendo do motivo, porque não vai ter como se esforçar mais com o próximo pai.

Não sei por que meu pai me abandonou. Não acho que seja porque eu ou minha mãe sejamos medíocres. Ele adorava a mediocridade tanto quanto eu. Pelo menos, acho que sim. Todos os filmes eram dele. Dele ou da minha mãe.

Algum dia ainda vou perguntar para ele.

JOSIE

— Calça nova? — pergunto quando Delia entra no meu carro.
— Sim. Sete contos no Ebay, sem contar o frete da Eslovênia.
— É de couro?
— Por sete contos? — Delia começa a farejar o ar como um cão de caça. — Está fedendo aqui.
—Você é esquisita — digo.
— Um cheiro meio de querosene, meio de gambá.
Respiro tão fundo que fico zonza.
— Nem. Não estou sentindo nada.
— É o Buford? — Delia diz, lançando um olhar para o banco de trás, onde meu basset hound, Buford T. Rutherford B. Hayes, está esparramado feito um saco marrom de gelatina canina, com uma cara tristonha. Talvez uma cara ainda mais tristonha do que de costume ao perceber que está fazendo papel de bode expiatório.
— Buford é inocente perante Deus, Delia Wilkes. Como você ousa dizer isso? E por que ele estaria com um cheiro meio de querosene, meio de gambá?
— Porque ele tem essas orelhonas, sabe. E é peidorreiro.
— Bom, em primeiro lugar, eu dei banho ontem no meu cachorro orelhudo e peidorreiro. E, dois, conheço o aroma dele, e não é tão químico assim.

Delia inspira de novo, mais fundo, fechando os olhos.

— Então você *está* sentindo.

— Sim, Hannibal Lecter, agora eu estou — respondo. — Meu carro está fedendo igual a um posto de gasolina que sediou uma orgia de gambás. Já saquei.

Delia não diz nada, mas levanta uma das pernas vestida com a calça de vinil preto à altura do nariz. Ela fareja algumas vezes, abaixa a perna e olha pela janela, em silêncio. Com uma cara de culpa, para dizer a verdade. Um sorrisinho repuxa os cantos da boca dela.

Ataco.

— Ah, aha! O que você descobriu?

— Nada. — Os cantos da boca dela se erguem um pouco mais.

— A caçadora de fedor se tornou a caça fétida?

— Quero que você saiba que esse cheiro não está sendo emitido da minha bunda.

— *Sendo emitido?* Quem fala desse jeito?

— Só quero deixar claro que minha bunda está limpa.

— Uhum.

— Nem vem com esse *uhum* cético. Essa calça não estava fedendo quando tirei da embalagem ontem. É tipo um cheiro ruim ativado pelo calor.

— Uhum. — O ar-condicionado do meu Kia Rio definitivamente não está dando conta do calor de fim de abril. Parece que a primavera tropeçou e derrubou todo o verão que carregava nos braços.

— É sério — Delia diz. — Como se tira o fedor de uma calça de vinil? Passando por lava-rápido enquanto eu estiver usando a calça?

— Tem certeza de que é de vinil e não de couro de gambá?

— Essa situação é a cara da Delia. Se você me contasse que a Delia comprou uma calça pelo Ebay por sete contos, eu *partiria do princípio* que a calça chegaria fedendo a suor de ciborgue. Esse é o tipo de sorte que ela atrai. Uma vez ela achou uma aranha dentro de uma banana. Quando ela descascou a banana, bum: uma aranha.

Paramos no farol vermelho. O motorista do carro ao lado fica encarando. Faz sentido. Não é todo dia que se veem duas meninas vestidas de vampiras — usando capas pretas com forro vermelho — dentro de um carro no meio de uma rua de Jackson, Tennessee. Também já passamos uma maquiagem dramática porque não vamos ter tempo de nos maquiar no estúdio. Arliss é *muito* ocupado.

— Aliás — digo —, você não deve um pedido de desculpas para alguém?

— Desculpa por ter acusado seu carro de feder.

— Não. — Viro a cabeça na direção de Buford. Ele ergue os olhos com uma cara de cachorro pidão. Acho que a expressão "cachorro pidão" foi inventada para descrever expressões como a que Buford está me fazendo, porque ele vive com essa cara de quem está pedindo alguma coisa. — Ele.

Delia se vira e segura Buford pelas bochechas, acariciando a cabeça e o pescoço dele vigorosamente.

— Ah, mas você é um bom garoto, não um garoto fedido. A tia Delia pede desculpa por dizer que você estava fedendo que nem um gambá encharcado em querosene sendo que era a tia Delia que estava fedendo esse tempo todo.

Ele choraminga e volta a deitar a cabeça no banco. Ele nos odeia. Afinal, a gente meio que o tortura... Mas de um jeito carinhoso? Isso existe? Ele tem, tipo, uns quatrocentos anos em idade de cachorro, e está profundamente cansado das nossas besteiras. Ele nunca quis fazer parte delas.

Tento dizer para ele "mamãe te ama" com um olhar.

—Você consegue imaginar como está atacando o nariz do pobre Buford? — digo a Delia. — O olfato dele é um milhão de vezes melhor do que o nosso.

— Ele está bem. Talvez até esteja gostando do cheiro. Cachorros comem o próprio vômito. — O celular de Delia apita. Ela o tira do bolso como se fosse uma cigarra viva, olha para ele por alguns segundos e o guarda soltando um suspiro. Deve ser a mãe dela falando alguma coisa estranha. A essa altura, sei que é melhor nem perguntar. Mas pergunto mesmo assim. — Sua mãe?

Delia costuma ficar ansiosa de um jeito animado antes de a gente filmar, mas ânimo vacila no rosto dela como uma lâmpada que não foi rosqueada direito, deixando clara apenas a energia nervosa.

— Estou esperando um e-mail importante.

Delia não é do tipo que espera e-mails importantes.

— Coisas de universidades? — (Ela também não é do tipo que quer ir para a universidade. No máximo a faculdade local, que é pra onde ela vai.)

Ela balança a cabeça.

— Meu pai.

— Ele procurou você?

— Juntei dinheiro e contratei uma detetive particular para descobrir onde ele está.

— Jura? Você entrou no escritório de uma detetive particular que nem uma dama das antigas?

— Não, eu mandei um e-mail pra ela, que nem uma dama moderna. Ela ficou de me responder hoje.

— Você tem uma tia ou tio ou alguém assim que sabe onde ele está?

— O pai dele morreu quando ele era pequeno. A mãe dele morreu quando eu tinha três anos. Acho que ele tem uns meios-irmãos que nem o conhecem. Não falamos com nenhum dos tios ou tias dele. Eu teria que contratar uma detetive até para descobrir onde *eles* estão.

— Uau. Então... — Estou bem surpresa, para falar a verdade. Delia não é do tipo que corre atrás das coisas. As notas dela são ruins. Ela vive faltando nas aulas. Fazer esse programa foi a maior motivação que ela já demonstrou na vida. Tentar localizar o pai desaparecido é *muito* proativo da parte dela.

— Pois é. Mas falar sobre isso está me deixando nervosa. Não tenho o talento natural para a TV que você tem. Preciso me concentrar.

Alguns segundos de silêncio carregado.

— Por falar em fazer TV profissionalmente, olha isso: minha mãe falou que conversou com uma amiga da faculdade de direito que trabalha na Food Network e parece que eles têm um escritório em Knoxville, e ela disse que pode me arranjar um estágio. — Assim que as palavras saem da minha boca, eu me arrependo delas. Só porque é normal mudar de assunto não significa que seja uma boa ideia. Preciso me lembrar disso se eu quiser fazer sucesso na TV.

Delia me encara.

— Quando você...? — Ela perde a voz.

— Não sei ainda se quero. É TV e pode ser um bom começo pra minha carreira, mas não sei se a Food Network tem a ver comigo.

— Então seria...

— Durante o ano letivo.

— Mas você não está mais pensando em entrar na Universidade do Tennessee, em Martin?

— Sim. — Sinto uma pontada estranha quando digo isso. Não consigo identificar direito o que é. Como se eu estivesse mentindo, mas não estou.

— Mas você ainda não se matriculou na de Martin. Tipo, formalmente.

— Já me matriculei. Mas também me matriculei na Universidade de Knoxville.

— Isso é permitido? Se matricular em duas universidades diferentes ao mesmo tempo?

— Tipo, acho que pode pegar mal. Mas os prazos estavam chegando e minha mãe queria ver se conseguiria me arranjar um estágio antes de eu escolher de vez uma universidade. Então agora tenho até o outono para cancelar uma das matrículas.

— Se você não for para uma universidade que fique por aqui, não vai ter como fazermos o programa.

— E se você vier para Knoxville comigo? — É melhor eu parar com esse assunto. Posso sentir o pânico de Delia. Agora é um péssimo momento para discutir esse assunto. Não que haja algum momento bom para isso.

— Já sabemos que a TV local de Knoxville não curte o programa. Tentamos umas cinquenta vezes fazer com que transmitissem. — A voz dela está ficando alta e fragilizada.

— E se eu voltasse pra cá nos feriados e a gente gravasse um monte de episódios?

— Duvido que Arliss toparia. E não daria certo com os meus horários de trabalho.

Um silêncio constrangedor cai entre nós por um momento.

— Somos uma equipe — Delia diz. — Somos muito melhores quando fazemos o programa juntas. Eu preciso de você.

— Certo, eu já falei para você. Vou pra Martin. Não surta. — Tenho quase certeza de que não estou mentindo para a Delia, mas não cem por cento de certeza. Tipo uns noventa e cinco por cento. Ou noventa e quatro. Ou noventa e quatro vírgula sete.

— Não estou surtando.

Ela definitivamente está surtando.

O farol fica verde. Dou um aceno breve para o motorista ao lado antes de sair dirigindo. Ele continua olhando fixamente para a frente.

DELIA

E agora eu estou meio que surtando, como se o nervoso com a detetive não fosse o bastante. Pensar na possibilidade, por menor que seja, de Josie ir embora é a última coisa que eu gostaria de fazer agora. E...

— Ops. — Bato a palma da mão na testa muito maquiada.

— O que foi?

— A gente precisa passar no Dixie Café e comprar uns fígados de galinha pro quadro do Buford.

— DeeDee.

— Eu esqueci! Estava preocupada com o lance da detetive! — E, mais recentemente, com o lance de *a minha melhor amiga talvez me trair e me abandonar.*

— O café é na direção oposta. Se a gente se atrasar...

— Não faço ideia se o cachorro do amigo dos gêmeos vai cooperar sem os fígados de galinha.

—Você conhece o Arliss.

— Eu conheço o Arliss.

Josie pisa no freio e faz uma curva fechada, levando uma buzinada.

— Precisamos de uma música com bongô bem animada para toda vez que tivermos de dirigir bem rápido porque você esqueceu alguma coisa.

—Vou mandar uma mensagem pro Arliss avisando que vamos nos atrasar.

— Porque ele é ótimo em ver mensagens.

—Vou falar que vamos levar comida.

—Você que vai pagar — Josie diz.

Corremos com os fígados de galinha como se precisassem ser transplantados em várias galinhas muito importantes, entrando a toda velocidade no estúdio da TV Six, a única emissora regional do Tennessee.

Arliss Thacker está na porta dos fundos do estúdio, fumando. Ele estreita os olhos para nós como se tivéssemos invadido um desfile de balões gritando "agulhas aqui" ou batido em um nervo sensível dele ou escarrado ou inclinado para trás o assento do banco no avião e atingido o joelho dele. Ele consulta o relógio com uma deliberação e uma concentração ostensivas.

— Ele odeia a gente — murmuro.

— Dá para entender.

— Ô se dá.

Josie se atrapalha com o cinto de segurança pegajoso.

— Só deixamos a vida dele pior.

— Acho que sim.

— Não, tenho certeza porque ele me disse isso. Ele literalmente me disse isso uma vez, palavra por palavra: "Vocês duas só pioraram a minha vida".

— É a cara dele falar isso.

Josie levanta as camadas rendadas da saia preta de seu vestido e sai, assobiando para Buford segui-la, que a obedece com a relutância resignada de um homem que vai fazer uma colonoscopia pública, rebolando atrás dela com as orelhonas balançando. Ela carrega uma marmita de carne de porco, ensopado de abóbora e quiabo frito que compramos para Arliss.

Dou a volta até o porta-malas do carro de Josie, pego nosso balde de plástico cheio de adereços, e o levanto, correndo atrás de Josie. O balde começa a escorregar.

— Ei, Arliss, dá para...

Arliss é um cara grande — um cara moreno com ombros largos e jeito de motoqueiro —, mas nunca se oferece para nos ajudar a carregar as coisas. Ele lembra um pouco o Buford. Essa semelhança espiritual deve ser o motivo por que Buford é sempre o único de nós que Arliss parece feliz em ver.

Ele se agacha para fazer carinho atrás da orelha de Buford, ignorando Josie mesmo depois que ela entrega a marmita para ele.

— O que falei pra vocês sobre carregar coisas?

— Que você já carregou o suficiente por dez vidas. — Lembro do Arliss contando que foi baixista de uma banda country nos anos 90. Ele não é de falar muito sobre o passado dele, o que abre para muitas especulações entre mim e Josie.

— Falei que já carreguei o suficiente por *cem* vidas. — Ele abre espaço para deixar Buford passar, dá um último trago demorado, joga a bituca no chão e pisa nela com o calcanhar da bota.

— Certo — resmungo, e o balde escorrega do meu braço e cai enquanto subo os degraus de concreto. A tampa se abre, e marionetes e castiçais de plástico se esparramam pelo chão.

Josie volta para me ajudar.

— Na verdade, estava torcendo pra vocês não chegarem. Vocês tinham mais dois minutos — Arliss diz, se recostando na porta aberta.

— Mas como você passaria sua noite de sexta sem nós? — pergunto.

— Sem sentir nem um pouco de saudades de vocês, fazendo alguma coisa divertida como comer uma torta de frango congelada e pensar em todas as vezes que decepcionei as pessoas que me amam.

— O que a TV Six exibiria no sábado à noite em vez de *Sessão da meia-noite*? — Josie pergunta, enfiando nosso boneco do Frankenstein, Frankenstein W. Frankenstein, no balde.

Arliss dá de ombros.

— Coro do Tabernáculo Mórmon? *Caça e pesca no oeste do Tennessee com Odell Kirkham*? Estática? Quem liga? Particularmente, eu escolheria estática.

— O que eles exibiriam em Topeka, Macon, Greenville, Des Moines, Spokane, Fargo e Little Rock? — Josie pergunta.

— Qualquer coisa que as pessoas daquelas cidades gostam de ignorar ou assistir quando estão chapadas demais para mexer na Netflix.

Levanto o balde e entro na sala. O estúdio é bem isolado do mundo exterior. É fresquinho e escuro e tem o cheiro metálico e morno de aparelhos eletrônicos combinado com o bolor de um porão. Meus olhos demoram um pouco para se acostumar. Arliss fez uma rara demonstração de iniciativa e já arrumou nossas poltronas de veludo vermelho no canto em que filmamos. Tiro nosso pano de fundo com estampa de tijolos de dentro do balde, o desenrolo e começo a prendê-lo no alto. Cria um efeito de masmorra. Ah, mas não se preocupe, já recebemos cartas de telespectadores sobre como isso não é realista para uma casa antiga de Nova Orleans como a que nossas personagens moram. As pessoas têm muito tempo livre, pelo visto. Ainda mais o tipo de pessoa que paga para enviar uma carta com uma reclamação para um programa da TV local.

Josie coloca nosso castiçal elétrico de plástico na mesa de antiquário que fica entre nossas poltronas e o liga na tomada, depois coloca uma caveira de plástico ao lado dele e prende um corvo de plástico no assento da poltrona dela. Ela começa seus exercícios de aquecimento vocal. *Três tigres tristes para três pratos de trigo. Três pratos de trigo para três tigres tristes. Menino que muda muito muda muito de repente, pois sempre que é meia-noite a moita muda com a gente.*

Termino de grampear nosso pano de fundo e penduro a teia de aranha de nylon com uma viúva-negra de borracha que ocupa o canto superior direito de nosso cenário. Uma vez, sem querer, coloquei no lado esquerdo. Recebemos cartas sobre isso. Várias.

Arliss observa mal-humorado, com a marmita em uma mão, enfiando ensopado de abóbora na boca com a outra enquanto farelos de biscoito caem por toda a sua camiseta do Chris Stapleton e pousam em sua barriga de cerveja.

Tiro um jaleco branco e um par de óculos de proteção do balde e os entrego para ele. Ele continua observando, sem piscar, e dá outra garfada. Reviro os olhos, tiro um envelope do bolso e dou para ele.

— Sem revirar os olhos. — Ele abafa um arroto, repousa o garfo nas sobras de ensopado de abóbora e segura o envelope delicadamente entre o dedo indicador e o médio, como se aquela fosse uma mensagem secreta que ele vai esconder no decote. Com a mesma mão, abre o envelope e conta. — Vinte, trinta, quarenta, quarenta e cinco... cinquenta.

— Tudo certo?

Ele dobra o envelope e o guarda no bolso da calça.

— Tudo certo como sempre.

— Certo, professor. Vai lá se vestir.

Ele se vira, joga os restos da marmita em uma lata de lixo e vai com sua fantasia. Fica resmungando enquanto veste o jaleco e encaixa os óculos na testa.

— Esse é o meu pior trabalho, e olha que eu já tive uns bem ruins.

— É o que você sempre diz. — Olho o celular. Minha adrenalina se inflama como quando a gente acende uma boca de fogão depois de deixar o gás aberto por tempo demais. Recebi um e-mail. Clico e é spam. Uma forte onda de decepção neutraliza parte da adrenalina, mas demora um pouco para as batidas do meu coração se acalmarem.

JOSIE

Alguém bate na porta dos fundos. Arliss vai atender.

— São os gêmeos — grito para ele. — Eles disseram que estão com um amigo que tem um outro basset.

Arliss resmunga em resposta e abre a porta. Dá um passo para o lado para deixá-los entrar.

Colt e Hunter McAllen são convidados frequentes do *Sessão da meia-noite*. Eles não são exatamente apaixonados pelo tipo de filme de terror que exibimos. Não são grandes amigos meus nem da Delia. Não são nem *um pouco* talentosos. Mas os dois têm uma característica brilhante e redentora que faz com que sejam os convidados ideais: topam fazer coisas bestas, sem questionar. A gente teve a ideia de chamar os dois depois que eles foram suspensos por andar de mobilete pelos corredores da escola. A partir daí, não demorou muito para que topassem usar fantasias de esqueleto e máscaras de caveira de plástico e, sem nenhuma remuneração, dançarem completa e absolutamente desinibidos. Para eles, usar as fantasias de esqueleto é como vestir um manto de coragem. E eles têm *zero* habilidade de dança. Mas se jogam de cabeça. De qualquer jeito. Tentam abrir espacates. Hunter quase derrubou metade do cenário tentando dar um salto mortal que foi quase literalmente mortal. Uma metáfora que combina com o nosso programa, na minha opinião.

— Toca aqui, JoHo! — Colt levanta a mão.

Deixo ele no vácuo. Imagina o quanto gosto de ser chamada de JoHo.

—Vamos dar uma olhada no cachorro.

No corredor escuro atrás dele, escuto um barulho metálico de coleira e um latido agudo. Um beagle minúsculo pula alegremente na minha direção, seguido por seu dono.

Por instinto, ajoelho para fazer carinho no cachorro, coçando atrás das orelhas dele.

— Oi! Como você é fofo! — Depois me levanto, viro e encaro os gêmeos. — O que é isso? — pergunto baixinho (achando que assim o beagle não vai ficar magoado).

— O cachorro que você pediu — Hunter diz.

— Falei que a gente precisava de um basset hound.

— É — Hunter diz.

— E esse cachorro é um beagle. Falei para vocês me trazerem um basset hound, mas vocês são tão Bill Nyes que me trazem um beagle.

— Acho que o correto seria "Bills Nye" — Delia diz, se juntando a nós. — Lindo beagle, meninos. Pensei que tínhamos pedido um basset hound. — Ela entrega as fantasias para Colt e Hunter.

— Eu falei pra eles que o Tater era um beagle — diz o dono do beagle. — Eles disseram que tudo bem.

— Beagles e basset hounds são a mesma coisa. É só que os beagles viram basset hounds depois — Hunter diz com um ar de autoridade injustificada.

— Do que é que você está falando? — Delia pergunta, incrédula. — Não é *bem assim* que funciona.

— Claro que é. Assim como gatos viram guaxinins — Colt diz.

— Na selva — Hunter acrescenta.

Nem sei por onde começar.

— Eu… espera… gatos viram… não, deixa quieto. Uma coisa

de cada vez. Vocês acham que quando os beagles ficam mais velhos, eles ficam mais baixos e curvados e as orelhas deles ficam maiores e eles passam a ser chamados de basset hounds?

— Não somos cientistas de cachorros, gente — Colt diz. — Nossa.

— É só a nossa opinião — Hunter diz.

— Os beagles viram basset hounds? — Delia pergunta. — Essa é a opinião de vocês?

— Sim — eles dizem juntos.

— Bom, não é assim que opiniões funcionam — digo.

Hunter dá de ombros.

— Tipo, ciência é maior que opiniões — digo.

— Essa é a *sua* opinião.

— Só pra eu entender — Delia diz. — Vocês dois vivem em um mundo onde os animais mudam de espécie espontaneamente e os animais dentro da mesma espécie se tornam outros tipos de animais?

— Nosso primo já viu acontecer — Hunter diz.

— Certo, vamos só aceitar o que vocês estão dizendo e partir do princípio de que os beagles se transformam magicamente em basset hounds em determinado ponto da vida... Não acredito que estou fazendo isso, meu deus. *Este* beagle em particular obviamente ainda não se transformou em basset hound, certo? — digo como se estivesse falando com uma criança bem pequena.

Hunter e Colt deveriam parecer envergonhados nesse momento, mas eles já têm uma cara de vergonha normalmente.

— Então, mesmo na visão de mundo extremamente esquisita de vocês, vocês erraram — prossigo.

Hunter e Colt se entreolham, como quem pergunta "Quer responder?".

— Vocês literalmente dividiram um cérebro só quando estavam

na barriga da mãe de vocês e cada um acabou com metade? — pergunto.

Os dois desatam a rir. Eles adoram quando os ofendo. Devem ter alguma quedinha esquisita por mim ou algo do tipo. Acho que é por isso que foram convencidos tão facilmente a entregar a dignidade de graça em um programa da tv local. Eles começam a tentar bater no saco um do outro.

Dou as costas para os dois e viro para o dono do beagle, finalmente observando-o direito. Não tinha muita luz no corredor para dar uma boa olhada nele. O seu rosto não tem nada de especial, mas está com um olho levemente roxo e tem um curativo um pouco abaixo da ponte do nariz.

O dono ergue as mãos como quem se rende.

— Eles só me disseram que precisavam do Tater. Vim junto para ajudar porque eles não entendem muito de cachorro.

— Eles não entendem muito de cachorro? *Sério?* Deixa eu te perguntar uma coisa: você tem alguma esperança de que seu beagle se transforme em um basset hound?

— Não, não é assim que funciona.

— Que bom ouvir isso. — Volto rápido para o balde, tiro uma saia e uma blusa de cachorro e as entrego para o dono do Tater. — Veste o cachorro.

— Aposto que você não esperava que sua vida seguiria esse caminho, amigo — Arliss diz para o dono do Tater antes de virar para Delia, que entrega uma fita vhs para ele e uma página datilografada com as indicações de cada quadro.

Olho para o dono do Tater e aponto para o meu próprio olho e nariz.

— O que foi isso... moço?

Ele estende a mão.

— Lawson Vargas.

Aperto a mão dele.

— Josie Howard.

— Quem te empurrou numa janela de vidro?

— Eu luto MMA. Apanhei bastante numa luta um tempo atrás.

— Que divertido. Você não vai dar uma de MMA com a gente, vai?

Ele sorri. Tem um rosto bonzinho quando sorri e fica muito mais interessante.

— Nem.

Ergo o dedo para pedir para ele esperar. Vou até o balde e volto com um manto preto e uma máscara do Pânico de *Todo mundo em pânico*.

— Certo, Lawton...

— Lawson. Tudo bem.

— Claro. Desculpa. Lawson. Você vai dançar com seus amigos bestas ali. — Coloco o manto e a máscara nas mãos dele.

Ele os segura, hesitante.

— Eu não sou um dançarino.

— E o Tater não é um basset hound, mas olha a minha cara de quem se importa.

— Acho que não vai dar.

—Você sabe dar voadora na garganta de um cara, mas não sabe dançar?

— Habilidades completamente diferentes.

— Este programa dispõe de recursos muito limitados. Usamos tudo que estiver à mão, e você está à mão. Além disso, você precisa ser castigado por não ter um basset hound e não ter amigos mais inteligentes.

Ele olha para a fantasia que está segurando e aceita com um meio sorriso.

Pensando bem, até que ele tem um rosto bonito. Ele deveria tentar apanhar menos vezes.

DELIA

Entrego para o Arliss a fita vhs com a letra do meu pai em caneta permanente.

— Aposto que você não sabia que o cara que dirigiu *Uma história de Natal* também dirigiu um filme de terror no começo dos anos setenta chamado *As crianças não devem brincar com coisas mortas*.

Arliss olha para a fita como se eu tivesse lhe entregado um revólver e pedido para ele escolher entre matar a própria avó ou ser morto.

— Então esse é o nosso lixo da semana.

— Para um filme de setenta mil dólares, até que é decente.

— *Arliss não deve ajudar a produzir esse programa. Sacou?* — Arliss diz.

— Quer saber sobre o que é o filme?

— Não muito.

— Então, uma trupe de teatro vai para uma ilha perto da costa da Flórida, onde tem um cemitério. E eles são guiados por um hippie idiota e mentiroso, que sugere que eles têm de fazer um ritual esquisito e ressuscitar um cadáver, mas...

— Me deixa adivinhar: crianças não devem brincar com coisas mortas.

— Acho que você vai gostar desse filme.

— Até agora, não gostei de nenhum dos filmes de todos os episódios que fizemos no último ano e meio.

Entrego para ele a folha em que marcamos nossas deixas de tempo e escolhemos os cortes para ele não ter de assistir ao filme. Entrego também um CD.

— Esta é a nova música de abertura que nossa amiga Jesmyn compôs e gravou pra gente.

— Vamos receber cartas.

— Sempre.

— Vamos começar o programa. É muito importante pra mim sair daqui.

— Arliss? Esse filme era do meu pai e...

— Eu sei, todos são.

— Sim, mas... esse é um daqueles que realmente vi com ele, então...

— É especial. Vou tomar cuidado — ele diz, a voz baixa e séria de repente, me encarando nos olhos. Arliss sempre tratou o fato de eu crescer sem pai com mais respeito e carinho do que trata todo o resto.

— Eu odiaria se ele voltasse um dia e...

— Vou cuidar dez vezes mais que a própria produção do filme.

— Cuide com vinte vezes mais. — Viro para Josie, que, pelo visto, acabou de entregar uma fantasia para o coitado do dono do beagle. As bochechas dele estão coradas. — Está pronta, Rayne?

— Pronta, Delilah.

Não sei quem assiste à *Sessão da meia-noite* nem por quê.

Quer dizer, tenho uma ideia por causa das cartas que recebemos. Aqui vai meu palpite: são pessoas solitárias. Pessoas que não têm muita coisa rolando na vida, porque têm tempo para ficar em casa em um sábado à noite (quando o programa vai ao ar na maioria das regiões, incluindo a nossa) e ficam mudando de canal. Pessoas que não são ricas porque, se fossem, teriam mais opções de entretenimento. Pessoas que não são descoladas porque, se fossem, procurariam opções de entretenimento melhores. Pessoas que não gostam de levar sustos de verdade porque, se gostassem, assistiriam a filmes assustadores de verdade. Pessoas que preferem assistir a filmes ruins sem interrupções, sem comentários, porque senão assistiriam a episódios antigos de *Mystery Science Theater 3000*. Pessoas que ainda escrevem cartas.

É um público muito restrito.

Acima de tudo, acho que são pessoas que adoram ser lembradas de que às vezes você dá o melhor de si e não consegue muita coisa, mas que existe um lugar no mundo para pessoas assim. Pessoas como elas. Pode ser onze da noite de um sábado em um canal aberto em Topeka, no Kansas, mas é um lugar. É reconfortante saber que você não precisa ser excelente para não ser completamente esquecido. Talvez sejam pessoas que sintam que estão sendo abandonadas pelo mundo.

Talvez sejam pessoas que simplesmente queiram se lembrar de um tempo em que eram mais felizes e que suas vidas eram mais tranquilas. Eu assistiria por isso.

JOSIE

Fazemos o melhor possível. Penso que, como TV é o que quero fazer da vida, é melhor fazer do jeito certo. Além disso, Arliss nos dá exatamente duas tomadas antes de dizer "para a local está ótimo" (local de "televisão local") e então o programa vai ao ar em toda a sua glória imperfeita. Ouvimos muito essa frase.

 Descobrimos isso do jeito mais difícil, quando eu e Delia estávamos zonzas por não dormir e elétricas de tanta cafeína e açúcar, e, sem querer, eu disse "frantasma" em vez de "fantasma" durante a segunda tomada de um quadro. Tentamos nos controlar. Delia tremia de tanto rir sem poder fazer barulho, vermelha, com a mão cobrindo a boca e o nariz, lágrimas escorrendo dos olhos. Tentei continuar, mas minha voz começou a vacilar e tropeçar como um bêbado na corda bamba, e nós duas perdemos o controle. Por um minuto inteiro, rimos tanto que não dava nem para respirar, fazendo um movimento de "corta" na frente de nossos pescoços enquanto Arliss nos olhava feio, balançando a cabeça com uma expressão séria, mexendo a boca com um "para a local está ótimo". Isso só fez com que a gente risse ainda mais. O quadro acabou com as duas no chão em posição fetal, morrendo de tanto rir. Foi ao ar desse jeito. Para a TV aberta estava ótimo mesmo. E sim, recebemos cartas.

Delia tira o piercing do septo. Encaixamos nossos dentes de vampiro nos caninos, damos uns últimos retoques na maquiagem uma da outra, e assumimos nossas posições.

Arliss ajeita a iluminação e entra atrás da câmera, fazendo uma contagem regressiva com os dedos.

— E vamos rodar em cinco... quatro... três... dois... um.

— Boooooa noite, mulheres e lobisomens, zumbis e zumbizas, bruxas e feiticeiros, esta é a *Sessão da meia-noite* apresentada por nós, Rayne Ravenscroft...

— E Delilah Darkwood — Delia diz.

— Como você está hoje, irmã?

— Olha, irmã, estou muito bem para os meus duzentos anos.

— Duzentos anos com um corpinho de cento e oitenta. — Fazemos uma pausa. Arliss vai inserir um efeito sonoro de *ba dum tss* aqui. — Então, Delilah, o que temos para nossos telespectadores essa semana?

Nós duas fazemos uma pausa. Arliss vai inserir um efeito sonoro de trovão.

Os gêmeos e Lawson esperam atrás de Arliss enquanto ele mexe na câmera. Os gêmeos parecem estar morrendo de tédio. Ou apenas desocupados. Lawson, porém, está com uma expressão infantil de fascínio, como se estivesse assistindo à filmagem de um programa em que as pessoas levam chutes no saco ou seja lá o que os caras do MMA curtem assistir. Acho que, se você nunca viu um programa de TV sendo filmado, até o nosso programa é impressionante.

Eu até entendo. Estaria mentindo se dissesse que nunca sinto adrenalina toda vez que estou do outro lado da câmera. Desde que me entendo por gente, sou fascinada por desconhecidos na TV. Como eles são transmitidos para o mundo e se tornam parte da vida das pessoas. Como se relacionam com milhões. Eu sempre soube que queria isso. Tirando umas duas semanas de calor quando eu tinha nove anos e inventei que queria ser bióloga marinha, nunca quis ser outra coisa.

É uma sensação boa saber o que a gente curte.

DELIA

— Pessoal, o filme dessa noite é o clássico *As crianças não devem brincar com coisas mortas*, de mil novecentos e setenta e dois, dirigido por ninguém menos que Bob Clark, que vocês devem se lembrar do filme *Uma história de Natal* — digo.

—Você vai acertar seu próprio olho, garoto! — Josie diz.

— Esse mesmo, Rayne! Caramba, você viu muitos filmes de Natal pra uma vampira de duzentos anos.

— Sou uma vampira cristã, Delilah. — (Vamos receber cartas por causa disso.)

— Enfim, pessoal, este filme é um pouco diferente, como vocês vão ver. Nada de abajur com perna de mulher, espingarda ou Ovomaltine. Em vez disso, temos uma trupe de atores usando roupas descoladas dos anos setenta, que vão parar em uma ilha perto da costa da Flórida, onde realizam um ritual para ressuscitar os mortos. E isso dá... bom... assistam e descubram. — Paramos para Arliss inserir um som de *boing* ou um assobio decrescente.

— Aposto que se chama *As crianças não devem brincar com coisas mortas* por um bom motivo. Então, Delilah, se as crianças não podem brincar com coisas mortas, elas podem brincar com a gente?

— Como assim, Rayne?

— Bom, tecnicamente somos *mortas-vivas*.

— Faz sentido! O título do filme fala especificamente de pessoas *mortas*, não *mortas-vivas*.

— Então acho que as crianças podem brincar com a gente!

— Claro! — Delia diz. — Mas vamos beber o sangue delas se tivermos a chance, então talvez não seja uma boa ideia.

Deixamos espaço para Arliss inserir mais efeitos sonoros engraçados. Sabemos que nosso programa é besta. Estamos respeitando uma tradição aqui. Elvira. *Contos da cripta*. Vampira. Svengoolie. Zacherle. Dr. Gangrene. O humor precisa ser um reflexo dos filmes que você exibe: não pode ser bom. Não pode ser maldoso demais. Pode tirar sarro dos filmes, mas é preciso tratá-los com dignidade e respeito, porque nesse programa pode ser a primeira e a última vez em que as pessoas vão ver esses filmes — e alguém se dedicou de corpo e alma a eles.

Arliss fica de olho no tempo e dá o sinal para encerrarmos a introdução.

— Certo, lobisomens e lobimulheres. Sem mais delongas... *As crianças não devem brincar com coisas mortas.*

Deixamos alguns segundos de silêncio para dar o tempo do efeito de transição entre nós e o filme. Passo esses segundos fazendo o que sempre faço: torcendo para que ele veja. Por algum acaso. De alguma forma. Em algum lugar. Topeka, Macon, Greenville, Des Moines, Spokane, Fargo, Little Rock. Onde quer que ele esteja. Não sei dizer o que espero que ele veja. Não sei se quero que se arrependa de ter ido embora. Se quero que ele volte. Se quero que sinta orgulho.

Só sei que quero que ele veja.

JOSIE

Arliss bate palma.

— Qual é a próxima cena?

Aponto para os gêmeos e para Lawson.

— Casamento canino e depois festa, para esses caras poderem ir embora.

Tater, o beagle, está visivelmente descontente com a saia e a blusa. Atrás de mim, Buford choraminga enquanto Delia veste um terno nele. Às vezes a gente também o veste com uma fantasia de morcego. Ele odeia.

—Tudo bem a gente usar o Tater para esse quadro? — pergunto.

— Ele é bonzinho. — Lawson se ajoelha ao nosso lado e coça a barriga de Tater. Lawson tem cheiro daquelas colônias de frasco laranja-néon cheio de AXE XXXXXTREME FRESCOR ATÔMICO DAS MONTANHAS ICE PUNCH e também de pomada mentolada para o hematoma do chute na cara, com notas de óleo lubrificante para o carro. Falando desse jeito, não parece uma boa combinação, mas, de alguma forma, dá certo.

Levo Tater pela coleira até o set. Delia está com a caixa de fígado de galinha em uma mão e a coleira de Buford na outra. Buford choraminga usando o terno e tenta pegar os fígados de galinha. Seus olhos tristonhos sempre demonstram desespero absoluto nesses momentos. "Me matem", ele parece implorar. "Mesmo que machuque."

Eu e Delia assumimos nossos lugares, e Arliss assume o dele, atrás da câmera.

— Este quadro vai entrar depois de uma parte do filme em que o grupo desenterra um cadáver de terno e o leva para uma cabana na ilha, e depois encena um casamento entre o cadáver e a líder — Delia diz.

Arliss nos encara.

— Ah, e vamos precisar que você seja o mestre de cerimônias do casamento de cachorro — digo.

A expressão dele fica ainda mais tensa.

— Eu sei — Delia diz. — Sua vida é muito difícil.

— Plano fechado nos cachorros — digo.

Arliss mexe na câmera.

— Não comecei ontem, docinho. Rodando em… cinco… quatro… três… dois… um.

Seguro as patas dianteiras de Buford e o faço acenar (tomara que o PETA nunca assista a isso). Falo isso com um sotaque sulista carregado e caricato.

— Ora essa, que criaturinha mais adorável você é! Meu nome é coronel Buford T. Rutherford B. Hayes. Qual é a sua graça?

Delia segura as patas dianteiras de Tater e o faz cobrir a boca como se estivesse com vergonha. Ela ri baixo e fala com um sotaque sulista agudo e igualmente péssimo, como o da Sookie do *True Blood*.

— Ora, senhor! Mas que gentileza! Meu nome é… — Delia parece vasculhar o próprio cérebro. — Que nome escolhemos para ela? — ela sussurra com a voz normal.

Delia nunca consegue lembrar os nomes dos personagens dos quadros do programa.

— Magnolia P. Sugarbottom — murmuro em resposta, tentando não mover os lábios, como um ventríloquo.

— Magnolia P. Sugarbottom — Delia diz, retomando a voz de Sookie.

Coloco a caixa de fígados de galinha no chão e uso a pata de Buford para empurrá-la na direção de Tater.

— Srta. Sugarbottom, sou dono da maior rede de restaurantes de fígados de galinha no mundo, e ofereço à senhorita alguns dos meus melhores fígados de galinha em troca da sua pata em casamento.

Tater choraminga e lambe a caixa.

— Coronel, seria uma honra me tornar a sra. Magnolia P. Rutherford B. Hayes. O senhor promete me tolerar no meu pior para que possa me merecer no meu melhor, que também é super, super-ruim?

— Eu prometo, srta. Sugarbottom.

— Então saiba, coronel, que quase sempre sou muito difícil de lidar. Sou uma verdadeira pata no saco.

— Sempre vou amar e valorizar você, e aplicar um bálsamo curativo nos meus testículos.

— Então aceito me casar com o senhor neste exato momento, coronel, antes que o senhor mude de ideia.

Faço Buford acenar para a câmera.

— Maravilha! Que maravilha! Ah, professor? Professor Von Heineken?

Uma chance para você adivinhar de onde Arliss tirou o nome do professor Von Heineken. Ele dedicou tanto esforço e reflexão para essa escolha como faz com todos os aspectos do programa.

Arliss coloca os óculos e entra no set, transparecendo tanta felicidade quanto qualquer homem adulto obrigado a celebrar um casamento de cachorros na televisão local. Ele vai inserir uma música de casamento que Jesmyn gravou para nós.

Arliss limpa a garganta. Era para ele ter um sotaque alemão, mas ele sempre esquece. (Recebemos cartas; ele não se importa.)

— Certo, hum, você, Buford, aceita…

— Magnolia — Delia diz. Arliss é ainda pior do que Delia para lembrar o nome dos personagens.

— Isso. Ela. Como sua legítima esposa até que a morte os separe?

— Na saúde e na doença — Delia diz.

— Na saúde e na doença até que a morte os separe?

— Professor! O senhor tem que dizer as palavras certas, senão o casamento não vale segundo a lei — digo.

— Aí já é *demais* — Arliss diz. — Enfim, eu os declaro marido e cadela, eu acho. Pode farejar a bunda da noiva ou sei lá o que você curte fazer. Faz o que quiser. Quem liga?

Eu e Delia batemos palmas e empurramos Buford e Tater na direção um do outro. Eles choramingam e viram a cara. Nós os soltamos. Tater sai correndo do set. Buford praticamente se derrete no chão como uma bola de sorvete que caiu da casquinha direto no asfalto quente. Arliss volta para trás da câmera. Batemos palmas até Arliss sinalizar que não está mais focado apenas nos cachorros.

Finjo secar os olhos de maneira exagerada e suspiro.

— Sempre choro em casamentos, Delilah.

— Eu também, Rayne. Adoro finais felizes. Mas, telespectadores, continuem ligados para ver se nossos amigos, as crianças que brincam com coisas mortas, também vão ter um final feliz!

— Corta! — Arliss sai de trás da câmera, pega a caixa de fígados de galinha, a abre, põe dois na boca, deixa alguns no chão para Buford, que fica mais animado do que o dia todo, e leva outros para Tater, que come na mão dele.

— Nunca vi um casamento de cachorro antes — Lawson me diz enquanto saio do set, puxando Tater pela coleira.

— E o que você achou?

— Foi muito romântico. Sempre torci para que Tater encontrasse o cachorro certo.

Esse cara é um bobão, mas sabe entrar na brincadeira.

— Está pronto para sua grande cena de dança? — pergunto.

— Não tenho ideia do que vou fazer.

— Cara, nenhum de nós tem.

— Até parece. Você estava incrível. — Ele aponta para Delia enquanto ela entrega um CD para Arliss, que está mais carrancudo do que o normal. — Vocês duas são ótimas. Mas especialmente você.

Quando estou prestes a responder, Arliss me interrompe.

— Festa. Vamos lá.

Aceno para os gêmeos e Lawson se aproximarem. Os gêmeos comemoram, vestem as máscaras de esqueleto e correm para o set, empurrando as nossas cadeiras e nossa mesa para abrir espaço. Eles ficam pulando sem sair do lugar, dando tapinhas no rosto para se energizar.

Lawson faz alguns alongamentos rápidos e depois dá uns chutes no ar. Nada nele é muito impressionante, mas ele se movimenta bem — rápido e com força.

— Isso é ótimo — digo. — Incorpore alguns dos golpes de caratê.

Eu e Delia assumimos nossas posições; os gêmeos e Lawson estão fora de cena.

Arliss vai até o interruptor e prepara a música no notebook com caixas de som que montamos.

— Essa música tem os direitos autorais liberados, certo?

— Sim — respondo. — E você vai ver que dá pra perceber pelo som.

Delia e eu esperamos um pouco para dar a Arliss um tempo para o efeito de transição.

— Uau, Delilah, esse filme é mesmo uma traquinagem assustadora! — digo com uma animação teatral.

— Pois é, Rayne. Acho que...

Arliss começa a acender e apagar as luzes. Delia e eu observamos ao redor. Arliss vai inserir um efeito sonoro de gargalhada assustadora.

— *Delilah?* — digo, com a voz dramaticamente trêmula.

— *Rayne?*

— Acho que estamos prestes a viajar para... *a terra dos ossos!* — Falamos esta última parte ao mesmo tempo. Vestimos nossas capas e andamos para lados diferentes do set. Arliss começa a oscilar a iluminação para simular uma pista de dança e dá play na música. Imagine uma música dançante barata, estilo loja de um e noventa e nove. Não, pior. É repleta de sons esquisitos de buzina e vozes distorcidas de esquilo de desenho animado e aquele baixo flatulento que soa como se você estivesse pisando descalço em um balde de peixe morto. Se essa fosse a única opção para mim, eu preferiria escutar o grito das almas do inferno.

Lawson hesita. Os gêmeos o empurram para o set, onde ele fica paralisado por um segundo enquanto os irmãos assumem suas posições atrás dele. Os gêmeos começam a dançar loucamente. Rebolam. Fingem sacar revólveres, atirar e soprar a fumaça. Se jogam um contra o outro e batem de peito. Lawson finalmente entra um pouco no clima, mas então, de repente, começa uma série de fortes chutes altos. Os gêmeos gritam palavras de incentivo. Fazemos (o que imagino ser) contato visual, porque, quando faço um joinha para ele, Lawson começa a chutar mais alto e com mais força, pulando e rodopiando. Ele está fazendo um ótimo trabalho, ainda mais considerando que está vestindo um manto preto e uma máscara.

Ele é obviamente uma inspiração porque, atrás dele, um dos gêmeos faz pezinho para o outro subir em suas mãos e tentar fazer um salto mortal de novo. O gêmeo que pula gira demais, cai com o calcanhar no chão e sai rolando para trás da câmera. Algum dia um deles vai rachar a cabeça e encher o estúdio com qualquer que seja o gás nocivo que tem dentro de lá.

 Lawson olha para trás, faz sinal para o gêmeo que sobrou se afastar, e executa um salto mortal exemplar, pousando perfeitamente e dando um chute giratório no ar. Comemoramos em silêncio.

DELIA

Meu pai não teria como não amar nosso programa tanto quanto amava os episódios de dr. Gangrene, Zacherle e Svengoolie a que ele assistia quando eu era criança. Afinal, temos pessoas dando golpes de caratê e *saltos mortais*. Não somos extraordinárias, mas somos não extraordinárias do jeito que ele sempre curtiu.

Lawson sai do set corado e radiante. Ele me dá um aceno breve de cabeça e olha para Josie em busca de aprovação. Ela faz um joinha, e ele sorri.

Mais um garoto apaixonado pela Josie. Que surpresa. Eu estimaria tranquilamente que, dos caras que conhecem a gente ao mesmo tempo — e que estão no clima de se apaixonar —, cerca de cem por cento preferem a Josie. Quase todos são garotos para quem eu não estou nem aí, como o Lawson. Eu prefiro a Josie a qualquer garoto idiota e, além disso, estou acostumada com rejeição. Talvez seja isso que eles veem em mim. Ainda mais do que os dentes impecáveis de Josie e sua voz de Scarlett Johansson e seu cabelo cacheado comprido da cor de um pote de mel escuro diante de uma vela e os cinco centímetros que ela tem a mais do que eu. Acho que eles conseguem ver que não há nada nela que precisem consertar. Nenhuma bagagem emocional. Já comigo? Sou uma lata velha. Ninguém quer a menina triste. Que seja.

— Certo, próximo quadro — Arliss diz. Ele vira para os gêmeos e para Lawson e aponta para a porta com o polegar. — Fora.

Eles jogam as fantasias no balde.

— Posso ficar para assistir? — Lawson pergunta. Ele olha na direção de Josie. — Nunca vi um programa de TV sendo filmado antes.

— Não. Vai ser muita distração. Este trabalho exige muita concentração e cuidado — Arliss responde, inexpressivo.

— Mas a gente estava aqui durante...

— *Vai ser muita distração.*

— Tá. Foi mal.

Os gêmeos saem correndo em direção à porta. Eles nunca quiseram ficar um minuto a mais do que o necessário.

Lawson acena.

— Foi um prazer conhecer vocês. Boa sorte com o programa. Quando vai ao ar?

— Sábado às onze da noite — respondo.

— Legal. Tchau, Delia. Tchau, Josie — ele diz. — Acho que somos parentes agora que nossos cachorros se casaram, né? — Ele fica corado e ri com timidez.

— Claro — Josie diz, inexpressiva.

Lawson se vira para sair e assobia.

— Vem, garoto. — Tater trota atrás dele. Ao abrir a porta, Lawson se vira uma vez mais e faz um aceno constrangido para Josie. Ela responde com um aceno de "tá, mas este é o último". Então ele sai.

— Estou pronto pra quando vocês finalmente pararem com esse momento adolescente aí — Arliss diz.

— Que seja — Josie diz. — Adolescente é *você*.

— Você que é. — Arliss faz um aceno zombeteiro de paquera.

— Eu estava sendo educada.

— Educado seria não perder tempo com piadinhas pra eu poder fazer o que realmente queria estar fazendo com a minha noite de sexta-feira, que é ficar sentado no meu quintal com meu cachorro e ouvir o novo álbum do Jason Isbell.

Enquanto eles conversam, vejo meu celular acender, vibrar e saltitar em semicírculo em uma das poltronas do set. Corro até ele e dou uma olhada, tremendo por dentro. Nada. Um colega perguntando se a gente pode trocar de turno na semana que vem. Não tem nada pior no mundo do que uma notificação de celular que não é aquilo de que você precisa.

— Parece muito chato para uma pessoa normal, certo, Dee-Dee? — Josie me pergunta.

Guardo o celular.

— Quê? Desculpa.

— Os planos de sexta à noite do Arliss são superchatos, e nós somos muito divertidas.

— Com certeza.

Arliss bufa.

— Prefiro ter pedaços de pipoca presos nos dentes do que fazer este programa. Bem — ele diz com uma palma. — Vamos filmar.

— A gente te ama, Arliss — digo. Não estou mentindo. Por mais que ele tente nos afastar, eu e Josie o achamos um cara incrível e queremos ser amigas dele, ainda que ele nos deteste. Quanto mais ele não quer ser nosso amigo, mais queremos ser amigas dele. Se ser legal é fazer suas coisas e não ligar para o que os outros pensam, Arliss é muito legal.

— O que eu já falei sobre sarcasmo? — Arliss diz.

Não lembro exatamente quando foi que começamos a tirar sarro das cartas que recebemos, mas sei que isso surgiu da necessidade de manter nossa sanidade mental. Como duas jovens mulheres trabalhando em uma área cujo público é formado, em sua maioria, por homens de meia-idade loucos por detalhes minuciosos e desimportantes, ouvimos muitas explicações. *Na verdade, a origem da lenda de Drácula é blá-blá-blá… Na verdade, os mitos de Lovecraft blá-blá-blá… Na verdade, Frankenstein era o nome do cientista, não do monstro blá-blá-blá.* Esta última a gente recebe *o tempo todo*. Arliss insere um *fooooom* de buzina de carro antigo quando lemos uma dessas. Temos uma surpresa especial planejada para a próxima vez que recebermos uma carta assim.

As cartas com reclamações dos erros de continuidade no universo do nosso programa são irritantes e também um pouco lisonjeiras (porque pelo menos significa que as pessoas estão prestando atenção) são: *No episódio que foi ao ar no dia 21 de junho, Delilah disse que vocês duas tinham duzentos anos de idade, mas, dois meses depois, em agosto, Rayne fez referência a vocês terem duzentos e cinquenta anos. Qual é a verdade?* (Quem é que dá a mínima para quantos anos a gente tem é a resposta.)

E também tem os pervertidos. Use sua imaginação. Não, sério. Quase tudo que você possa conceber. E mais, se sua imaginação não for muito boa. Essas cartas nós não lemos no programa. Na verdade, deveríamos entregá-las para a polícia. Antigamente, a gente gritava com essas pessoas no programa, até percebermos que alguns deles ficavam excitados com isso também. É divertido ser mulher. Para Josie é pior ainda.

A maioria das cartas chega pelo e-mail do programa ou pela nossa página no Facebook, e nós as imprimimos para ler no programa. Às vezes, porém, as pessoas mandam para o endereço da emissora alguma coisa para nós. Já recebemos esqueletos de animais. DVDs de filmes que as pessoas acham que deveríamos ver; DVDs de filmes que as pessoas acham que ninguém deveria ver, e por isso mesmo nós deveríamos; DVDs de filmes que as próprias pessoas fizeram; e assim por diante. Tenho um desenho feito por uma fã de Fargo colado na parede do meu quarto.

Estendemos um pano preto entre nossas poltronas, onde Arliss vai ficar agachado para manusear o fantoche do Frankenstein W. Frankenstein e nos entregar as cartas. (O segundo "Frankenstein" é pronunciado Fran-quens-tim. Com *certeza* recebemos cartas.)

Arliss coloca uma caixa de cartas atrás do pano, encaixa o fantoche na mão e se ajoelha soltando um grunhido, de maneira que apenas seu braço com o fantoche fica visível.

— Estamos gravando. — Quando Arliss nos ajuda com algum quadro, ele apenas aponta a câmera para o set e deixa rodar.

Eu e Josie assumimos nossos lugares e ficamos em silêncio por alguns segundos para dar tempo para Arliss inserir os efeitos de transição, então começamos.

Josie abre o bloco como sempre.

— Bem-vindos de volta, morcegos-vampiros e gatos pretos, está na hora do quadro favorito de vocês e o nosso também… A sacola do carteiro! Onde nós, da Terra da TV, ficamos sabendo o que vocês aí de fora pensam! Ah, Frankenstein? Frankenstein W. Frankenstein?

Arliss ergue o fantoche e fala com a voz aguda e rouca:

— Que que vocês querem? Estava dormindo e sonhando em nunca mais ter que fazer isso de novo. — Arliss se diverte mais quando deixamos que ele interprete como se fosse ele mesmo falando.

— Frankenstein! — digo. — É sempre tão bom ver você!

— Pena que não posso dizer o mesmo!

— Tá bom, tá bom. Vamos para as cartas, seu velho rabugento — digo.

Lemos algumas cartas normais de agradecimentos com uma pausa depois de cada uma para Arliss inserir som de aplausos.

Arliss enfia a mão embaixo do pano, põe uma carta na mão do Frankenstein, que a entrega para mim.

Limpo a garganta para ler.

— Esta aqui foi escrita pelo... Chad? Chad, de Macon. Oi, Chad! Ele escreveu:

Caros da *Sessão da meia-noite*, normalmente gosto muito do programa, mas tenho um problema com como vocês usam o nome do Frankenstein para um fantoche que claramente representa o Monstro do Frankenstein. Pode parecer uma besteira, mas acredito que é importante tratar os textos — especialmente aqueles tão vitais do cânone do terror — com uma precisão minuciosa. Atenciosamente, Chad.

Espero um segundo antes de falar para que Arliss possa inserir o efeito sonoro de buzina.

— Então, Chad, a questão é a seguinte: imagina a coisa com que você menos se importa em todo o mundo.

— Pode ser qualquer coisa — Josie diz. — A situação econômica da Malásia.

— Como cadarços são fabricados.

— A população de gambás em Cleveland.

— Imagine todas essas coisas com que você se importa tão pouco. Nós nos importamos ainda menos com o fato de você ficar surtado com o nome do nosso fantoche.

— Espera aí, Delilah. Vamos perguntar para o Frankenstein se ele se importa que a gente o chame de Frankenstein em vez de Monstro do Frankenstein.

Arliss ergue a mão. Ele sempre adora tirar sarro dos nossos correspondentes insuportáveis.

— Hum? Quê?

—Você liga se as pessoas chamam você de Frankenstein em vez de Monstro do Frankenstein? — pergunto.

— Não estou nem aí, e acho que quem se importa com isso precisa arranjar mais o que fazer.

Jogo a carta por sobre o ombro.

— Bom, essa é a sua resposta, Chad. Você poderia sair pra comer alguma coisa ou fazer xixi toda vez que o Frankenstein aparecer no programa. — Espero um segundo para Arliss inserir um som de vaia.

— Certo, próxima carta. Frankenstein?

Arliss passa uma carta para Josie.

— Certo, telespectadores, esta é do Troy, de Spokane. Oi, Troy! Ele diz:

Queridas Rayne e Delilah, queria dizer que sou um grande fã de *Sessão da meia-noite* e assisto ao programa praticamente desde que ele passa na emissora. Adoro o senso de humor de vocês e os esquetes engraçados que vocês fazem no meio do filme. Sempre morro de rir. Continuem assim e parabéns pelo trabalho. Com carinho, Troy.

Josie vira a página.
— Opa, tem mais.

P.S.: Tenho uma ideia estranha para um esquete engraçado para vocês fazerem. Talvez vocês possam quebrar ovos crus com os pés descalços alguma hora e aí...

Arliss ergue a mão de novo.
— Opa! Abortar missão! Abortar! A caminho da Terra dos Tarados!

— Ah, Troy... — Josie diz, balançando a cabeça, baixando a carta, com um tom de quem acabou de perceber do que se trata.

— Troy, Troy, Troy. A gente estava *torcendo* por você — digo. Eu meio que estava esperando por essa. Desenvolvi uma espécie de sexto sentido para tarados. A questão nem é tanto as coisas que nossos correspondentes curtem. Quem liga para isso? Cada um na sua. É só que talvez eles não devessem mandar essas coisas para duas adolescentes, ainda mais sem consentimento.

— Você estragou tudo, Troy. Estragou tudo sendo nojento — Josie diz.

—Você é um pervertido, Troy — Arliss diz.

— Acho que precisamos selecionar melhor essas cartas, Frankenstein. Para que a gente não fique *todo mundo em pânico* — Josie diz, piscando.

— Para não acabar em um filme do *Pânico*, você quer dizer, né? — digo, retribuindo a piscadinha, depois de deixar um segundo para Arliss inserir um *ba-dum-tss* ou uma vaia. — Vamos ler mais uma carta? — pergunto.

Arliss ergue a mão.

— Não. Já deu para o Frankenstein.

— Certo, então — Josie diz. — Acho que terminamos por hoje.

Ela começa a dizer aos nossos telespectadores para onde eles podem mandar suas cartas não pervertidas quando, pelo canto do olho, vejo meu celular se iluminar e vibrar. A adrenalina ecoa em meus ouvidos feito um alarme de incêndio. Juro que, se não for o e-mail que estou esperando, isso vai comprovar minha teoria de que a gente nunca é tão popular quanto somos quando estamos esperando um e-mail importante.

JOSIE

Cortamos e Delia corre em direção ao celular, o rosto suado e pálido de ansiedade nauseada. Ela pega o aparelho, dá uma olhada e sua decepção é visível. Seus ombros caem. Sinto um aperto no peito por ela. Ela está perceptivelmente abatida enquanto filmamos a cena de despedida.

Enquanto saímos do set, antes de começar a enrolar os cabos, Arliss coloca a mão dentro da caixa de cartas e atira um envelope brilhante para mim.

— Toma. Chegou pra vocês uns meses atrás. Esqueci de entregar.

Pego o envelope do chão. É uma propaganda da ShiverCon, uma convenção para produtores de filmes de terror, apresentadores de programas de terror e cinéfilos. Este ano vai ser em Orlando. Nunca fomos, mas queríamos ir — Delia ainda mais do que eu. Fico me perguntando se devo ou não mostrar para ela. Pode ser que ela acabe ficando ainda mais chateada, já que provavelmente não vamos poder ir. Horários de trabalho, dinheiro etc. Mas ela não me dá escolha.

— O que é isso? — ela pergunta.
— Uma coisa da ShiverCon.
— Deixa eu ver.

Entrego para ela, me ajoelho e fico fazendo carinho atrás da orelha do Buford. Ele me encara com uma leve repreensão no olhar, como se dissesse "Vou demorar para perdoar você".

— Eu sei, Bufizinho, eu sei. Mas você foi um bom garoto hoje. — Começo a tirar o terninho do Buford.

— Olha, o Jack Divine vai falar na ShiverCon — Delia diz, com reverência e admiração na voz.

— Esse nome não me diz nada — digo. — Ei, você reparou se o Lawson devolveu a roupa que o Tater estava usando?

— Jack Divine foi, tipo, um grande apresentador de programas de terror chamado Jack-O-Lantern em Los Angeles dos anos setenta. Ele dirigiu e produziu um monte de filmes de terror de baixo orçamento, mas ficou mais conhecido como produtor e diretor do programa da SkeleTonya durante os anos oitenta e começo dos noventa, quando ela estava na USA Network. A SkeleTonya você sabe quem é.

— A versão gótica da Dolly Parton?

— Essa mesma. Ela vive nessas convenções e tal.

— A SkeleTonya é demais — Arliss diz, passando por nós. — Eu assistia ao programa dela quando era adolescente.

— Arliss, por que você nunca nos contou que era capaz de se divertir com alguma coisa? — pergunto.

— Não é por que não me divirto especificamente com este programa que não posso me divertir com outras coisas.

— Seria tão legal conhecer o Jack — Delia murmura. — A gente deveria ir. Tentar falar com ele. Dar um DVD nosso para ele.

—Vocês duas formam uma ótima equipe — Arliss diz. — Porque você — ele aponta para Delia — não entende nada de TV, mas sabe de tudo quanto é filme e programa idiota de terror. Enquanto você — ele aponta para mim — é ótima com TV, mas não entende bulhufas de filmes de terror.

Ele não está errado. É exatamente por isso que eu e Delia formamos uma boa equipe.

— Tenho quase certeza de que Lawson esqueceu de devolver a fantasia de Tater — digo.

— Acho que sim, mas não foi sem querer — Delia diz.

— Você não acha que ele está querendo um encontro fofo de comédia romântica, acha?

— Você viu como ele acenou.

— Ai, droga.

— Ele era fofo, pelo menos. E divertido em cena. Joga um charme e o convence a gravar para o programa de novo. Vai que ele quebra uns tijolos com um golpe de caratê ou algo do tipo.

— Ei, já estava esquecendo — Arliss diz. — Josie, você precisa gravar um merchandising rápido para a Disc Depot.

— Eles me deram uma cópia para ler?

— Você já foi à Disc Depot. Imagina se eles fizeram o favor de preparar alguma cópia boa para você?

— O que preciso falar?

— Eu adoro a Disc Depot. Posso fazer isso — Delia diz.

— Eles pediram especificamente pela Josie. Olha, você não vai aceitar o prêmio Nobel nem nada. Vai só elogiar uma loja de CDs, DVDs e videogames usados que fede a incenso dentro de sapato, tem as paredes cobertas de pôsteres do Bob Marley e do Jim Morrison, e nos paga setenta e cinco contos para anunciar em um programa de TV local pra um bando de nerds e esquisitões.

— Estou falando sério — Delia diz, o olhar fixo no panfleto como se lá tivesse um texto sagrado. — A gente deveria ir e tentar conhecer o Jack Divine. Ele pode fazer nosso programa subir de nível.

— A gente conversa no carro.

Sento no set e improviso a propaganda. Vai ser basicamente minha voz enquanto passam fotos do interior da Disc Depot. Digo que é o melhor lugar para comprar CDs, DVDs e videogames seminovos em todo o oeste do Tennessee. Não sei se é verdade nem se eu mesma acredito nisso, mas acho que tudo bem.

Arliss se despede com um grunhido enquanto saímos da penumbra fria do estúdio para a escuridão úmida da noite.

— Vendemos mais DVDs e camisetas do que na semana passada. Juntando isso com o dinheiro do anúncio da Disc Depot, foi uma boa semana — Delia diz, abrindo a porta de passageiro do meu carro.

— O que "mais vendas de DVDs e camisetas do que na semana passada" quer dizer? — pergunto, ajudando Buford a entrar no banco de trás.

— Tipo, uma a mais de cada.

Damos risada.

— Acho que o programa ficou bom — Delia diz. — Tipo, estamos melhorando.

Dou partida no carro e saio.

— Desde quando começamos? Estamos mil vezes melhor. — Se a gente for generosa, dá para descrever nossos primeiros programas como "delírios febris".

Delia ergue o panfleto da ShiverCon.

— É por isso que estou dizendo que a gente deveria tentar ir nesse negócio e conhecer o Jack Divine. A gente precisa se jogar. Como é que se diz? "Mire na Lua porque, mesmo se você errar, vai pousar entre as estrelas."

— Isso não é tão motivacional assim, se você parar pra pensar. "Mire na Lua porque, mesmo se você errar, vai ficar vagando pelo vácuo sombrio e gelado, onde vai morrer sozinho e ninguém vai ver o seu fracasso."

— Gostei mais da sua versão.
— Quando é a ShiverCon? — Josie pergunta.
— No último fim de semana de maio. Depois da formatura.
— Preciso ver. Acho que tenho alguma coisa.
— Então veja.
— O que a gente faria? Ia chegar no Jack Divine e dizer: "Ei, volta da aposentadoria ou sei lá e deixa a gente famosa"?
— Talvez com um pouquinho mais de jeito, mas basicamente isso.
— Essas coisas não acontecem, tipo, com a ajuda de agentes ou empresários ou pessoas do tipo?
—Você que sabe dessas coisas. É você quem quer trabalhar na TV.
— Quase certeza que é. Quase certeza que não acontece com pessoas tentando em convenções.

Delia dá de ombros.

— Talvez não. Mas a gente poderia tentar. O Jack Divine é importante. A gente acabou de celebrar um casamento entre dois cachorros e de falar com um fantoche. Acha mesmo que a gente vai passar mais vergonha?
— A questão nem é tanto passar vergonha. É que… é isso que a gente quer para o programa?
— O quê? Crescer? Entrar em novos mercados? Conseguir mais telespectadores? Claro. É o que eu quero. Você não?
— Claro. Óbvio. — Ao mesmo tempo que digo isso, percebo que não sei realmente a resposta para essa pergunta, porque nunca parei para pensar muito nela.
— Se o que você quer é trabalhar na TV, por que não continuar fazendo o que a gente começou? Se ele deixasse a gente famosa como fez com a SkeleTonya, sua carreira está feita.

Sua carreira está feita. Algo soa estranho. Mas a voz de Delia é tão cheia de vontade.

— Esse cara pode mesmo fazer isso acontecer a essa altura? — pergunto.

— Por que não? — Delia responde.

— Porque ele era famoso antes de a gente nascer. Isso é, tipo, um século em anos de TV.

— Se a gente não tentar, é óbvio que ele não vai fazer.

Paramos no farol e estendo a mão para o banco de trás para fazer carinho na barriga de Buford. Quero mudar de assunto.

— Não é engraçado que todo mundo fala que "O cachorro é o melhor amigo do homem", mas ninguém veste seu cachorro com calças? Tipo: "Cara, estou vendo a bunda do seu melhor amigo".

— Pois é, né? E também têm aqueles adesivos que são tipo: "Quem salvou quem?". Você, querida. Você salvou o cachorro. É você que tem polegares opositores e um carro que pode dirigir até o abrigo de animais. Pode pegar esse crédito.

Um momento de silêncio se passa. Hesito, mas pergunto mesmo assim, porque o ar está ficando pesado com o nervosismo de Delia a cada momento de descontração que vai embora.

— Então, recebeu notícias da...

— Não.

— Não era pra ter recebido a essa altura?

— Pois é. — Delia olha o celular de novo, como se quisesse enfatizar a situação. — Mensagem do Arliss. Ele disse: *Este filme é bem pior do que vocês me falaram.*

— O que você vai fazer se receber alguma notícia? Tipo, se a detetive te der um endereço e um telefone e tal? E aí?

Delia ri com tristeza.

— Sinceramente? Não faço ideia. Acho que ter isso em mãos me faria sentir como se eu... como se eu tivesse poder sobre alguma coisa, talvez?

A gente fica em silêncio mais um tempo, passamos por umas lanchonetes de fast-food e lojas de peças automobilísticas. Alguma coisa começou a me corroer por dentro. Apertando, como um sapato que não cabe direito. É como quando a gente sente uma ansiedade estranha e acha que vem de alguma coisa que você lembrou ou escutou, mas não consegue retraçar o caminho que sua mente fez. Talvez eu esteja me contaminando um pouco com a energia da Delia.

— Não deixa ele magoar você de novo.
— Quem? Meu pai?
— É.
— Por um momento achei que você estava falando do Arliss. Por causa da mensagem dele.

Damos risada.

— Consegue imaginar? — digo. — "Delia. Tome cuidado com o Arliss. Guarde seu coração e não deixe que ele traia você de novo."

— Eu que não vou deixar Arliss partir meu coração. Estou muito distraída hoje. Desculpa.

— Dá para entender.

Estamos nos aproximando do trailer de Delia. Sinto o nervosismo dela tomando forma.

—Você está bem? Quer que eu fique um pouco? — pergunto. Sei que Delia é uma sobrevivente, mas isso não me impede de sempre querer salvá-la.

— Estou bem. Vou ajudar minha mãe a limpar a casa. Está praticamente uma lixeira porque nenhuma de nós teve tempo.

Duvido muito que a mãe de Delia não tenha tido tempo. Mas não digo nada. Delia é muito superprotetora com a mãe.

Paramos na frente da casa de Delia. A placa de leitura de mão e tarô da mãe dela está iluminada, emitindo uma luz branca suave sobre o gramado irregular. Delia sai do carro e pega o balde no porta-malas.

— Parabéns pelo programa de hoje — ela fala para mim.

— Pra você também — eu digo. — Boa sorte com o lance da detetive.

—Valeu. Dá uma olhada na sua agenda e vê se consegue ir na ShiverCon. É sério.

— Eu sei. Já escolheu o próximo filme?

— Ainda não. Tenho algumas ideias. Tchau, Buford! — Delia dá um tchauzinho para Buford, que ergue os olhos, a encara com tristeza, e volta a se deitar quando vê que não há nenhuma ameaça iminente. — Certo, até mais — ela fala para mim.

— Me liga ou manda mensagem se aquilo acontecer e você surtar.

— Pode deixar.

Fico vendo Delia arrastar o balde até a porta de casa, andando sob a luz pálida da placa. Essa é a Delia: andando em um declive sob o peso que ela carrega.

Tomara que ela fique bem. Não tem como saber no caso de algumas pessoas. É difícil quando a gente se importa demais com alguém que é muito azarado. A gente fica se perguntando por quanto tempo consegue proteger essa pessoa de seu próprio destino.

DELIA

Acredito que cada pessoa tem direito a cinco ou seis dias perfeitos na vida. Dias sem nenhuma nota fora do tom nem incômodos, dias que vão amadurecendo como um pêssego na memória com o passar dos anos. Sempre que você o morde, ele é doce e suculento.

Já tive um. Eu tinha sete anos e era outubro, meu aniversário. Abri os presentes de manhã. Parecia que eu tinha ganhado duas vezes mais presentes do que no ano anterior. Ouvi meus pais falando sobre um bônus que meu pai tinha ganhado no trabalho. Ganhei livros e quadrinhos e brinquedos. Na época, parecia que dava para montar um muro ao meu redor com tudo aquilo.

Eu e meu pai passamos a manhã jogando Mario Kart. Eu ganhava de novo e de novo e de novo. Não perdia nenhuma partida. Na época, não achei que ele estava me deixando ganhar de propósito, mas agora acho que sim. Minha mãe não estava perto esse dia. Não lembro o que ela estava fazendo. Talvez assando meu bolo. Talvez ainda estivesse na cama. Ela estava passando por um de seus períodos sombrios e, quando isso acontecia, ela não saía muito da cama. Devia ser um dos dias ruins dela. Ela simplesmente não podia decidir não ter um dia ruim no meu aniversário. Meu pai disse que queria um dia de papai e filhinha. Talvez o motivo fosse a minha mãe.

Mas, mesmo sem ela e só com o meu pai, foi um dia perfeito.

Jogamos Mario Kart até ficarmos com fome, então ele me levou para comer pizza na Cicis. Ele me desafiou para uma competição de quem conseguia comer mais. Ele me falou que eu podia comer o que eu quisesse, então decidi pegar uma fatia de pizza de muçarela e depois seis de pizza doce. Ganhei essa brincadeira também. Também desconfio que ele tenha me deixado ganhar.

Depois do que pareceram horas de um banquete de imperadores romanos depravados (que, por algum motivo, foram parar na Cicis), voltamos para casa. Com muita solenidade, meu pai começou a escolher os filmes. Aqueles eram os frutos proibidos. Aqueles a que ele assistia com a minha mãe só depois de eu ter ido dormir. Os assustadores. Aqueles que ele havia prometido que eu podia ver quando tivesse idade. Naquele aniversário, eu tinha.

Não estamos falando de Rob Zombie ou de *O massacre da serra elétrica*. Em minha primeira incursão no terror, assistimos a um monte de episódios do *Dr. Gangrene*. O humor leve e bobo das cenas intercaladas entre o filme diluía o nível controlável dos poucos sustos que aqueles filmes baratos me davam. Mesmo assim, passei horas vivendo uma onda deliciosa de adrenalina, tensão e catarse, aconchegada junto ao meu pai. Ele cheirava a lençóis recém-saídos da secadora e cigarro. Ficamos assim por horas, nos empanturrando de pasta de amendoim, minhoquinhas de gelatina e refrigerante de uva, o meu favorito.

Eu adorei cada segundo daquele dia. Enquanto ele acontecia, eu já sabia que algo estava sendo gravado no meu coração, me mudando. Me dando forma.

Cochilei em algum momento. Não sei como o sono ganhou da euforia daquele dia e de todo o açúcar que eu havia comido. Apenas capotei, acho. Acordei no jardim da frente de casa, e estava fresquinho e escuro. Não tínhamos a placa de quiromancia da minha mãe naquela época. O ar tinha o cheiro doce de maçãs caídas logo antes de amadurecerem demais. Senti como se o céu estivesse tentando me engolir. Mas não fiquei com medo, porque conseguia sentir o cheiro do meu pai também, e seu abraço. Não me senti pequena porque, de alguma forma, todo aquele vazio sobre mim fazia com que eu me sentisse maior e protegida.

— Olha pra cima, DeeDee — ele sussurrou no meu ouvido, e pude sentir sua barba raspando na minha bochecha. — O céu está lindo hoje.

Eu olhei, e estava mesmo. Eram tantas estrelas, e elas pareciam dançar, transformando o preto do céu em um tom azul-escuro. Senti que, se meu pai me soltasse, eu subiria para o alto no meio delas, sem gravidade.

— Está com frio? — ele sussurrou. — Quer entrar?

Fiz que não.

— Quando foi que você ficou tão grande? — ele perguntou. — Mas você ainda vai ser um bebê para mim enquanto eu conseguir te carregar no colo.

Fiquei olhando para o céu. A lua também brilhava. Quase cheia. Deixava o vapor da minha respiração prateado. Senti um calafrio.

Ele me deu um beijo na bochecha.

— Feliz aniversário, bonequinha. — Ele me levou para dentro e me colocou na cama e fez carinho no meu rosto até eu pegar no sono outra vez.

Durante o ano seguinte, quase toda noite, assistimos juntos aos programas de terror dele. Apresentadores mostrando filmes horríveis e encenando esquetes bobos. Assistíamos até nos dias ruins *dele* — os dias em que, assim como minha mãe, ele não conseguia sair da cama. Ele não tinha tantos quanto minha mãe, mas também tinha alguns.

Minha mãe piorou. Aos meus olhos de sete anos de idade, não

parecia que eles brigavam tanto. Mas, enfim, eu não tinha nenhuma comparação. Quando meu aniversário de oito anos chegou, ele já tinha ido embora. Ele nunca disse o porquê. Imagino que ele estava pior do que eu imaginava.

Queria poder sentir raiva dele. Seria doloroso me agarrar a um sentimento assim, como segurar um galho espinhoso. Mas seria algo mais sólido do que o que eu tinha — a lembrança do amor.

E, como ganhei na loteria genética da saúde mental, tive muitos dias ruins também. Como os que minha mãe e meu pai tinham. Por anos e anos.

Quase não suportei.

Mas, em vez de não sobreviver, comecei a tomar remédios que fizeram com que eu me sentisse bem, e comecei a produzir um programa besta para a TV Six com a minha melhor amiga, algo em que eu podia me agarrar.

Dou a volta até a porta dos fundos e a abro silenciosamente porque vi o Dodge Challenger da Candy Tucker estacionado na garagem de cascalho, o que significa que minha mãe deve estar atendendo. O cheiro esfumaçado de incenso atacando minhas narinas confirma isso. Deixo o balde perto da porta e ando discretamente, passando pela pia cheia de pratos sujos e pelos montes de correspondências fechadas em cima da mesa.

— DeeDee? — minha mãe grita da sala. — Não precisa andar na ponta dos pés, já terminamos.

— Tenho um namorado novo — Candy grita, sua voz mais grave por causa do bourbon. — Precisava que sua mãe me falasse se ele era tão imprestável quanto o último. E o penúltimo. E o antepenúltimo.

Entro na sala à luz de velas. Sombras dançam sobre as bugigangas, os quadros, as fotos, e os arcanos de brechós e antiquários cobrem todas as superfícies horizontais e verticais.

— E?

— Parece booooom! — Candy diz, com um sorriso obsceno. Atrás dela, minha mãe solta um "hummmmm" de compaixão e me faz um gesto de "mais ou menos". Candy dá uma tosse longa e trêmula.

— Ele é um cara de sorte — digo.

— Fala isso pros meus três ex-maridos — Candy diz, se levantando da mesinha onde minha mãe faz suas leituras de tarô. — Queria ver seu programa, querida, mas quase nunca estou em casa quando está passando.

Candy Tucker definitivamente não é o *tipo de pessoa que fica em casa em um sábado à noite assistindo à TV local*. Pode falar o que quiser da falta de sucesso amoroso dela; ela segue acreditando piamente em assumir o controle do próprio destino nas questões do coração.

— Talvez você não curta. Temos um público bem específico.

— Ah, tenho certeza de que vou adorar. Admiro muito você e sua mãe. — Ela faz carinho na minha bochecha e sinto o cheiro de desodorizador de roupa e aromatizador de carro de cereja. — Tchau-tchau, Shawna. Até a próxima — ela diz para a minha mãe, dando um abraço e um beijo rápido na bochecha dela antes de tirar da bolsa o *vaper* em formato de dragão.

Esperamos até ouvir o barulho do motor dela ligando antes de falarmos alguma coisa.

— É ruim, né?

Minha mãe bate a palma da mão na testa e balança a cabeça.

— Falei a verdade para ela. Disse: "Escuta, Candy, há sinais promissores, mas não estou vendo um relacionamento duradouro aqui".

— E Candy ouviu: "Há sinais promissores..." — Continuo mexendo a boca mas não falo nada.

— Basicamente.

— Trabalho garantido pra você, pelo menos.

— Basicamente.

— Estou morrendo de fome. Tem alguma coisa pra comer?

— Pedi pizza mais cedo. Está na geladeira. — Minha mãe me segue até a cozinha. Sob as fortes luzes fluorescentes da cozinha, ela parece ainda mais envelhecida do que parecia sob a luz mais generosa das velas da sala. — Como foi a gravação hoje?

— Foi bom. Os Gêmeos Idiotas levaram um amigo deles que é lutador de caratê e ele fez umas coisas bem legais durante a festa.

— Gêmeos Idiotas?

— Colt e Hunter. Além disso, falaram pra gente que conheciam uma pessoa que tinha um basset hound pro casamento de cachorros. Aí apareceram com o lutador de caratê e o cachorro dele, que era um beagle. E adivinha qual foi a explicação que eles deram? "Achamos que os beagles viravam basset hounds quando ficavam mais velhos."

— Coitadinhos.

Tiro o prato mais limpo da pilha de pratos por lavar, enxaguo, coloco algumas fatias de pizza em cima e enfio no micro-ondas.

— Coitadinhos mesmo.

Meu celular, o qual não sei como consegui esquecer por alguns minutos, vibra. Tiro-o do bolso tão rápido que quase rasgo o vinil da calça. (Se é que a calça é mesmo feita de vinil. Tenho lá minhas dúvidas.)

Josie: Meu Instagram não para de me recomendar vídeos de tartarugas transando. Por quê.
Eu: AI MEU DEUS HAHAHA (TE ODEIO MUITO AGORA ALIÁS)
Josie: POR QUE VC ME ODEIA? POR QUE ESTÁ COM INVEJA DE COMO O INSTAGRAM ME ACHA SENSUAL?

Eu: Ainda não recebi a Coisa. Pensei que você fosse a Coisa.
Josie: Aaaaah. Foi mal miga.
Eu: Tudo bem.
Josie: Como você está?
Eu: Méh.
Josie: Te entendo. Mas, sério, por que o Insta acha que eu quero assistir a tartarugas se pegando?
Eu: NÃO SEI TÁ. É UM MISTÉRIO. AGORA É SÉRIO NÃO CONSIGO LIDAR COM MEU CELULAR VIBRANDO SEM SER A COISA.
Josie: Tá bom DeeDeeBooBoo, te amo. Me avisa quando souber da Coisa.
Eu: Pódeixa. Te amo, JoJoBee.

Tiro a pizza do micro-ondas, abro espaço à mesa e me sento. Começo a pegar as cartas do topo de uma das pilhas e a abri-las.

— Mãe? — digo, lendo uma conta.

— O que é isso?

— Da companhia de luz. Diz que é nosso último aviso.

— Pensei que eu tinha pagado essa.

— Está na cara que não, a menos que eu tenha entendido errado e, nesse contexto, "notificação final" significa: "Ei, *finalmente* percebemos que você faz um trabalho fenomenal cumprindo suas obrigações financeiras, então a gente só queria te dar parabéns!".

— Ops.

— Pois é, *ops*. Cadê o talão de cheques? — Sei preencher cheques desde os meus oito anos. Não é uma habilidade que fiquei feliz em aprender. Eu me sentia uma órfã toda vez em que precisava ser a mãe da minha mãe.

Minha mãe vai até o quarto e volta de lá com o talão de cheques e uma caneta que entrega para mim. Começo a preencher o cheque.

— *BUM* — minha mãe diz.

Paro.

— O que isso quer dizer? Que o cheque vai ser devolvido? — pergunto sem tirar os olhos da mesa.

— Brincadeira. Não é pra ser devolvido.

— É engraçado porque, você sabe, ruína financeira! — A piada dela seria muito mais engraçada se a luz já não tivesse sido cortada antes por causa de um cheque sem fundos. Mas o canto da minha boca se ergue involuntariamente.

— Recebi meu salário da Target faz pouco tempo e a Candy me pagou em dinheiro hoje. Ah! E vendi outra peça na minha loja da Etsy!

— Qual?

— O colar com a caveira de camundongo.

— Abençoados sejam os esquisitões do terror.

Se este cheque for devolvido, vou me sentir ainda mais culpada por ter pago centenas de dólares para uma detetive particular descobrir onde meu pai está.

Termino de preencher o cheque, coloco no envelope que veio com a conta e observo o rosto da minha mãe.

— Ei — digo suavemente. — Você está bem?

Ela suspira.

— Ando tendo uns dias ruins ultimamente. Sem conseguir sair da cama.

— Percebi. Está tomando o remédio?

Ela desvia o olhar e tamborila os dedos na mesa, como se pudesse escapar.

— Mãe. Não vou simplesmente esquecer que fiz uma pergunta.

— Estou em hiato.

— Não se entra em hiato de *remédios de saúde mental*.

— Eu estava me sentindo melhor.

— Você estava se sentindo melhor *por causa do remédio*.

Ela ergue as mãos, se rendendo.

— Estou sem receita.

— Então pede outra.

— Quer ver um filme? Colocaram o *Halloween* do Rob Zombie na Netflix.

— Mãe. Você escutou o que eu falei?

— Sim. Tá bom.

—Tá bom o quê?

—Vou pedir outra receita e voltar a tomar o remédio. — O rosto dela está pálido e cansado.

— Obrigada. — Dou uma mordida na pizza, tiro outra carta da pilha e a abro.

— Podemos ver essas coisas depois. Termina de jantar e vamos assistir *Halloween*.

Quero admitir uma coisa sobre a minha mãe: ela me ajuda a me sentir menos sozinha neste mundo, mesmo quando ela não tem forças nem para cuidar de si mesma. Mas preciso ter certeza de que estou sendo ouvida.

— Não quero ter que tomar banho com lencinhos umedecidos porque cortaram a água porque, tipo, nossa conta de água está jogada na…

Meu celular vibra.

JOSIE

Entro pela porta da frente, com Buford balançando a coleira atrás de mim, e sigo o som da TV até a sala de estar, onde meu pai está assistindo a um programa sobre tubarões sem aparentar nenhum interesse em seu olhar. Minha mãe está aconchegada junto dele, lendo. Minha irmã mais nova, Alexis, está sentada de pernas cruzadas na ponta do sofá, trocando mensagens ou no Snapchat. Buford se esgueira até sua caminha no canto, se recusando a fazer contato visual com quem quer que seja.

Me aperto entre minha mãe e Alexis, que bufa, irritada.

— Ei, Jo — minha mãe diz. — Como foi a gravação?

— Você precisa lavar o rosto — Alexis diz.

— Você precisa colocar uma maquiagem de vampiro igual a minha. Seu rosto é muito sem graça.

Alexis solta um *hunf* e volta para o celular.

Minha mãe olha feio para nós.

— Josephine, Alexis, espero que não estraguem minha noite tranquila de sexta com essa implicância de vocês.

— Foi ela que... — começo a dizer.

Minha mãe abaixa a revista e me lança o olhar que imagino que ela lance para seus clientes criminosos que são presos toda hora quando ela não aguenta mais as brincadeirinhas deles.

— Com que frequência me importo com quem começou o quê?

— Nunca — resmungo, depois volto a me recostar e começo a mandar mensagem para Delia, para dizer que o Instagram acha que adoro assistir a sexo de tartarugas.

— Minha pergunta quando você chegou não foi retórica — minha mãe diz. — Como foi a gravação?

— Legal — murmuro, sem tirar os olhos do celular. — Quase não fizemos besteira.

— É esse o episódio que vai transformar você numa estrela de TV? — Alexis também continua concentrada no celular.

Delicadamente, estendo o pé de um dos meus saltos pretos de bruxa e chuto o celular das mãos dela.

Alexis choraminga, indignada.

— Mãe.

— Quando eu ficar famosa, vou ter guarda-costas para fazer isso. Você vai estar com o celular e eles vão aparecer e *ploft* chutar o celular da sua mão. E vou ficar vendo e dando risada — digo.

— Tenho certeza de que você vai ganhar muito dinheiro com seu programinha cafona na TV Six pra conseguir contratar alguém.

— *Tenho certeza mi mi mi de que você vai mi mi mi contratar alguém* — digo com a voz aguda.

Meu pai descruza os braços da frente da barriga.

— Chega. Vou começar a arrancar celulares e chaves de carros se essa palhaçada de vocês não parar. Entenderam?

— Sim — eu e Alexis respondemos em uníssono.

— Estávamos tendo uma noite perfeitamente agradável até vocês duas começarem — minha mãe diz.

— Tá, eu estava tendo uma noite perfeitamente agradável até ver a cara da Alexis, então obviamente o problema é ela.

— Não estou nem aí que você já tem dezoito anos. Vou mandar você pro seu quarto — minha mãe diz.

Leio a resposta de Delia. *Ops*. Não deveria ter mandado besteiras enquanto ela espera um e-mail importante.

— Mas Alexis deu um argumento válido — minha mãe continua —, ainda que de maneira errada.

Reviro os olhos.

—Vou pro meu quarto *mesmo*. Nem precisa mandar. — Começo a me levantar.

— Sua mãe está falando com você — meu pai diz.

Me afundo no sofá e fico olhando para a TV.

— Sei que você se diverte, mas precisa levar em consideração que fazer um programa de baixo orçamento para a TV local não é o caminho mais rápido para construir uma carreira na televisão — minha mãe diz.

— Eu nunca disse que seria.

— Você tem a oportunidade de ter uma experiência na Food Network, uma emissora nacional. — Ela se vira para o meu pai. — Brian, coloca na Food Network. Quero que fique passando enquanto digo meu ponto de vista.

Meu pai pega o controle e muda de canal. O Guy Fieri, que se parece com um buldogue todo rabiscado, está alternando entre enfiar sanduíches gigantes na boca com suas mãos cheias de anéis e gritar extasiado.

— Mãe, não estou interessada na Food Network. Além disso, eu nem apareceria na TV lá. Aqui eu apareço.

— Se você quer ou não seguir carreira na Food Network não vem ao caso. Você precisa ter uma experiência de verdade em um canal de verdade, e você tem essa chance em uma cidade com uma universidade em que você passou.

— Jo — meu pai diz —, não queremos forçar a barra. Só queremos o que é melhor pra você e para os seus objetivos.

— Estou correndo atrás dos meus objetivos. Inclusive, eu e a

Delia queremos ir à ShiverCon no fim de maio para uma reunião com um produtor importante.

— O que é a ShiverCon? — minha mãe pergunta.

— É uma grande convenção para pessoas que curtem filmes e programas de terror. Vai ter muita gente importante lá.

— A gente planejou uma viagem em família no último fim de semana de maio para visitar a tia Cassie em Atlanta — meu pai diz.

Eu sabia que tinha alguma coisa marcada. Cassie é minha tia preferida, uma viciada em TV como eu.

Pelo canto do olho, noto Alexis sorrindo com sarcasmo.

— Caramba, Alexis. Para de rir desse jeito. — Tento chutar o celular dela de novo, mas ela está mais preparada dessa vez e o afasta do meu pé.

— Eu nem estava rindo de você. Relaxa.

— Certo, Josephine — minha mãe diz. — Dá para ver que você está com fome pelo jeito como você está se comportando. Tem tilápia e salada de macarrão na geladeira. Vai lá.

— Odeio peixe — murmuro, me levantando do sofá. — Vou pro quarto.

Fico contente com a desculpa para sair. Não gosto de conversar sobre essa história da Food Network. Não é que os meus pais estejam falando uma coisa sem sentido. É que... sei lá. Alguma coisa dentro de mim me diz que essa escolha não é a certa. E definitivamente não estou a fim de discutir esse assunto com os meus pais enquanto Alexis, a Princesinha Imaculada, fica ali com aquele sorriso estampado na cara.

Subo a escada, me tranco no banheiro, coloco o celular ao lado da pia e começo a tirar a maquiagem. Meu celular apita e vibra na bancada de ladrilho com uma mensagem nova. Seco as mãos e pego o aparelho rapidamente para ver o que é, pensando que é a Delia. Não é.

(731) 555-7423: Oi, Josie, aqui é o Lawson Vargas de hoje mais cedo. Peguei seu número com os gêmeos. Percebi que esqueci de devolver a fantasia do Tater. Posso passar aí pra te dar?

Ai, droga. Que espertinho. Bem que a Delia me avisou. Quero mandar uma mensagem para ela, mas ainda não deve ser um bom momento, senão ela teria dito alguma coisa.

Eu: Sem problemas, pode dar pros gêmeos quando encontrar com eles de novo.
Lawson: Não os vejo com muita frequência porque a gente não é de sair muito.

Ponto para o Lawson por isso, pelo menos. Faço contato visual comigo mesma no espelho e balanço a cabeça. Qual é a única coisa que sei sobre esse cara até agora? Que ele não desiste. Vide a técnica de chute e a flexibilidade espetacular. Vide os hematomas na cara.

Eu: Hoje?
Lawson: Se você estiver em casa.

Considero dizer que não estou e pedir para ele deixar a fantasia na entrada da casa. Mas parece maldade. Ele realmente fez um belo show só para nos ajudar. Além disso, seria saudável para Alexis testemunhar um garoto que quer tanto me ver numa sexta-feira à noite.

Eu: Quando?
Lawson: Posso passar agora.

É claro que pode, Lawson. É claro que pode. Mando meu endereço. *Pelo menos você é bonito.*

DELIA

Sinto um aperto no estômago. Me levanto e pego o celular, mas quase preciso me sentar de novo de tanto que minhas pernas tremem. Já sou uma pessoa bem pálida, mas sinto que estou ficando com um tom esverdeado fantasmagórico.

— DeeDee? Você não parece bem — minha mãe diz, a voz soando distante, como se falasse de baixo d'água.

Balanço a cabeça.

— Estou bem — digo, numa voz que percebo não soar nada bem. — Preciso ir ao banheiro. — Saio andando com as pernas gelatinosas.

— Tomara que eu não tenha deixado a pizza fora da geladeira por tempo demais — minha mãe fala atrás de mim.

Entro no nosso banheiro minúsculo, os balcões sempre com pilhas de produtos de beleza e assessórios cheios de fios de cabelo, fecho e tranco a porta, me sento no vaso, ainda tremendo e tentando respirar para acalmar a adrenalina. Quando finalmente me sinto menos zonza, pego o celular e leio.

Srta. Wilkes, desculpa por não ter retornado antes. Fiquei enrolada em uma tocaia. Consegui localizar quem acredito ser seu pai...

Meu coração bate forte. Fecho os olhos e abaixo o celular. Queria que ela não tivesse conseguido encontrá-lo. Queria que ele tivesse sumido para sempre, de maneira que tudo que eu tivesse fosse um dia perfeito e o céu estrelado de uma noite de outubro com uma lua brilhante. Não queria ter de tomar nenhuma atitude. Mas também não era isso que eu queria; eu queria encontrá-lo. Mesmo se isso colocasse minhas poucas memórias perfeitas em risco. Engulo em seco e continuo lendo.

> Existe um Derek Armstrong que mora na rua Herbert, 685, em Boca Raton, na Flórida. Cerca de cinco anos atrás, ele mudou legalmente o nome de Dylan Wilkes para Derek Armstrong. As informações dos registros públicos coincidem mais ou menos com a descrição dele: um metro e setenta e cinto, olhos azuis, caucasiano. Não consegui encontrar um número de telefone, mas encontrei um e-mail: derekarmstrong1982@gmail.com. Posso continuar investigando se você quiser ter mais certeza, mas eu precisaria de outro pagamento adiantado de 300 dólares.

Estou olhando para o nome do meu pai, mas não é o nome dele. *Eu e meu pai não temos mais o mesmo sobrenome. Ele mudou de nome para que não tivéssemos.* Até o nome dele é uma promessa quebrada. Dylan Wilkes está morto. Agora só existe Derek Armstrong. *Por que ele mudou de nome? Será que está correndo perigo? É um espião? Ou só uma pessoa muito determinada a não ser encontrada de jeito nenhum?*

Queria que ele estivesse morto para que *não tivesse como* tentar entrar em contato comigo durante todos esses anos. O fato de estar vivo mostra que isso foi uma escolha dele. Esfrego os olhos e lágrimas quentes se acumulam entre meus dedos. Minhas emoções se agitam, fervilhantes. Não consigo nem começar a desatar o emaranhado de sensações retorcidas dentro de mim. Meu corpo está me dizendo que chorar é a reação certa. Mas, mesmo na privacidade do banheiro, tento me controlar, como se o universo só atribuísse um número finito de sessões de choro para cada um de nós, então temos de fazer todas valerem a pena. É bobo. Mas mesmo assim. Às vezes, quando a gente finge ser forte, começa a acreditar em si mesmo.

— DeeDee? Está tudo bem? — minha mãe pergunta.

— Sim — respondo com a voz mais animada que consigo fingir (que não é lá muito animada). Mas falar em voz alta faz com que minha compostura escape do meu controle como se fosse uma corda escorregadia, e começo a chorar o mais baixo possível. O tampo do vaso sanitário é frio e duro contra minhas pernas que fedem a gambá e gasolina.

Pelo menos tenho minha dignidade.

JOSIE

Passo uns dez minutos esperando até que uma picape preta reduz a velocidade e estaciona na frente da minha casa. Ele deve ter feito uma *viagem*. Imagino que ele não mora por perto porque não estuda na mesma escola que eu. Desço a escada rapidamente e saio de casa enquanto Lawson desce da caminhonete. Em vez da camiseta e da calça jeans de antes, ele veste uma camisa de botão, calça cáqui e tênis brancos novinhos. Parece que caprichou no visual para mim. Ele tem *mesmo* um jeito muito fofo, mas não.

Lawson, segurando a fantasia de cachorro, semicerra os olhos quando me aproximo.

— Uau, quase não te reconheci. Só tinha visto você com maquiagem e dentes de vampiro.

— Desculpa te assustar.

— Não, não. Tipo, acho que você está ótima. — Seu rosto fica vermelho. — Muito bonita — ele murmura.

— Não precisava fazer isso. Eu não precisava de uma fantasia de cachorro agora.

— Não, eu sei. É só que… eu não queria esquecer. — Ele me entrega a fantasia. — A propósito, queria dizer de novo… você fica ótima na tv. Parece uma profissional.

— Ah, obrigada. É o que quero fazer, então…

— Tipo, seguir carreira?

— É.

— Eu assistiria. — Ele parece nervoso e arrasta a ponta do pé no chão como uma galinha. Dá a impressão de que está reunindo forças para fazer alguma coisa.

— Amanhã à noite. Na TV Six. Mas o seu episódio só vai ao ar na semana que vem.

— Ah, não vou conseguir assistir. Vergonhoso demais.

— Mas você não se importa com levar porrada na frente das pessoas?

— É diferente. Quando estou no calor do momento, fico ocupado demais para ter vergonha.

— Hum. Bom, obrigada de novo por me trazer a fantasia e por ter ajudado no programa. Manda um beijo pro Tater. — Começo a voltar para a minha casa. Espero que ele tenha conseguido o que queria com essa visita rápida.

— Josie? — ele chama.

Viro.

— Quer sair pra comer alguma coisa? — Há um nervosismo trêmulo na voz dele. Penso que ele deve estar com mais medo de me chamar para sair do que de encarar lesões corporais iminentes em uma luta.

— Hum... — Não sei por quanto tempo consigo fazer "hum" até ficar chato. Estou fazendo umas contas rápidas na minha mente. *Sim, estou com fome, porque não curto muito tilápia. Sim, estou a fim de um pouco de interação social, porque Delia está ocupada. Não, não quero ter essa interação social com a minha família. Sim, gostaria de ficar longe deles. Mas... Mas...* Esse tal de Lawson é fofo mas não faz muito meu tipo. Não que eu tenha um tipo. Meu tipo só não é de atletas lutadores; isso com certeza. Acho que não seria o mesmo que aceitar um pedido de casamento.

Seria divertido ser observada do jeito como Lawson me olha

por um tempo. E realmente preciso parar com esse "hum", que já está demorando.

— Tá. Mas você precisa entrar e conhecer meus pais. Regras da casa.

Ele sorri.

— Tranquilo.

— Tá. — Eu o guio para dentro de casa. Ele me segue até a sala de estar. — Mãe, pai, este é o Lawson... — Tento lembrar o sobrenome dele, mas percebo que esqueci. — A gente vai sair pra comer alguma coisa.

Lawson sai de trás de mim para apertar a mão dos meus pais.

— É um prazer conhecer os senhores. Sou Lawson Vargas. — Ele cumprimenta até a Alexis. — Você é a outra irmã da Josie?

— Sou a única irmã dela — Alexis diz.

Lawson parece confuso.

— E a Delia?

Alexis lança um olhar sarcástico para ele e dá risada.

— Josie e Delia não parecem nada uma com a outra.

— Você achou isso porque somos irmãs no programa — digo.

— E também porque vocês falam igual e têm um monte de gestos parecidos — Lawson diz.

— Muita gente fala isso — digo.

Alexis observa Lawson.

— Por que sua cara está toda zoada?

Reviro os olhos.

— Alexis? Dá pra parar?

— Eu não ligo — Lawson diz.

— Ligando ou não, isso não é jeito de falar com as visitas, né, Alexis? — minha mãe diz a última parte com a voz ferrenha, e os olhos fixados em Alexis como se ela estivesse tentando queimar uma formiga com uma lupa.

— Não posso ter curiosidade?

— Pode, desde que seja educada — minha mãe diz.

— Eu também fiquei curioso, para falar a verdade — meu pai diz.

— Tudo bem. Eu pratico artes marciais mistas e tive uma luta difícil. Levei alguns golpes.

Meu pai assente, ponderando as virtudes do esporte contra os males da violência.

— Kickboxing?

— Sim, senhor. É parecido.

Meu pai se levanta e infla o peito. Ele é contador e um amor de pessoa, mas se considera muito sério e intimidador.

— Certo. As regras são as seguintes: ela tem de estar de volta à meia-noite. Não meia-noite e um. Meia-noite. Segunda e mais importante regra: minha filha é quem manda enquanto vocês estiverem juntos. Isso significa que, se você quiser fazer alguma coisa que ela não queira, ela ganha e você não pode fazer, seja lá o que for. A terceira regra é que não existem exceções à segunda regra. Alguma dúvida?

— Não, senhor, parecem boas regras.

Meu pai volta a se sentar, com uma expressão de serenidade magnânima, como um soberano misericordioso que acabou de perdoar um aldeão que matou um de seus animais reais.

— Muito bem. Quais são os planos?

—Vamos sair pra comer alguma coisa — digo.

— Boa ideia, porque ela está com um humor e tanto. Divirtam-se — Alexis murmura.

Cruzo os braços e lanço um olhar para ela que diz "pelo menos não vou ficar em casa numa sexta à noite".

Não vou mentir — parte de mim estava torcendo para o meu pai botar medo nele. Sair de casa para comer de graça e me distrair do tédio pode não valer se eu tiver de passar uma ou duas horas de conversa fiada insuportável com alguém com quem não tenho absolutamente nada em comum.

Quando saímos, Lawson abre a porta de passageiro do carro para mim, e entro na caminhonete. Ele tem um daqueles aromatizantes de carro Black Ice com o desenho de uma caveira alada. Tem cheiro daquelas águas de colônia que são vendidas em um pote ridiculamente grande, do tipo que não foi feita para fazer alguém cheirar bem, mas para sobrecarregar o nariz das pessoas e disfarçar o cheiro normal de quem a está usando. A caminhonete dele tem o cheiro exato que eu esperaria que a caminhonete de um lutador de MMA teria.

Lawson liga a caminhonete e conecta o cabo do som no celular. Uma música que equivale a um cooler com estampa militar começa a tocar.

Balanço a cabeça e tampo os ouvidos.

— Ah, não. Não. Isso é demais pra mim.

— Não curte Florida Georgia Line? Espera, vou achar outra coisa. — Ele mexe no celular. Thomas Rhett começa a tocar.

— Não.

— Certo. — Ele passa para Sam Hunt.

— Essa foi sua última chance. — Desconecto o celular dele e começo a conectar o meu para colocar Florence and the Machine, mas uma mensagem me interrompe.

Delia: Literalmente chorando na privada.
Eu: Ai, DeeDee. Abracinho.
Delia: Talvez eu tenha achado meu pai.
Eu: AIMEUDEUS.
Delia: Pois é.
Eu: Onde?

Delia: Flórida.
Eu: Claro que na Flórida. Você está bem? Quer conversar?

— Então, aonde você quer ir? — Lawson pergunta.
Ergo um dedo.
— Desculpa, espera um segundo. Delia está com um problema.

Delia: Estou processando. Talvez daqui a pouco? O que você está fazendo?
Eu: Você não vai acreditar com quem eu estou agora.
Delia: PQP.
Eu: Exato.
Delia: O amigo dos Gêmeos Idiotas?
Eu: O próprio.
Delia: EU FALEI.
Eu: Quer ouvir uma coisa fofa?
Delia: Sempre.
Eu: Ele achou que a gente era irmã.
Delia: Haha, todo mundo acha.
Eu: Sério. Enfim, ele queria me pagar um jantar e estou com fome e queria sair de casa, então... *dando de ombros*
Delia: Divirta-se.
Eu: Vou tentar. Vou zoar ele um pouquinho.
Delia: Bom plano. Depois me conta. Te amo, JoJo.
Eu: Te amo, DeeDee.

Coloco o celular no colo.
— Certo. Desculpa.
— Tranquilo. Aonde você está a fim de ir?
— Não sei. Nunca fui a nenhum restaurante antes.
Lawson vira para mim, avaliando meu rosto em busca de algum sinal de que eu esteja brincando. Uso minhas melhores habilidades

de atuação e mantenho a seriedade, fixando um olhar sereno na estrada.

— Fala sério.

— Estou falando sério. Nunca fui a um restaurante. Estou ansiosa para experimentar. Ouvi falar bem.

—Você *nunca* foi a um restaurante?

— Nunca tive oportunidade.

—Você está falando sério?

— Claro.

— Como assim?

— Juro.

Ele fica me encarando.

—Você... Uau. Sou responsável por levar você ao seu primeiro restaurante?

— Ouvi dizer que não precisamos cozinhar a própria comida e que alguém traz o prato para a mesa, é verdade?

— *Nunca?* Como pode?

Dou de ombros.

— É uma coisa religiosa?

Faço que sim com um ar solene.

— Mas sua religião deixa você se vestir de vampira e aparecer na TV?

Faço que sim com um ar solene.

Lawson vira e olha para a frente, balançando levemente a cabeça, incrédulo.

— Caramba — ele murmura. Ele se vira para mim. — Não quero fazer você fazer alguma coisa contra sua religião.

Eu me dobro de rir. Não consigo mais. Gargalhadas e mais gargalhadas.

— Desculpa. Desculpa. Sim, já fui a restaurantes. Tanto faz o lugar. Só não gosto de peixe.

Um sorriso se abre devagar no rosto de Lawson, como calda de panqueca escorrendo.

— Você atua muito bem.

— Eu me esforço.

— Applebee's?

— Ah, vá! Applebee's é a música country dos restaurantes.

— Como assim?

— Tipo, parece que foi batizado em homenagem a algum governador racista do Sul. Como H. Barton Applebee ou coisa do tipo.

— Olive Garden?

— Também tem um nome idiota. "Jardim de azeitonas". Que ridículo. Quase certeza que azeitonas crescem em árvores, não dá pra ter um jardim de azeitonas.

— Preferia que você nunca tivesse ido a um restaurante.

DELIA

Acho que, se eu estiver pálida e com cara de enjoada quando sair do banheiro, minha aparência vai me ajudar a evitar perguntas. Enquanto tiro o que sobrou da maquiagem de vampiro depois de chorar, percebo que isso não vai ser um problema.

— Você está bem, DeeDee? — minha mãe pergunta, a testa franzida.

— Compramos uns fígados de frango fritos no Dixie Café para um quadro com o Buford e eu comi alguns que sobraram. Talvez tenha sido um erro.

Minha mãe coloca a mão na minha testa.

— Você está toda suada, mas não parece com febre. Quer deitar um pouquinho?

— Sim. Se eu melhorar, a gente assiste ao filme. — Me pergunto, numa faísca de pensamento, como minha mãe reagiria se eu contasse a ela que estou tentando encontrar meu pai. Imagino que não muito bem, senão ela mesma teria feito isso antes. Claro, não tenho como ter certeza se ela já não tentou. Mas de algum modo sei que a notícia a magoaria profundamente.

Sinto os olhos dela atrás de mim, me observando em silêncio.

Entro no meu quarto e fecho a porta. Ele vive coberto de pilhas de roupas, quadrinhos, graphic novels, livros, mas, acima de tudo, fitas vhs. Centenas. Títulos rabiscados nelas no garrancho do meu pai. Elas ocupam todos os centímetros embaixo da minha cama rangente.

Me afundo no chão, ainda trêmula. Eu não tinha nenhum plano emocional caso *realmente* o encontrasse. Tudo que eu queria era uma sensação de encerramento que eu não tivesse de desenterrar de dentro de mim mesma. Fico olhando para a mensagem da detetive por um tempo, o e-mail do meu pai cintilando como uma luz vermelha piscante em uma torre de rádio distante.

Como se meus dedos tivessem uma vontade própria, diferente da minha, começo a digitar.

Querido pai,

Na verdade, não sei se ainda posso chamar você desse jeito. Nem se eu quero. Nem se você quer que eu chame você assim. Mas não sei de que outro jeito chamaria você. Pelo jeito, você nem tem mais o mesmo nome. Acho que, se quisesse que eu te chamasse de alguma coisa, não teria mudado de nome. Fiquei um pouco desapontada com o nome que você escolheu, aliás. Nada de errado com Derek Armstrong, mas com certeza você poderia ter escolhido um com mais estilo. Claro, talvez a intenção fosse essa. Evitar ser notado.

Não sei por que estou escrevendo isto. Não sei o que dizer. Eu poderia dizer que sinto saudades, mas não é tão verdade quanto o fato de que eu sentia antes. Poderia dizer que não sinto raiva de você, mas não é tão verdade quanto o fato de que não sinto mais agora.

Minha mãe está melhor. Não estou contando isso porque acho que vai querer voltar. Só acho que você deveria saber. Ela começou a tomar um remédio que ajuda a estabilizar o humor dela, e dá muito certo quando ela toma, o que é quase sempre. Ela começou a tomar depois que você foi embora. Acho que ela não queria tomar, mas sabia que precisava. Acho que, se você foi embora para fazer com que ela tomasse uma atitude, deu certo.

Descobri que herdei a química cerebral de vocês ou coisa assim, e também tive muitos dias ruins depois que você foi embora. Levo minha medicação mais a sério do que minha mãe leva a dela.

Estou prestes a me formar e depois vou para a Universidade Comunitária de Jackson. Trabalho umas vinte horas por semana na Comic Universe. Não estou saindo com ninguém e não tenho lá muitos amigos, especialmente agora que a Jesmyn, uma das minhas melhores amigas, se mudou para Nashville, tudo bem. Praticamente só fico com a minha mãe e com a minha melhor amiga, Josie.

Por falar na Josie, tem uma coisa que estou empolgada para contar para você. Nós duas somos apresentadoras do nosso programa de terror chamado *Sessão da meia-noite* na TV Six da cidade. Todo sábado à noite, das 23h à 1h. Dá para ver pelo site da TV Six. Estamos indo muito bem. Já somos transmitidas em Topeka, Macon, Greenville, Des Moines, Spokane, Fargo e Little Rock. O que significa que você ainda não deve ter nos assistindo por acaso, como eu torcia para que você tivesse, já que você mora na Flórida. Ou pelo menos acho que mora.

Usamos os filmes que você deixou aqui. Às vezes me pergunto se você sente falta deles mais do que tudo. Cuidei bem deles, se um dia os quiser de volta. Você sabe onde nos encontrar. Moramos no mesmo lugar de sempre. A grana está sempre curta. Provavelmente já era assim quando você estava aqui. Não me lembro de ter sido rica alguma vez na vida.

Como eu disse, não sei por que estou escrevendo isto. Não

sei o que espero. Não sei nem se esse é você. Se não for, pode deletar e dar um abraço na sua filha (se tiver uma) e falar para ela a sorte que ela tem.

Não, na verdade, eu menti. Sei sim por que estou escrevendo. Porque queria que você assistisse ao meu programa. Queria que você visse que deixou para mim algo que eu amo e que sempre vou amar. Queria que você sentisse orgulho de mim.

Digito "Com amor, Delia" mas apago. Tento "Atenciosamente, Delia" mas tiro também. Arrisco "Sua filha, Delia".

Deleto o e-mail inteiro.

Choro o mais baixo que consigo por um tempo, depois saio para ficar com a minha mãe, porque não gosto de me sentir mais abandonada do que o absolutamente necessário.

JOSIE

— Meu, cala a boca — digo.

— Como assim? É sério — Lawson diz.

— Não, não pode ser. Não faz sentido. — Saio da caminhonete e fecho a porta.

Ele sai em seguida.

— Por quê?

— Porque *panquecas* — digo "panquecas" com ainda mais desprezo do que acho necessário — não são o prato favorito de ninguém. Nunca são mais do que, tipo, o quinto prato favorito. É como se torrada fosse seu prato favorito. Não pode ser verdade.

—Você está tirando com a minha cara, como a história de nunca ter ido a um restaurante.

— Dessa vez não.

— São uma delícia.

— São discos de farinha cozida em que você põe manteiga e açúcar derretido.

— Eu sei o que são panquecas.

— Desculpa. Você vai ter que escolher outra comida favorita.

— Não posso simplesmente escolher outra comida favorita.

— Frisbee marrom de farinha com gordura de vaca e meleca de açúcar.

Lawson tampa os ouvidos.

— Não! Não vou ouvir você falar mal de panquecas desse jeito. Você não odeia panquecas.

— Não, não odeio. São minha décima primeira comida favorita, o que é onde elas deveriam ficar no ranking de uma pessoa normal.

— Não acredito que você chamou manteiga de gordura de vaca. Vou precisar de um tempo para me recuperar dessa.

— Fui longe demais. Não estou orgulhosa.

Lawson olha para cima enquanto abre a porta do Five Guys para mim.

— Isso sim é um céu de sexta à noite.

Essa mudança para o clima poético me pega desprevenida. A menos que seja algum tipo de piada esquisita. Ele ama panquecas e tem um desodorizador de ar nojento e ouve música ruim.

— Como é que é? — pergunto.

— Um céu de sexta à noite. Já percebeu que só dá para ver certos céus em certas noites? Esse é um céu de sexta à noite.

Paro, olho para cima e observo o céu por um momento.

— Parece um céu normal pra mim.

— Os céus de sexta à noite parecem... mais esperançosos. Sempre têm cheiro de coisa boa.

— É cheiro de batata frita o que você está sentindo.

— Juro. Você nunca notou céus de sexta à noite?

— Não. — Não é completamente verdade. Enquanto ele fica falando sobre isso, percebo que também já percebi céus de sexta à noite. Mas não é uma boa ideia concordar demais com um garoto logo de cara, na minha opinião. Melhor descobrir o quanto antes como eles lidam com o fato de você pensar diferente deles. Não que eu esteja prevendo muitos outros encontros com esse garoto. Mas um hábito é um hábito.

Pedimos hambúrgueres e o equivalente a um balde de batatas fritas e nos sentamos. Me preparo para uma conversa desconfortável. Em momentos como este, tento imaginar que sou a apresentadora do meu próprio talk show e que preciso entrevistar celebridades terríveis e parecer muito interessada e tornar a situação divertida para o público. É um bom treino para minha futura carreira na TV.

— Tá bom. Seja sincero — digo. — Você foi embora com minha fantasia de cachorro de propósito.

Ele ri de nervoso.

— Como assim? Não!

— Uhuuuum.

— Não, sério.

— Uhuuuum.

— Juro que fui embora com a fantasia sem querer e cheguei na minha caminhonete e aí que eu me toquei.

— Mas não deu meia-volta e andou trinta metros de volta para o prédio.

— Pensei que seu câmera tivesse trancado a porta.

É provável que Arliss tenha trancado mesmo.

— Você não poderia ter deixado perto da porta dos fundos?

— Alguém poderia roubar.

Cruzo os braços.

— Roubar.

Ele dá de ombros.

— Porque isso *com certeza* acontece na nossa sociedade: roubo de fantasia de cachorro. Um problema que atingiu proporções epidêmicas.

— Nunca se sabe.

— Às vezes se sabe. De vez em quando se sabe, sim.

— As pessoas vendem de tudo pra poder comprar drogas.

— É verdade, mas não torna você nem um por cento menos ridículo.

Ele sorri um sorriso de quem foi pego no flagra.

— Não costumo poder comer tanto assim — ele diz, erguendo uma batata como se segurasse um bom charuto.

— Por causa do treino ou coisa assim?

— É, minha vida é basicamente um peito de frango e um shake de proteína após o outro.

—Você odeia alegria.

— Isso me ajuda a ser um lutador melhor. É alegria para mim, sim.

— O sr. Dedicação está aqui.

— Por falar em dedicação, queria ter te perguntado no estúdio, mas não deu. Como você foi parar em um programa de TV?

Termino de mastigar uma mordida grande do hambúrguer.

— Eu e a Delia temos uma amiga em comum, a Jesmyn. Na verdade, ela se mudou para Nashville, mas enfim. Delia era amiga dela primeiro. Aí eu estava participando de um musical da escola com a Jesmyn, e a gente começou a conversar, e comentei que queria trabalhar na TV algum dia.

— Atuando ou…

— Quero ser como a Mindy Kaling e escrever e estrelar meu próprio programa.

— Há quanto tempo você quer isso?

— Tipo, minha vida toda. Desde que me entendo por gente. Eu fazia filmes quando era pequena na câmera digital da minha mãe.

— Desculpa, te interrompi. Você estava falando sobre você e a Delia? — Lawson diz.

— Então, a Delia cresceu assistindo a programas como o nosso com o pai dela. E ela tinha comentado com a Jesmyn que queria começar um programa de terror na TV local, mas precisava de alguém pra isso porque tinha medo de fazer sozinha. Ela tinha chamado a Jesmyn primeiro, mas a Jesmyn é mais da música, então ela me apresentou pra Delia.

— Obviamente deu certo.

— No começo eu só estava fazendo pra estar na TV. Pra falar a verdade, foi uma surpresa a gente ficar tão amiga. A gente não tinha lá muito em comum além do programa. Mas agora a gente influenciou uma a outra em vários sentidos.

— Quais?

— Hum, por exemplo... Eu *nunca* teria gostado dos filmes ruins de terror, se não fosse por ela. Eu sempre curti filmes de terror, mas não do tipo que a gente exibe no programa. E acho que ela pegou um pouco do meu senso de humor.

—Vocês até falam igual.

— É o que dizem.

Falar da Delia me lembra de perguntar como ela está. Ela pode me dar uma desculpa para escapar desse encontro. Quer dizer, está divertido até agora, tudo tranquilo e tal, mas mesmo assim. Dou uma mordida grande para não ter de falar nada e mando uma mensagem para ela.

Eu: Por que é totalmente aceitável colocar queijo em ovo mexido mas não em ovos cozidos?

Alguns segundos se passam.

Delia: MEU DEUS VOCÊ TEM RAZÃO. Pensar em queijo derretido em cima de ovo cozido me dá vontade de vomitar.

Eu: Primeiro porque precisaria esquentar o ovo cozido e isso é muito nojento.

Delia: POIS É. Ovo cozido requentado seria muito desagradável. O Lawsão está obrigando você a jantar ovo???

Eu: Nem, só pensei porque estou comendo hambúrguer e pensando em tudo que dá pra pôr queijo derretido.

Delia: Desculpa, ainda estou pensando em ovo cozido requentado e tentando não vomitar.

— É a Delia? — Lawson pergunta.

— Ah... sim. Foi mal. — Baixo o celular. Não percebi que ele estava me observando.

—Você estava com um sorrisinho no rosto enquanto digitava.

— A gente sempre morre de rir uma com a outra. Você tem amigos assim? Os Gêmeos Idiotas?

— Os Gêmeos... — ele diz, confuso, depois ri. — Ah, Hunter e Colt? Mal sou amigo dos dois.

— Parabéns. Como vocês se conheceram?

—Acampamento de escoteiro quando a gente era criança. Eles iam pro lago e um peidava na água e o outro tentava pegar as bolhas com a boca.

Bufo involuntariamente e cubro a boca com a mão para não cuspir pedaços de pão, carne e queijo na cara dele.

— Sim, isso é *muito* nojento.

— Consegue ser ainda mais nojento do que cheirar pum, embora nos dois casos envolva botar o pum pra dentro do corpo.

—Vamos fazer um acordo agora de que nunca, jamais, vamos usar a expressão "botar pra dentro do corpo" para se referir a um peido, porque acho isso *muito* perturbador.

Ficamos rindo baixo, depois comemos em silêncio. Não é um silêncio tenso, mas também não é leve.

Lawson finalmente o quebra.

— E o que você vai fazer depois? Você está quase se formando, né? Está no último ano?

Suspiro.

— Sim, no último. Me inscrevi em algumas faculdades. Estou planejando ir pro campus de Martin da Universidade do Tennessee, para ficar perto de Jackson. Vai ser mais fácil pra eu e a Delia continuarmos fazendo o programa. Mas...

— Mas o quê?

Faço que não é nada de mais.

— Deixa quieto.

— Pensei que você ia falar mais alguma coisa.

— Não, é só que meus pais estão me pressionando pra eu ir pro campus de Knoxville. Minha mãe conhece uma moça que trabalha na Food Network, e eles têm um escritório em Knoxville...

— Sério? Em Knoxville? Que bizarro.

— Pois é. Parece que a sede do Travel Channel fica lá também. Enfim, essa moça pode conseguir um estágio pra mim, mas ainda não sei.

— Parece uma boa oportunidade.

— Talvez você devesse ter saído com a minha mãe em vez de ter saído comigo. Vocês se dariam bem.

— Só estou dizendo.

— Aqui eu *estou* na TV. Deve ser melhor do que levar café pra... secretária do Alton Brown ou algo do tipo.

Lawson enfia uma batata frita na boca.

— Sei lá. Talvez sim. Talvez não.

— Você sabe de alguma coisa que eu não sei? — Deixo um leve tom de irritação transparecer na minha voz. Não topei um semiencontro constrangedor com um cara que mal conheço e que escuta música ruim só para levar o mesmo sermão que meus pais teriam me dado.

Ele dá de ombros.

— Eu sei que, quando estamos numa luta, às vezes a posição que parece boa, não é. A gente precisa pensar a longo prazo. Desistir de algo agora pra conseguir algo melhor depois.

— Bom, obrigada pelo conselho útil. Nunca me passou pela cabeça pensar em mais do que algumas horas sobre o futuro.

— Não estou tentando te irritar.

— Quem está irritada?

— Dá pra perceber pela sua voz.

— Há quanto tempo você me conhece mesmo?

— Tempo suficiente.

— Enfim, a Delia ficaria superchateada se eu fosse embora. Esse programa é tudo pra ela. Não acho que ela conseguiria fazer isso sozinha.

Mais silêncio. Este é definitivamente tenso.

Eu o quebro dessa vez.

— E você? O que você vai fazer quando se formar?

Ele balança a cabeça, considerando a pergunta.

— Ir para a universidade em algum momento, mas quero tirar um ano de folga pra trabalhar e pegar pesado nos treinos. Vou estar no meu auge como lutador daqui a alguns anos, e quero tentar virar profissional. Gosto muito do meu treinador e da minha academia daqui, então vou ficar na cidade.

— Há quanto tempo você treina?

— Bom, comecei tae kwon do bem cedo, antes de entrar no muay thai...

— O que é isso?

— Muay thai? É um estilo de kick boxing tailandês em que você usa o corpo todo pra aumentar a força dos chutes e socos.

— Ah, como uso o meu corpo pra comer pizza.

— Comecei isso e jiu-jítsu quando tinha catorze, quando comecei a lutar MMA.

— Por que MMA?

— Tenho três irmãos mais velhos e um monte de primos mais velhos.

— Ah.

— Pois é. Levava muita porrada. Com carinho. Mas uma porrada carinhosa ainda é uma porrada.

— Não dava pra encontrar alguma coisa menos dolorosa pra se apaixonar do que artes marciais?

— Muitas coisas menos dolorosas. Mas nenhuma que valesse a pena.

— O que tem de tão mágico? Por que você faz?

Ele vai começar a falar mas se interrompe. Fica vermelho. Depois me encara nos meus olhos e diz:

— Quero ser um campeão. — Sou pega de surpresa pela confiança serena e honesta com que ele expressa um sentimento tão brega. Tanto que nem consigo pensar em uma resposta inteligente.

Ele percebe e continua:

— Quero ser o melhor.

— Diferente do tipo de campeão que só apanha e é o pior? — Eu sabia que não demoraria muito para me recuperar. — Eles te dão um troféu com o desenho de um saco de pancada e no saco está escrito: "Você".

— Você é engraçada — ele diz.

Ele está sendo claramente sincero. Já deu para perceber que não é do tipo irônico ou sarcástico. Já tive namorados que eram cheios de ironia e sarcasmo, e isso me cansava depois de um tempo. Especialmente quando se achavam mais engraçados do que eu (não eram) e não riam das minhas piadas (que eram engraçadas).

Por isso ele recebe um sorriso sincero em resposta.

—Você acha?

— Eu acho.

—Você tem um gosto melhor para comédia do que para música.

— Ei, calma aí.

— Olha só o que você gosta. — Cerro o punho. — *Não venha me dizer que meu chapéu não é vistoso* — canto com a minha melhor voz de cantor country. Já participei do coral e de alguns dos musicais da escola, então não canto mal.

Lawson começa a dançar junto com a minha cantoria.

— Estou curtindo.

— *E não me diga que meu sapato não é glorioso e meu cinto audacioso e meu tabaco estiloso.*

Lawson ri.

— Esse é meu estilo de música.

— *E é melhor não falar mal do meu jeans apertado ou do meu caminhão tunado.* — Termino com um floreio lento e mãozinhas de jazz.

Lawson bate palmas e assobia.

— Mais!

Balanço a cabeça.

— Essa é a minha vida. Improvisando música country.

—Vou ser seu guarda-costas quando você ficar famosa.

— Se eu ficar famosa por fazer música country, vou querer que alguém me mate o mais rápido possível.

— Aposto que podemos transformar você numa fã de country.

— Aposto que não, jamais.

— Você já gosta de filmes ruins. Aposto que pode começar a gostar de música ruim.

— Até você admite que é ruim!

— Só admito que *você* acha ruim.

— Cara, não vai ser nada fácil pra você. Pode acreditar.

Conversamos sobre nada em particular e rimos por um tempo. Lawson tem uma combinação cativante de confiança tranquila — talvez por causa de seu lado lutador — e nervosismo fofo, como um garotinho ansioso para ir na montanha-russa de que morre de medo — talvez por estar perto de mim. É divertido. Mais do que pensei que seria, com certeza. E realmente gosto do jeito como ele me olha.

Se tivéssemos mais em comum, eu poderia querer fazer isso de novo algum dia. Talvez.

Chegamos à minha casa.

— Valeu, cara. Foi divertido. Obrigada. Toca aqui. — Ergo a mão e ele bate nela.

— Gostei de sair com você. — (Nervosismo fofo.)

— Legal — respondo com uma indiferença ensaiada.

— Queria fazer isso de novo algum dia. — (Confiança tranquila.)

Ai, caramba. Ele não vai se tocar. Imagino o que aconteceria se eu fingisse que morri de repente. Se me esparramasse no banco com a língua para fora, a cabeça curvada em um ângulo estranho, os olhos abertos e vidrados. Até ele colocar meu corpo no quintal e sair (*embora ele com certeza seja mais o tipo que "me levaria até a porta e tocaria a campainha e entregaria meu cadáver para os meus pais com um pedido de desculpas"*).

Ele continua olhando para mim com expectativa, esperando uma resposta. Ótimo. Sei que estou prestes a dar um golpe duro e profundo, mas ele perdeu tão pouco tempo para me convencer a sair com ele que sinto que tudo bem.

— Eu... Bom. Vou ser totalmente honesta com você.

— Por favor.

— A gente não tem muito em comum, né?

— Talvez sim, talvez não. Era o que eu queria descobrir.

— Dá pra ver que a gente não tem muito em comum.

— Depois de só umas duas horas?
— Está na cara.
— O.k.
—Você não acha óbvio?
— Não, pra mim não é.
— Bom, pra mim é. Então a gente pode ser amigo, legal, sem problema. Mas não estou procurando nada mais do que isso.
— É porque eu sou...
Levanto a mão para interrompê-lo.
— Não ligo que você curta socar as pessoas.
— Eu ia dizer "fã de música country". — Ele me abre um sorriso discreto e triste. É um sorriso bonito. Não está sendo tão fácil quanto pensei que seria.
— Ah.
— Deveria ter deixado você escolher a música.
Fico vermelha.
— Na verdade, é porque não estou a fim de um relacionamento agora.
— Tudo bem. Podemos ser amigos. — Sua voz é suave, e ele desvia o olhar. Mas, fora isso, ele leva na boa. Fico um pouco surpresa, para falar a verdade. Meio que achava que ele ficaria um tantinho mais arrasado. Talvez lutadores de MMA também treinem resistência emocional. Fico imaginando um senhor grisalho de chapéu perto do Lawson enquanto ele luta, gritando sobre a importância ao autocuidado.
— Supertopo amizade. Só não queria te dar falsas esperanças — digo.
—Tranquilo. Então, até a próxima? — Não há rancor nenhum em sua voz. Nenhum sarcasmo. Nenhum sinal de orgulho ferido. Foi mais agradável falar para esse garoto que *não* sairia com ele do que foi *sair de fato* com alguns dos meus ex.

— Sim. — Abro a porta para descer do carro.

— Precisa de outro dançarino pro programa da semana que vem?

Paro no meio da descida da caminhonete.

— Nunca falta trabalho. Você toparia usar uma fantasia de esqueleto?

— Dignidade pra quê, afinal?

Dou risada.

— Não é? Certo, tchau de verdade agora. Obrigada pelo jantar.

— De nada. Tchau. — Há uma melancolia em seu olhar. Ele tem olhos bonitos.

Percebo que ele fica me observando para ter certeza de que entrei em casa com segurança. Viro e aceno enquanto abro a porta, e ele retribui antes de sair com o carro.

Por que, de repente, sinto que eu e ele estávamos disputando, e eu estava vencendo e, sem que eu percebesse, ele ganhou vantagem? Mais importante, por que isso não me incomoda nem um pouco?

Vou para o meu quarto, me jogo na cama e fico olhando pela janela.

Céu de sexta à noite. Quem diria?

DELIA

Eu e minha mãe nos recostamos em cantos opostos do sofá, com as pernas entrelaçadas entre nós, nossa posição típica de ver filme. Meu celular vibra. Eu deveria ignorar para não ficar mandando mensagens durante o filme, mas hoje estou tensa e ansiosa demais para deixar qualquer coisa de lado.

Josie: E aí? Vc tá bem?
Eu: Até que sim. Meio esquisita. Vendo um filme com a minha mãe. Ah, aliás, meu pai mudou de nome, nada demais.
Josie: É SÉRIO?
Eu: Pois é.
Josie: Ele tá foragido ou algo do tipo?
Eu: Ou ele é um agente secreto. Tomara que seja isso e ele não esteja só tentando garantir que eu nunca o encontre. Como foi a cafonice com o boy do caratê?
Josie: Até que não foi ruim. Foi legal.
Eu: ???
Josie: Tive que jogar um "não vamos ficar" no final.
Eu: Zzzzz.
Josie: Precisava falar logo de cara. Ele estava jogando charme.
Eu: Não é não.

Josie: Mas ele curtiu minhas piadas.

Eu: Isso é bastante coisa. Li um artigo ótimo no Dollywould sobre como muitos caras não gostam quando as meninas são mais engraçadas do que eles.

Josie: Né?? Ou de meninas engraçadas no geral. Por falar nisso, quer saber algo engraçadíssimo que eu ia te contar antes?

Eu: Óbvio.

Josie: Nunca li Frankenstein.

Eu: Hum, por que só estou sabendo disso AGORA? Me fala sobre o que você acha que a história é?

Josie: Hummmmm, o cientista cria um Frankenstein no porão e o Frankenstein quer uma namorada, daí ele fica doidão e bota pra quebrar na roça até o pessoal do vilarejo o matar com forquilhas. Fim.

Eu: NÃO.

Josie: Mais ou menos assim?

Eu: KKKKKK, nada disso. AI MEU DEUS, vamos fazer um quadro no programa em que você fala sobre o que você acha que é Frankenstein.

Josie: [selfie dela me mostrando o dedo do meio]

Eu: Pooooor Favooooor

Josie: Por falar no programa falei pro Karate Kid que ele pode ajudar na semana que vem.

Eu: Ó VC DANDO FALSAS ESPERANÇAS PRO MENINO.

Josie: Que nada!!!!

Eu: Brinks. Vamos pensar em alguma coisa pra ele fazer.

Josie: Ele poderia quebrar umas tábuas ou alguma coisa assim?

Eu: Não consigo imaginar nenhum programa de TV que não ficaria melhor com uma demonstração de artes marciais. Depois a gente se fala, estou vendo um filme com minha mãe e sendo mal-educada.

Josie: Blz, até depois. Te amo, DeeDeeBooBoo.

Eu: Te amo, JoJoBee.

—Você vai assistir ao filme comigo ou vai ficar conversando com a Josie?

— Acabei de falar pra ela que eu estava sendo mal-educada. — Me recosto com um muxoxo baixo e deixo o celular na mesa de centro.

— Esse não é tão bom quanto o original — minha mãe murmura, olhando para a TV.

Pego mais um tubinho de gelatina de morango do pote de plástico grande que minha mãe deixou no chão, perto do sofá.

—Você acha que o Rob Zombie fala: "Por favor, o sr. Zombie era meu pai. Pode me chamar de Rob"?

— Aposto que Zombie nem é o sobrenome dele de verdade.

— Vai ver é o nome artístico que ele escolheu. Tipo, ele era Robin Zombiertalli ou algo do tipo.

— A Natalie Portman chamava Natalie Hershlag — minha mãe diz.

— Sério?

— Juro.

— Como você sabe disso?

— Não faço ideia.

O filme acaba. Minha mãe pega o controle e desliga a TV, e ficamos paradas um momento, ouvindo os estalos do trailer à nossa volta.

Eu me sento e cubro um bocejo com a mão. Estou orgulhosa de como fingi que estava bem.

—Vou dormir.

— Espera — minha mãe diz.

Viro para ela.

— Você vai me contar por que está tão estranha hoje? — ela pergunta. Às vezes acho que o dom dela é só ser muito empática e atenta ao que as pessoas estão sentindo. Sentir a dor dos outros pode ser parte do motivo porque ela sempre estava triste durante boa parte da minha infância.

— Estou bem. Só cansada.

— Sua energia está toda errada — minha mãe diz. — Primeiro você estava agitada e nervosa, depois saiu correndo pro banheiro e ficou uns quinze minutos lá e, quando saiu, parecia triste. É algum garoto?

— Sim. Estou apaixonada por um cara gato chamado Chadford, mas ele não me ama.

— Quer me contar qual é o problema?

É como quando você acha que não está com fome. Mas aí passa na frente de uma pizzaria e sente o cheiro e percebe que não está com uma fominha qualquer, mas que nunca esteve com tanta fome na vida. *Sim, quero contar o que está acontecendo. Ninguém entenderia melhor do que você. Mas não posso. Não posso. Não posso. Não posso.*

—Você está encrencada com alguma coisa? — A voz da minha mãe é suave, mas impositiva.

— Encrencada? Tipo...

— Sei lá, DeeDee. Eu leio cartas de tarô e mãos, não mentes.

— Não.

— Então o que aconteceu?

Talvez ela fique bem. Talvez tenha passado tempo suficiente para que ela fique bem e não fique tão magoada. Talvez.

Inspiro fundo e prendo a respiração antes de falar. Minha cabeça está latejando, uma dor surgindo na base do crânio.

— Pode ser que... eu tenha encontrado meu pai. — As palavras saem da minha boca antes que eu perceba como esse é um momento cruel para jogar essa bomba em cima dela, ainda mais quando ela não está tomando a medicação direito.

Demora um momento para a ficha cair, mas vejo a mágoa se

espalhando no rosto da minha mãe como uma gota de sangue brotando no tecido branco.

— DeeDee? — A voz dela me implora para eu estar fazendo uma piada de mau gosto. Me repreende por isso. Suplica para eu dizer: "Brindadeirinha!".

— Economizei dinheiro e contratei uma detetive.

— Por quê?

Não sei se "por quê" é uma pergunta ou uma repreensão.

— Ela achou um endereço de um tal de Dylan Wilkes em Boca Raton, na Flórida. Ele mudou de nome e agora chama Derek Armstrong. — Espero alguns segundos antes de acrescentar, estupidamente, como se minha mãe tivesse esquecido quem era Dylan Wilkes: — Ela pode ter encontrado meu pai.

Minha mãe fica pálida e se curva. Faz semanas que não anda bem, mas hoje ela estava melhor. Já era. Ela fica em silêncio por tanto tempo que fico com medo. Consigo ouvir o tique-taque do relógio cuco, que não marca a hora e cujo cuco não funciona. Só faz tique-taque.

— Mãe?

— Por quê? — Ela balança a cabeça devagar, como se estivesse vendo um prédio pegar fogo na TV. — Por que você fez isso?

— Não sei. — É verdade.

Os olhos da minha mãe se enchem de lágrimas. Ela os seca rápido e leva o punho aos lábios trêmulos.

— DeeDee. — A voz dela embarga e se dissolve.

— Desculpa.

— Eu quase *me afundei* quando ele foi embora. Além de tudo, virei mãe solteira de repente. Isso acabou comigo. Pensei que não ia conseguir. Meu coração se parte só de eu *falar* sobre isso — ela diz quase em um sussurro.

— Eu precisava saber.

— Pois já sabe. E agora?

— Não sei. — Estou segurando o choro e minha garganta dói como se eu tivesse engolido um cubo de gelo que era grande demais para o meu esôfago.

—Vai falar com ele? Desenterrar tudo de novo? — Uma lágrima deixa um risco cintilante no rosto da minha mãe.

— Já falei que não sei. — Agora estou chorando também. — Quero saber o porquê.

— Quer saber *por quê*? Eu posso responder isso. Porque a situação ficou muito difícil por aqui, e era mais fácil para ele abandonar a gente do que enfrentar a dura realidade. Porque ele só pensou em si mesmo.

— Ele falou isso pra você?

— Precisava ter falado?

— E se não for só isso?

— O que mais poderia ser?

— Sei lá. Não sei o que pensar.

— Mas eu sei. Penso que nunca mais queria pensar nele de novo. Isso sim. Não tem um dia que passe em que eu não pense nele, mas mesmo assim... Você faz ideia de como é amar e odiar tanto uma pessoa?

—Você não foi a única pessoa que ele magoou.

— Aqui estamos nós lutando para pagar as contas e você paga sabe-se lá quanto para alguém cutucar feridas antigas. Você precisa deixar isso pra lá. Não pode continuar investigando.

Fico imóvel e não falo nada.

Minha mãe insiste.

— Promete que vai parar.

Seco os olhos com o dorso das mãos, desvio o olhar e faço que sim com a cabeça.

Ela se levanta do sofá.

— Não consigo. Preciso ir pra cama.
— Mãe.
Ela levanta a mão para eu parar de falar.
— Mãe.
Ela continua com a mão levantada.
— DeeDee. Por favor. — Sua voz não é mais cortante nem brava, mas exala o tipo de exaustão que ela tinha durante seus piores dias, quando minha mãe apenas torcia para que seu coração simplesmente parasse de bater.

Ela apaga a vela, a única luz que estávamos usando, e vai para o quarto devagar, como se equilibrasse na cabeça um balde cheio de tudo que a vinha permitindo manter o controle durante os últimos quase dez anos. Ouço um choro abafado vindo do quarto dela, que parece vir de uma fonte que não pode ser contida, por mais que minha mãe se esforce.

Fico sentada na escuridão de nossa salinha miserável, o brilho vermelho do pavio diminuindo gradualmente até desaparecer, fumaça branca subindo em fios curvos. Ao meu redor, os enfeites e as quinquilharias que usamos para forrar nosso pequeno ninho. Nunca pensei neles como talismãs contra a tristeza, mas talvez seja exatamente para isso que sirvam.

JOSIE

Acredito que as pessoas que têm algum tipo de conexão conseguem sentir o que o outro está sentindo, mesmo à distância. Não me pergunte como isso funciona; eu não saberia dizer. Só sei que não fico surpresa quando recebo uma mensagem da Delia, porque posso pressentir que tem alguma coisa de errado com ela.

Delia: Você pode falar agora? Não estou bem.
Eu: Claro. Fala aí, miga.
Delia: Contei pra minha mãe que talvez tenha encontrado meu pai.
Eu: E aí?
Delia: A reação dela não foi NADA boa.
Eu: Ah, amiga. Posso te ajudar de alguma forma?
Delia: Não sei. Me distraia com alguma coisa.
Eu: Tá. E se você pudesse voar, mas só quando estivesse pelada. Você toparia? Discorra.
Delia: Que tal com a parte de baixo do biquíni?
Eu: Não. Pelada. Bundinha de fora. Nada embaixo.
Delia: Posso voar alto o suficiente para que as pessoas não possam ver minhas partes?
Eu: Não. Você pode voar no máximo a quinze metros de altura.

Delia: Posso voar super-rápido? Pra minha bunda parecer só um borrão cor-de-rosa?

Eu: Você pode voar no máximo a oitenta quilômetros por hora.

Delia: Posso voar à noite?

Eu: Não. Só em plena luz do dia. Suas partes vão ficar à mostra.

Delia: Eu topo.

Eu: Sério?

Delia: Voar parece divertido, e voar pelada deve ser gostoso. O estigma de ser vista em público sem roupas deve ser anulado porque voar é muito da hora.

Eu: Conversamos sobre assuntos importantes.

Delia: Obrigada por ser assim.

Eu: Você sabe que eu te amo, amorzinho.

Delia: Que bom, porque minha mãe e meu pai me odeiam no momento.

Eu: Sua mãe te ama mais do que qualquer mãe já amou um filho e seu pai saiu de casa por algum motivo, e não porque ele odiava você quando era criança. Confia em mim.

Delia: Como você sabe?

Eu: Se eu fosse seu pai eu te amaria e faria piadas de tiozão tipo "É pavê ou pacumê?" no Natal e usaria calça cáqui e camisa polo e levaria o celular preso no cinto, como se eu fosse o Batman.

Delia: Agora estou chorando de rir. Vou ficar desidratada.

Eu: Você precisa dormir.

Delia: Real oficial. Certo, vou lá. Pré-produção aqui em casa amanhã?

Eu: Sim. Já escolheu um filme?

Delia: *Terror no colégio*. É um filme italiano de 1961 com lobisomens que matam garotas aparentemente ao transar com elas.

Eu: Legal.

Delia: E o áudio é um lixo. As vozes não estão nem um pouco sincronizadas com os lábios.

Eu: Acho ótimo.

Delia: Saio do trabalho às 17h. Vem umas 18h. Vou deixar você voltar pro seu Project Runway.

Eu: Te amo, DeeDeeBooBoo.

Delia: Te amo, JoJoBee.

DELIA

Durmo como uma pedra saltitando por um lago. Aquele tipo de sono superficial em que sua mente fica gritando tão alto que você acorda a toda hora. Em que você nunca tem certeza se está dormindo.

Não sei ao certo se estou acordada ou dormindo quando meu cérebro finalmente faz a associação. *A ShiverCon vai ser na Flórida. Meu pai talvez more na Flórida.* Agora estou definitivamente acordada, meu coração batendo no peito feito uma máquina de lavar. Pego o celular e pesquiso: Orlando fica a trezentos e quinze quilômetros de Boca Raton, onde meu pai mora. Daria para chegar lá. Deve ser o destino me falando: *Conheça Jack Divine. Consiga a ajuda dele para fazer o* Sessão da meia-noite *subir de nível. Faça com que o programa vire a coisa que vai impedir a Josie de ir tentar começar uma carreira em Knoxville. Encontre seu pai. Pergunte por que ele foi embora. Tente enterrar esse negócio que está arranhando seu coração feito um gato preso em um saco.*

Se eu tiver coragem para isso.

JOSIE

Já tive outros encontros que foram ótimos, com caras perfeitamente agradáveis, e nunca perdi tempo pensando neles depois. Mas uma coisa fica se repetindo na minha cabeça enquanto assisto a *Project Runway*, um programa sobre pessoas se sacrificando e se esforçando e dando o melhor de si para serem os melhores em alguma coisa. É o que o Lawson falou sobre querer ser um campeão. Ele pode ser bobo em todos os aspectos, e podemos não ter mais nada em comum, mas isso fez alguma coisa ressoar dentro de mim.

Me pergunto se ele tem sonhos sobre quartos enormes escondidos dentro da casa da avó dele. Quase mando mensagem para perguntar, mas logo mudo de ideia.

Acho que você não precisa gostar das mesmas músicas ou ter as mesmas comidas favoritas que alguém para uma pessoa conhecer seu coração secreto.

DELIA

— Eu sei que falo isso toda vez, e que você já deve estar acostumada com isso a essa altura, mas esse filme é muito ruim — Josie diz, pegando uma pipoca com a boca antes que caísse em sua camisa.

— Eu avisei — digo, pegando o controle e pausando nosso videocassete velho.

— Tipo, é *perturbadoramente* ruim.

— Não é incrível que a gente viva numa época em que temos acesso à arte ruim?

— Como assim?

— Tipo, você nunca viu um quadro horroroso da Renascença. Nem todos os artistas do Renascimento eram o Michelangelo, certo?

— Ah. Verdade.

— Devem ter existido alguns pintores renascentistas que eram verdadeiros desastres. E cadê as pinturas deles? — Ajeito minha posição no sofá.

— Devem ter virado lenha para fogueira ou algo do tipo.

— Queria que existisse um museu de arte ruim da Renascença. Eu iria.

— As plaquinhas diriam "Por favor veja como Rigatoni"...

Rio baixo e cuspo pedaços de pipoca doce.

— *Rigatoni?* Além de ser um péssimo pintor, ele foi batizado em homenagem a um *macarrão?*

— Não, a massa *rigatoni* foi batizada em homenagem a ele. Ele teve de inventar o *rigatoni* porque as pinturas dele eram horríveis. O macarrão foi sua verdadeira obra-prima.

— É mesmo um macarrão muito bom. Você estava dizendo?

— Por favor veja como Rigatoni retratou a forma humana... ou pelo menos temos quase certeza de que é a forma humana. Talvez seja um cachorro tosado andando nas patas traseiras. Vai saber?".

Dou o play no vídeo de novo e assistimos por um tempo. Cubro um bocejo, pauso o filme e me inclino para perto da mesa de centro para digitar no notebook.

— A gente poderia fazer um quadro em que nossas vozes e lábios não estão sincronizados, como no filme.

— Vai dar um pouco de trabalho pro Arliss, mas eu topo.

— Ele suprimir o áudio na gravação dessa parte. Deve ser fácil. E a gente compensa o Arliss cortando a cena do professor Von Hein... — Outro bocejo.

— Conseguiu dormir à noite?

— Talvez uma hora e meia ininterrupta.

— Pensando na história do seu pai? — Josie se levanta para levar a tigela de pipoca doce até a cozinha.

— Só deixa na pia — grito para ela.

— Se eu deixar, vai continuar aqui até a próxima vez que eu vier. — Ela molha a tigela e começa a lavar.

Ela tem razão.

— Sim. Principalmente na história do meu pai.

— Que droga.

— O pior é que essa história deixou minha mãe surtada. Ela parou de tomar os remédios em algum momento e anda pior nos últimos dias. Tive que literalmente arrancar ela da cama hoje de manhã antes de ir pro trabalho.

— Caramba. — Josie volta para a sala e se senta de pernas cruzadas no sofá, perto de mim.

— Pois é. Superdivertido tentar tirar da cama alguém que se recusa a falar com você.

— Ela precisa voltar a tomar os remédios.

— Sim, eu sei. Mas ela é muito difícil às vezes.

Ficamos olhando para a tela da TV pausada por um momento até Josie pegar o controle com um longo suspiro.

—Vamos acabar logo com essa porcaria...

Coloco a mão no controle.

— Espera aí. — Eu sabia que queria conversar com a Josie em algum momento desta noite, mas até eu estou surpresa comigo. Privação de sono. — Acho mesmo que a gente deveria ir para a ShiverCon. Se a gente conseguir alguma coisa com o Jack Divine, podemos crescer muito.

— Esqueci de te falar. A gente vai pra Atlanta visitar minha tia nesse fim de semana.

— JoJo. Essa é, tipo, uma oportunidade incrível.

— DeeDee, visitar a Cassie é *maravilhoso*. Você não sabe o que é diversão até virar a noite maratonando *Scandal*, tomando sorvete de café e falando besteira com a minha tia.

— Eu sei, mas presta atenção.

— Estou prestando. O quê?

—Você sempre pode visitar a sua tia. Essa é a única chance de conhecer o Jack Divine.

— Eu *sei* que vou me divertir com a Cassie. *Não faço ideia* se o Jack Divine vai nos dar um minuto do dia dele.

— Se não der, não deu, mas pelo menos a gente tentou. E, se a gente não tentar, o programa vai basicamente continuar como está.

E se o programa continuar como está, você vai... — Não consigo terminar o raciocínio. Não quero dizer em voz alta. Posso acabar jogando ideias para o universo.

— Eu vou o quê?

— Sei lá. Você vai continuar sendo pressionada pelos seus pais a ir para a faculdade em Knoxville. — Hesito e então murmuro: — Você vai embora.

— Eu te falei ontem. Vou pra Martin. Vou continuar no programa. Esse é o meu plano.

Ela fala enfaticamente, mas não sei por que isso não me tranquiliza. Parece que ela está apertando firme um sabão escorregadio que a qualquer momento vai escapar da mão dela.

— E se o nosso programa não decolar? — pergunto. — Mais cedo ou mais tarde você vai ter que seguir em frente se quiser uma carreira na TV.

— A gente conversa sobre isso quando a hora chegar.

Mordo o lado de dentro da bochecha, um tique nervoso que tenho quando estou estressada.

— Quero conversar sobre isso agora. Junto com o Jack Divine. — Minha voz assumiu um tom agudo de urgência. Sei que pareço desesperada, e isso nunca é bom quando se quer algo, mas é difícil esconder.

— DeeDee.

— JoJo. Além disso, ouvi dizer que tem um monte de tarado nessas conferências, não quero ir sozinha.

Tento projetar uma autoconfiança tranquila porque não quero que isso pareça a missão quixotesca que na verdade é. Não sei se estou conseguindo.

Mesmo assim, Josie diz:

— *Tá bom*. Vou falar com meus pais.

— Eu sei que você não está convencida.

— Eu posso visitar minha tia outra hora. Mas você vai vir junto comigo, porque meu pai vai odiar se eu for sozinha.

— Combinado.

Ficamos nos encarando por um momento. Sem dizer nada, Josie estende o braço atrás dela, pega uma almofada do sofá e a bate na minha cara. Fico parada e levo a almofadada em silêncio. Rimos.

Josie despausa o filme.

— O lobisomem desse filme realmente parece que está transando com as pessoas até a morte.

— Acho meio sexy.

— Parte de mim quer pesquisar mais sobre o assunto, mas tenho medo do que vou descobrir.

Enquanto assistimos, começo a pensar no meu pai. Me pergunto o que ele está fazendo enquanto assisto a um dos artefatos de nossa curta vida juntos. Penso que algum dia quero ser boa o suficiente — o suficiente *de verdade* — para que ninguém que tenha me abraçado sob o céu de uma noite de outubro queira me abandonar.

Os créditos do filme começam a passar.

Josie vira para mim e pergunta:

—Você acha que os homens das cavernas deixavam as crianças da caverna desenhar besteira nas paredes da caverna?

JOSIE

— Arliss parece com um humor muito melhor que o normal — sussurro para Delia.

No set, Arliss, vestido de professor Von Heineken (ele se trocou voluntariamente, outra surpresa rara), está tenso, segurando uma tábua de madeira com as duas mãos, a câmera filmando atrás dele. Lawson, com a roupa de tae kwon do (ele me falou o nome da roupa, mas eu esqueci) e uma máscara de esqueleto, dá um chute giratório e quebra a tábua perfeitamente no meio. Arliss grita.

— Todo esse tempo, a chave para o coração dele eram pessoas quebrando coisas com chutes — Delia diz.

— Certo — Arliss diz para Lawson enquanto eles equilibram várias tábuas entre blocos de cimento. — Quando for quebrar as tábuas, olha bem no centro da câmera e dá um grito que vou dar zoom, como naqueles filmes velhos de artes marciais.

— Você precisa continuar com o Lawson — Delia sussurra. — Ele deixa o programa mais interessante, e faz o Arliss ser um pouco menos mala.

— Aliás, você percebeu o que o Lawson estava vestindo quando chegou hoje? — pergunto.

— Mais ou menos. Pensei que ele queria ficar bonito para o programa.

— Não! Por que fazer isso se ele sabia que ia vestir a roupa de tae kwon do?

— *Faz sentido.*

— Lembra como ele estava da última vez?

— Mais ou menos. Uma roupa meio básica?

— Exatamente, por isso que você não lembra. Ele compra roupas na American Eagle ou sei lá. Mas *desta vez...*

Delia ri baixo.

— Ele está usando uma calça jeans skinny visivelmente nova e Vans preto e...

— Uma *pulseira* de couro preta.

— *Verdade.* Ele está *super...*

— Shhhhh!

Delia fala mais baixo.

— *Ele está super se vestindo pra te impressionar.*

— Não é engraçado?

— É fofo.

— Tipo, e se ele também estivesse usando um chapéu fedora novinho em folha da Target?

— A pulseira de couro é o fedora do punho.

— Você deveria contar pra ele onde comprou sua calça fedida de vinil — digo. — Ele pode curtir a loja.

Damos risada o mais baixo possível, cobrindo a boca com as mãos, nos apoiando uma na outra. Enfio o rosto no braço de Delia. Arliss e Lawson estão ocupados demais para notar. Pelo menos estou torcendo para isso. Lawson passou a noite toda lançando olhares tímidos na minha direção.

— Silêncio no set! — Arliss berra, voltando ao normal por um momento. — Calem a boca.

Mas isso só nos faz rir ainda mais, então corremos para fora, nos sentamos nos degraus do fundo do estúdio, e gargalhamos por um tempo. A umidade pegajosa demora apenas alguns minutos até fazer nossas fantasias de vampiro grudarem em nossas costas feito folhas em uma calçada molhada. Em algum momento, não estamos mais rindo pelo motivo original; estamos rindo do quanto estamos rindo.

— Ele está *apaixonadinhooooo* — Delia diz.

— É melhor a gente voltar pra dentro — digo, secando as lágrimas.

— Acho fofo como ele está super a fim de te beijar.

— Delia! Para!

— Aliás, você perguntou pros seus pais sobre a ShiverCon? — O tom de brincadeira de Delia de repente se transforma em ansiedade.

— Não.

— *Como assim?*

—Vou perguntar. Relaxa.

— Tá, mas precisa ser logo.

— Eu vou.

— Promete pra mim.

— Acabei de falar que eu vou. — Então uma pausa. — Queria te dizer que sua calça está com um cheiro melhor. Quer dizer, não *melhor*, mas, sabe, menos ruim. Não deixou meu carro fedendo dessa vez.

Delia ergue o joelho até perto do nariz e inspira fundo.

— É, acho que os cheiros precisavam evaporar.

— Ou mataram nossas papilas olfativas ou seja lá o que tem no nariz.

— Vou mandar um e-mail pro Jack Divine e tentar começar um diálogo.

— *Começar um diálogo?*

— Sei lá! Dar o chute inicial. Melhor assim?

— "Diálogo" soa mais inteligente. O que você vai dizer?
— Preciso descobrir o e-mail dele antes.
— E o que vai falar pra ele?
— Ainda não cheguei tão longe. Talvez mande uns vídeos.
— Planeja direitinho pra não falar besteira.
— Eu não falo besteira. Grossa. — Mas Delia abre aquele meio sorriso que ela guarda para quando sabe que tenho razão.
— Quando você está nervosa, fala sim.
— Vou falar que a gente quer se encontrar com ele na Shiver-Con e discutir sobre possíveis próximos passos.
— Só seja normal. Não seja esquisita nem formal demais.
— Não vou ser.
— Não use expressões como "sinergia" e "tomar as rédeas".
— Nem sei o que significa sinergia.
— E não fale "nós" até eu ter certeza que também vou.
— Então pergunta pra eles.

Ouvimos Arliss berrar. Nos levantamos com um pulo e corremos para dentro. Ele está fazendo uma contagem regressiva, e está no número quatro. Imagino que, quando chegar ao zero, ele vai embora, independentemente de a gravação ter terminado ou não.

— Bom, pessoal, chega ao fim mais um episódio de *Sessão da meia-noite*. Esperamos que tenham gostado do filme! — Delia diz.
— E obrigada a nosso convidado especial, hum… — De repente me dou conta de que esqueci de dar um nome artístico para Lawson.

Delia intervém:
— Kickin' Kenny.
— Kickin' Kenny! Duvido que teríamos inventado algo me-

lhor se tivéssemos pensado antes. E não se esqueçam de nos assistir na semana que vem para mais arrepios...

— E calafrios!

Sorrimos, acenamos e ficamos esperando até Arliss gritar:

— Corta. — Lawson está atrás de Arliss, radiante. Pelo visto, ele divertiu Arliss o suficiente para não ser expulso assim que acabou sua cena.

Começamos a desmontar o cenário.

— Como foi hoje? — pergunto para Arliss enquanto ele se aproxima, enrolando um cabo de microfone.

Ele inspira fundo e arrota.

— Bem — Arliss diz, depois inspira de novo e arrota de novo. — Ruim.

— Bom, obrigada — digo.

Lawson, ainda com a roupa de tae kwon do, mas com o Vans novo, começa a ajudar Delia a desprender a teia de aranha.

— Bom trabalho — Delia diz a Lawson. — Talvez você tenha de virar um participante fixo.

— A gente te reembolsa pelo preço das tábuas — digo.

— Ah, não é nada. São baratas.

— Que bom, porque eu estava brincando.

Delia joga o castiçal e a caveira de plástico numa lata e fecha a tampa.

— Passa as chaves, JoJo.

Entrego minhas chaves e ela sai, carregando a lata.

Arliss termina de mexer na câmera.

— Preciso soltar um barro. Não quebrem nada nem façam sexo enquanto eu estiver fora. — Ele sai andando.

Franzo o nariz.

— Que nojo, Arliss. Que nojo — digo para as costas dele.

Lawson entreabre um sorriso.

— Nossa, eu estou bem aqui.

—Você sabe a que parte eu estava me referindo — digo, revirando os olhos.

— Eu assisti ao programa na semana passada, aliás. — Ele levanta nossa mesa.

— Ah, é? Pode deixar a mesa no canto. Só não pode ficar no caminho.

— Sim. Quer dizer, assisti a todas as partes com vocês. Sofri um pouco com o filme.

— Fracote.

—Tecnicamente sou peso meio-médio.

—Ahá! Foi uma piada de lutador? Hein? Está querendo me dar uns golpes de comédia?

Ele sorri.

—Talvez. — Ele fica ao meu lado enquanto ajeito as poltronas e a mesa no canto. Ele cheira a sabão em pó e algodão limpo e alvejado. É um cheiro agradável. — Vocês leram umas cartas bem doidas hoje. Todo mundo que escreve cartas pra vocês é esquisito? — ele pergunta.

— Não, muitas pessoas normais e equilibradas adoram assistir a programas na TV local estrelados por duas adolescentes de Jackson, Tennessee.

— Não sabia que podíamos falar "opiniões são como bundas; todo mundo tem uma, mas é melhor não sair dando a sua por aí" na TV estatal.

— TV *local*. Tem uma diferença enorme. Além disso, a maioria das pessoas que se preocupam com esse tipo de coisa não presta atenção na gente. Mas boa memória.

Ele se aproxima e pega do chão uma lasca de uma das suas tábuas quebradas.

— Foi uma frase memorável.

Onde será que a Delia está? Pensei que ficaria tenso e constrangedor de repente quando Arliss me deixou sozinha com Lawson, mas não. Lawson não está agindo de um jeito esquisito, como alguns garotos agem quando você diz que só quer ser amiga deles. É bem diferente.

— Não dói quando você quebra as tábuas? — pergunto.

— Não.

— Sério? Ou você está se fazendo de durão?

— Tem um segredo.

—Você pode revelar pra alguém que não faz parte da Irmandade Sagrada da Tábua Quebrada?

Ele levanta um dedo, vai até sua bolsa de academia e pega uma tábua que sobrou. Ele a entrega para mim.

— Segura.

— Cara, não vou segurar isso pra você quebrar. Que aflição.

— Não vou quebrar. Assim, segura deste jeito. — Ele posiciona minhas mãos na tábua. Seus dedos são surpreendentemente gentis para a força que eles têm. Ele ajeita a tábua para que eu a segure na direção dele, na frente do meu peito.

Ele bate de leve na tábua.

— Se você mirar na tábua em si, vai se machucar. Precisa focar a energia em um ponto além da tábua. — Ele ergue o braço e mostra o espaço entre a tábua e o meu peito. Então... — Ele toma impulso e ataca. Mal tenho tempo para fechar os olhos. Logo antes de ele acertar a tábua, ele para e dá um peteleco.

Solto um grito agudo e deixo a tábua cair, rindo baixo.

—Você me assustou, seu besta.

Ele estende o braço tão rápido quanto o golpe, pegando a tábua antes que caia no chão.

— A gente prometeu pro Arliss que não quebraríamos nada.

— Também não fizemos sexo.

— Obedecemos a essa também. — Lawson sorri e fica vermelho. — Não fizemos nada para estragar o barro do Arliss.

Um silêncio constrangedor vem em seguida. Eu o quebro, apontando para a área geral de sua virilha (que palavra horrível).

— Então você é faixa preta.

— Desde os dez anos.

— *Sério?* Quanta dedicação.

— Nunca tive medo de compromisso.

— Dá pra ver. — *Cheio das indiretas, hein, sr. Vargas.* — Como você começou a se interessar por artes marciais?

— Minha família inteira gostava de assistir a reprises de *Walker, Texas Ranger*. E eu adorava quando o Walker saía batendo em todo mundo.

— Ele fazia alguma outra coisa nessa série? Nunca vi Walker falando de física quântica. Nem escrevendo haicais. Nem tocando Bach no cravo. Aquele programa era um comercial do Chuck Norris chutando pessoas por janelas de vidro em câmera lenta.

— Então você já assistiu.

— Você ainda não aprendeu que o fato de eu ter assistido a alguma coisa não diz nada sobre a qualidade dela? Sim, já assisti. É ruim até pros meus padrões.

— Tipo, não vai ganhar Oscar nem nada, certeza.

— Por vários motivos. Primeiro, nem está passando mais. Segundo, programas de TV não concorrem ao Oscar; concorrem ao Emmy. E, terceiro, não tem uma categoria no Emmy para Melhor Série de TV que Existe Apenas para Mostrar o Protagonista Chutando Pessoas Comicamente.

— Isso nem acontecia tanto.

— Assisti a dois episódios e aconteceu nos dois.

Lawson observa ao redor no set.

— Pegou tudo? Já terminamos?

— Acho que sim.

Começamos a caminhar em direção à porta. Arliss provavelmente adoraria se já tivéssemos ido embora quando ele voltasse.

Estamos no meio do caminho para a porta quando percebo que estou sem o meu celular. Meu vestido não tem bolsos, então vivo largando ele pelo set.

— Argh.

— Que foi?

— Meu celular.

— Perdeu?

— É. Você tem meu número aí?

— Sim.

— Liga pra mim, por favor?

Volto para dentro do estúdio enquanto Lawson liga. Ouço um zumbido no chão atrás de uma das cadeiras usadas para programas com plateias. Acho que devo ter colocado numa dessas cadeiras e caiu para trás. Pego e atendo.

— Pizza Trough. Posso anotar o seu pedido?

Lawson não perde tempo.

— Puxa, não sei, que sabores de pizza você tem?

— Nossa especial da casa é a Amante das Aves.

— Ah, e o que tem nela?

— É uma pizza recheada de frango suculento, pato, peru, ganso... Que outra ave que existe?

— Faisão.

— E faisão. Com borda recheada de ovo mexido e molho de gema de ovo picante.

— Hum. Gosto de todas essas coisas separadamente, mas não sei por que essa pizza parece estranha e nojenta.

— Eu mencionei que a massa é feita com massa de panqueca?

— Começo a voltar em direção à porta.

126

— Espera — Lawson diz. — Para de andar mas não desliga. Posso te perguntar uma coisa?

Paro.

— Depende se ainda estamos fingindo que sou uma atendente da Pizza Trough.

Ele ri com um tom de nervosismo.

— Não. Queria te perguntar uma coisa pelo celular, mas estou nervoso e não tinha planejado fazer isso. Tenho uma luta no sábado à noite e queria saber se você quer ir...

— Consigo ouvir você falando mesmo se eu segurar o celular longe da orelha.

— Eu sei.

— Dá próxima vez que quiser me chamar pra algo assim, a gente venda você. Dá no mesmo — digo.

— Juro que pra mim é mais fácil desse jeito.

—Você não teve problema em me chamar pra jantar na semana passada.

— É diferente.

—Você parece ter menos medo do combate corpo a corpo do que de mim te assistindo.

— Pois é.

— Normalmente eu e a Delia preparamos o programa da semana seguinte nas noites de sábado. — Estou pronta para usar essa desculpa, mas, então... percebo que não quero.

— Tudo bem se não puder ir. — A voz dele está igualmente tomada por decepção e alívio.

— Mas a gente pode preparar o programa outra noite.

— Legal. Vou te mandar o endereço. — A voz dele é a de quem está sorrindo.

E só para ser babaca, digo:

— Gostei das roupas novas. São bonitas.

— Quê? Não. São velhas.

— Não, não são.

— São sim!

—Você *acabou* de comprar.

— Não.

—Você está com uma voz de quem foi pego no flagra. Por que ficaria constrangido se as roupas não fossem novas?

— Tá, beleza. São novas.

— Então, vamos tentar de novo. — Agora sou *eu* quem está sorrindo. — Gostei das roupas novas.

—Valeu. Estava torcendo pra você gostar.

— Eu sei.

DELIA

Arrumo a lata no banco de trás do carro de Josie. Imagino que Josie e Lawson vão chegar em breve, então pego meu celular e ligo para a minha mãe para ver se ela quer que eu passe em algum lugar para comprar o jantar.

— Alô? — A voz dela soa pastosa e rouca de sono. *Não é um bom sinal.*

— Mãe? Você está no trabalho? Por que está com voz de quem acabou de acordar?

— Que horas são?

— Sete e meia. Da noite.

— Ai, caramba. Ai, meu deus.

— *Mãe.*

— Peguei no sono.

— Ah, sério?

— Estou sem energia.

— *Por favor,* levanta e vai trabalhar ou liga pra eles ou sei lá.

— Tá.

— Preciso *mesmo* que você volte a tomar os remédios. É sério.

— Eu vou voltar.

— Não fala isso só pra eu parar de te encher.

A voz da minha mãe é petulante e melancólica ao mesmo tempo.

— Eu estava bem até você começar a desenterrar as coisas do seu pai.

Meu sangue sobe à cabeça.

— Ah. *Isso.* Joga a culpa em mim.

— Só estou dizendo.

— Então para de dizer. Isso está acontecendo porque você estava se sentindo bem e pensou: "Olha, hora de parar de tomar as coisas que fazem eu me sentir melhor". — Pensando friamente, sei que ficar irritada com ela não vai ajudar. Mas…

Minha mãe começa a falar alguma coisa, mas não consigo lidar com isso agora.

— Quer saber? Preciso ir. Tenho que ajudar a Josie com as nossas coisas. Até depois. — Desligo. É uma sensação tão assustadora e solitária quando minha mãe está assim. O que eu não daria por alguns anos consecutivos em que minha vida não parecesse tão precária. Em que minha mãe pudesse ser sempre a minha mãe.

A porta do estúdio se abre e Josie e Lawson saem dando risada. Lawson diz algo para Josie que não consigo ouvir antes de sair andando até onde estacionou, com as roupas novas embaixo do braço. Ele lança um último olhar para Josie antes de entrar na caminhonete.

Isso me traz uma mistura estranha de inveja e urgência. O mundo — qualquer que seja a forma que decida assumir — quer tanto algumas pessoas que não consegue evitar de levá-las para longe de mim com promessas de coisas maiores. Fico me perguntando se pessoas assim — pessoas como Josie — são mais difíceis de abandonar. Devem ser. Não seria bom ser assim?

Josie e esse programa são as duas coisas boas com que posso contar. O mundo já tirou muito de mim. Ele não hesitaria em fazer isso de novo.

— Arliss falou alguma coisa antes de vocês saírem? — Devolvo as chaves para Josie.

— Ele falou "preciso soltar um barro" e, até onde sei, ainda deve estar lá.

Faço careta.

— Ele é tão charmoso quanto um banco de ônibus molhado. Valeu pela imagem mental, aliás.

— Falou a menina que sabe de cor a página da Wikipédia de tudo quanto é serial killer.

— Nós duas sabemos que o Arliss fazendo cocô é um pensamento muito mais nojento do que um assassinato por tortura.

— Ei, sem querer fugir desse assunto maravilhoso, mas quer ir comigo ver o Lawson chutando a cara das pessoas no próximo sábado? — Josie entra e dá partida no carro.

— Que horas?

— Não sei. De noite. Na hora da luta.

— Mas e a preparação do programa?

—Você não pode mais cedo?

—Vou trabalhar.

— E em alguma outra noite? — Josie olha por cima do ombro e vai saindo da vaga de ré.

— Sempre fazemos sábado à noite.

—Você não acha que deve ser meio divertido assistir a uma luta? Dou de ombros e tento parecer indiferente.

—Você adora coisas bizarras, e eu *sei* que você assistiria a literalmente *qualquer coisa* — Josie diz. —Vai ser como aquela série *Spartacus*, mas com menos bilaus. — Ela para. — Provavelmente.

— É "bilaus" ou "bilais" que fala?

— Acho que o certo é "bilaus".

— Eu nunca pego essas coisas — digo.

— A gente ainda está falando de bilau ou...

— Do plural das palavras.

— Ah. Enfim, aposto que você vai amar a luta.

— Não tem nada que eu ame tanto quanto o Lawson ama você.

— Tentando mudar de assunto — Josie diz cantarolando.

— *Tanto faz*. A gente estava falando se o plural de bilau é "bilaus" ou "bilais". Nem mudei tanto assim de assunto. Além disso, não estou errada sobre o Lawson.

— Não mesmo.

— É muito fofo o jeito como ele te olha.

— Até que é. Agora chega de mudar de assunto.

Solto um suspiro.

— Tá bom.

— Tipo, ele é tão fofo e bobo. Quero ver se ele é um lutador doce e gentil.

Olho o celular.

— Posso levar minha mãe para a luta e me inscrever para um round contra ela?

— Eita.

— Pois é, eita. Liguei agora há pouco pra ver se ela queria que eu levasse alguma coisa pro jantar e ela ainda estava na cama, o que é meio que um problema porque ela não deveria estar na cama agora, e sim *no trabalho*.

— Não sou nenhuma especialista sobre o que constitui um bom desempenho no trabalho da sua mãe, mas me sinto à vontade para dizer que esse não deve ser considerado um bom desempenho.

— Pois é. Com certeza, não.

— Na verdade, acho que deve ser considerado um mau desempenho.

— Acho que essa é uma definição justa para alguém que está na cama quando deveria estar no trabalho.

— Sua mãe é uma viagem. Quer dizer...

— Eu estou *implorando* pra ela voltar a tomar os remédios, porque ela tem um grau controlável de maluquice quando está tomando. Ela fica funcional. — O ar no carro de Josie está parado, então abro minha janela. A brisa que entra é úmida, mas fresca, e tem aquele cheiro de mato que remete à esperança da primavera. Quase parece que o vento está zombando de mim com seu otimismo alegre e verdejante.

— Precisa da minha ajuda pra segurar sua mãe enquanto você dá comida pra ela à força? Eu topo.

— E se ela perder o emprego e a gente perder a casa, que tal você me deixar dormir embaixo da sua cama no alojamento da universidade em Martin?

— E ela?

— Ela pode fazer o que quiser. Não estou nem aí — murmuro.

—Você não está falando isso de verdade.

— Cansa ter que ser a mãe da própria mãe.

— Entendo — Josie diz. — Mas posso te garantir que ter uma mãe que é *sempre* uma mãe é supervalorizado.

— Eu trocaria.

— Eu também. Lembra como, depois que você descobriu que o Devin tinha ficado com a Kylie Miller, ela deixou você faltar na escola, falsificou um atestado médico, fez bolinha de queijo e alugou *The Room* pra te animar?

A lembrança me faz sorrir contra a minha vontade.

— Lembra quando ela, sem querer, botou líquido limpador de para-brisa onde era para pôr o óleo no carro e fez o motor derreter, então a gente teve que jantar sanduíches de pasta de amendoim por um mês e meio?

— Lembra quando o diretor Ward chamou sua mãe pra uma reunião depois que você foi pega matando aula várias vezes e ela falou na cara dele que ele parecia um javali?

— Lembra quando ela tentou fazer carinho num gambá que morava embaixo da varanda lá de casa?

— Sua mãe não é perfeita, mas ela é ótima.

— É diferente quando você tem de morar com ela — digo.

— Ela sempre te apoia.

—Vamos mudar de assunto. — Josie está certa, e está me deixando triste tentar arranjar argumentos para dizer que minha mãe não é legal. Desabafar sobre ela com Josie me permite deixar para lá e também me permite voltar a ver o lado bom da minha mãe.

— Tá — Josie diz. — Quer passar na Books-A-Million no caminho pra casa?

— Queria, mas preciso chegar logo e dar uma bronca na minha mãe.

Ficamos em silêncio por um tempo.

—Você arrasou hoje, aliás — Josie diz.

— Eu ensaiei minhas falas no mercado e fiz alguns aquecimentos vocais antes de você me buscar.

Meu coração acelera com uma onda abrupta de euforia. Parece aqueles momentos em que você está ali sentado e, de repente, uma onda descontrolada de prazer e alegria toma conta de você. Talvez esteja relacionado a algo que você está esperando ansiosamente naquele dia. Uma encomenda. Um feriado. Um filme. Um momento de segurança. É sempre uma coisa pequena. E a onda vai embora logo que chega, mas, naquele momento, é algo glorioso. Como se talvez *tudo* fosse ficar bem. Por um segundo, ela leva todas as preocupações embora e seu coração fica leve, até que elas voltem e inundem tudo.

— Olha só! Se aperfeiçoando pro Jack Divine! — Josie diz.

— Basicamente. E pra nós também. Me aperfeiçoando em geral.

Paramos em um farol vermelho e Josie fica pensativa.

— Que foi? — pergunto.

— Que foi o quê?

—Você está com aquela cara de quem está pensando em alguma coisa.

Ela faz que não é nada.

— Estou formulando uma teoria.

— Conta.

— Não sei se ela está pronta pra ser compartilhada.

—Você entende que a gente *literalmente* acabou de expor um monte de gente a *Terror no colégio*, né? Tipo, o limite do que pode ou não ser compartilhado já foi ultrapassado *faz tempo*.

— Então, minha teoria é que todos os homens têm ou cara de raposa ou de tigre.

— Cara de raposa ou...

— Por exemplo, Benedict Cumberbatch: cara de raposa. Ryan Gosling: cara de raposa. Channing Tatum: cara de tigre. Idris Elba: cara de tigre.

Assinto devagar, testando a teoria na minha cabeça.

— Então não é só que caras bonitos têm cara de tigre e caras feios de raposa.

— Não. Raposas são fofinhas. Mas têm caras diferentes dos tigres.

— Essa teoria é ao mesmo tempo impressionante e completamente inútil.

— Há uma pesquisa importantíssima rolando neste carro. Tudo em nome da ciência — Josie diz.

— Tá. Lawson? — Pode ser minha imaginação, mas o rosto de Josie fica vermelho.

— Não sei — ela diz.

— Ah, fala sério.

— Não pensei nisso.

— Nem um pouquinho? Enquanto estava formulando a teoria?

Josie meio que dá de ombros e franze a testa como quem diz "Por que eu estaria pensando no garoto que claramente me ama?".

— Acho que eu diria... tigre — ela murmura. — É. Tigre.

— *É. Tigre* — digo com a voz fina e sonhadora.

— Não falei *desse jeito*.

— Falou sim. Com quem será, com quem será que a Josie vai casar? Vai ser com o Lawson...

— Ah, é? Então, com quem será que a Delia vai casar? Com os Gêmeos Idiotas?

—Vai depender — canto.

—Vai depender porque ninguém mais vai querer — Josie canta mais alto que eu.

Nós duas morremos de rir, e mal conseguimos recuperar o fôlego antes de chegarmos à minha casa, que está escura e vazia.

O site de Jack Divine parece tosco. Não acho isso superlegal, mas, ei, nosso site é um tosco gratuito feito no Wordpress, então quem somos nós para julgar? Além disso, tem um monte de histórias sobre gente do show business que odeia tecnologia. Li em algum lugar que o Jack White não usa celular. Não é nada demais. Eu provavelmente teria ficado intimidada se o site do Jack White fosse *muito* bom. Fico feliz que ele não ache coisas rústicas ruins. Dou uma olhada até achar um e-mail para contato.

Caro sr. Divine,

Preciso respirar fundo até diminuir o choque de adrenalina que me dá a impressão de que encostei num carro quente. Depois de me acalmar, começo a digitar de novo.

Meu nome é Delia Wilkes. Minha amiga, Josie Howard, e eu apresentamos um programa chamado *Sessão da meia-noite* na TV

Six, a emissora local de Jackson, no Tennessee. Exibimos filmes antigos de terror e ficção científica, como você fazia quando apresentava *Sátira de sexta de Jack-O-Lantern*. Já somos transmitidas em sete outras regiões, e não faz nem dois anos que estamos no ar.

Somos grandes fãs do seu trabalho. Cresci assistindo ao seu programa com meu pai. Eu e Josie vamos estar na ShiverCon no mês que vem, e adoraríamos encontrar você.

Que idiota. Vocês não são ninguém, diz a diabinha Delia de desenho animado que aparece no meu ombro. *É assim que você vai fazer o programa ficar bom o suficiente para Josie não ir embora*, diz a anjinha Delia de desenho animado que aparece no meu outro ombro. *É assim que você conserva a melhor coisa da sua vida e a torna melhor. É assim que você não vai ser abandonada.*

Talvez gostaríamos de falar com você sobre quem sabe possivelmente trabalharmos juntos.

Deleto a frase. Tento de novo.

Gostaríamos de falar com você sobre trabalharmos juntos.

Parece tão presunçoso. Mas também não quero que pareça muito hesitante. Começo a deletar, mas mudo de ideia, principalmente porque não tenho nada melhor para escrever. *Que droga.*

Aqui vão alguns links do YouTube com vídeos de trechos do nosso programa. Sabemos que temos de melhorar, mas achamos que seria preciso ter alguém com experiência para ajudar o programa a crescer e atingir outros mercados.

Esses não são os meus vídeos favoritos, e cada um só tem umas 350 visualizações, mas não sei aonde encontrar vídeos melhores do programa. Pelos menos esses são fáceis de achar.

Se estiver interessado em ver mais, por favor, me envie seu endereço para que possa mandar um DVD com alguns episódios do programa.

Atenciosamente,
Delia Wilkes, também conhecida como Delilah Darkwood

Prendo a respiração por um segundo ou dois antes de soltar o ar com tudo e clicar em enviar. *Não crie muitas expectativas*, digo a mim mesma. *Ninguém com um site tão malfeito olha o e-mail com muita frequência*. É muito estranho enviar uma mensagem para alguém que eu via na TV com meu pai. Desculpa, quero dizer com *Derek Armstrong*.

Eu, para Josie: Bom, mandei um e-mail pro Jack Divine. Torcendo.
Josie: Legal. O que você falou?
Eu: Que somos grandes fãs e queremos encontrá-lo na ShiverCon. Mandei uns vídeos do YouTube. Perguntei se podemos mandar um DVD com episódios para ele.
Josie: Boa. Não parece esquisito demais.
Eu: Não. Agora você precisa perguntar pros seus pais sobre a ShiverCon.
Josie: Vou perguntar. E se o Divine falar não?

Bom, Josie, se ele falar não, ainda preciso ir para lá e encontrar um tal de Derek Armstrong, então...

Eu: Acho que a gente deveria ir mesmo assim. Pode ser que a gente conheça outra pessoa que possa nos ajudar.
Josie: Se a gente não souber se ele vai nos ajudar, prefiro visitar minha tia.

Eu: Mas quero muito ir e não tenho como pagar se você não me levar de carro. Não tenho dinheiro para uma passagem de avião ou sei lá.

Josie: DeeeeeDeeeee.

Eu: Se você quer uma carreira na TV precisa começar a fazer esse tipo de coisa.

Josie: Vamos sentir a energia.

Eu: Nunca sei o que você quer dizer com isso.

Josie: Quero dizer que talvez tenha uma energia pra nós e que vamos sentir.

Eu: Tá. Parece que você está literalmente só usando palavras quando fala isso.

Josie: É difícil explicar.

Eu: Percebi. Inclusive o site do Jack Divine é ridiculamente barato.

Josie: Ops.

Eu: Até que achei bom. Meio que torna o Jack mais honesto de um jeito estranho?

Josie: Se é o que você diz. Blz, preciso comer. Te amo, DeeDeeBooBoo.

Eu: Pergunta sobre a ShiverCon. Te amo, JoJoBee.

Ligo a TV e fico mudando de canal até ir parar no meio do *Jaxon X*, que está passando no Syfy. Já assisti a esse filme algumas vezes, mas não consigo resistir. É parecido com *Alien, o oitavo passageiro*, se *Alien, o oitavo passageiro* tivesse sido escrito em um guardanapo dentro de um Camaro enquanto se comia donuts em um estacionamento.

Tenho uma vaga e nebulosa sensação de desconforto. Como quando a gente sabe que esqueceu alguma coisa importante, mas não consegue lembrar o quê. E tenta dizer a si mesmo que não devia ser tão importante já que a gente esqueceu, mas não consegue se convencer disso. Fico olhando o celular, como se o Jack Divine fosse responder o e-mail de uma adolescente qualquer em uma sexta à noite — ou em qualquer outro momento.

E então meu cérebro faz uma associação. Mandar um e-mail para Jack Divine me fez lembrar do meu pai. E, se tenho coragem suficiente para mandar um e-mail casual para o Jack Divine, tenho coragem suficiente para mandar um e-mail casual para o meu pai. Talvez.

Querido pai,

Na primeira vez em que tentei mandar um e-mail para você, não sabia se deveria chamar você de pai ou de Derek Armstrong. Claro, não precisei decidir, porque acabei desistindo de mandar o e-mail. Desta vez, vou te chamar de pai, quer você goste quer não. Você ainda é meu pai, mesmo não querendo mais ser.

No meu primeiro e-mail, contei sobre o que está rolando na minha vida, mas não estou a fim de contar tudo aquilo para você. Não quero que as coisas boas da minha vida façam você se sentir menos culpado por ter ido embora (se é que você sente alguma culpa). Em vez disso, vou contar sobre o meu primeiro aniversário depois que você foi embora.

Um tempo atrás, eu estava pensando no meu último aniversário com você aqui. Foi um dos melhores dias da minha vida. Mas o meu primeiro aniversário depois que você foi embora? Nem tanto. Foi bem improvisado. Fizemos no Chuck E. Cheese's. Minha mãe estava muito mal na época, e mandamos os convites na última hora. Convidamos sete alunos da minha classe, mas só dois foram. Lembro que até chorei depois, de tão humilhada que me senti. Minha mãe estava com uma expressão tão exausta que falei para os meus amigos que ela estava gripada. Fiquei com vergonha disso também, mas agora sei que ela estava fazendo o melhor que podia. Tentei me divertir e dar risada e participar das brincadeiras, mas tudo em que eu conseguia pensar era como minha vida era vazia e triste. Deu para ver que isso ficou óbvio para os meus amigos. Voltamos para casa e minha mãe se trancou no quarto. Fiquei sentada na sala com meus dois presentes e me perguntei se algum dia voltaria a ser feliz de novo.

Mas agora eu sou. Na maior parte do tempo. Tenho algumas coisas boas na vida. Eu e minha melhor amiga somos apresentadoras de um programa de terror na TV Six, um canal daqui. Chama *Sessão da meia-noite*. Já chegamos a sete territórios, além de Jackson. Prometi a mim mesma que não contaria as coisas boas da minha vida para você, mas não consigo evitar. Tenho muito orgulho disso.

Não acho que você vai responder. Na verdade, nem sei se vou enviar este e-mail. Quanto mais digito, menos vontade de enviar eu sinto. Acho que, se estiver lendo isso, é porque decidi mandar. Mas vou prometer uma coisa: um dia, vou aparecer na sua vida e fazer você me encarar nos olhos e explicar por que você foi embora. Você me deve pelo menos isso.

Sua filha,
Delia

Deleto.
Choro.

JOSIE

Eu: Que altura uma pessoa precisa ter pra precisar explicar pras pessoas que ela não joga basquete?

Lawson: Não sei. Por quê?

Eu: Porque depois que eu deixei a Delia na casa dela, vi um cara que tinha pelo menos uns dois metros mas não parecia nem um pouco com um jogador de basquete.

Lawson: Se eu visse alguém com dois metros eu com certeza me perguntaria por que a pessoa não joga basquete.

Eu: Seria uma droga ter dois metros e querer muito ser um contador ou coisa do tipo.

Lawson: Mas deve ser uma vantagem pra fazer planilhas bem altas.

Eu: Haha.

Meu pai está me olhando feio, então escondo o celular embaixo da perna e como outra garfada da lasanha. Lawson acabou de passar no teste Comentários Aleatórios da Josie. Para passar nele, você não deve nunca, jamais, questionar a validade de um dos meus comentários aleatórios, apenas responder dentro da lógica. Para ser meu amigo, era fundamental que Lawson mandasse bem nesse teste. Meu celular vibra embaixo da perna e dou uma olhadinha rápida.

Lawson: Foi muito bom te ver hoje. Sempre fico feliz.

Gosto de como ele nem finge estar indiferente em relação a mim. É lisonjeiro.

— Josie está olhando o celular — Alexis diz.

Meu pai volta a me olhar feio.

— Josie.

Chuto Alexis por baixo da mesa.

— Sério, meu. Você é a definição de um grande e gigantesco dedo-duro, não é possível.

Ela resmunga em protesto.

— Já falamos que não é pra ficar xingando sua irmã de dedo-duro — minha mãe diz.

— Bom.

— "Bom" coisa nenhuma — minha mãe diz. — Você sabe que a Alexis não gosta disso.

— Eu não precisaria falar isso se ela não fosse tão caguetona.

Meu pai aponta com o garfo e fala de boca cheia.

— Ela não precisaria dedurar você se você não fizesse coisas para ser dedurada.

— Você está culpando a vítima — digo.

Minha mãe bufa.

— Por favor.

Cai um silêncio, pontuado pelo raspar de garfos nos pratos. Alexis, felizmente, pede licença e sai da mesa. Olhamos feio uma para a outra enquanto ela se levanta, e digo sem emitir nenhum som: "Vai se ferrar".

Meu pai se inclina para trás na cadeira.

— Então, como foi a filmagem hoje?

— Foi legal. Aquele Lawson que a gente conheceu na semana passada nos ajudou de novo.

— O que ele fez?

— Quebrou um monte de tábuas. Ele é muito bom no tae kown do.

Mais silêncio, garfos raspando nos pratos. Meu pai começa a se afastar da mesa, e de repente me dou conta de que tenho uma oportunidade de ouro. Meus pais estão satisfeitos e parecem razoavelmente contentes, eles provavelmente já se esqueceram da minha briga com a Alexis, e ela não está por perto.

— Então, uma pergunta... — digo como quem não quer nada. *Nada de mais, mãezona e paizão, só relaxando aqui de boa.*

Meus pais cravam os olhos em mim.

— Lembra que eu estava falando da ShiverCon pra vocês? Que eu e a Delia achamos que seria uma boa ir?

— É aquilo que vai acontecer no fim de semana da nossa viagem pra visitar a tia Cassie? — minha mãe pergunta, um tom de desconfiança na voz.

— Isso... Então, eu e a Delia estávamos conversando e achamos mesmo que precisamos ir e encontrar esse produtor de tv. E, sabe... Fazer contatos.

Meu pai se debruça na mesa.

— E ele vai...

— Levar nosso programa até um público maior. Se tudo der certo.

— E o que faz você pensar que ele pode fazer isso? — minha mãe questiona.

— Tipo, ele era um produtor famoso nos anos noventa. Produzia o mesmo tipo de programa que a gente faz.

— Os anos noventa foram antes de você nascer — minha mãe diz. — Não sou especialista em show business, mas isso me parece um tempão.

— Essas pessoas sempre ressurgem.

Meu pai se levanta, vai até a geladeira e pega uma Coca Zero.

— Como você sabe se ele está querendo ressurgir?

— Ele vai participar de uma mesa na ShiverCon. Acho que ele não teria sido convidado se não fosse mais considerado importante nesse mundo. E ele também não aceitaria se não tivesse interesse pelo show business.

— As pessoas fazem essas coisas por vários motivos — meu pai diz.

— Mas, o que é mais importante — minha mãe diz — é que essa seria nossa última viagem em família antes de você ir pra universidade. Depois que você for, as coisas vão ser diferentes.

— Não *tão* diferentes assim. — Eu me afundo na cadeira e fico brincando com o garfo. Buford para ao meu lado fazendo barulho com a coleira, seus olhos tristes têm esperança de receber alguns restos de comida. Faço carinho atrás das orelhas dele.

— Queremos que você vá nessa viagem — meu pai diz.

— E eu *quero* ir, mas essa é uma grande oportunidade pra gente.

— Você já tem uma excelente perspectiva com aquele estágio na Food Network — minha mãe diz. — Comentei que a Tamara criou a vaga especialmente pra você? Nem faz parte do programa de estágio normal. Esse é o único motivo por que você ainda não perdeu essa oportunidade.

Finjo surpresa.

— *Jura?!* Você não comentou isso umas quinze vezes...

— Não precisa começar com gracinha, Jo — meu pai diz. — Estamos conversando como adultos.

Volto a me sentar direito, percebendo uma abertura.

— E ser adulto não inclui fazer coisas por conta própria? Essa oferta de estágio é algo que *vocês* arranjaram pra mim. Eu quero encontrar meu próprio caminho na vida. Quero fazer *por merecer*. — Tento não sorrir quando vejo que minha fala causa um efeito em meus pais. Volto a cara de Buford para o meu rosto e dou um beijo nele.

— É verdade, não é, Bufiezinho? Gostamos de fazer por merecer!

Meus pais ficam constrangidos e trocam um olhar de "bom, foi ASSIM que a criamos".

— É isso mesmo o que você quer? — meu pai pergunta. — Continuar fazendo esse programa, mas em alto nível?

— Sim! — Sei que é fundamental ser convincente nessa parte, e realmente tento ser, mas desvio os olhos no último segundo.

Minha mãe busca meu olhar.

— Jo.

— Que foi? Quero estar na TV. É o que eu quero desde criança. E agora tenho a oportunidade de fazer isso com um programa que *eu* ajudei a criar.

Meus pais não falam nada.

Preencho o silêncio.

— Estamos falando do *meu* futuro. Por que não posso, tipo, escrever meu próprio destino?

— Onde é essa conferência mesmo? — meu pai pergunta.

— Na Flórida. Em Orlando.

Meu pai tamborila os dedos na mesa.

— Vocês estão planejando ir como pra lá?

— De carro.

— E ficar onde? — minha mãe pergunta.

— Num hotel. Perto do centro de convenções.

— Imagino que tudo isso vai custar dinheiro? — meu pai pergunta.

Dou de ombros e faço que sim.

— Centenas de dólares — meu pai continua.

— Que você não tem — minha mãe acrescenta.

Arregalo os olhos suplicantes.

— Tenho um dinheiro guardado. Meu dinheiro de aniversário. Eles franzem a testa e ficam me encarando.

— Delia vai dividir os custos comigo.

Meu pai toma um gole ruidoso da Coca Zero e segura um arroto.

— Você quer que a gente deixe você gastar suas economias pelo privilégio de faltar na viagem de família em que queremos que você vá?

— Parece ruim quando você fala desse jeito — digo. — Prefiro definir como pagar centenas de dólares para que eu tenha a oportunidade de fazer uma carreira a partir de algo que eu ajudei a criar.

Mais testas franzidas. Mais olhares.

Respondo com o olhar mais doce e suplicante que consigo.

— Eu me comporto *tão* bem na escola. Em vez de, tipo, fumar maconha e sair pegando geral, passo as noites de sexta e sábado trabalhando nesse programa. Isso deveria valer alguma coisa.

Meus pais inspiram profunda e pensativamente pelo nariz. Por fim, minha mãe pergunta:

— Quais são os planos para o programa se esse produtor não conseguir ou se ele não quiser ajudar vocês?

—Vamos continuar fazendo e procurar outra oportunidade para melhorar.

— Eu e seu pai precisamos conversar sobre isso, mas, se dissermos sim, vamos querer uma coisa em troca.

— Certo.

— Se não der certo com esse produtor, você tem que prometer que vai dar uma chance para o estágio na Food Network.

— Mãe. — Meu coração fica apertado e começa a bater mais forte ao mesmo tempo. — Eu tenho dezoito anos.

—Você tem. E estamos pagando sua universidade e seu seguro-saúde, então pense bem no quão independente você realmente quer ser.

— Não queremos que coloque todos os ovos em um cesto só, todas as esperanças só nesse projeto — meu pai diz.

Penso em Delia. Ela vai ficar péssima se eu fizer essa promessa. Mas vai ficar péssima se eu não for. Às vezes sinto muita inveja de pessoas desleais. Aposto que a vida é mais fácil quando não se tem de se preocupar com vínculos afetivos.

Eu me recosto na cadeira e fico olhando para o chão.

— Ovos em um cesto. Que frase besta. Só funciona em um mundo em que todas as galinhas foram extintas e não dá pra, tipo, comprar mais ovos e ficar tudo bem.

Meus pais esperam, sabendo que estou enrolando.

— E o que poderia causar a extinção das galinhas? As raposas não dariam conta sozinhas. Nem se elas se aliassem com os coiotes. Tipo uma aliança entre raposas e coiotes. Teria de ser uma doença aviária terrível. Tipo ebola de galinha ou coisa do tipo. E aí quem iria querer comer esses ovos? Essa é a pergunta que vocês têm que se fazer.

A julgar pelas expressões duras dos meus pais, estou mandando muito bem. Sei que estou sendo teimosa, mas estou tão dividida que não tenho forças suficientes para lutar como lutaria em outras ocasiões.

— Tá, combinado — falo baixo. Uma pontada gélida de remorso corta meu plexo solar. Estou traindo Delia. Talvez. *Mas se eu não fizesse essa promessa, meus pais me pressionariam para não ir, então, na verdade, estou sendo uma boa amiga, certo? É isso que a Delia iria querer, não é?*

— Você promete? — meu pai pergunta.

— Sim. É isso que "tá, combinado" significa. — Coço a barriga de Buford vigorosamente e falo bem na cara dele. — Não é? Não é, bobinho? Quem é um bom garoto? Quem sabe o que "tá, combinado" quer dizer? *Você* sabe. — Ele se retrai e tenta sair, mas eu o agarro e o aperto com um braço e continuo coçando a barriga dele.

— Estamos tentando apoiar você, Jo. Não estamos pressionando você a fazer faculdade de direito ou a virar uma programadora de computação. Mas queremos que siga seus sonhos do jeito mais eficaz — meu pai diz.

Paro de fazer carinho no Buford e deixo que ele vá embora rebolando. Fico olhando para a mesa e escuto o barulho alegre e distante de Alexis falando com as amigas dela. *Aposto que Delia adoraria saber que é considerada um inconveniente para a realização dos meus sonhos.*

Tenho a sensação de que acabei de assinar um pacto com um diabo benévolo que pagou pelo meu aparelho ortodôntico e está bancando o seguro do meu carro e meu seguro-saúde e minha faculdade.

Pego o Buford em uma emboscada no caminho de volta para o quarto. Dou um grande abraço nele, do qual ele tenta se libertar, e digo:

— Quem é a pior amiga, Bufiezinho? Hein? *Quem é a pior amiga da tia Delia? Sou eu? Sou eu!* — Ele me encara com seus olhos tristes, castanhos e julgadores. — Ah, até parece — digo. — Como se você fosse um amigo perfeito. Lembra aquela vez em que você me traiu, fazendo cocô na escada, e eu pisei com o pé descalço e caí e torci o tornozelo e fui parar no pronto-socorro? Pois é, acho que você lembra. A verdade dói. A verdade dói.

Ele só fica olhando para mim.

Eu: Pronto, falei com meus pais. ShiverCon vai rolar.
Delia: !!!!!!!!!!!!!!!!!!!!!!!!!!! Eles ficaram de boa?

Eu: DE BOAÇA. Eles ficaram tipo "tranquilo, filhota". Nunca vi pais tão de boa.

Delia: Sério mesmo???

Eu: Está me zoando?

Delia: Haha não sei.

Eu: A essa altura já era pra você saber.

Delia: Tá beleza. Quer ouvir uma coisa engraçada?

Eu: Adoro como você ainda me dá a oportunidade de dizer "não, odeio coisas engraçadas".

Delia: Ainda não perguntei pra minha mãe se posso ir.

Eu: AH. QUE ENGRAÇADO QUE VOCÊ ME ENCHEU O SACO TANTAS VEZES POR CAUSA DE UMA COISA QUE VOCÊ NÃO FEZ. Você é TÃO bundona.

Delia: Vdd, né??? Mas ela vai deixar.

Eu: VOCÊ AINDA NÃO SABE.

Delia: A essa altura já é pra eu saber.

Eu: O que você está fazendo agora?

Delia: Acabei de assistir ao Jason X no Syfy.

Eu: Haha esse filme é tipo Alien pra gente burra.

Delia: E EU ESTAVA LITERALMENTE PENSANDO ISSO.

Eu: TÁ ME ZOANDO!

Delia: JURO.

Eu: A gente devia, sei lá, fazer um programa de TV juntas.

Delia: Boa.

Eu: E se o Jack Divine fizer as coisas melhorarem pra gente? E se a gente ficar famosa e rica?

Delia: Eu compraria uma motocicleta antiga e um sidecar e levaria um chimpanzé treinado para andar comigo de moto pra tudo quanto é lado.

Eu: E ele vai usar óculos de proteção???

Delia: Nós dois vamos. E ele vai fumar cachimbo e usar smoking.

Eu: INCRÍVEL.

Delia: Sua vez.

Eu: Vou sacar um monte de notas de vinte e fazer chover dinheiro em lugares superinapropriados, como elevadores e banheiros públicos.

Delia: Legal. Não vou deixar o dinheiro me mudar.

Eu: Eu também não. Vou ser a mesma pessoa que sempre fui: alguém que pretende se tornar horrível ao menor indício de fama e fortuna.

Delia: Hahahahahahahahahaha. Eu compraria pra minha mãe uma casa melhor do que essa porcaria de trailer com certeza.

Eu: Eu pagaria a faculdade da Alexis, mas a pegadinha seria que eu poderia escolher o curso. Então aproveite a faculdade de teologia do Arkansas ou algo assim.

Delia: A gente deveria fazer alguma coisa legal pro Arliss.

Eu: Vamos contratar duas meninas de dezoito anos pra ele ficar resmungando no ouvido delas o tempo todo.

Delia: Ele vai sentir saudades da gente.

Eu: Eu sentiria.

Delia: Eu vou sentir saudades dele.

Eu: Também.

Delia: Quando digitei "Arliss" agora, o celular corrigiu para "ar liso".

Eu: O mundo é um lugar cheio de verdade e beleza e magia.

Estou me atualizando nos episódios das minhas séries, mas não consigo me concentrar. Pensei que mandar mensagem para Delia ajudaria com a agitação e a ansiedade causada pela negociação com meus pais, mas não ajudou. Na verdade, meio que fez me sentir pior.

Take dois.

Eu: O que você está fazendo?

Lawson: Olhando pra um shake de proteína bem grande e gelado. Criando coragem pra tomar.

Eu: Hummmmm. Para de me fazer inveja.

Lawson: Sim, estou tentando fingir que é um milkshake.

Eu: Acho milkshake uma coisa estranha.

Lawson: Por favor, não me fala que você também odeia milkshake.

Eu: Não, mas é esquisito tomar sorvete derretido com hambúrguer. Admita. Se o nome fosse sorvete derretido grande, as pessoas não tomariam.

Lawson: Você tinha que mencionar um hambúrguer. Ganhar peso é superdivertido.

Eu: Como assim, ganhar peso?

Lawson: Pra poder lutar na minha categoria, eu tenho que ficar dentro de um limite. Eu sou peso-meio-médio, então no máximo 77 quilos.

Eu: Imagino que eles pesem vocês e não só mandem uma pessoa má olhar pra você e dizer que parece que você engordou.

Lawson: É, antes da luta a gente tem uma pesagem pra confirmar oficialmente.

Eu: Então nada de panquecas pra você.

Lawson: Haha, não.

Eu: Que pena porque estou sentada na cama comendo uma pilha gigante de panquecas agora mesmo.

Lawson: É?

Eu: Gigante. Tipo umas dezesseis panquecas. Besuntadas de manteiga e mel de mentira. Estou comendo com as mãos e limpando as mãos nos lençóis. Vou ficar rolando em cima deles quando acabar.

Lawson: Hahaha para.

Eu: NUNCA. NUNCA VOU ENJOAR DESSA MASSA FARINHENTA DOCE E DELICIOSA NA MINHA BOCA. HUMMMMM DELÍCIA.

Lawson: Na verdade, muito obrigado por estar me deixando com nojo.

Eu: Eu sei. Então supondo que você atinja o peso ou sei lá, o que vou ver na sua luta?

Lawson: Vou tentar bater no outro cara até dar nocaute, ou até o juiz ou o médico mandar a gente parar a luta. Ou tentar submeter o cara, o que significa pegar o cara numa imobilização de jiu-jítsu até ele bater na lona. E vou tentar evitar que essas coisas aconteçam comigo.

Eu: Você pode tentar fazer com que ele bata na lona por dor emocional? Jogar ele na lona e sussurrar que ele nunca vai impressionar a mãe dele? Que os amigos dele o acham ridículo?

Lawson: Kkkkkk. Ah, e se nenhum dos lutadores for nocauteado ou submetido, a decisão fica pros juízes, que dão pontos. A única coisa pior que ganhar por decisão é perder por decisão.

Eu: Quem você vai enfrentar no sábado?

Lawson: Kody "Hollywood" Clemmons.

Eu: Espera, de onde o Hollywood Clemmons é?

Lawson: Dyersburg, Tennessee.

Eu: Ah, bem pertinho de Hollywood. Qual é seu apelido de lutador?

Lawson: Não tenho.

Eu: Que pena que "Hollywood" já tem dono porque você já apareceu na TV duas vezes.

Lawson: Verdade.

Eu: Lawson "Xerife" Vargas.

Lawson: Hahahahaha de jeito nenhum.

Eu: Lawson "Lost In Translation" Vargas.

Lawson: Esse nem faz sentido.

Eu: Porque "Lawson" parece "Lost in" e eu adoro o filme *Lost in Translation*, sabe? *Encontros e desencontros*?

Lawson: Nunca vi.

Eu: ESPERA. DÁ UM JEITO NISSO JÁ.

Lawson: Só assisto se for com você.

Eu: Beleza, Lawson "Pancada de Panqueca" Vargas.

Lawson: Não.

Eu: Lawson "O Mestre dos Beagles" Vargas.

Lawson: Precisamos nos conhecer melhor para você ter mais ideias pra apelidos.

Esse é o momento perfeito para deixá-lo no vácuo. Já estou me sentindo muito melhor. Começo a voltar para a série, mas um impulso estranho me leva a pesquisar alguma das lutas do Lawson no YouTube. Tem apenas uma, só com vinte e sete visualizações. Ele parece muito mais novo. A luta não é lá muito interessante. Eles ficam se rodeando, dando socos e chutes desconfiados. Acho que estão procurando uma falha na defesa um do outro. Uma abertura. O adversário é bem maior que ele.

Por um tempo, eles ficam se debatendo no chão. Acho que o termo oficial é "se atracar". Lawson parece estar perdendo. Até que, de repente, eles estão enroscados com os braços e as pernas no ar. Lawson emerge do enrosco, puxando o braço do oponente por entre as pernas, que estão em cima do peito do oponente, imobilizando-o no chão. Alguns segundos se passam e, de repente, Lawson se levanta de um salto e começa a correr em círculos pelo ringue, os braços estendidos em vitória. Seu oponente se ajoelha, de cabeça baixa, uma expressão abatida. Lawson corre até a lateral do ringue e começa a cumprimentar e abraçar três garotos que têm cara de serem seus irmãos mais velhos.

Ele volta para a lona e abraça o oponente, que se levantou e sussurra algo no ouvido dele. Eles dão tapinhas nas costas e na cabeça um do outro e apertam as mãos da melhor maneira que conseguem usando as luvas. Depois, o juiz anuncia Lawson como o vencedor e ergue o braço dele. O rosto de Lawson está radiante, triunfante, brilhando de alegria.

Assisto ao vídeo mais algumas vezes porque não tenho nada melhor para fazer, e também porque ele tem um rosto muito bonito.

DELIA

— Espera aí, você realmente *falou* pro Royce Kiser que aquele sonho significava que ele morria de medo de ficar impotente? Você não só pensou?

Minha mãe abre a porta de vidro do bazar Goodwill.

— O que eu ia fazer? Mentir?

— Royce Kiser, que anda pela cidade de bermuda cargo e Crocs com estampa camuflada, carregando um rifle de assalto por aí e uma daquelas bandeiras amarelas enormes, tipo a da revolução norte-americana, com uma cobra que diz "Odeio segunda-feira" ou coisa assim?

— "Não pise em mim."

— Quê?

— É o que está escrito na bandeira de cobra.

— Ah, pensei que você estivesse falando literalmente pra não pisar em você e fiquei, tipo, "Tá, não vou pisar". Como ele reagiu?

— Adivinha.

— Mal.

— Parece até que você herdou meu dom de clarividência.

— O fato de Royce andar com aquele rifle de um lado pro outro deve ter ajudado no seu diagnóstico.

A essência de tesouros descartados invade minhas narinas. É o cheiro que eu mais gosto sem ser, rigorosamente falando, delicioso ou agradável.

— Queria saber o que é responsável por esse cheiro de brechó. Tipo, quimicamente falando.

Minha mãe dá de ombros e pega uma blusa, examinando-a para ver se tem rasgos ou manchas.

— Mofo? Bactérias?

Se você pensou que admitir que itens de brechó podem estar cheios de mofo e bactérias fosse nos desestimular, está enganado. Garimpar em brechós é o mais santíssimo sacramento entre mim e a minha mãe, assim como assistir a filmes de terror e ir a restaurante e pedir apenas mais entradas do que conseguimos comer. O amor que sentimos por brechós é maior do que qualquer micro-organismo. Os horários de trabalho e escola dificultam nossa vinda, mas estamos livres e desocupadas hoje à noite. E, de quebra, minha mãe está em um de seus dias bons.

Aponto para a blusa.

— Gostou?

— É. Meio parecida com uma que eu tenho.

— Uma pena que não encontraram um jeito de infundir cheiros bons com a persistência do fedor dos brechós — digo, levando a manga de um vestido ao nariz.

— Você queria que fosse possível tirar o mofo ou as bactérias dos brechós e fazer com que as roupas tivessem um cheirinho de canela e açúcar?

— Se a gente consegue mandar o homem pra Lua...

— Na verdade, estava ouvindo o jornal esses dias enquanto ia pro trabalho, e falaram que os Estados Unidos não conseguem mais mandar pessoas pro espaço.

— Sério?

— É, parece que os russos ficaram com todos os foguetes espaciais.

— Isso é estranhamente triste.

— Pois é.

— Tipo, não estava superinteressada na capacidade do meu país de mandar pessoas pra Lua, mas mesmo assim.

— Parece que temos que compensar produzindo fluidos sintéticos de brechó que tenham um cheiro bom.

— Ai, meu deus, você acabou de falar "fluido"?

— Falei.

— Mãe. Que nojo.

— Você merece, por todas as vezes em que me deixou com nojo por causa da sua compulsão em compartilhar tudo quanto é fato repulsivo da natureza.

— Já te mostrei aquele vídeo no YouTube sobre quanto muco um peixe-bruxa consegue produzir?

— Não.

— Me lembra de te mostrar.

— Quer saber? Eu estou bem feliz em não ver isso nunca.

Vagamos pela loja como abutres na esperança de encontrar o cheiro de um animal recém-atropelado. Depois que meu pai foi embora, trouxemos para cá tudo que ele deixou. Os filmes foram as únicas coisas que guardamos. Eu queria ficar com algumas de suas roupas antigas que ainda tinham o cheiro dele, mas minha mãe disse que isso só pioraria as coisas. Acho que ela estava certa.

Vejo uma calça promissora, a pego e dou uma olhada na etiqueta. Franzo o nariz e murmuro:

— Old Navy.

— Essas sempre te enganam. As coisas deles combinam com brechós.

— Os brechós já deveriam chamar Old Navy Usado a essa altura.

— De que adianta? Pagar trinta e nove e noventa no brechó por algo que custa cinquenta e nove e noventa na Old Navy.

Pego um vestido vermelho de verão.

— Ei! Pode ser um vestido de formatura bonitinho.

Minha mãe me lança um olhar irritado.

— Que foi?

— Filha minha não vai usar um vestido de brechó na formatura do ensino médio.

— Eu cursei o ensino médio inteiro com roupas de brechó.

— Exatamente.

— Nunca liguei pra isso.

— Não vou deixar minha única filha se casar usando um vestido usado, e não vou permitir que ela se forme usando um vestido usado.

Sorrio, feliz com essa resposta. Minha mãe nunca tem energia para isso quando está mal. Torço para ela ter voltado a tomar os remédios e que eles tenham começado a surtir efeito.

— Vou levar o vestido mesmo assim.

— Fica à vontade.

— Por um tempo eu cheguei a achar que não ia terminar o ensino médio.

— Por que você acha que estou levando isso tão a sério? Acabei de ter uma ideia, aliás.

— Manda.

— A gente poderia fazer tatuagens juntas para comemorar sua formatura.

— Sério?

— Por que não? Você já tem dezoito anos.

— O que a gente faria? — Desde pequena, eu sou fascinada pelas tatuagens da minha mãe. Eu costumava desenhar nos meus braços com canetinha para eu ficar igual a ela. Ela tem uma chave-mestra no punho esquerdo, meu nome no punho direito, um desenho do Edward Gorey no braço direito, com uma citação do Edgar Allan Poe embaixo. Meu pai também tinha tatuagens, mas eu gostava mais das da minha mãe.

— Vamos pensar. Alguma coisa que seja importante para nós duas.

Mais uma centelha de vida. Os dias bons da minha mãe são muito bons.

Saímos da seção de roupas e vamos para a de casa e cozinha. Minha mãe exclama e pega um prato velho de uma prateleira baixa.

— DeeDee!

O prato mostra duas crianças pescando — um menino e uma menina. Os dois têm cabeças ridiculamente grandes e olhos gigantes, vazios e sem vida. Parece algo que um serial killer teria pintado numa prisão russa.

— Tá, isso é *perturbador* — digo.

— *Pois é* — minha mãe diz, sorridente.

— Fico horrorizada com coisas que eram para ser bonitinhas em uma época em que só precisavam ser mais bonitinhas do que cicatrizes de varíola ou morte por disenteria.

— É óbvio que vamos levar isso com a gente.

— Tipo, por que a gente não iria querer que nossa casa parecesse a do Sawyer de *O massacre da serra elétrica*? — Meu celular vibra. Tiro do bolso e dou uma olhada. Um jato quente e metálico de adrenalina faz meu coração saltar como se eu tivesse entrado em uma banheira com água pelando. — Puta merda — murmuro.

Meu celular quase escapa da minha mão, tamanha a minha pressa de abrir o e-mail. Eu o seguro antes que ele caia e torço para não ter deletado o e-mail sem querer. Enfio o vestido que estou considerando comprar embaixo do braço e leio.

CARA SRTA. WILKS,

    O SR DIVINE AGREDECE A SUA MENSAGEM! ELE É UM HOMEM, MUITO, OCUPADO POR CAUSA QUE MUITA GENTE ADORA O TRABALHO DELE MAS ELE ADORARIA ENCONTRAR VOCÊS NA SHIVER-CON, PRA FALAR SOBRE O SEU PROGRAMA..., AQUI É A ASSISTENTE DELE E MEU NOME É CELESTE ST. JAMES. É UM PRAZER RESPONDER OS EMAILS DELE.

Sinto como se eu tivesse acabado de descer de uma montanha-russa. Meu coração bate forte em meus ouvidos. Se o piso do bazar não fosse tão coberto de fluidos (valeu, mãe), eu iria querer me sentar para recuperar o fôlego. Não curto muito a tosquice do e-mail (assim como não curti o site malfeito do Jack Divine), e o nome da assistente dele parece o nome de uma atriz pornô, mas mesmo assim. É uma resposta positiva de Jack Divine.

— Acho que eu poderia usar isto com... DeeDee? Ei.

Olho para cima. Minha mãe voltou para a parte das roupas e está segurando um vestidinho curto de renda preta.

— Desculpa, o quê?

— Mal-educada. Olhando o celular enquanto eu falo com você.

— O que você estava dizendo?

— Deixa pra lá.

— Não, é só que... lembra do *Sátira de sexta de Jack-O-Lantern*?

— Mais ou menos?

— Eu assistia com o meu pai.

— Tá.

— Da SkeleTonya você lembra.

— Eu *amava* a SkeleTonya. Ainda amo. — Minha mãe observa o vestido de cima a baixo.

— Então, enfim, o cara que era o Jack-O-Lantern também produziu e dirigiu o programa da SkeleTonya. Ele chama Jack Divine.

— Parece um nome inventado.

— Deve ser. Enfim, ele vai estar na ShiverCon, em Orlando, no fim de maio, e quer se encontrar comigo e com a Josie pra falar sobre o programa.

— O seu programa?

— Sim!

Minha mãe exclama:

— Isso é demais, DeeDee!

— Eu sei! Pode ser nossa grande chance!

— Então, obviamente, você vai ter que ir pra Orlando.

—Vamos com o carro da Josie.

— Ele aguenta até lá?

—Tomara.

— Eu poderia emprestar o nosso, mas acho que vou precisar trabalhar.

— O nosso não está em condições muito melhores do que o da Josie.

—Verdade. Imagino que essa viagem não seja de graça?

— Não. Gastos com a convenção. Despesas com hotel. Gasolina. Comida.

—Talvez você possa ir na formatura com esse vestidinho, sim.

— Por mim, tudo bem.

— E as tatuagens vão ter que esperar.

—Vivi todo esse tempo sem nenhuma tatuagem.

Minha mãe sorri, aperta meu braço, me puxa para perto e pousa a cabeça no meu ombro. Ela cheira a xampu Suave, água de rosas e incenso barato.

— Estou tão orgulhosa de você. Você construiu isso com suas próprias mãos.

—Tive muita ajuda da Josie. Não teria conseguido sem ela.

— Sim, teria.

— O programa não seria tão bom.

— Seria diferente, só isso.

Continuo olhando as coisas que já vi, a euforia diminuindo aos poucos até ficar em um ponto controlável, fogo baixo. Minha mãe vai até a parte de livros e pratos. Começo a escrever a boa notícia para Josie, mas paro e fico observando minha mãe. O sol está se pondo pelas janelas de vidro laminado na frente da loja, lançando um brilho dourado sobre nosso pequeno Templo de Tesouros Descartados e Rejeitados. Ele ilumina o rosto e o cabelo da minha mãe, como se ela tivesse sido pintada por um artista que se cansou de nunca vender um quadro e resolveu passar a pintar coisas que todos amam.

Eu sempre achei minha mãe bonita. Mesmo quando ela vivia exausta de tanto chorar e não dormir ou de dormir demais. Mesmo quando eu sabia que ela não se sentia bonita, ela era.

Queria poder me ver como a vejo. Tenho o nariz dela. A curva de seu lábio superior carnudo. Seus olhos amadeirados turvos que ela diz que são verdes, mas não são. Seu cabelo é do tom perfeito de castanho, em que tanto a tinta preta como a vermelha pegam bem (e nós duas alternamos entre essas duas cores).

Vou para perto dos livros e pratos onde ela está.

— Mãe?

— DeeDee?

— O que você mais quer da vida?

Minha mãe olha para mim e ri.

— Vamos ficar de conversinha fiada agora?

— É sério.

— Eu te aviso se achar aqui.

— Mãe.

— De onde veio isso?

— Estou pensando... E se eu estivesse em uma posição de dar pra você o que você mais quisesse?

Ela morde os lábios enquanto pensa.

— Acho que... ser feliz. Só isso. Estar com as pessoas que eu amo. Viver uma vida boa. Assistir a filmes de terror com a minha filha. Seria bom se fosse um pouquinho mais fácil pagar as contas enquanto isso tudo acontece. Mas felicidade é o que eu mais quero.

— Quero que você tenha tudo isso. Se eu fizer sucesso, vou te dar tudo isso.

Minha mãe me envolve em seu braço.

—Você já está fazendo um ótimo trabalho.

Ela sorri e retribuo o sorriso, fazendo uma nota mental de guardar esse dia na memória. Não foi um dia perfeito, mas merece ser lembrado.

JOSIE

Se a cor verde-néon tivesse um cheiro, seria composto pelo odor de homens ansiosos e exaltados de tanta adrenalina, cerveja e desinfetante industrial. E esse é exatamente o odor no ar do auditório do Carl Penkis Civic Center quando eu e Delia entramos no OCTÓGONO VALOR XTREME 16. (Eu acrescentei a parte do XTREME. Achei que combinou.) A testosterona forma uma névoa no espaço amplo, deixando uma camada oleosa em tudo.

Nós nos destacamos imediatamente por não estarmos usando camisetas justíssimas com crucifixos, velociraptors, capacetes de guerreiros antigos, espadas, desenhos com inspiração japonesa e crânios inimaginavelmente ornamentados e brilhantes como se tivessem sido atirados ali por uma carabina carregada de tinta prateada. Dentro e em volta das imagens há palavras como ARMAGEDOM, VINGANÇA, VENENO, HONRA e GUERREIRO. Elas seguem a linha de "mais é mais". Essas camisetas geralmente estão combinadas com calças jeans que ostentam um excesso de costuras nos bolsos traseiros. Me pergunto se é para que quem a veste sempre tenha fios extras à mão para dar pontos improvisados em um ferimento de luta.

Também têm as tatuagens toscas serpenteando pelos braços: fios de arame farpado em volta dos bíceps, braços fechados com tigres e carpas, clichês de autoajuda (O QUE NÃO MATA FORTALECE;

QUANTO MAIS VOCÊ SUA NO TREINO, MENOS SANGRA NA LUTA), e retratos fantasmagóricos do que só me resta supor serem crianças e parentes mortos.

— Isso é ridículo — Delia diz, observando o cenário.

— Tão brega e esquisito como eu estava torcendo pra ser — digo.

— Não acredito que Lawson consiga viver nessa cultura.

— Eu acredito. Ele parece curtir muito esse negócio de honra e tudo mais.

— Honra é um negócio que dá pra *curtir*?

— Por que não?

— Parece esquisito. Tipo, "honra era um negócio que os cavaleiros curtiam muito".

— Parece o.k. pra mim.

Delia dá de ombros.

— Sei lá. Mas parece que eles mergulhavam na honra.

— Tipo, era algo que eles só faziam na praia?

— Você tem um barco de honra e sai pra mergulhar nos domingos.

Enquanto procuramos lugares o mais perto possível do octógono, observo a multidão em busca dos garotos que vi no vídeo do YouTube, que imagino serem os irmãos do Lawson.

— Meio que estou adorando tudo isso — Delia diz. — Estou ansiosa pela violência gratuita que estamos prestes a presenciar.

— Ah, foi a parte que achei que você mais curtiria — respondo.

— Estou curtindo muito a breguice em geral.

Não somos as únicas garotas na plateia, mas os homens são a maioria esmagadora. Os espectadores nos tratam com um misto de cavalheirismo excessivo — como se fôssemos donzelas em um torneio — e as cantadas já previsíveis. É melhor do que o que eu estava esperando, que era só a parte das cantadas.

— Está ansiosa pra ver o Lawson lutar? — Delia pergunta.

Tomo cuidado para demonstrar uma indiferença premeditada de forma que Delia não pense besteira.

— Sim, vai ser legal. Ele manda tão bem com as tábuas, vai ser interessante ver o que ele consegue fazer com uma caixa torácica.

— Ouvi dizer que voadoras fazem coisas *incríveis* com o rosto humano hoje em dia.

— Por falar nisso, deixa eu avisar que chegamos.

Eu: Ei, estamos aqui.
Lawson: Vocês vieram!!!
Eu: Eu falei que vinha, seu besta!!!
Lawson: As pessoas nem sempre fazem o que prometem.
Eu: Sempre cumpro minhas promessas. Está ansioso?
Lawson: Um pouco. O cara que eu ia enfrentar desistiu por causa de uma lesão, então substituíram por um cara novo que tem um histórico melhor e pode ser mais difícil de derrotar.
Eu: Ah você vai mandar bem.

Quase digo "Já te vi lutando", mas não há necessidade disso agora.

Lawson: Preciso me alongar e aquecer. Que bom que você veio! Vou procurar vocês depois!
Eu: Legal. Depois a gente se fala? Quando você vencer?
Lawson: Com certeza.

O cara pálido de cinquenta e poucos anos sentado ao lado da Delia, que parece uma espiga de milho murcha, puxou conversa com ela. Delia exala algum tipo de feromônio que atrai gente bizarra. Tinha um garoto na escola que era apaixonado por ela, e ela falou brincando que só iria a uma festa com ele se ele fizesse xixi no próprio short de ginástica durante a aula de educação física, e então ele fez e foi mandado para casa. (Ela não foi para nenhuma festa com ele.)

— Não — Delia diz para o cara, que tem um rosto que até a mãe dele admitiria, com toda a honestidade, que aquela não era sua melhor obra, e cujo cavanhaque grisalho parece um rato desgrenhado preso em seu queixo. — Estou dizendo que, se tem alguma coisa que eu comeria a qualquer hora do dia, seria comida de café da manhã. Nunca comeria uma salada, não importa a hora do dia. Por isso, não comeria salada de café da manhã. Pizza eu já como. Por isso, comeria pizza de café da manhã. — Delia lança um olhar de "socorro" na minha direção.

—Você e sua amiga podiam vir comer asinha de frango na Buffalo Wild Wings com a gente depois. Por nossa conta — diz o Espiga de Milho, apontando para mim e para a Delia e depois para o seu filho (?) e/ ou amigo (?), que parece um panini que foi mergulhado em cola líquida e depois apoiado na frente de um ventilador através do qual jogaram chumaços de pelo.

— Estamos literalmente no ensino médio por, tipo, mais duas semanas — Delia diz.

O Espiga de Milho dá de ombros e solta um resmungo que diz algo como: "A única vez em que li alguma coisa de livre e espontânea vontade foi quando pesquisei as leis de idade de consentimento".

— Além disso, somos um tipo superespecífico de vegetarianas e não comemos asas de nenhum animal — digo. — Nem de ave nem de morcego nem de barata. Nenhum tipo de asa.

— Nunca ouvi falar disso — Espiga de Milho diz.

— Além disso, temos que trabalhar na produção do nosso programa de TV depois — Delia diz com um maravilhoso ar de arrogância casual.

— Vocês aparecem na TV — Espiga de Milho diz, como se fosse ele quem estivesse nos contando.

— Sim — Delia diz.

— Em qual programa?

— *Sessão da meia-noite.*

— É sobre o quê?

— Exibimos filmes antigos de terror e ficção científica.

Espiga de Milho balança a cabeça.

— Não acredito.

— E adivinha só! — Delia diz. — A gente não acredita que vocês estão indo de verdade ao Buffalo Wild Wings.

— É, vocês não podem ir porque, da última vez em que foram, ficaram com ossos de galinha entalados no nariz e tiveram que chamar a ambulância, porque vocês ficavam desmaiando por falta de oxigênio — digo.

— Um de vocês sofreu intoxicação alada e caiu de cara no molho ranch e quase morreu por afogamento em ranch — Delia diz.

— Não — Espiga de Milho diz.

— Isso nunca aconteceu — Sanduíche Peludo diz.

— Ah, é? Então prova — digo.

— Agora. Vai, prova — Delia diz. — Quero evidências fotográficas.

— A gente vai toda hora no Buffalo Wild Wings. Não estamos mentindo — Sanduíche Peludo diz.

— Mas não conseguem provar — Delia diz.

Consigo ver que ela está observando o local em busca de outros lugares. Mas está bem cheio. Esse também é o lado bom da situação. Tem tanta gente ao nosso redor que nem precisamos fingir ser educadas com esses dois palhaços.

— Além disso, só pra vocês saberem, suas tatuagens parecem ter sido feitas enquanto vocês estavam navegando em uma canoa —

digo, torcendo para esses idiotas sedentos responderem. E, de repente, como se meu desejo tivesse feito o universo girar em torno do próprio eixo, um apresentador de smoking chega ao centro do octógono com um microfone. As luzes se apagam, sobrando só o ringue iluminado. Holofotes começam a cortar o lugar de maneira caótica.

— Senhooooooras eeeee hummmmm senhores. Bem-vindos ao Oooooctógono hummm Valooooor Dezesseeeeeis. — O público vai à loucura, gritando e pedindo sangue.

— As luuuuutas de hoje serão em três rounds de cinco minutos, que serão pontuadas pelo nosso júri. E agora, sem mais delongas, vamooooos fazer barulhoooooo!

Delia faz careta quando Espiga de Milho e Sanduíche Peludo enfiam os mindinhos na boca e soltam assobios ensurdecedores, gritando feito dois porcos.

A luta começa. No começo, entramos na brincadeira ironicamente, mas depois começamos a nos divertir de verdade, tentando superar o grito uma da outra. As pessoas nos encaram, mas e daí?

— Faz ele sentir que todo dia é segunda-feira! — Delia grita.

— Envergonha ele na frente de todo mundo que um dia ele amou! — grito.

— Mergulha as mãos no sangue dele! — Delia grita.

— Manda ele de volta pra faculdade pra se formar em ciências da computação! — grito.

— Mostra pra ele como você tem raiva de que as coisas que eram pra ter cheiro de chá verde não têm cheiro de chá verde! — Delia grita.

— Tá, aí você já está pegando pesado — digo.

Espiga e Sanduíche, enquanto isso, realmente mostram o quanto são criativos, soltando frases como "Acaba com ele!", "Enche ele de porrada!" e, pra variar, "Dá uma surra nele!". Às vezes, "Isso aê! Uhul!".

— Estar aqui me faz perceber que gosto de quase tudo — Delia diz.

Testo a afirmação na minha cabeça.

— Sério. Estou tentando encontrar alguma coisa de que você não gosta e não penso em nada. Comédias românticas?

— Adoro.

— Shoppings.

— Adoro. É estranho pra mim ser super-resistente a coisas que foram feitas especificamente para serem gostadas. Têm tantos outros jeitos de gastar a energia. Só aproveita o que é divertido. E shopping é divertido.

— Outlets.

— Gosto ainda mais do que de shoppings.

— Tá, desisto. Espera! — Lanço um olhar óbvio para Espiga de Milho e Sanduíche Peludo.

— Aí você me pegou.

Há uma monotonia estranhamente empolgante nas lutas. Os homens ficam se rodeando, tentando encontrar brechas, em muitos momentos parece que eles estão abraçadinhos no chão, pontuados por explosões de movimento repentinas. A nossa tolerância para tolerar enredos péssimos de filmes — que é o que estaríamos vendo a essa hora numa noite de sábado — nos ajuda bastante.

Finalmente, a luta imediatamente antes da de Lawson termina com uma submissão.

— É a vez do Lawson! — Delia diz, como se eu tivesse esquecido.

Faço que sim, observando as entradas por onde os lutadores aparecem e saem. Meus nervos, de repente, ficam à flor da pele. Não quero vê-lo se machucando. Não sei como, mas essa possibilidade não tinha passado pela minha cabeça ainda.

— Que foi? — Delia pergunta.

— Nada.

—Você está com uma cara estranha.

— Não, eu só... Olha!

O apresentador voltou ao centro do octógono com o microfone.

— Senhooooooras e senhoreeeees, chegamos à nossa luta de peso meio-médio. No canto vermelho, pesando setenta e sete quilos, com um histórico de nove vitórias e zero derrotas, vindo de Memphis, no Tennesseeeee, Noooooah "Pesadeeeeelo" Puuuuudue.

Um lutador de moletom com o capuz na cabeça sai ao som de um heavy metal horrível, que parece ter sido composto para um comercial do Exército norte-americano e vai em direção ao ringue, socando o ar. Meu coração se aperta. Ele parece ter duas vezes o tamanho de Lawson. Eles não tinham de ter o mesmo peso? Ele arranca o moletom e o atira para o seu treinador ou sei lá quem. Ele parece feito de bife e veias sobre uma marreta. Ele é cheio de tatuagens horríveis. Ouvi em algum lugar que os palhaços têm de pintar a maquiagem com contornos suaves e arredondados para não botar medo em crianças (vamos deixar de lado a questão se isso funciona ou não). As tatuagens dele são cheias de espinhos e dentes e lâminas e coisas nada agradáveis. Como a versão humana de um réptil que anuncia seu veneno com cores vibrantes. E, por falar nisso, seu cabelo e sua barba são tingidos com listras loiras e pretas. Ele tem aquele semissorriso arrogante de quem sabe que você vai usar o banheiro depois de ele ter usado e deixado a tampa do vaso levantada de propósito.

Quero que Lawson dê um soco naquele sorriso por mim.

Filé & Veias dá uma volta demorada pelo ringue, erguendo os punhos e socando o ar.

— Eeeee no canto azul, pesando setenta e sete quilos, com um histórico de três vitórias e zero derrotas, vindo de Jaaaaackson, Tennessee... Laaaaawson "Loooost in Translation" hum Vaaaargas!

Solto um berro involuntário e viro para Delia.

O rosto dela se ilumina como se ela já soubesse.

— É sério?!

— Eu estava *superbrincando* quando sugeri pra ele.

— Ei, não é mais besta que os outros apelidos de lutadores.

Ela tem razão. Um dos lutadores era chamado de "Cachorro Quente". E, para ser sincera, "Pesadelo" não é muito original.

"No Light", de Florence and the Machine, começa a tocar pela arena. Faz meu coração saltar como quando é quinta à noite e você lembra que amanhã é feriado.

Volto o olhar para Delia de novo.

— Tá.

— Tá. Mas sério.

— Mas sério. Eu *não* falei para ele escolher esse.

— *Até parece.*

— Olha ele ali! — Me levanto. Delia se levanta comigo.

Lawson sai, numa caminhada meio saltitante, chacoalhando os braços. Ele está usando um boné de beisebol com cara de novo e uma camiseta — roupas típicas do Lawson, nenhuma tentativa de me impressionar agora. Seu rosto é pura determinação de titânio.

Coloco as mãos em volta da boca e grito:

— Vai, Lawson!

Não sei como, mas chamo a atenção dele, e nossos olhares se cruzam. Ele deixa a dureza da expressão se suavizar em um leveíssimo sorriso destemido. Ele levanta a mão com a luva e aponta na minha direção, antes de pular em cima do ringue, passar o boné para o treinador (?) e arrancar a camiseta.

Agora ele está maior do que no vídeo que eu vi. Para ser sincera, nunca fui de me impressionar muito com músculos; pelo contrário, acho meio cômico e ridículo, tipo "nossa, aposto que é fascinante conversar com você. Me fale mais sobre creatina". Todos os meus ex-namorados eram muito mais magros ou muito mais parecidos com ursinhos de pelúcia. Mas ele... tem um corpo bonito.

— Parece que o Lawson anda malhando — Delia diz, lendo minha mente.

— Imagino que isso ajude nos socos?

— Aquele é seu namorado? — Espiga de Milho pergunta.

— Meu amigo — respondo. — Não que isso seja da sua conta.

— O Pesadelo vai encher a cara dele de porrada.

— O Pesadelo vai encher a cara da sua bunda de porrada — retruco.

— Isso não faz sentido — Sanduíche Peludo diz.

— Sabe o que não faz sentido? A sua cara, literalmente. A sua cara não faz sentido — Delia diz.

Sanduíche Peludo começa a responder alguma coisa.

— Tá, eu sei — digo. — Vamos brincar de vaca amarela. Vamos ver quem ganha.

— A gente nem quer falar com vocês. Vocês nem são tão bonitas quanto acham que são — Espiga de Milho diz.

— Ótimo, então vocês vão ganhar — Delia diz.

Lawson e Filé & Veias, que é alguns centímetros mais alto do que Lawson, ficam se encarando, olhando um ao outro de cima a baixo. Nenhum dos dois pisca. Filé & Veias encara Lawson como minha mãe me encarava quando eu tinha me sujado na lama. Lawson retribui o olhar cáustico com uma confiança ainda mais serena. Ele fica bonito assim. Objetivamente falando.

O juiz termina de conversar com os dois. Uma mulher de minishort jeans e blusinha rosa-shocking dá uma volta pelo ringue, segurando uma placa com um "1" escrito nela. Lawson levanta a luva para cumprimentar Filé & Veias como os outros lutadores fizeram. Filé & Veias dá as costas para o gesto. Embora eu tenha visto pouquíssimas lutas, essa me parece a atitude de um grande babaca.

Minha raiva se mistura à onda de adrenalina quando os lutadores começam a se rodear cautelosamente. Sinto um pavor repentino de ver Lawson se machucar. Esqueço que ainda estou de pé até Delia se sentar ao meu lado. Seco as mãos suadas nas pernas.

A luta começa. Filé & Veias parte para cima na hora, atacando com força. Mas Lawson desvia dos socos e retribui alguns. Filé & Veias avança para cima de Lawson e por pouco desvia de um chute alto na lateral da cabeça. Ele joga Lawson no chão e sobe em cima dele, e os dois começam aquele abraço enroscado estranhamente íntimo que os lutadores dão, trocando socos e cotoveladas curtas na cabeça e no rosto um do outro.

É emocionante e assustador ver Lawson em seu ambiente natural. É difícil de assistir, mas, ao mesmo tempo, não consigo tirar os olhos. Fico tentando conciliar o garoto bobo e fofinho com quem eu meio que tive um encontro com o guerreiro calculista a que estou assistindo.

Lawson escapa de baixo de Filé & Veias e se levanta com um salto, e os dois voltam a se encarar. Lawson dá um chute e o faz perder o equilíbrio. Ele ataca e obriga Lawson a recuar com uma saraivada de socos. E assim por diante.

O tempo escorre feito ketchup de um frasco, mas o sino finalmente toca, sinalizando o fim do primeiro round. Os lutadores vão para seus respectivos cantos e buscam água e conselhos com seus treinadores.

Passei os últimos cinco minutos com os punhos cerrados. Respiro e relaxo de volta ao assento. Parece que quem estava lutando era *eu*.

— Está nervosa pelo Lawson? — Delia pergunta.

— Meio que sim, mas ele parece estar indo bem.

— Estou adorando tudo isso. Talvez a gente tenha de começar um segundo programa em que assistimos a lutas de MMA e comentamos.

— Se o Jack Divine não nos deixar ocupadas demais, eu topo.
— Uma culpa fria me perpassa quando digo isso. Sinto o impulso de confessar a promessa que fiz para os meus pais, para desabafar. Mas agora não é o momento: ela está se divertindo muito. Eu também estaria, se não estivesse tão preocupada com o Lawson.
— Eu estava brincando — Delia diz. — Mas nem tanto.
— Alguma novidade do Jack Divine?
— Não. Mas eu não estava esperando muita coisa. A gente meio que ficou em: "Vamos conversar na conferência".
— Não seria bom, tipo, tentar montar um plano mais firme sobre o que a gente vai conversar?
— Fico com medo de incomodar o Jack. Acho melhor a gente não parecer muito desesperada.

O intervalo acaba, e Lawson e Filé & Veias se encaram no centro do octógono de novo. Meu coração volta a se acelerar.
— Acaba com ele, Pesadelo! — grita Sanduíche Peludo.
— Enche ele de porrada! — Espiga de Milho berra.
—Vai, Lawson! — grito.

Talvez ele tenha me ouvido, porque Lawson parte para o ataque. Filé & Veias absorve a força do golpe, conseguindo por pouco se manter em pé. Ele chega por trás de Lawson e o agarra pelo tronco, numa espécie de abraço de urso. Ele salta para trás, levando Lawson consigo, batendo a cabeça e as costas dele no tatame. A multidão vai à *loucura*, abafando o som do meu grito involuntário.
— *Suuuuuplex* — Espiga de Milho grita na cara de Delia. — *Suuuuuplex! Toma, trouxa.*

Ela franze o rosto e vira a cara, abanando o ar na frente do nariz.
— Sério, seu bafo é de quem tem um cemitério de guaxinins dentro do corpo.

Eu não estava aguentando esses palhaços nem antes de eles esfregarem o machucado de Lawson na minha cara.

— Seu bafo é de quem comeu um pote de cocô de cachorro com uma colher feita de cocô de gato — acrescento.

Ele dá de ombros como se não fosse nada.

— Tinha um pouco de pão de alho do Little Caesar's no carro e comi antes de entrar.

— Você guarda pão de alho no carro? — Delia olha para ele como se ele tivesse falado que a bebida favorita dele era leite morno com um punhado de pelo de gato.

— É pão de caminhonete. Se eu precisar de um lanchinho.

— Não existe pão de caminhonete. Que nojo. Você é nojento — Delia diz.

— Você não sabe o que está perdendo, porque é uma delícia. Fica crocante igual a chips.

Eu me aproximo de Espiga de Milho e sussurro:

— Cala a boca. Você está deixando a arena fedida. Cala essa boca.

Volto a atenção para Lawson, que se levantou de novo, visivelmente zonzo e com dificuldade de se equilibrar. Ele desvia de uma sequência de golpes do Filé & Veias. Meu coração parece uma tábua sobre a qual estão empilhando vários livros. Estou tão na ponta do banco que mal estou sentada. Minhas coxas ardem.

— *Vamos, vamos, vamos*, Lawson, vamos lá — murmuro com urgência, várias vezes.

Quase como se ele tivesse me ouvido, Lawson desvia de uma joelhada, dá alguns passos para trás e dá um chute feroz na cabeça do Filé & Veias. Filé & Veias cambaleia para trás e cai de cóccix. A reação da plateia é quase tão explosiva como depois do suplex do Filé & Veias.

— Vai, Lawson! — grito para Espiga de Milho e aponto pra cara dele. — *Chute na cabeeeeeça! Chute na cabeeeeeça!* — Entoo mais algumas vezes. Delia canta comigo.

Lawson tenta aproveitar a queda de Filé & Veias, mas Filé & Veias dá um jeito de enroscá-lo no chão de maneira que ele não consegue acertar um soco direito.

O segundo round termina e o terceiro começa. Os dois lutadores estão visivelmente cansados. Eles passam muito tempo se rodeando, movendo-se mais devagar. Durante um dos interlúdios de pega pra capar no chão, Filé & Veias acerta uma cotovelada de sorte no olho direito de Lawson, abrindo um corte. Sangue começa a escorrer pelo rosto de Lawson. Ver aquilo faz meu estômago se contorcer feito aqueles bichinhos de bexiga.

Não sei como ele consegue fazer isso — no chão, completamente sozinho, sangrando, vencendo a humilhação de ter sido derrubado em um salão gigante, cheio de gente berrando. Na minha frente. Depois de ter me convidado. Ele é feito de um material diferente de todos os outros garotos que já conheci na vida. Algum material sólido e quente que é gostoso de passar a mão, como um corrimão de madeira numa casa antiga.

Durante os últimos minutos da luta, fico completamente imóvel, olhando para ele como se estivesse observando um animal que não quero que se assuste e fuja. É como se eu temesse que qualquer movimento em falso da minha parte o desequilibrasse em uma fração de segundo e fizesse com que ele fosse pego por um soco ou chute infeliz.

— Ei — Delia sussurra, me assustando.

— Hum? — Mantenho os olhos fixos no octógono.

—Você está muito pálida.

— Só aguento ver sangue quando sei que é xarope vermelho.

— E provavelmente também quando não é do seu amigo.

— Isso com certeza ajuda.

O sinal do fim da luta finalmente toca. Lawson avança na direção de Filé & Veias para apertar a mão dele, mas Filé & Veias vira as costas e sai andando até seu canto. Esse cara é um grande escroto, na minha humilde opinião.

Esses foram os quinze minutos mais longos da minha vida. Não sei como me sinto. Não me arrependo de ter vindo — disso eu sei. Acho que é como assistir a um parto ou algo do tipo. Você não vai dizer "Foi tão divertido ver você sofrer e ver as coisas que eram para estar dentro do seu corpo saindo do seu corpo!", mas fica contente por ter estado lá para apoiar a pessoa.

Lawson e Filé & Veias param no meio do ringue com o juiz entre eles, segurando as mãos dos dois.

— Mas que luta — alguém exclama atrás de nós.

— Não acredito que o Pesadelo não conseguiu nocautear — Sanduíche Peludo choraminga. — Que fraco. Ir pra uma decisão.

— Senhooooras e senhores, teeeemos uma decisão dos juízes. O juiz Collins deu trinta a vinte e nove para o canto vermelho.

Não lembro qual canto é de quem, mas pelos sussurros de "Isso!" do Espiga de Milho e do Sanduíche Peludo, imagino que o Filé & Veias seja o vermelho. Lawson está inexpressivo. Nenhum sinal de que ele está incomodado ou preocupado. Limparam o sangue do rosto dele e fecharam seu corte quando ele voltou para seu canto depois que a luta acabou.

— O juiz Hamlin dá trinta a vinte e nove para o canto azul.

Um trompete rápido explode em meu coração. Aperto o joelho de Delia.

— Vai, Lawson. Vai — murmuro.

— Eeeee o juiz Pattern pontua trinta a vinte e nove para o canto vermelho. O vencedor! Por decisão dividida! Noooooah "Pesadeeeelo" Puuuuurdue!

O juiz ergue o braço de Filé & Veias para o alto por um momento antes de Filé & Veias se soltar e começar a dar voltas pelo octógono, batendo no peito. Ele salta e sobe na grade do octógono, apontando para a plateia, o rosto inchado. Ele está agindo como se tivesse nocauteado Lawson com um único soco dez segundos depois do começo da luta, em vez de ter ganhado por um ponto ou coisa assim.

Sanduíche Peludo e Espiga de Milho saltam do banco e erguem o punho como se eles tivessem ganhando uma batalha física exaustiva em vez de terem ficado sentados na cadeira enquanto falhavam em sua tentativa de levar duas adolescentes para um restaurante de fast-food de asinha de frango.

Lawson olha para cima dos rostos da multidão. Sei que ele não está olhando para nada em particular; ele só não quer olhar para baixo. Seu rosto está tomado pela dor. Ele está claramente se esforçando para ser valente na derrota, mas está na cara o quanto ele está sofrendo. É de partir o coração. É como ver um falcão tropeçando com uma asa quebrada. Não que eu já tenha visto isso. Mas imagino que não seja uma visão muito inspiradora.

Então me dou conta de que o fato de eu estar aqui deve estar tornando a situação dez vezes pior. Uma culpa fria me encharca como água quando você pisa sem querer numa poça usando apenas meias. Uma sensação tão desagradável quanto.

Eu o vejo sair do octógono, caminhando sem nenhuma energia, se comparado com quando chegou, tentando manter a cabeça erguida sem olhar para nenhum lugar perto de mim.

Preciso fazer alguma coisa por ele.

DELIA

— Ele parece *bem* chateado — digo.

Josie assente, vendo-o sair.

— Eu também estaria — continuo. — E, tipo, nem me importo muito com ganhar as coisas.

Josie assente de novo, ainda sem olhar para mim.

— Então, o que a gente deve...

— Quero tentar dar um oi bem rápido — Josie diz. — Ele parece precisar de um abraço.

— Estão distribuindo abraços? — Sanduíche Peludo pergunta. Ele mal chegou no S de "abraços" quando Josie responde:

— *Nãããão, não* estamos.

— Nem mesmo aqueles abraços em que a gente dá um tapa bem forte nas suas costas pra deixar claro que a gente não gosta de você — digo.

— Olha ela que bravaaaaa — Sanduíche Peludo cantarola. — Você está brava porque seu namoradinho perdeu.

Josie inspira rápido pelo nariz.

— Tá, primeiro de tudo? Ele não é meu namorado. Mas tanto faz. Segundo? Ele tem coragem de subir no ringue e lutar de verdade, enquanto vocês dois ficam com a bunda na cadeira assistindo. Então entre vocês dois? Ele *sempre* vence.

— Eu ganharia dele — Espiga de Milho diz.

— Não. *Não* ganharia. Ele te espancaria muito, mas muito feio, e te humilharia — Josie diz. — Ele pegaria seu pão nojento e pisaria em cima.

Eu me levanto.

— Já vimos o Lawson. Vamos embora — digo para Josie.

Josie se levanta e diz para o Espiga de Milho e para o Sanduíche Peludo:

— Sentar perto de vocês foi tão divertido quanto segurar um peido na aula.

— Não pode segurar peido. Faz mal pro fígado — Espiga de Milho diz.

— Isso não é verdade — digo.

— Minha opinião.

Josie apenas o encara por um segundo.

— Não é assim que opiniões funcionam — ela diz finalmente. — E se você não aprendeu nada em nosso breve tempo juntos, então aprenda o seguinte: dá *sim* pra segurar puns. Dá pra segurar por muito tempo, sem problema. Não sou nenhuma especialista em anatomia humana, mas sei que o tubo de puns não está ligado ao fígado. Então, pelo bem de todos que amam estar perto de você, se é que existe alguém, por favor, segure seus puns.

E saímos depois dessa.

Por mais que eu realmente tenha me divertido (apesar dos nossos vizinhos), só me diverti de verdade enquanto Josie estava se divertindo.

No corredor onde estamos esperando dá para ouvir os gritos da última luta. Olho para Josie e me dou conta, pela primeira vez, como ela está *linda* hoje. Ela arrasou no look "não estou tentando ficar bonita mas sem querer querendo acabei ficando".

— É por aqui que ele vai sair? — pergunto.

— Foi o que ele falou na mensagem — Josie diz. — Mas ele vai demorar um pouco. Disse que precisa ficar até o fim da última luta.

— Tem certeza de que ele quer ver a gente?

— Não. Mas quero dar um oi pra ele mesmo assim.

Ela parece preocupada e insegura. Não é comum vê-la desse jeito.

Por isso esperamos. As pessoas se aglomeram ao nosso redor. Ouvimos um estrondo da arena lá dentro quando a última luta acaba. Alguns minutos depois, Lawson sai, usando suas roupas novas, carregando uma bolsa esportiva. Seu cabelo está molhado. Ele caminha devagar e manca um pouco. Ele anda com a cabeça erguida como alguém que treinou para isso, como se tivesse de equilibrar um livro no topo da cabeça. Curativos cobrem o corte em cima de seu olho. Um hematoma cor de mostarda aflora em uma de suas maçãs do rosto. Ele nos vê e sua boca se entreabre, num sorriso tênue e dolorido. Ele parece desejar que não estivéssemos ali.

Josie inclina a cabeça e entreabre um sorriso em resposta.

— Você mandou bem — ela diz quando ele finalmente se aproxima. Foi uma caminhada muito demorada.

— Valeu — ele responde baixo, olhando para o chão. — Não o suficiente, pelo jeito.

— Ah, por favor! Aqueles jurados são uns idiotas. — Ela dá um passo à frente e dá um abraço devagar e demorado nele, tomando um cuidado evidente para não encostar em nenhum ponto sensível. Ele retribui com um abraço sem muito entusiasmo e sem soltar a bolsa.

— Superidiotas — digo. — Achei que você tinha ganhado.

Ele assente. Não como quem concorda, mas só para mostrar que escutou.

Não o conheço direito, mas já estive perto dele vezes suficientes para sentir a energia simpática, alegre e bem-humorada que ele emana. Mas tudo isso se foi agora. Existe uma marca no chão no lugar onde isso costumava estar, como depois que se muda uma geladeira de lugar.

— Obrigado por vir — ele murmura. — Mas queria muito que você tivesse me visto vencer.

— Ah, você... ainda é um vencedor aos meus olhos — Josie diz, com seriedade.

Eu e Josie desviamos os olhos uma da outra porque sabemos que, se fizermos contato visual depois de ela ter soltado um clichê desse, vamos começar a tirar sarro uma da outra como fazemos nos momentos mais inapropriados. Por exemplo, em uma assembleia da escola em que um dos professores de educação física estava fazendo um discurso motivacional e a gente percebeu que ele estava basicamente recitando a letra de "All Star", do Smash Mouth. Fomos advertidas por causa disso.

Lawson está prestes a responder, quando três caras grandes que se parecem um pouco com ele — bastante cabelo preto e semblante parecido — e que se vestem como Lawson antes de seu despertar para a moda para impressionar a Josie, chegam correndo e começam a abraçá-lo e bagunçar seu cabelo e apertar sua bunda. Ele desvia deles sem muita vontade.

— Para. Chega, gente. Caramba. Sério. Me deixa.

O mais alto, que parece o mais velho, tem uma tatuagem grande das bandeiras dos Estados Unidos e do México cruzadas no antebraço, em cima da sigla USMC.

— Cuidado com o olho dele — ele diz. — Vai abrir o machucado e ele vai sangrar que nem uma torneira por todo o seu carro.

— Você foi roubado, irmãozinho — outro diz.

— Quase arrancou a cabeça do Purdue com aquele chute — o terceiro diz.

— Você lutou com o coração, cara. É isso que importa. Você não foi derrotado. É só voltar pro octógono — o segundo diz.

— Vamos. Vamos embora. A mamãe e o papai estão esperando. A gente precisa mostrar pra mãe que você ainda está vivo — o primeiro diz, assumindo uma postura de combate e batendo de brincadeira na nuca do Lawson.

Lawson bate no braço do irmão e olha para nós, se desculpando.

— Meus irmãos.

Josie assente.

— Imaginei pela parte "mamãe e papai".

— Ótima luta, Vargas! — um transeunte grita. Lawson acena.

— Vai apresentar a gente pras suas amigas? — um dos irmãos pergunta.

— Josie, Delia, esses são meus irmãos, Connor, Wyatt e Trey.

"Ei, tudo bem, e aí?", eles dizem. Cumprimentamos com a cabeça.

Lawson suspira.

— Tá. Melhor eu ir. Como eles falaram, preciso mostrar pra minha mãe que sobrevivi. — Ele continua sem fazer contato visual com Josie.

Ela estende a mão e segura o antebraço dele de leve.

— Ei — ela diz com a voz suave.

Lawson vira para ela. Seus olhos são um poço de tristeza. Ele tenta sorrir, mas não consegue, então desvia o olhar. Ele sai mancando, os irmãos tirando sarro em volta. Damos uma vantagem para eles até termos certeza de que não vamos nos encontrar no estacionamento e ter de encarar a tão temida despedida dupla.

— Bom, isso foi constrangedor — Josie diz, destrancando o carro. Alguém assobia para ela. Ela responde com um olhar irritado.

— Tipo, quase me sinto culpada por termos vindo.

— Ele ficou feliz que você veio.

— Acho que sim. — Josie dá ré até uma picape Dodge tunada buzinar para ela, e seguimos nosso caminho.

Um silêncio desconfortável recai sobre nós. Dá para ver que Josie está refletindo. Decido testar o clima.
— Quer pegar uns lanchinhos para a pré-produção?
Josie hesita.
— Você ficaria superirritada se a gente fizesse a pré-produção outra hora?
Sim.
— Por quê? — Tento fingir indiferença.
— Queria passar no Lawson pra dar uma animada nele.
— Achei que ele queria ficar sozinho.
— Achei que ele queria *fingir* que queria ficar sozinho, mas na verdade queria que alguém fosse dar uma animada nele.
— Ele está com a família.
— Tenho a impressão de que ele sente algo um pouco diferente por mim do que sente pelos três irmãos.
— Vai amanhã.
— Você já tentou dormir numa noite em que aconteceu alguma coisa bem ruim com você? É uma droga.
— Você literalmente está perguntando *pra mim* se eu já tentei dormir quando alguma coisa ruim aconteceu comigo?
— Viu? Você entende.
Sinto um aperto no peito. Me retraindo. Me deixando pequena por dentro.
— Também sei que a gente *sempre* faz a pré-produção no sábado à noite. É o nosso rolê.
— DeeDee. A gente pode fazer outra hora. Amanhã.
— JoJo. Essa não é a questão. A questão é que é uma coisa que

a gente faz, é o nosso trabalho, e você quer largar tudo pra animar um menino que você acabou de conhecer porque ele perdeu uma luta por muito pouco. — No fundo, sei que estou sendo egoísta. Mas não consigo evitar. O aperto no meu peito se intensifica.

— Não é verdade. Ele é meu amigo, *nosso* amigo, na verdade, não um menino que eu acabei de conhecer.

— A questão aqui nem é ele. É a falta de dedicação.

Josie solta um riso seco.

— Você não pode estar falando sério.

Dou de ombros.

— Falta de... Cara, eu trabalho nesse programa *religiosamente* com você. A gente fez dezenas de episódios. E eu nem... — Ela para no meio da frase.

— O quê? Você nem o quê?

— Nada.

— Não, fala logo. Você nem gosta de fazer o programa comigo.

— Você não passou nem *perto* do que eu ia falar.

— Até parece.

— DeeDee.

— O que você ia falar?

— Eu nem sei. Sei lá, era uma ideia malformada. Dá um tempo. Eu me afundo no banco e olho pela janela.

— Tanto faz. Faz o que você precisa fazer.

— Você pode ficar de boa em relação a isso?

— Sim, senhora! — digo com a minha voz mais irritante de falsa animação.

— Se fosse o contrário, você ficaria agradecida.

— Tipo, se eu tivesse sido derrotada num combate corpo a corpo e você viesse me visitar?

— Exatamente.

— Acho que eu ia querer ficar sozinha.

— Até parece, DeeDee.

Chegamos ao trailer. A placa da minha mãe está acesa no jardim. O aperto no meu peito se tornou esmagador. Sinto como se estivesse assistindo a algo que escapou das minhas mãos quicar no banheiro antes de inevitavelmente cair dentro da privada. Eu sei que estava sendo bem babaca. Mas acho que Josie também foi um pouco.

Saio do carro.

— Está tudo bem? — Josie pergunta.

— Sim. Tanto faz.

— DeeDee, a gente pode fazer a pré-produção outra hora. Meio que preciso consolar o Lawson agora pra ser uma boa amiga.

— Tudo bem. Vai lá.

— Te amo, DeeDeeBooBoo.

— O que você vai fazer lá, afinal?

— Pensei em fazer umas panquecas. É a comida preferida daquele besta.

— Você nunca cozinhou na vida.

— Eu já fiz panquecas! Você está me zoando?

— Você devia comprar aquela massa pré-pronta que vem em potes no mercado. Seria engraçado.

— Espera, está falando sério? Vendem massa de panqueca em pote?

— Pois é.

— Deve ser nojento, né?

Dou de ombros.

— Imagino que não seja maravilhoso.

— Que incrível seria carregar um desses potes no porta-garrafa da bicicleta, e aí você para pra conversar com as pessoas e, enquanto conversa, joga um pouco na boca e fica bochechando.

Rio involuntariamente.

— E tem massas de panqueca com energia extrema reforçadas com vitaminas B e cafeína e sei lá o quê.

Nós duas rimos por um segundo ou dois, e é agradável.

— Te amo, DeeDeeBooBoo.

— Te amo, JoJoBee.

— Desculpa por te deixar na mão.

— Tudo bem. Me conta como é a panqueca de pote. — Fecho a porta e ando até o trailer. Não estou mais brava, só triste.

Josie vai embora, me deixando para trás.

Minha mãe está sentada no sofá, uma perna dobrada embaixo da outra, um pé descalço apoiado na mesa de centro, um vidrinho de esmalte em cada mão.

— DeeDee! Precisa que eu vá para outro lugar? Não sabia que horas você chegava.

— Não. — Me afundo no sofá ao lado dela.

— Cadê a Josie?

— Aqui é que ela não está.

— Percebi. Pensei que vocês iam preparar o programa.

— Íamos.

— E?

— Não vamos mais.

— Vocês estão bem?

— Sim. O que você está vendo?

— Não sei. *Forensic Files* ou algo assim. Vocês brigaram?

— Eu já disse que a gente está bem.

— Eu capto energias, DeeDee.

Suspiro alto.

— Mais ou menos, tá? A gente meio que teve uma briga. Mas a gente está bem.

Minha mãe ergue os esmaltes.

—Verde ou roxo?

Fico olhando para a TV.

— Roxo.

—Você nem olhou.

— Toda vez que vejo alguém com a unha do pé verde, penso: "Por quê?".

— É uma cor fofinha. Um tom bonito de primavera.

— O pé é seu.

—Vou pintar de roxo. Quer que eu pinte as suas unhas quando eu acabar?

— Pode ser. — Apoio a ponta de um dos meus All Stars no calcanhar do outro e o tiro. Depois repito com o outro pé.

Minha mãe chacoalha o frasco, se inclina para a frente e começa a pintar as unhas. Ela pinta por um tempo antes de perguntar:

— Como foi a luta?

— Até que foi divertida. Não dava pra ver muito bem, e a gente sentou do lado de dois velhos tarados, mas tirando isso…

— Tarados como?

— Eles não tentaram passar a mão na gente nem nada.

— Acho bom. Eu cortaria as bolas deles. — Minha mãe nunca foi muito motivada, mas sempre encontrou energia para ser protetora comigo. Isso eu agradeço. — Vocês não foram para ver o seu amigo? — ela continua.

— Mais amigo da Josie. Ele está a fim dela.

— Como ele foi?

— Bem, mas perdeu mesmo assim. Por pouco.

— Que droga.

— Ele ficou chateado.

— Claro, né. Foi por isso que a Josie não veio?

— Ela foi ficar com ele, mesmo ele não tendo pedido, e aposto que ele preferia ficar sozinho.

Minha mãe limpa uma mancha roxa no dedo com um algodão embebido em removedor de esmalte. Sempre gostei desse ardor penetrante nas minhas narinas.

— Fofo da parte dela.

— O quê? Me deixar na mão?

— Não te deixar na mão, embora eu não ache que seja isso que ela esteja fazendo.

— Como você chamaria então?

— O amigo precisa dela, e ela foi lá ficar com ele.

— Seria bom se você ficasse do meu lado.

— DeeDee, eu sempre fico do seu lado. — Ela termina de pintar um pé e o assopra.

— Agora nem tanto. — Me afundo ainda mais no sofá, inclinando a cabeça para longe dela.

Minha mãe estende o braço, puxa um dos meus pés para o seu colo e começa a pintar.

— O que você quer que eu fale? Eu falo. Quer que eu diga: "Aquela vaca da Josie. Vou arrancar o cabelo dela"?

— Não.

— Isso não é legal de ouvir.

— Não mesmo.

Ficamos em silêncio por alguns minutos enquanto minha mãe pinta minhas unhas e ouvimos o zum-zum-zum monótono da TV. Ela já trabalhou num salão, por isso leva a tarefa bem a sério. Lá fora, raios branco-azulados cortam o céu, e um trovão ressoa como um caminhão de lixo distante passando por um buraco. Eu não deveria gostar tanto de chuvas como gosto. Nosso trailer não é o melhor lugar para se estar durante um tornado. Mas sempre gostei de tempestades. Quando minha amiga Jesmyn morava aqui, eu a levava para ficar observando comigo. Ela achava besteira no começo, mas depois passou a gostar tanto quanto eu.

Claro, Jesmyn se mudou e me abandonou. Não nos falamos tanto quanto antigamente. Ela tem um namorado legal agora, que ocupa todo o tempo dela, e logo mais vai estudar na Carnegie Mellon, onde vai encontrar amigos mais legais ainda para ocupar o tempo dela.

— Mãe — digo baixo.

— Fala, filha — minha mãe murmura, concentrada.

— Por que todo mundo que eu amo me abandona? — Minha voz tremula.

Minha mãe para e se vira para mim. Seu olhar é suave e profundo. Ela fecha o frasco de esmalte e coloca meu pé na mesa de centro, com cuidado para não manchar nada. (Ela ainda é uma profissional, no fim das contas.) Ela me puxa para perto com carinho e ajeita minha cabeça em seu ombro.

— Ah, querida.

Choro baixo por um momento.

— Imaginei que isso não era só por causa da Josie — minha mãe diz, com a voz abafada no meu cabelo.

Balanço a cabeça.

— O que há de errado comigo? Por que sou tão defeituosa?

Minha mãe segura meu rosto com as duas mãos e me vira para ela.

—Você não é defeituosa. Não há nada de errado com você.

— Se isso é verdade — digo, minha voz arranhando a garganta —, por que as pessoas sempre vão embora? — Eu adoraria entender algum dia por que as pessoas com menos a perder estão sempre perdendo o pouco que tem.

Ela afaga meu cabelo.

— Não sei, meu amor. Mas sei que não é porque tem algo de errado com você.

— Então as pessoas deveriam ficar comigo.

191

— Eu nunca vou te abandonar. Está me ouvindo?

Concordo com a cabeça.

— Nunca — ela diz.

Concordo com a cabeça.

— Jamais.

Eu me recomponho e inspiro fundo, com dificuldade. Volto a deitar e coloco o pé no colo da minha mãe para ela terminar.

— A Josie falou alguma coisa sobre ir embora? — minha mãe pergunta, a voz distante, concentrada.

— Não. Mas, tipo, o perigo está lá. Espreitando na minha vida.

— Me dá o outro pé. Cuidado para não borrar o que acabei de pintar.

— É assim que a minha vida vai ser? — Dou o outro pé para a minha mãe.

— O quê? Tomando cuidado para não borrar o esmalte? — O estrondo de um trovão, um raio como um flash de câmera.

— Não. Sentada sozinha em casa no sábado à noite. De novo e de novo.

Minha mãe entreabre um sorriso.

— Vou tentar não levar pro pessoal.

— Você entendeu o que eu quis dizer. É óbvio que não estou sozinha *neste* momento.

— Acho que você vai ter uma vida maravilhosa cheia de pessoas que te amam.

— Seria bom se algumas delas ficassem — murmuro.

— Já vi seu futuro. Já te falei antes.

— Eu sei, mas...

— Você duvida do meu dom? — minha mãe tenta soar como se estivesse brincando, mas percebo que ela ficou magoada.

— Assim...

— DeeDee! Você acha que eu engano as pessoas?

— Não. Só queria que seu dom funcionasse melhor aqui em casa. — Minha voz vai perdendo a força. Tento dizer a última parte com doçura. Mas nunca ajuda dizer algo que magoa com doçura, porque isso só mostra para a pessoa que você *sabe* que está dizendo algo que magoa.

Minha mãe murcha e abre um sorriso triste. Não fala nada por alguns minutos, parece fingir se concentrar muito nas minhas unhas. Por fim, diz com a voz baixa:

— É. Eu também queria.

— Mãe.

— Não, tudo bem. Você está certa. — Raio. Trovão. — Não sabia que ia chover hoje.

— Viu do que eu estou falando? — Nós duas rimos mesmo sabendo que não teve graça.

— Pronto — minha mãe diz, pousando meu outro pé gentilmente na mesa de centro e soprando minhas unhas. — Linda, linda.

Mexo os dedos dos pés.

— *Nesse* dom eu acredito.

— Ai.

— Brincadeira.

Meio que fico assistindo à TV e mergulhando em meus sentimentos. Agora me pergunto por que a Josie não me chamou para visitar o Lawson com ela.

Minha mãe termina as próprias unhas e apoia o pé dela ao lado do meu. Temos os mesmos pés. Sempre usamos os sapatos uma da outra. Ela abraça meu braço e pousa a cabeça no meu ombro.

Apoio a cabeça em cima da dela.

— Mãe — falo baixo.

— Hum?

— Você é uma boa última pessoa no mundo que quis ficar comigo.

Ela aperta meu braço com mais força.

— Meu dom não estava errado em relação ao seu pai.

—Você sabia?

— Não que ele iria embora. Mas que algo maravilhoso viria por eu ter ficado com ele, e eu não estava errada. Eu não estava nem um pouco errada.

Ficamos em silêncio desse jeito. Minha mãe ergue as mãos algumas vezes para secar as lágrimas do rosto.

Ela é a única pessoa que nunca fez com que eu me sentisse como se eu a amasse mais do que ela me ama.

Lá fora a chuva forte começa, chocando-se nas janelas em pulsações pesadas, como se o ar tivesse um batimento cardíaco. Uma daquelas chuvas de primavera verde-escuras que vai durar uns dois dias, arrancando as flores das árvores, transformando as manhãs em crepúsculos e fazendo você duvidar que algum dia volte a ver a luz do sol.

JOSIE

Eu obviamente errei nas três ou quatro primeiras tentativas de panqueca. Mas eu havia me precavido para isso e comprado vários potes de massa. Pelo menos meus pais estavam no cinema e Alexis não estava em casa para me encher de perguntas. Eu realmente não estava a fim de explicar por que estava fazendo panquecas em pleno sábado à noite. Experimentei uma das panquecas e não estava horrível. Enfim, o que vale é a intenção.

Consigo o endereço de Lawson com os Gêmeos Idiotas. Pensei em perguntar para o próprio Lawson, mas quero que seja uma surpresa. Além do mais, existe uma pequena parte de mim que torce para ele não estar em casa.

Ele mora do outro lado da cidade, mas Jackson não é muito grande, então chego bem rápido. Corro até a porta. Está ventando muito e com cara de que vai chover. Estou com uma garrafa de xarope de bordo de mentira numa mão (me dá nojinho porque toda vez que eu como, fico fedendo por dias, mas Lawson parece o tipo que curte xarope de bordo de mentira) e um prato de panquecas mornas cobertas de plástico-filme na outra. Fico parada na porta por um segundo, me sentindo estranha. É bem tarde em um sábado à noite para eu entregar uma surpresa para quem quer que seja, que dirá uma pilha de panquecas.

Mas já cheguei até aqui, então toco a campainha. Não vendi minha dignidade por frascos de massa de panqueca pronta à toa.

Uma mulher que parece ser a mãe de Lawson atende a porta.

— Pois não? — ela diz, insegura. E com razão.

— Oi. Desculpa, sei que já está tarde. Sou Josie Howard. Amiga do Lawson. Estava na luta hoje. Trouxe isso aqui pra dar uma animada nele. Não sou nenhuma maluca. — *Perfeito. Nada como dizer a alguém que você não é maluca para dar certeza à pessoa de que você é maluca.*

Ela abre um grande sorriso. Lawson tem o mesmo sorriso dela. É um sorriso bonito.

— Ah! Lawson comentou de você! Prazer te conhecer! Que fofo da sua parte! Entra, entra. Não repara a bagunça. Sou a mãe do Lawson, aliás.

— Imaginei. — A sigo para dentro. A casa do Lawson é simples e confortável, e claramente a mãe dele ganhou a guerra pela decoração do lugar. Tem um cheiro de "refeição especial" com o aroma químico de maçã daqueles aromatizadores de tomada. Gritos vêm da sala, abafando o som de algum jogo. A mãe de Lawson entra no cômodo e vou atrás dela.

— Meninos, essa é a Josie, amiga do Lawson.

Coloco a cabeça para dentro e dou um aceno.

— Oi — digo para o homem que parece o pai de Lawson. — Oi de novo — falo para os irmãos dele. Eles acenam com educação. — Nós nos conhecemos na luta — explico para a mãe de Lawson.

— Eu sou o pai do Lawson, Arturo. Pode me chamar de Art. — Ele fala com sotaque e tem um rosto simpático. Um rosto bonito. Como o de Lawson.

Entro e aperto sua mão.

— Josie Howard.

— Lawson está te esperando? — pergunta um dos irmãos... Connor, Wyatt ou Trey.

— Não.

— Não fique surpresa se ele não for uma boa companhia agora — Connor, Wyatt ou Trey diz. — Ele não é sempre assim.

— Você acha que ele vai ficar triste de ver uma garota bonita carregando uma pilha de panquecas? — Connor, Wartt ou Trey pergunta. — Cara, ele não levou uma pancada na cabeça também. — Todos riem.

Fico vermelha.

— Vocês se comportem — a mãe de Lawson diz com uma firmeza que eu ainda não tinha notado, as sobrancelhas arqueadas.

Subimos a escada. Olho para as fotos da família na parede do andar de cima.

—Você está meio que cercada nessa família, hein? — comento.

— Por todos os lados. Meninos, meninos, meninos em toda parte. Mas — ela se aproxima, um tom conspirador na voz — sempre saio ganhando. Mesmo quando eles não percebem.

Ela bate em uma porta fechada.

— Lawson, filho?

— Quê? — ele grita.

— Posso entrar? Você tem visita.

— Beleza. — Ele diz depois de uma hesitação um pouco maior e um pouco mais relutante do que eu gostaria.

Ela abre a porta e, por sobre o ombro, vejo Lawson deitado na cama, um livro na mão, uma bolsa de gelo cobrindo um olho. Tater está encostado nele.

Meu coração faz um movimento estranho quando o vejo. Como quando uma ave está voando muito rápido e para de bater as asas por um segundo e faz aquele negócio de planar e mergulhar. *Hum, acho que já deu, coração. Para de ser idiota.*

Fazemos contato visual e ele tenta se levantar rápido, mas está obviamente machucado e se move de maneira cuidadosa, como um senhor de idade. Nunca notei como ele se movia de maneira fluida e graciosa normalmente até o ver desse jeito.

— *Josie?* Sai, Tater. — Tater desce da cama.

— Tater! — Eu me agacho e faço carinho no pescoço de Tater com a mão livre enquanto ele sai. — E aí? — digo, fingindo indiferença, me levantando do chão com o prato de panquecas na mão. — Eu trouxe sua comida favorita, apesar de todas as outras comidas do mundo. — Pontuo isso com um leve revirar de olhos.

— Como você sabia onde eu morava?

Coro de novo. Estou fazendo uma maluquice mesmo.

— Eu… peguei seu endereço com os gêmeos. Queria que fosse uma surpresa. — Estou plenamente ciente da mãe de Lawson ainda parada ali. *O que ela deve estar pensando de mim agora? A Maníaca das Panquecas.*

— Estou surpreso — Lawson diz, não descontente (ou contente).

— Enfim, só passei para deixar isso.

— Foi uma surpresa boa. — Ele parece dizer isso para a mãe ouvir.

— Vou buscar um pouco de leite, outro prato e talheres pra vocês — a mãe de Lawson diz, e sai.

O ar entre nós é pesado e tenso.

— Então. Oi — digo.

— Oi.

— Conheci seu pai. Ele parece legal.

— Ele é.

— Então ele chama Arturo, e os filhos chamam Connor, Wyatt, Trey e Lawson?

Lawson entreabre um sorriso.

— Minha mãe é a sétima geração do Tennessee, e ela fez um trato com meu pai: ela escolheria o nome dos meninos; ele, das meninas.

— Ela conseguiu quatro de quatro, e seu pai...
— Um grande perdedor. Igual a mim.
— Ah, por favor! Você perdeu por um ponto.
— Mesmo assim.
—Você está bem? — pergunto.
— Sim. — Ele aponta para o livro que ele deixou na cama. — Lendo um pouco. Pra me distrair. — Ele está com dificuldade de fazer contato visual, como na arena, depois da luta.

Observo seu quarto pela primeira vez. É cem vezes mais organizado do que o quarto de qualquer garoto em que já estive, e repleto de livros.

—Você é realmente um grande leitor — digo, caminhando até uma de suas prateleiras. A maioria dos livros são ficção científica e fantasia.

Ele se recosta na cama.
— Eu tenho vários.
— O que você está lendo?
Ele ergue o livro.
— O último livro da série Bloodfall. Você já leu?
— Eu vejo a série.
— Os livros são melhores.
— Sempre.

A mãe de Lawson volta, equilibrando dois pratos, dois copos de leite, alguns talheres e uma manteigueira. Ela os deixa na escrivaninha de Lawson.

— Prontinho. Vou deixar vocês com seu banquete. — Ela sai de novo.

Desembalo as panquecas.
— Devem estar molengas. Desculpa. É a primeira vez que faço delivery de panqueca.

Lawson se aproxima, se serve de algumas panquecas, e começa a passar manteiga nelas.

— Aposto que estão ótimas.

— Talvez? Enfim, vou deixar você sozinho.

— Como assim? Por quê?

— Parece que você quer ficar sozinho.

— Não. Quer dizer, não quero ficar perto da maioria das pessoas, mas... — Ele finalmente faz contato visual. Ele realmente tem olhos bonitos. Tem uma inteligência neles que acho que eu nunca tinha notado antes, quando ele não estava em um quarto cercado de livros.

O estrondo de um trovão nos assusta, e a chuva começa a bater forte nas janelas.

— Além disso, pode ser perigoso sair de carro agora.

— Eu me sinto estranha por ter feito uma emboscada para você.

— Não vou mentir, estou com um pouco de vergonha de mostrar minha cara pra você. — Ele entorna um pouco de xarope nas panquecas dele, pega o garfo e a faca, e se senta na ponta da cama.

— Não tem por quê.

— Eu convido você pra luta, achando que você vai me ver ganhar, e em vez disso eu perco. — Sua voz embarga. Ele fica olhando para o prato. Depois, tão subitamente quanto o começo da chuva, seu rosto desaba como um bebê quando se dá conta de que está no colo de um desconhecido, e ele começa a chorar baixo, os ombros trêmulos, o corpo todo pequeno demais para conter seu coração transbordante.

Fico atônita por um segundo, mas me recupero.

— Ei. Hum. Ei, ei. — Vou até ele, tiro o prato de suas mãos e o deixo em cima da mesa. Com as duas mãos livres agora, ele encosta a palma das mãos nos olhos. Sento ao lado dele e coloco o braço em volta dos seus ombros. Ele tem ombros bonitos. Eu o puxo para perto de mim, até ele repousar a cabeça entre minha bochecha e meu ombro. O cabelo dele cheira a coco, como aqueles xampus que as mães compram em frascos gigantes na promoção. Ele continua tentando se recompor, mas outras lágrimas caem, como quando você tenta segurar ao mesmo tempo um monte de coisas que deixou cair, mas toda vez que pega uma, derruba outra. — Ei — murmuro. Definitivamente estou em território desconhecido agora. Não sei o que dizer. — Está tudo bem. Tudo bem — digo de novo e de novo.

É bem aquela cena de *Gênio indomável*, quando o Will está surtando e o personagem do Robin Williams fica tipo: "Não é culpa sua". Faço carinho no cabelo dele. Ele tem um cabelo bonito. Talvez eu não precise dizer nada para resolver a situação. Talvez eu não consiga. Mesmo assim, tento dizer "não é culpa sua" uma vez. Melhor não.

Estico a perna e fecho a porta de leve com o pé. Minha opinião da dinâmica da família Vargas é que não deve ser muito bom que os irmãos de Lawson o vejam chorar. Eu o abraço até os soluços passarem.

Ele seca os olhos com o dorso da mão e inspira trêmulo.

— Como se eu já não estivesse envergonhado o suficiente.

— Cara. Relaxa. Eu entendo.

— Homens não choram.

— Ah, choram, sim.

— Nunca perdi antes.

— Achei que não. Você luta como alguém que quase nunca perde.

— Eu sonhava em passar toda a minha carreira invicto. Agora isso nunca vai acontecer. Nunca vou ter isso de volta. — Ele começa a se curvar de novo.

— Pra ser sincera, acho que eu não torceria por um lutador que nunca tivesse perdido.

— Por quê?

— É tipo: "Aaaaah, olha só pra mim, como sou bonzão! Nunca perco. Sou muito mala porque passo a vida tomando milk-shakes chiques de cavalos e socando árvores".

O leve vislumbre de um sorriso perpassa o rosto de Lawson. Uma fagulha de luz retorna aos seus olhos.

— Acho que eu deveria ter socado mais árvores e tomado mais shakes de cavalo.

— Quantos shakes de cavalo você tomava por semana?
— Um ou dois.
— Ah.
— Numa semana boa.
— É, não é o suficiente.
—Você me fala isso *agora*.
— Como era o seu treinamento de socar árvores?
— Péssimo.
— Quero números.
—Talvez uma hora por dia.
— Nem de longe o suficiente.
— Óbvio. — Ele está definitivamente sorrindo agora.
—Você precisa de motivação.
— Preciso.
—Vou te passar umas frases motivacionais.
—Vamos lá.
— Está pronto?
— Acho que sim.
— Porque vai ser muito motivacional.
— Acho que estou pronto.
— Não seria melhor botar alguma coisa na frente da janela pra você não pular por ela acidentalmente, de tão motivado?
— Talvez. Vamos ver. Tá, manda ver. — Ele bate algumas vezes com o punho ralado no peito.

— Está pronto? "A dor..."
— Sou todo ouvidos.
— "É o sentimento... da vitória... entrando no seu corpo."
— Ah, essa é boa.
— Não é? Estou ligada. Próxima. "Aqueles que não dão duro... por muito tempo... vão sofrer duro... por muito... tempo."
— Profunda.
— Estou literalmente inventando agora.
— Nunca imaginaria se não me contasse.
— Mais uma?
— Por favor.
— Como estão seus níveis de motivação?
— Razoáveis, mas quase lá. Quase ruins.
— Então se prepara porque a próxima vai fazer seus níveis *dispararem*.
— Estou pronto.
— "A fraqueza... é a força... do fraco que ama perder... mas a força... é a força do forte que detesta perder..."
— Uau. *Nossa*.
Levanto um dedo.
— Não terminei. "E vencer... é a força do vencedor que ama vencer..."
— Incrível.
Ergo um dedo.
— Ainda não acabou... "E ama esmagar o fraco e o forte com seus punhos potentes. Ainda que eu caminhe por um vale tenebroso..."
Lawson se levanta devagar, assume uma postura de combate com uma expressão séria, e dá um chute alto. Ele consegue manter a seriedade por alguns segundos antes de cair na gargalhada.
— Suas panquecas estão esfriando. — Pego o prato na escrivaninha e o passo para ele.

— Não acredito que você fez panquecas para mim.

— Eu me esforcei muito para reafirmar sua babaquice.

Ele dá uma mordida. Revira os olhos.

— Hummmmm.

— Ah, por favor!

— Você faz ideia do trabalho envolvido em perder peso para uma luta?

— Comer muito salsão?

— *Antes fosse* comer muito qualquer coisa. Salsão é uma guloseima quando você está perdendo peso. Não vou mentir, essas panquecas caíram do céu. E olha que acabei de jantar.

— Me dá uma mordida pra eu experimentar.

Ele estende um pedaço na ponta do garfo e o pego delicadamente com os dentes. Não está horrível. Bom trabalho, massa de pote de plástico. Fico olhando, contente comigo mesma, enquanto Lawson devora.

Ele para entre uma mordida e outra.

— Eu fiz tudo certo. — Sua voz fica repentinamente distante de novo. — Sofri pra chegar no peso ideal. Treinei muito. Estava mentalmente preparado, sabe? Conseguia me *ver* ganhando. Não conseguia ver nada *além* de ganhar.

Agarro a corda com que ele está descendo em direção ao fundo do poço.

— Pelo menos você não perdeu que nem em um desenho animado, né?

Ele olha para mim.

Continuo:

— Tipo, se você tivesse levado um golpe e saído voando e dado umas duas cambalhotas no ar e caído de um jeito que seu nariz ficasse enfiado na sua bunda.

— Acho que não dá pra acontecer isso. Nunca vi esse tipo de coisa.

— Ah, eu já. Na semana passada, inclusive.

Ele espia por sobre a beirada do poço.

— Sério?

— Semana passada eu estava vendo outra luta de MMA e aconteceu exatamente isso.

— Nossa. Acho que eu teria ficado sabendo.

— Ainda mais porque o cara com quem isso aconteceu teve que ir pro hospital por intoxicação inalatória de bunda.

— Caramba. Ouvi dizer que tem gente que morre dessas coisas.

— Ah, ele morreu, sim. Ficou tipo... — Me jogo para trás na cama de Lawson com os olhos vesgos e a língua para fora.

Ele ri, e fico ali deitada, me fingindo de morta. Enquanto faço isso, percebo uma coisa. Nunca sinto a pressão de ser alguém que não sou quando estou perto dele. Nunca sinto que preciso esconder alguma parte de quem eu sou. Estar perto dele é como acordar em uma manhã de sábado quando você tem o dia inteiro pela frente e dormiu durante o tempo certo, e sua cama está na temperatura ideal, como se você fizesse parte de um experimento de conforto humano. É tão simples. Tão fácil.

Então, como se ele lesse meus pensamentos...

— Eu gosto de você — ele fala baixo, depois de parar de rir. — Gosto de estar com você.

— Eu gosto de você — digo baixo. — Gosto de estar com você. — E é verdade.

Ficamos nos encarando por um segundo.

— Você está sujo de panqueca. — Levanto a mão e tiro uma migalha da boca dele com o polegar. Ele tem lábios bonitos.

— *Você* é que está suja de panqueca — ele diz, e passa o polegar de leve no meu lábio superior, deixando-o ali. Seu toque faz um calor subir por baixo do meu estômago, como se a minha medula óssea tivesse sido trocada por chocolate derretido com aroma de framboesa.

Está bem, então. Você poderia ter dado um aviso para o meu cérebro, corpo. Mas tudo bem.

— Espera, agora você está sujo de panqueca aqui — murmuro. Eu me inclino para a frente e acaricio sua bochecha machucada com a mão e os lábios dele com o polegar. Seu lábio parece um pouco inchado. Não sei como, mas minha mão sabia antes do meu cérebro que seria gostoso encostar nele, mas meu cérebro finalmente entendeu.

— Estou? Que vergonha — Lawson murmura. — No rosto?

Nos encaramos nos olhos.

— No rosto todo. Estava tentando te avisar faz um tempo. — Continuo fazendo carinho na bochecha dele.

Ele se aproxima um pouco. Eu também.

— Nossa. Tira tudo.

— Ah, vou tirar. — Agora estou sentada tão perto dele que consigo sentir o calor do seu corpo. Estou me divertindo muito em tocar nele.

— Não para até tirar tudo. Não quero sair por aí com panqueca na cara.

— Não sei como isso foi acontecer.

— Eu também não. — Nossos rostos estão muito próximos.

E, por falar em não saber como as coisas foram acontecer, estamos nos beijando, e suas mãos estão no meu cabelo e ele está me puxando para junto dele. *Tudo bem. Amigos fazem isso. Eles se beijam de repente e ficam se beijando e acham que vão parar mas em vez disso continuam de maneira ainda mais intensa. É normal.*

Ele tem um gosto doce, como uma manhã tranquila e feliz assistindo a desenhos animados.

Não sei por quanto tempo ficamos assim. Beijar faz o tempo se multiplicar. Um minuto de beijo equivale a anos de uma vida normal. Depois de um tempo, nossos lábios se afastam e ficamos nos encarando. Ele tem cílios longos. São muito bonitos.

— Oi — ele diz baixo, sorrindo.

— Oi — digo, sorrindo.

— Queria fazer isso desde que te vi pela primeira vez. — Ele estende a mão e ajeita uma mecha do meu cabelo atrás da orelha, e depois acaricia o espaço entre minha orelha e meu queixo. Ele é incrivelmente gentil para alguém tão forte. É difícil imaginá-lo batendo em alguém.

— Eu sei.

— Estava tão na cara assim?

— *Muito* na cara.

— Acho que talvez isso esteja melhorando minha noite ainda mais do que as panquecas — ele diz.

— Cara, é bom que eu seja melhor do que essas panquecas.

— Um de nós merece vencer uma luta hoje.

— Eu curti sua música de entrada antes da luta, aliás.

— Estava torcendo pra você gostar.

— Curti seu novo apelido de combate também.

— Estava torcendo pra você gostar. — Ele se recosta na cama e me puxa para cima dele. Vou sem relutância alguma.

Ele beija meu pescoço e atrás da minha orelha, com as mãos nas minhas costas. Ele está me deixando sem ar, para ser sincera, mas consigo dizer:

— Teria sido muito ruim se eu tivesse te dado um fora? — Sento, cruzando as pernas.

Ele se senta e me encara.

— Sei lá, foi *você* quem começou a me beijar — ele sussurra enquanto beija atrás da minha orelha. A sua voz tem a arrogância e a autoconfiança que o tornam um ótimo lutador, e eu estaria mentindo se dissesse que não adoro isso.

— Como você virou tão descolado de repente? — digo, empurrando seu peito de brincadeira.

Ele sorri com o canto da boca.

— Como assim?

—Você é esse cara fofinho que adora panqueca e escuta Miranda Lambert e lê livros de fantasia. Não achava que beijasse igual a um cara descolado.

—Você está dizendo que não sou descolado?

— Estou dizendo que você beija igual a um cara descolado.

— E se eu dissesse que tenho uma certa prática?

— Nossa, que pegador!

Ele ri.

— Você vai ficar chocada com essa informação, mas existem meninas que curtem caras que malham muito. Mesmo que não seja para impressioná-las.

Dou mais um empurrãozinho de brincadeira nele.

—Você está me chamando de groupie de MMA?

— De jeito nenhum.

— Porque eu vou te caratear.

— Não me carateia.

— Eu sei caratê. Sou muito boa. — Recuo. — Iiiiiihá! — Dou um golpe de caratê no peito dele. Deixa eu te contar, é um peito muito bonito.

Ele ri e pega meu braço e me puxa para perto.

— Eu sei beijo-fu.

Solto um riso involuntário.

— *Meu deus.* Por isso que fiquei chocada que você beija bem. Você é um bobo. — Começo a rir de novo, mas ele me interrompe com um beijo. É uma surpresa agradável.

Paramos. Ele faz que vai me beijar de novo, mas paro para tirar sarro dele.

— Com quem é mais divertido ficar enroscado? Comigo ou com o Pesadelo Purdue?

— É dele que você está com ciúmes? Não das outras meninas?
Dou de ombros.
— Com você é mais legal.
— É mesmo?
— Ele nem tem chance. Nocaute no primeiro round.
— Minha segunda vitória da noite!
Ele faz que vai me beijar, mas para antes.
— Só quero olhar para você por um segundo. Você é linda.
— E engraçada também.
— E engraçada.
Suspiro e me aperto contra ele. Nos beijamos mais um pouco. Lawson para o beijo dias (ou meses) depois.
— Um dia vou ganhar uma luta na sua frente. — Ele não tem mais o tom de brincadeira na voz. Nem o desânimo de antes.
— Eu acredito. — Arrumo uma mecha de seu cabelo que ficou desajeitada por causa de todo nosso enrosco.
— Quero muito. Quero que você me veja um vencedor.
— Eu sei.
Finalmente — totalmente corada, com o cabelo desgrenhado, uma dor incômoda no final da coluna, e os lábios inchados —, preciso ir embora. Levanto para abrir a porta. Ele se move atrás de mim o mais agilmente que seus músculos doloridos permitem, como se fosse me ajudar. Mas, em vez disso, ele me empurra gentil mas firmemente contra a porta, beijando meu pescoço por trás, as mãos na minha barriga e no meu quadril. Ele me puxa de volta para junto dele.
— Vem aqui — ele sussurra. — Só fica pra sempre.
Fecho os olhos e encosto a cabeça em seu ombro e deixo que ele continue passando os lábios pelo meu pescoço. Então me viro para ficar de frente para ele, e voltamos a nos beijar. Ele me pressiona contra a porta. Eu me derreto. Estou desgrenhada. Desmontada.

— Obrigado por me fazer panquecas. — Não sobrou nenhuma derrota em seu rosto. Apenas pura vitória.

Tudo isso cai sobre mim como a forte tempestade lá fora. Trovões batendo em minha caixa torácica como se alguma coisa quisesse escapar de dentro, uma coisa pequena demais para o espaço em que ela está. O ar entre nós está vivo com raios arqueados de eletricidade azul.

Eu: Está acordada, DeeDeeBoo?
Delia: Sim mas estou bem cansada.
Eu: Ainda está brava comigo?
Delia: Não fiquei brava com você bobinha. Só chateada que não pudemos fazer a pré-produção. Mas fiquei com a minha mãe e ela fez meu pé e foi da hora.
Eu: Tá legal porque tenho uma notícia meio grande.
Delia: Posso adivinhar???
Eu: Você nunca vai adivinhar.
Delia: Ah ouso dizer q vou.
Eu: AH VOCÊ OUSA DIZER???
Delia: SIM OUSO. VOCÊ E O LAWSÃO SUPER SE PEGARAM.
Eu: DEEDEE!!!!!
Delia: FALA SE EU ESTOU ERRADA.
Eu: VOCÊ REALMENTE NÃO ESTÁ ERRADA, CHARLOTTE HOLMES.
Delia: O BERRO QUE EU DEI. SABIA.
Eu: Como???
Delia: Hum literalmente a coisa mais fácil de imaginar.
Eu: POR QUEEEEEEEEEÊ.
Delia: Ele SEMPRE te olhou com O Olhar e quando você estava assistindo à luta dele, você retribuiu O Olhar.
Eu: Ai, ai. Já era ficar de boa.

Delia: MAS E AÍ. COMO FOI???

Eu: TIPO ELE BEIJA IGUAL A UM CARA DESCOLADO.

Delia: Conta tudo!!

Eu: Ele parece... saber como o corpo dele funciona.

Delia: UUUUH LALA.

Eu: E ele é bom em mexer no corpo de outra pessoa.

Delia: KKKKKKK no "corpo de outra pessoa" tipo de quem, me fala?

Eu: Hahahahaha. Qualquer uma.

Delia: Então vai continuar rolando?

Eu: Acho que sim??? COM CTZ QUERO MAIS. NÃO ESTAVA ESPERANDO POR ESSA.

Delia: Tá mas você vai precisar parar a pegação por um tempo pra fazer a pré-produção amanhã.

Eu: Com certeza. Mil desculpas de novo por faltar hoje. Lawsão precisava de uma animada.

Delia: "Animada" KKKKK. Adorando esses eufemismos.

Eu: Ele é o maior leitor tb. Quem imaginaria?

Delia: Isso é sexy.

Eu: Ele estava lendo um livro do Bloodfall quando cheguei lá.

Delia: LEGAL. Bom gosto.

Eu: Foi uma surpresa sexy.

Delia: Essa tempestade não está incrível?

Eu: Superincrível. Essa chuva está doidona.

Delia: Mesmo se você tivesse vindo hoje eu provavelmente teria feito você assistir à tempestade comigo e não teríamos conseguido trabalhar em nada.

Eu: Verdade.

Delia: Quer saber o que acho muito romântico já que estamos falando desse assunto?

Eu: ???

Delia: Sabia que as serpentes pítons estão tomando conta de Everglades?

Eu: ECAAAAA COMO ASSIM.

Delia: Pois é. Acho que as pessoas soltaram os bichinhos de estimação ou coisa assim?

Eu: Isso é ASSUSTADOR.

Delia: Pois é, né? Então imagino que alguém soltou uma píton macho e outra pessoa soltou uma píton fêmea e as duas conseguiram se encontrar no meio daquele pântano gigante.

Eu: AI. Odeio cobras mas do que odeio ter cãibra mas sim é romântico.

Delia: O Lawson vai ficar em Jackson depois de se formar?

Eu: Acho que sim. Acho que ele quer continuar treinando com o mesmo treinador ou algo do tipo.

Delia: Legal. Bom, está difícil continuar de olho aberto. Parabéns de novo pela pegação.

Eu: Ei, desculpa de novo por ter te deixado na mão hoje, te amo.

Delia: Tudo bem. Mas pra te castigar vou escolher um filme bem bizarro.

Eu: Haha eu mereço.

Delia: Vamos exibir *A noite de Walpurgis*.

Eu: QUE NOME PÉSSIMO.

Delia: Pois é, foi filmado em 1971 e parece que usaram um cenário de filme pornô e deram as fantasias pros atores e falaram "toma veste isso depois que terminarem de transar pra gente fazer outro filme aqui rapidinho".

Eu: MDDC.

Delia: Pois é. E o roteiro parece ter sido escrito enquanto os atores se arrumavam. Tá, preciso dormir. Te amo, JoJoBee.

Eu: Te amo, DeeDeeBooBoo.

Ainda estou muito agitada para pegar no sono, e não ajuda quando o Lawson me manda mensagem.

Lawson: Obrigado de novo pelas "panquecas".

Eu: Acho que "panquecas" também são minha comida favorita.
Lawson: Suas "panquecas" são as melhores que já experimentei.
Eu: Acho que eu devia fazer "panquecas" pra você de novo qualquer dia.

Deito e fico olhando para o teto, ignorando o programa que sai dos alto-falantes do meu notebook, e sinto Lawson se esvair dos meus lábios. Meu corpo todo ainda crepita como uma fogueira.

Fico lembrando da última parte da conversa com Delia. Antes de começarmos a falar do filme. Um sentimento diferente começa a atravessar a euforia e se enrola em torno do meu estômago (como uma daquelas pítons que aparentemente andam infestando Everglades agora). Acho que Lawson vai ficar em Jackson. Que droga. É outra coisa para se pensar. Adoraria se eu pudesse evitar tornar minha vida mais complicada do que precisa ser.

DELIA

Querido pai,

Pois é, te chamei de pai. Você não sabe, mas fiquei um tempo pensando em como chamar você. Parece que você também gastou um tempo pensando nisso. Mas vou te chamar de pai mesmo, porque você realmente me fez, então você é meu pai, apesar de tudo. Acho que poderia chamar você de "progenitor", mas acho que isso me faria parecer um porco-espinho em um programa infantil europeu bem maluco e mal desenhado.

Enfim, minha formatura foi ontem à noite. Você também não sabe disso, mas me formar no ensino médio não foi nada fácil para mim. Minha mãe estava lá. Ela estava linda no vestido novo dela. Minha amiga Jesmyn e o namorado dela, Carver, me levaram de carro.

Quando atravessei aquele palco, foi incrível a sensação de ter completado alguma coisa. Foi bom não ter largado e fugido quando as coisas ficaram difíceis.

Depois, Jesmyn, Carver, minha melhor amiga Josie, o namorado dela, Lawson, e eu voltamos para casa. Ficamos conversando e rindo até tarde da noite.

Assistimos a um dos seus filmes, *A casa da colina*. Jesmyn e Carver ajudaram enquanto eu e Josie preparávamos nosso próximo programa. Acho que agora é um bom momento para comentar que tenho um programa na TV Six, aqui em Jackson. Chama *Sessão da meia-noite*. Sou uma apresentadora de um programa de terror de verdade. Assim como aqueles que a gente via juntos. Meu programa já é transmitido para várias cidades. Mas não para a sua.

Filmamos o programa hoje, inclusive. Com a ajuda de Jesmyn e Carver. Jesmyn é uma pianista incrível, e ela tocou uma música medonha do Bach no teclado com o efeito sonoro de órgão. Fizemos Carver e Lawson dançarem. Os dois mandaram muito mal.

Depois, Carver perguntou por que não fazemos nosso próprio programa no YouTube. Acho que ele tinha um amigo que fazia sucesso no YouTube. Contei que a Josie quer trabalhar na TV algum dia. Falei que eu tinha um interesse específico por TV porque cresci assistindo a programas de terror na TV. Não contei que você me apresentou a eles e depois assisti a todas as fitas que você deixou.

Mas o verdadeiro motivo por que fazemos na TV local e não no YouTube é que eu imaginava que você não assistia ao YouTube. Você me deixou centenas de fitas VHS identificadas com caneta permanente preta. Não imagino que seja um cara que veja YouTube. Queria que estivesse zapeando pelos canais em alguma noite e me visse lá, na sua TV. E queria que você tivesse orgulho de mim e se arrependesse de ter me abandonado.

Caramba, como é complicado o que sinto por você. Amo você por todas as coisas que você fez. E odeio você por uma coisa que você não fez: ficar.

Eu e Carver acabamos entrando no assunto de perder pessoas. Os três melhores amigos dele morreram no penúltimo ano dele do ensino médio, então acho que ele pensa bastante sobre isso. Eu também. Não falei, mas acho que talvez seja mais difícil perder alguém como perdi você, porque você decidiu estar morto para mim. Embora você esteja vivo em algum lugar, vivendo um novo capítulo da sua vida.

Sempre me pergunto como e por quê. Como você foi abandonar de repente uma parte tão grande de você. Por que você fez isso.

Semana que vem, nós vamos à ShiverCon, em Orlando, e vamos encontrar o Jack Divine. Ele produzia e dirigia o programa da SkeleTonya antigamente. Eu assisti a todas as suas fitas da SkeleTonya. Estamos torcendo para ele poder nos ajudar a fazer o programa crescer. Tenho medo de que, se não conseguirmos fazer com que o programa tenha mais sucesso, Josie vá embora para correr atrás do sonho dela de trabalhar na TV. Mais uma pessoa me abandonando.

E, enquanto eu estiver em Orlando, talvez crie coragem de pegar o carro até a sua cidade e aparecer na sua porta e perguntar por que você foi embora. Talvez eu descubra o que há de errado em mim que fez você conseguir me abandonar tão facilmente sem nunca olhar para trás.

Sou bem diferente agora. Espero que você me reconheça.

Sua filha,
Delia

No final, estou chorando tanto que está difícil enxergar a tela. Levo o cursor do mouse até o botão "enviar". Fico parada roendo a unha do polegar. Respiro fundo algumas vezes, tremendo.

Deleto.

JOSIE

—Tenho alguns problemas com o nome Books-A-Million — digo.

Lawson segura a porta da Books-A-Million para mim. É como entrar em uma caverna, depois do calor floral do fim de maio.

— Por quê? — Lawson pergunta.

— Porque é para ser um trocadilho com aquela expressão "thanks a million", tipo, um milhão de obrigados, mas "books" não rima com "thanks".

— Talvez.

— Não. *Com certeza*. Você conhece alguma outra expressão que termina com "a million"?

Lawson pondera.

— Eu sei que você está tentando pensar em uma — digo. — Para de gastar sua energia e admite que estou certa.

— "Banks" rima com "thanks". Dá pra batizar um banco de "Banks-A-Million".

— Nhé.

— Ah, sério! É perfeito! "Million" porque os bancos têm milhões de dólares.

— Tá, não, eu entendi. Bom, um, *nunca* colocaria meu dinheiro numa instituição bancária que tem um trocadilho no nome. Dois, cada banco é um banco só. Pelo menos na Books-A-Million tem muitos livros. Vários livros.

— Tem muitos dólares nos bancos. Milhões.
— Mas nenhum sinônimo de "dólares" rima com "thanks".

Lawson desvia habilmente de uma mesa que estava prestes a bater nele enquanto me escutava falar.

—Você é difícil de convencer, hein.
— É assim que tem que ser. Achou o livro que você quer?
— Ainda não.
— Será que não tem?
— Acho que é possível que a Books-A-Million tenha decidido não vender a nova prequel da Bloodfall do G. M. Pennington porque eles estão cansados de ganhar dinheiro.
— Aha! Foi sarcasmo que eu ouvi aí? Hein? Sr. comediante? — Começo a cutucar as costelas dele. — Quem é o engraçadinho aqui?

Ele ri baixo e se defende de mim.

— Para. Faz cócegas.
— Quem é o espertinho aqui? — Dou dois cutucões nele.

Ele pega minhas mãos e me faz girar, me puxando de costas para ele.

— Sou eu — ele murmura junto ao meu pescoço, passando a barba por fazer ali. Me dá a mesma sensação de pular de um trampolim um pouco mais alto do que estava esperando.

Eu me afasto dele, não exatamente porque queira, mas porque não quero ser "aquele tipo de casal" na livraria.

— Que tal uma academia de luta chamada Spanks-A-Million?
— *Como assim?*
— Sabe. Espancar. Luta.
— Espancar não é uma forma de luta. Não tem espancamento no MMA.
— Tem, sim.
— Eu saberia se tivesse.

— Então como é que, quando fui na sua luta, uma das outras lutas da noite acabou em um espancamento totalmente devastador?
— Mentira.
—Verdade. Um lutador botou o outro de joelho e o espancou até ele chorar e pedir água.
— Como fui perder uma cena dessas?
— Do mesmo jeito como perdeu isto. — Viro devagar, segurando o livro dele como uma apresentadora de game show.
Seu rosto se ilumina.
— *Isso!* — Ele estende a mão. Eu afasto o livro. Ele estende de novo. Eu afasto. Ele para com os braços junto ao corpo, com uma expressão cabisbaixa como alguém que deixou a colher cair dentro da sopa. Estendo o livro para ele. Ele tenta pegar. Puxo e bato o livro na cabeça dele.
— Muito devagar.
Ele finge uma tristeza profunda e se vira, os ombros caídos.
— Aaaaah, pode pegar. — Dou a volta por ele e entrego o livro. Nós rimos. Quando ele pega o livro, nossas mãos se tocam e ele mantém os dedos por um segundo ou dois a mais do que o necessário.
Passeamos pelos corredores, olhando os livros. Esse é nosso primeiro encontro em uma livraria, e estou adorando a expressão do Lawson. Há uma suavidade tranquila em seu rosto. Ele fica virando o livro (extremamente grosso) de um lado para o outro. *De onde você surgiu, garoto surpreendente? Como isso foi acontecer?*
— Onde você acha que ficam as ilhas Bermudas? — pergunto.
Ele olha para mim como se eu tivesse perguntado se a gente pode abaixar a calça e começar a arrancar livros das prateleiras com a bunda.
— *Ilhas Bermudas?*
— Isso.

— Por quê?
— Por que sim.
— Que aleatório.
— Só adivinha.
Ele pega o celular. Seguro a mão dele.
— Sem roubar.
— Hum. Tipo, perto das Bahamas.
— Não.
— Jamaica.
— Não.
— Onde?
— Não tem absolutamente nenhum lugar no mundo que seja menos onde você pensa que é do que as ilhas Bermudas.
— Já posso roubar?
— Agora pode.
Ele tira o celular do bolso e pesquisa.
— Como assim?!
— *Pois é.*
— É, tipo, no meio do oceano Atlântico.
— Pois é!
— É mais ou menos na mesma longitude ou latitude ou sei lá da Carolina do Norte.
— Pois é.
— Estou chocado.
— O mundo é um lugar mágico, cara. — *Cheio de coisas que você não esperava.*
Tiro um livro com uma capa interessante da prateleira e o folheio.
— Quer levar alguma coisa para a sua viagem no fim de semana? — Lawson pergunta. — Orlando é longe.
— Não, eu e a Delia vamos ficar conversando e escutando música.

— O que vocês vão fazer lá mesmo?

—Vamos para a ShiverCon. Encontrar esse produtor e diretor de TV importante chamado Jack Divine.

— Que incrível.

—Tomara.

— Que foi?

— Nada.

—Você pareceu triste.

— Não. — Toda vez que penso no que está em jogo nessa reunião, fico triste ou nervosa. Acho que deu para perceber pelo meu tom de voz.

— Então esse cara da TV pode tornar vocês um sucesso?

—Tomara. Pelo menos mais do que a gente é hoje.

— Espero que ainda me deixem quebrar tábuas no programa mesmo se fizerem muito sucesso.

— Óbvio, né.

Ficamos vagando pela loja. Não estamos nem olhando os livros mais. Estamos apenas juntos. Nossas mãos se encostam e sorrimos um para o outro, talvez achando que o outro encostou de propósito.

—Você... quer vir? — digo sem pensar. *Ei, boca, pergunta pro meu cérebro primeiro da próxima vez?*

Ele se vira com uma expressão de incredulidade contente.

— Tipo, pra convenção? Em Orlando?

— Se a Delia deixar. Preciso confirmar com ela. Mas sim.

— Onde eu ficaria?

— A mãe da Delia arranjou um hotel pra nós. Você pode ficar lá com a gente. — Meu coração se agita no peito como uma parte turbulenta de um rio. Sinto um enjoo doce de adrenalina no fundo da barriga. — Se seus pais deixarem. Seria totalmente inocente.

— Éééé, minha mãe é tão religiosa que pode não deixar.

— Ela nos deixou sozinhos no seu quarto com a porta fechada.

—Verdade, mas tenho certeza que ela achou que eu nunca ficaria a fim logo depois de perder uma luta.

— *Ficar a fim?* Essa frase me irrita tanto.

— Tanto faz. Insira a frase que quiser. — Antes que eu possa falar, ele vê como deixou margem para mim. Ele ergue um dedo. — Não.

— O quê? Eu não ia falar nada. — (É óbvio que ia.)

—Você ia. — Lawson parece fazer cálculos. — Posso falar para os meus pais que vou a um seminário de treinamento em Orlando e ficar com alguns outros lutadores.

— Seria bom ter um capanga. Ouvi dizer que as convenções nem sempre são bons lugares para mulheres.

— Então, tipo, seu guarda-costas.

— Basicamente.

— Com quem você está tendo um caso.

— Que indecente!

— Longe demais?

— Sim.

— Seu guarda-costas em quem você dá uns beijos.

— Essa eu permito com relutância. Então?

— Então.

— Quer ir?

— Claro que sim. Se a Delia topar.

— Me deixa no trabalho dela na volta que eu pergunto.

Pagamos o livro de Lawson e saímos do frio da loja para o calor abafado do fim da tarde do estacionamento. Tem cheiro de asfalto quente e batata frita. O sol está se pondo, laranja, no céu turvo pelo pólen.

Lawson fica em silêncio de repente. O tipo de silêncio que chama, que pede uma explicação.

— Que foi? — Belisco o braço dele de brincadeira.

Ele sorri um pouco, pensativo, e balança a cabeça.

— O quê? Fala!

O mesmo sorriso, ainda sem olhar para mim.

— Tem uma coisa que quero falar, mas você não pode zoar.

Ele tem um timbre vulnerável na voz. As coisas estão rolando muito bem entre a gente, mas é um pouco cedo para ele falar que me ama. Definitivamente não estou pronta para ouvir ou dizer isso. Meu coração bate mais forte.

— Tá. — *Dedos cruzados para que não seja isso.*

Ele inspira fundo, como se estivesse se preparando para levar um soco.

— Nunca tive alguém com quem pudesse ir à livraria. Meus irmãos me enchem o saco porque eu gostava de ler. E acho que nunca tive os amigos certos? Enfim. — Ele vira para mim e baixa os olhos de novo. — É bom quando a vida começa a ser da forma como a gente quer. Quando a gente encontra as pessoas certas.

Fico profundamente aliviada por não ter de lidar com um "eu te amo" precoce. Avalio minha resposta com cautela, confirmando que não há nem um sinal de brincadeira. Não falo nada por um segundo, mas aperto o bíceps dele e encosto a cabeça em seu ombro enquanto caminhamos. Ele pousa a cabeça na minha. Cheira a desodorante azul-néon limpo e gelado.

Finalmente, digo:

— Já tive namorados que gostavam de ir à livraria, mas quase sempre era só para poderem fingir que eram mais inteligentes do que eu e se gabar de todos os livros do Kurt Vonnegut e do Charles Bukowski que tinham lido.

— Quem e quem?

— Você não imagina o alívio que essa pergunta me dá.

— Nenhum cara que tenta fazer você se sentir burra merece você.

— Concordo plenamente.

— Aposto que consigo fazer uma prancha por mais tempo do que eles. — Lawson fala como se fosse brincadeira, mas tem um tom territorialista na voz que ainda não ouvi antes, e gosto disso.

— E não é isso o que realmente importa?

Chegamos à caminhonete de Lawson, e ele dá a volta para abrir a porta para mim. Eu me recosto na porta. Sinto o metal quente em minha pele através do vestido leve. Estendo a mão, pego o livro de Lawson e o seguro longe dele.

— Nem pensar. Você precisa me beijar se quiser o livro de volta.

Ele sorri, coloca uma mão no meu quadril e uma no livro, e encosta o corpo no meu. Isso mexe comigo.

— Ah, não, tudo menos isso — ele fala com a voz suave, se aproximando.

E agora somos "aquele tipo de casal" no estacionamento, mas quem se importa?

A sensação é a seguinte: ele é como os primeiros dias de verão, quando eu brincava do lado de fora até meu coração latejar por causa do sangue quente e do suor encharcando meu cabelo e eu entrar e ficar sentada assistindo à TV perto do ar-condicionado e tomar picolés de limão tão ácidos que faziam gotículas de suor se acumularem em meus cílios.

E, embora estejamos nos beijando, uma melancolia doce cresce dentro de mim. Do tipo que a gente sente quando está chegando ao fim de um começo.

Eu não quero crescer.

Quero continuar neste momento para sempre. Com Lawson. Com Delia. Pegar a ampulheta do tempo e deixá-la na horizontal.

— Ainda não acredito onde as ilhas Bermudas ficam — Lawson diz, interrompendo o beijo.

Estou prestes a dizer "Pois é!". Mas seus lábios estão de volta nos meus antes que eu possa, e não parece mais importante falar qualquer coisa, mesmo se eu pudesse.

DELIA

—Você é péssima — minha chefe, Trish, diz. Ela dá outra mordida na batata assada recheada.

— Sou nada! Batata assada recheada tem gosto de papel higiênico molhado enrolado em um saco de papel molhado. Tem gosto de um esfregão molhado — digo.

— Mentira. Come uma com manteiga e queijo e requeijão e bacon e depois vem falar comigo.

— Claro, se você pegar um caroço quente de amido branco com gosto de lama e encher ele com vinte coisas deliciosas, deve dar pra engolir.

— Eu deveria demitir você agora.

— Mas olha só como eu sou eficiente. — Eu me apoio na prateleira cujo inventário acabei de terminar.

— É sério que você já acabou?

— Sim.

Trish olha o calendário.

— Então você não vai estar aqui no fim de semana.

— Isso. ShiverCon.

— Legal. Você volta na segunda de manhã?

— Pode ser.

— Que bom, vou precisar de você.

Respondo com um joinha.

— Certo, posso terminar aqui se quiser ir embora — Trish diz.

— Vou ficar mais um pouco. Josie me mandou mensagem e disse que vão deixá-la aqui, e depois vou dar uma carona para ela.

Trish dá outra mordida na batata e fala de boca cheia:

— Será que pode rolar alguma coisa boa pro programa de vocês nessa convenção? — Trish nos assiste de vez em quando. Foi um dos motivos por que me contratou.

— A assistente do Jack Divine me respondeu. Vamos nos encontrar com ele no sábado à tarde.

— Passei muitas noites de sábado bêbada na faculdade assistindo ao programa da SkeleTonya com as minhas colegas de quarto. Você vai me abandonar se fizer sucesso?

— Se eu fizer sucesso, vou usar todo o meu dinheiro pra promover encontros improváveis entre animais.

— Tipo...

— Bebê elefante encontra bebê golfinho. Chimpanzé dá mamadeira pra bebê bicho-preguiça. Bebê canguru e bebê hipopótamo cochilam abraçadinhos em um monte de palha etc., etc.

— Fui a um parque de diversões um dia que tinha macacos vestidos de caubóis montados em cachorros como se fossem cavalos — Trish diz isso com toda a tranquilidade, como se fosse a coisa mais normal de ter presenciado.

— Não. Acredito.

— Juro.

— Bom, isso vai para a lista.

— Confia em mim quando digo que você não sabe o que é felicidade até comer uma barra de Snickers frita enquanto assiste a macacos com chapeuzinhos de caubói disputando corrida montados em cachorros.

Me faço de ofendida.

— Você está *me* dizendo que eu adoraria comer uma barra de chocolate frito enquanto assisto a macacos caubóis montados em cachorros? Essa é literalmente minha assinatura!

Não tenho muitos heróis, mas Trish é uma delas. Ela abriu uma loja de quadrinhos em Jackson, Tennessee, que não apenas sobreviveu como também fez sucesso suficiente para ela conseguir me contratar e contratar outro cara. Há algo de inspirador em pessoas que ficam em lugares apenas o.k. (ou nem tão o.k., assim) e criam coisas que tornam esses lugares melhores.

Pego um volume de *Harrow County* e o leio por alguns minutos, até Josie aparecer na vitrine, Lawson a observando com um ar protetor até ver que ela entrou. Vou rapidamente até a porta e a destranco, acenando para Lawson, que acena em resposta e vai embora.

— E aí? — Josie diz.

— E aí? — respondo.

Trish cumprimenta Josie e limpa a boca.

— Preciso da sua opinião sobre batata assada recheada — digo para Josie.

Ela dá de ombros.

— Adoro.

Trish relincha como um asno vitorioso.

— Traidora — digo.

— Como assim? Com queijo e requeijão? Fica uma delícia.

— Obrigada — Trish diz.

— Me respondam uma coisa, vocês duas: se batata assada é tão bom, por que a humanidade avançou para além delas? — digo.

— Hein? — Josie diz.

— Imagino que batata assada tenha sido a primeira batata já feita. Por que ir além dela para batatas fritas e purê de batatas e *hash brown* e chips de batata? Se batata assada é tão bom assim?

Trish e Josie estouram, falando ao mesmo tempo, as palavras se misturando em uma cacofonia ininteligível.

— É tipo: "Se temos essa Terra em perfeitas condições para ficar, por que mandar astronautas pra Lua?". — Josie diz, superando o clamor indignado.

— A humanidade tem um espírito incansável de exploração — Trish diz. — Sempre buscamos algo melhor.

— A gente podia *fritar* esse assunto no programa da semana — Josie diz, piscando.

Eu e Trish resmungamos alto.

— E por falar em coisa ruim — digo —, temos que ir. — Caminhamos até o Ford Focus amarelo castigado meu e da minha mãe. Josie limpa algumas migalhas de salgadinho do banco de passageiro e entra.

— Como foi seu dia? — pergunto.

— Dormi até as onze. Mandei currículo pra umas vagas de garçonete.

— Eca. Sério?

— Cheddar's. Logan's Roadhouse.

— Que horror.

— Sério mesmo.

— O que você e o Lawsão fizeram de bom? Além de dar muitos beijos, claro.

— Fomos à Books-A-Million e compramos o novo livro do G. M. Pennington pra ele. — Josie parece nervosa de repente. Ela joga o cabelo para trás e baixa os olhos. — Ah, então… enquanto eu e o Lawson estávamos na livraria, eu talvez… tenha convidado ele pra ir com a gente pra Orlando?

Começo a me agitar por dentro, como quando você está mexendo uma tigela grande de alguma coisa, mas de repente muda o sentido. Meu primeiro impulso é sentir raiva e ciúme por ela ter convidado Lawson — com quem eu não tenho como competir em certas áreas — para segurar vela, ainda mais sem me perguntar primeiro.

Mas, então, outro pensamento: *Se Lawson for, sua maior desculpa para não visitar seu pai — não querer deixar Josie sozinha — já era.* Uma fina camada de suor surge em minha testa enquanto reflito sobre o assunto, tentando decidir se realmente quero ter essa chance.

— DeeDee? Fala alguma coisa. Tudo bem? Posso desconvidar o Lawson.

Percebo na voz dela que ela não quer desconvidá-lo.

— Não — digo baixo. — Tudo bem.

— Tem certeza?

— Sim.

— Absoluta? Porque...

— Absoluta. Não se preocupa. — A adrenalina está enchendo meu peito, queimando como ácido por onde passa. Sinto uma contração nervosa no fundo do intestino.

— Ele vai ser um bom guarda-costas se a gente encontrar algum tarado na convenção. E pode carregar nossas malas e tal.

Concordo com a cabeça.

— E também — Josie continua — ele é uma boa companhia.

Seguimos em silêncio por um tempo. Finalmente, digo:

— Essa viagem está começando a parecer o Frodo levando o Anel para a Montanha da Perdição.

— Porque...

— Muita coisa depende disso, sabe? Parece nosso destino.

— É como se o universo quisesse que a gente fizesse isso.

— Exatamente.

— E se a gente fizer alguma coisa grande acontecer?

— Podemos conseguir que *esse* vire nosso trabalho. Fazer coisas juntas. Enquanto as pessoas viram contadoras e tal.

— Imagina a gente numa entrevista de TV, contando como tudo começou. Vai ser uma ótima história.

— Fico muito feliz por ter você — digo, a ansiedade sobre ver ou não meu pai se suavizando em uma leveza muito mais agradável. — Acho que eu nunca teria feito esse programa sem você. Quais são as chances de nos encontrarmos em Jackson, Tennessee, e formarmos um time tão bom?

Josie balança a cabeça.

— É incrível. — Mas de repente ela fica em um silêncio atormentado, como eu estava até agora pouco. Como se tivéssemos trocado de lugar.

— Que foi?

— Nada. — Ela balança a cabeça de novo e abre um sorriso pálido.

— Dá pra acreditar que a gente fez isso juntas? A gente criou um *programa de TV.* A que pessoas de outras cidades *assistem.*

— Nunca imaginei que eu já estaria na TV com essa idade. É o meu sonho desde que me entendo por gente.

— Tipo, é assim que as pessoas começam no mundo do entretenimento, não é? Com um golpe de sorte.

Estou ficando tão animada e distraída pensando no assunto que preciso pisar no freio para evitar passar em um farol vermelho.

— Eita, DeeDee.

— Desculpa.

— Você é muito barbeira.

— Já pedi desculpa! Então, você e o Lawson vão ficar se beijando na minha frente durante todo o caminho até Orlando?

— *Quê?* Não.

— Ele não faz ideia de onde está se metendo, preso num carro por doze horas com nós duas.

— Demora tanto assim pra chegar lá?

— Sim.

— Nossa.

— Pois é. Precisamos começar a fazer as playlists.

— Coitado do Lawson. Essa vai ser a prova de fogo do nosso relacionamento.

— Se sobreviver à viagem, acho que é o destino. — *E, por favor, que seja o destino. Por favor, que seja mais um motivo para fazer Josie ficar.*

Sempre me pergunto se cometi um erro ao depender tanto da Josie. A vida seria muito mais simples se não nos permitíssemos precisar de ninguém. Não seria tão fácil ficarmos magoados neste mundo, nossos corações sob uma camada finíssima de pele.

O farol fica verde e sigo em frente.

— Então a assistente do Divine te respondeu? — Josie pergunta.

— Sim.

— Quando vai ser a reunião?

— Sábado à tarde, perto da hora do almoço.

— Já vamos estar cansadas.

— *Exaustas.*

Ficamos em silêncio por um momento mergulhadas nessa alegria florescente.

— Pode rolar *mesmo* — Josie diz. — A gente pode fazer sucesso.

— Eu sei.

— Pode determinar todo o rumo da nossa vida adulta.

— Eu sei.

— Se a gente fizer sucesso, vou ser muito responsável com o meu dinheiro. Não quero ser uma daquelas celebridades que a gente ouve falar que faliu.

— Se a gente fizer sucesso, quero quitar a casa do meu pai. Para ele se sentir superculpado. — Digo isso virada para a janela, quase para mim mesma.

— Seria a vingança mais incrível na história — Josie diz.

— Mas a contrapartida seria que ele precisaria pintar um mural meu vestida de rainha benévola na fachada da casa.

Rimos muito. Não é tão engraçado, mas não importa. Gostamos do som de nossas risadas em harmonia.

— Somos maldosas — digo, suspirando mais alto que a gargalhada.

— Muito maldosas.

— Se estourarmos, podemos comprar mansões pertinho uma da outra.

— Com um túnel ligando as duas, que você entra se empurrar um relógio de pêndulo ou uma armadura.

— Então é basicamente uma única mansão enorme.

— Mais ou menos.

— E um cinema grande embaixo das casas onde passamos nossos filmes — digo.

— Melhor ainda! A gente só estaciona o trailer de vocês atrás das casas e passamos os filmes lá, como antigamente. Pela tradição.

Bato palmas rápido, fazendo o carro balançar, e solto um grito agudo.

— E, mesmo podendo ir a pé de uma mansão para a outra pelo túnel, a gente precisa trocar muitas mensagens, pela tradição.

Suspiramos em uníssono. Imaginar essa vida me deixa tão feliz que me apavora imaginar como vai doer se ela não virar realidade.

JOSIE

— Chega por hoje — Arliss grita. — Mais uma obra-prima finalizada. Mais uma parte do meu legado para o mundo. Algumas horas mais perto da morte.

—Vamos! — Delia grita. Saímos correndo do set para o banheiro e tiramos a maquiagem reboco de vampiro, depois trocamos as fantasias de Rayne e Delilah por roupas para a nossa viagem de carro demorada. Dobramos as fantasias com capricho. A intenção é talvez usá-las na convenção, dependendo de como a gente se sentir lá.

Saímos correndo.

—Vai! — grito para Lawson, que ainda está tirando umas lascas de tábua do chão. —Vai se trocar!

— Tá! Vish! — Lawson pega sua troca de roupas da cadeira e entra correndo no banheiro.

Arliss enrola um fio.

— Por que vocês estão agindo como se tivessem aranhas ferventes dentro da calça?

— Lembra a convenção pra qual a gente foi convidada? — Delia diz.

Arliss resmunga e dá de ombros.

— ShiverCon? Foi você quem nos entregou o convite.

Resmunga e dá de ombros.

Delia revira os olhos.

— Enfim, vamos à ShiverCon encontrar o Jack Divine para conversar sobre o futuro do programa.

— Existe alguma possibilidade de isso fazer com que eu seja demitido? — Arliss pergunta.

— Tipo... talvez? — digo.

Arliss assente e pega a ponta de outro fio solto.

— Nesse caso, boa sorte. Onde é esse negócio?

— Orlando — Delia diz.

—Vocês estão saindo daqui para dirigir até Orlando, na Flórida — Arliss diz.

— É por isso que a gente está com tanta pressa — digo.

— São doze horas de carro. Onde foi parar o bom senso de vocês?

— Já foi pro espaço — digo.

— Como você sabe essa distância de cabeça? — Delia pergunta.

—Viajei com uma banda por tantos anos que consigo dizer a distância de carro entre quaisquer duas cidades nos Estados Unidos. Também viajei por tempo suficiente para saber que as pessoas pegam no sono no volante, então tomem cuidado, suas palhaças.

— Ah, Arliss! Você não quer que a gente morra! — digo. — Delia! O Arliss se importa com a nossa vida!

— Não se anime. Por que vocês não saíram antes?

— Porque sabemos que você organiza seu horário de trabalho em torno do programa — digo —, e nós duas achamos que a outra tinha contado da viagem, e pensamos que, se pedíssemos em cima da hora pra mudar o horário, você ficaria puto e/ ou tentaria nos matar.

Arliss olha para o nada, pensativo.

—Você está certa. Mas, se vocês morrerem num acidente em

alguma rodovia miserável no meio da Flórida, vou comer um monte de aspargo, desenterrar vocês duas e depois mijar nos seus cadáveres. Isso se tiver sobrado alguma coisa que os jacarés ainda não tenham comido.

— Eu vou chorar — Delia diz. — Isso faz eu me sentir tão amada.

Arliss ainda não acabou.

— Não tomem nenhum daqueles energéticos de óleo de cobra nem nada inventado pelos nazistas que hoje é vendido em frasquinhos de plástico no balcão daquelas paradas de caminhoneiros nas grandes estradas dos Estados Unidos. Ou vocês vão ter um derrame.

— Certo — digo.

Arliss me encara nos olhos e aponta para mim para dar ênfase.

— Só o bom e velho café.

— Não pode ser café ruim e novo? — Sei que estou forçando a barra aqui.

— Sem sarcasmo. E revezem no volante. — Arliss acena na direção do banheiro. — Façam o Jean-Claude Van Damme carregar tudo.

— Ah, pode deixar.

— E, por falar nisso, vocês disseram que vão encontrar com um pessoal do show business lá?

— Isso.

— Levem o Jean-Claude com vocês em todas as reuniões com esses caras. Eles acham que podem fazer de tudo. Queria ver se eles tentassem fazer alguma coisa e levassem um chute na cara. Não quero nenhum tarado de Hollywood mexendo com vocês.

— Tá. — Fico um pouco comovida de verdade. Arliss pode parecer um fracassado rabugento para quem não o conhece. E, definitivamente, nenhuma de nós o conhece muito bem. Mas sempre percebi um cansaço do mundo ali, que passa a impressão de que um conselho dado por ele vem às custas de duras experiências e, por isso, são mais valiosos.

Lawson sai do banheiro correndo.

— Estou pronto. Vamos.

Arliss abre a porta dos fundos.

— Se cuidem. — Ele fala com um tom quase paternal. Ou talvez como um carcereiro se despedindo de um prisioneiro antigo. — Lembrem que a Flórida é a terra dos esquisitos e das bizarrices, e se comportem de acordo com isso.

Primeira hora

Dei um jeito no meu carro para não ficar parecendo tanto a casa de um bando de babuínos. Mesmo assim, com três pessoas e toda a nossa bagagem, ele fica apertado.

— Pode ir no banco da frente — Lawson diz para Delia.

— Tipo, óbvio — Delia diz, entrando no carro.

Lawson se dobra para entrar no banco de trás. Ele tem um metro e oitenta, então vai ser uma viagem bem longa para ele. Por sorte, ele adora dor e sofrimento.

— Coloca uma música aí.

Delia conecta o celular dela.

— Certo, primeiro, tenho essa playlist que a Jesmyn montou para nós. Noventa por cento é de músicas do Dearly.

— Quem é Dearly? — Lawson pergunta.

— Ouça e aprenda — digo, definindo a rota do GPS do celular para o centro de convenções em Orlando. Dou partida e começamos a viagem. — Ele vem de uma cidadezinha caipira aqui do Tennessee, então deve ser bem a sua cara.

— Se a gente ficar sem nada pra ouvir, tenho um monte de músicas no meu celular — Lawson diz.

— Espera — digo. — São as músicas que você ouve para me impressionar ou as que escuta sozinho em casa?

— O segundo tipo. Eu acho. Provavelmente.

— Cara, a gente não vai escutar Carrie Underwood.

— Não tem Carrie Underwood.

— Nem Dierks Bentley nem Kenny Chesney nem...

— Beto Berro nem... Pam... Bilaus — Delia diz.

— Nunca ouvi falar de Beto Berro nem de Pam Bilaus — Lawson diz.

— Porque acabei de inventar esses nomes. Mas deu para dar uma ideia.

— A ideia é que em nenhum momento desta viagem queremos ouvir a nenhuma música que pareça com alguém de jeans berrando — digo.

— Não vamos ouvir nenhuma música de alguém andando de chinelo pela rua com raiva, com um cigarro na boca e as mãos livres, *seu moço* — Delia diz.

— Não vamos, em nenhum momento, ouvir nenhuma música que pareça um boné inteligente de caminhoneiro tentando transar com um pato berrando, *seu moço*.

— Não vamos, de jeito nem maneira nenhuma, escutar nenhuma música que seja como andar descalço num Walmart para comprar uma calça porque um gambá transou com a sua última calça limpa, *seu moço*.

Lawson tampa os ouvidos com uma cara de rendição e exasperação de brincadeira.

— *Tá bom, tá bom, tá bom!*

Eu e Delia gargalhamos.

— Já percebeu que, se trocar as primeiras letras do nome e do sobrenome de qualquer cantor country, vira um nome incrível de *Star Wars*? — pergunto. — Tipo, Slake Bhelton. Prad Baisley.

— Barth Grooks.
— Rhomas Thett.
— Belsea Kallerini.
—Vocês têm *certeza* de que não são irmãs? — Lawson pergunta.
— Não — dizemos em uníssono, rindo baixo.
Lawson bate a palma da mão no rosto.
— Deus todo-poderoso, onde eu fui me meter?
—Você não faz ideia de onde se meteu, topando uma viagem de carro com a gente — Delia diz. — Espero que goste das músicas da Beyoncé.
— E de *nachos* de posto de gasolina — acrescento.
— E de parar várias vezes pra fazer xixi — Delia diz.
Estamos falando como se fôssemos experientes em viagens de carro. Na verdade, eu e Delia fomos uma vez a Memphis para ver um show e outra a Nashville para fazer compras. Eu já fui dirigindo para Atlanta para visitar minha tia. E só.
— Tudo bem — diz Lawson. — Não vou me arrepender de ter vindo.
Dou uma olhadinha pelo retrovisor e encontro seu olhar. Ele me abre um sorriso que mostra que não está mentindo sobre não se arrepender. Retribuo o sorriso e uma emoção luminosa toma conta de mim.

Segunda hora
O sol mergulha completamente no horizonte, deixando o céu em um tom de cinza-lilás, e abrimos as janelas do carro para deixar o vento com cheiro de magnólia e asfalto quente soprar nossos cabelos e fazer nossos olhos lacrimejarem, nos obrigando a gritar mais alto que o barulho da estrada e do que a música. É desconfortável no melhor sentido.

Estou reverberando de tantas emoções diferentes; elas ecoam dentro de mim como gritos em uma caverna, e se misturam até eu não conseguir mais distingui-las. Medo. Esperança. Amor. Nervosismo. Tristeza. Ansiedade. Algumas que não consigo identificar. Deve ter uma ótima palavra em alemão para isso.

Não é sempre que a gente sabe quando está vivendo uma daquelas memórias casuais que vai guardar para o resto da vida. Quando não acontece nada de especial além de dirigir um pouco rápido demais a caminho da Flórida, ao pôr do sol, com sua melhor amiga ao seu lado e um garoto que beija muito bem atrás de você. Mesmo assim, você vai lembrar disso até o dia da sua morte.

Mas, dessa vez, eu sei.

DELIA

Terceira hora

O volume da música foi diminuindo aos poucos quando a conversa começou a tomar conta.

— Tá, vocês preferem brigar com um pato do tamanho de um cavalo ou cinquenta cavalos do tamanho de um pato? — Lawson pergunta, enfiando a cabeça entre os nossos bancos.

—Você tirou essa pergunta da internet — digo.

— E daí? Ainda é uma pergunta válida.

— Dava para perceber que você estava vasculhando as profundezas do seu cérebro atrás de alguma coisa esquisita o bastante para ficarmos interessadas — Josie diz.

— Estou me esforçando para conseguir acompanhar vocês.

Josie puxa a cabeça dele sobre o ombro dela e faz carinho.

— Nhóin.

É fofo como ele se esforça. Não ligo se as pessoas se interessam por coisas desinteressantes desde que também se interessem por coisas interessantes. Além disso, ele e a Josie conseguem não me fazer sentir que estou segurando vela.

— Então? — Lawson pergunta.

— É óbvio que cinquenta cavalos do tamanho de patos — Josie diz.

— Também acho — digo.
— Por quê? — Lawson pergunta.
— Bom, um ganso é um pato do tamanho de um ganso, então… — Josie começa.
— Não, não é — Lawson diz. — Ganso é ganso, pato é pato.
— Os dois são aves que gritam feito buzinas e vivem na água. Os dois são patos. Gansos são patos grandes.
— Assim como basset hounds são beagles adultos? — Lawson questiona.
— Não, isso é besta e esquisito.
— Ah, tá.
— Enfim, gansos são patos do tamanho de gansos e são muito medonhos e malvados, então um pato do tamanho de um cavalo seria *aterrorizante*.
— Sabe o que é um pato do tamanho de um cavalo? — digo. — Um dinossauro. É isso que ele é. Eu é que não vou brigar com um dinossauro.
— Cavalos do tamanho de patos são basicamente esquilos — Josie diz.
Lawson balança a cabeça.
— Como assim?! Não. Chihuahuas, no mínimo.
— Que seja. Enfim, eu lutaria contra cinquenta chihuahuas. Qual você escolhe?
— Pato do tamanho de um cavalo.
— Ah, fala sério — digo.
— É verdade. Posso usar meu treino para mantê-lo à distância até ele cansar. Mas esse treino não vai ajudar em nada contra cinquenta oponentes. Além disso, não tenho medo da mordida de um pato. Eles não têm lá muitos dentes.
— Eu diria que o vencedor deste debate é o Deus da Morte, que agora está alguns minutos mais próximo de levar nossas almas — digo.

★

Quarta hora

Lawson assumiu o volante. Estou no banco de trás. Cantamos com a Beyoncé, como prometido. Lawson se diverte enquanto canta (mal) junto (um pouco fora do ritmo). *Nachos* do posto de gasolina, como prometido. Passamos por Chattanooga. Nenhum de nós já foi para Rock City. Mas todos achamos que parece divertido. Eu e Josie assistimos no celular a vídeos de tutoriais de maquiagem no Dollywould até Josie ficar enjoada.

Quinta hora

Acabamos de discutir a carne de qual celebridade comeríamos e por que se ficássemos presos em uma ilha deserta com elas. Josie e eu assistimos a um vídeo no YouTube de uma garota escutando "All Star" do Smash Mouth e mordendo uma cebola toda vez que a música diz "star". Depois assistimos a um vídeo de um garoto cantando "All Star", mas levemente fora do ritmo.

Josie toma um gole da bebida que comprou na nossa última parada no posto porque tinha um nome engraçado: Dr. Fizz.

— Sério, isso tem gosto de ser daquelas fábricas que fazem refrigerantes genéricos ruins. No fim do dia, quando esvaziam os canos ou sei lá, eles botam tudo no tanque do Dr. Fizz.

— Nem consigo imaginar. Até Dr. Pepper tem gosto de *tudo*. Tipo, literalmente todos os sabores conhecidos pela humanidade — digo.

— Não estou curtindo — Josie diz. — Mas também não consigo parar de beber.

— Às vezes a gente precisa tomar um refrigerante genérico até o fim — digo.

Josie toma outro gole e faz careta.

— O mais louco é pensar que deve existir uma pessoa rica no mundo por causa do Dr. Fizz.

— Ah, eu sei! Como deve existir alguém dirigindo uma Lexus porque é dono de uma empresa de, sei lá, doces de milho — digo.

— Um magnata de balas de milho!

— Um magnata de balas de milho usando *monóculo*!

Josie me passa a garrafa para tomar um gole.

— Você precisa tomar. Não pode morrer sem nunca ter experimentado Dr. Fizz.

— Uma de vocês não deveria estar dormindo para ser a próxima a dirigir? — Lawson pergunta, ainda no volante.

Rimos e repetimos: "Uma de vocês não deveria estar dormindo para ser a próxima a dirigir?" com vozes agudas irônicas.

Lawson sorri e balança a cabeça, suportando nosso tormento com estoicismo. Essa capacidade, mais do que qualquer coisa, me faz confiar no futuro dele com Josie.

Sexta hora

— Não, mas escuta — Josie diz.

— Opa. Quando a Josie diz: "Não, mas escuta", é porque vem alguma encrenca — digo.

— Só estou dizendo, é fofo como os humanos também são animais, mas usamos roupas e dirigimos. Somos como cachorros de suéter e chimpanzés de smoking.

Josie parece nervosa. Quando ela fica assim, sempre fala muito sobre nada. Eu também devo parecer ansiosa. Porque estou.

Mas a melhor coisa de ter uma melhor amiga é que você nunca está falando sobre nada. Mesmo quando está falando sobre nada, é alguma coisa. Nos momentos em que você tem certeza de que está falando sobre nada, na verdade está falando sobre como é bom ter alguém com quem falar sobre nada.

Passamos por Atlanta. A essa hora, o trânsito está tranquilo. O ar fica mais pesado e denso conforme seguimos para o Sul. Mais viçoso e tropical. A paisagem vai mudando. Florestas frondosas de pinheiros retíssimos e altíssimos cercam a rodovia como se o mundo estivesse levantando milhares de indicadores por ter uma ideia boa.

Isso faz com que eu me pergunte como meu pai foi parar na Flórida. Talvez tenha pegado esse caminho. Talvez carregasse um peso no coração que combinasse com o peso do ar. Ou talvez seu coração deslizasse sobre as copas dos pinheiros. Me pergunto se ele sentia que estava jogando alguma coisa fora conforme os quilômetros passavam embaixo dos pés dele. Como se estivesse tirando uma jaqueta que nunca vestiu direito.

Até onde eu sei, nunca estive tão próxima do meu pai nos últimos dez anos. Cada minuto me leva para mais perto dele.

Ainda não sei o que fazer em relação a isso.

JOSIE

Sétima hora e meia
Paramos em um posto de gasolina perto de Vienna, na Geórgia. Eu e Delia corremos para fazer xixi. Lawson enche o tanque do meu carro. Saio do banheiro antes de Delia. Lawson tirou meu carro de perto das bombas e está encostado nele. Ele sorri enquanto me aproximo.

Paro perto dele.

— Oi.

— Oi — ele diz.

— Estou cansada.

— Eu também.

Fecho os olhos e finjo roncar, caindo na direção dele, sabendo que ele vai me segurar. Ele me segura, me inclinando como se estivéssemos dançando. Dou uma risadinha. Sai mais alta do que eu esperava, sobre o distante marulhar dos carros na estrada atrás de nós e o vozerio de grilos, cigarras e sapos — os únicos sons no posto de gasolina sonolento.

Quero mesmo pegar no sono nos braços dele, mas, mais do que isso, quero que ele me beije, e ele me beija quando me puxa para eu ficar em pé de novo.

Ficar sozinha com ele por esse breve momento é como ir até o freezer e pegar só uma colherada de sorvete.

— Oi — digo.
— Oi — ele diz.
— Oi — digo.
Ele me beija.
— Oi.
— Eu gosto de você — digo.
— *Eu* gosto de você.
— Que bom que você veio.
— Que bom que *você* veio.
— Para de me imitar — digo, apoiando a cabeça no peito dele.
— Para de *me* imitar. — Ele entrelaça os dedos nas minhas costas.
— Meu nome é Lawson Vargas, e acho que trocar de cueca dá gripe.
— Meu nome é Lawson Vargas e acho que trocar de cueca dá gripe.
— Tenho uma namorada gata e genial — murmuro.
— Tenho uma namorada gata e genial — ele diz. Posso sentir seu rosto abrir um sorriso enorme e triunfante. — Adoro quando você diz que é minha namorada.
— Perdeu.
— Perdi? Ah, não. Odeio perder. — Ele coloca dois dedos embaixo do meu queixo e ergue minha cabeça e nos beijamos por alguns segundos.

Apoio a cabeça em seu peito, ouvindo seu coração bater. É forte e um pouco mais rápido do que eu esperava. Sua camiseta tem cheiro de lençóis recém-saídos da secadora. É um cheiro gostoso, confortável e seguro. Nas últimas horas, senti como se meu futuro fosse um planetinha duro no fundo do meu peito, cuja gravidade puxava todos os meus pensamentos para sua órbita.

Lawson lê meus pensamentos.

— Quero muito que essa viagem seja um sucesso para vocês — ele murmura em cima da minha cabeça.

— Eu também. — *Você não faz ideia de como quero isso, seu lindo que virou minha mais nova complicação...*

Ele apoia os lábios no meu cabelo e escutamos a sinfonia da noite de verão até Delia finalmente voltar.

DELIA

Oitava hora

— Por que não dei ouvidos ao Arliss? — resmungo.

— Por que tomar um energético chamado Cobra Venomm Energy Infuzzion com dois Ms e dois Zs parecia uma boa ideia? — Josie pergunta.

— *Não sei, não sei, não sei.* Estou sentindo meu cabelo. Tipo, cada fiozinho. Isso é como metanfetamina numa garrafinha de plástico. — Tamborilo os pés no chão do carro, bato as mãos no volante, ergo a cabeça e uivo: — *Auuuuu!*

— A gente deveria parar e arranjar um galho ou algo do tipo pra ela ficar mastigando — Lawson diz.

— Vamos conversar sobre alguma coisa. Qualquer coisa. Minha cabeça está surtada — digo.

— Hum — Josie diz.

— Hum — Lawson diz.

— *Por favor* — digo.

— É difícil pensar num assunto sob pressão! E são tipo quatro da manhã e ninguém dormiu mais do que uma hora.

— Vamos listar palavras que a gente odeia! — Minha cabeça parece um liquidificador. — *Puberdade! Fungo! Funcho!*

Josie fica pensando.

— Hum... *esguicho, muco, garfolher.*

—Vai, Lawson! — grito.

— Hum.

— Tá, jogo novo. Cansei desse — digo. — Qual é a coisa mais difícil que você já fez? Josie, você começa!

— DeeDee, meu cérebro está se movendo a, tipo, um oitavo da velocidade do seu agora. Preciso pensar. Volta para mim depois.

— Lawson! Você!

Ele balança a cabeça.

— Não sei. — Mas é um "não sei se eu deveria dizer isso", não um "não sei o que dizer".

— Por favor, Lawson.

— Fala — Josie diz.

—Talvez outra hora.

— Não há momento melhor do que agora! — digo. Começo a entoar: — Law-son, Law-son, Law-son. — Josie canta comigo.

—Vai parecer besta.

— Não vai, não — Josie diz.

Lawson não fala nada por alguns segundos e, então, solta um riso melancólico. Uma rendição.

— Têm certeza de que querem ouvir isso?

— Sim! — gritamos em uníssono.

Ele abaixa a música.

— Hum. Tá. Acho que eu tinha uns oito ou nove anos. Minha mãe tinha um gatinho de porcelana. Ela tinha ganhado do pai dela. Acho que tinha sido passado de geração em geração ou algo do tipo. Enfim, eu gostava dele porque era antigo e diferente e especial. Então perguntei para minha mãe se podia levar para uma apresentação na escola. Ela não queria que eu levasse, mas fiquei insistindo e pedindo até ela finalmente deixar. Levei para a apresentação e estava superanimado.

"A aula acabou e eu estava voltando pra casa. Estava com o gatinho na mochila e passei por um grupo de meninos do sexto ano que adoravam me encher. Quer dizer, eles enchiam todo mundo que era menor do que eles, mas acho que comigo era mais fácil. Enfim, eles correram atrás de mim e me pegaram e me empurraram e arrancaram minha mochila e ficaram chutando como se fosse uma bola de futebol. Fiquei chorando e gritando e pedindo para pararem porque iam quebrar o gato. Eles não estavam nem aí. Abriram a mochila e o gato estava destruído. Eles riram e começaram a miar.

"Peguei os cacos, coloquei de volta na mochila e voltei para casa. Quando cheguei…"

Lawson para por um segundo. Cai um silêncio no carro. Ele pigarreia e ri um pouco de novo. Como se estivesse disfarçando alguma coisa.

— Quando cheguei em casa, tirei os cacos do gato da mochila e mostrei pra minha mãe. Todos os meus irmãos estavam lá, perguntando por que não revidei ou corri mais rápido. Minha mãe tentou fingir que estava tudo bem, mas dava para ver que não estava. A cara que ela fez… Enfim. Essa foi a coisa mais difícil que já fiz na vida. Contar pra minha mãe que eu a tinha decepcionado. Exatamente do jeito que ela tinha medo que acontecesse.

Sabe quando uma coisa é um balde de água fria? Essa história foi isso no sentido mais real da expressão. Mas era exatamente o que eu precisava.

— Uau.

— Nossa — Josie murmura.

— Pois é. Enfim — Lawson diz.

—Você deveria procurar por eles. Ver se eles topam uma revanche — digo.

Lawson tenta parecer animado.

— Ei! Boa ideia. Eu podia fazer isso.
— Porque agora você é bom de luta — digo.
— Não, sim, eu entendi.
Ficamos em silêncio por mais alguns momentos.
— Sua vez, JoJo — digo.
— Ah, era só o que me faltava!
— Ainda não pensou na sua?
— Não, eu pensei.
— Então?
— Minha história é péssima comparada com a do Lawson.
— Ninguém está competindo.
—Tá. Então, uma vez tive que fazer xixi num banheiro químico enquanto usava um macacão.

JOSIE

Nona hora e meia

Delia ficou estranhamente quieta. Não sei se é o efeito do Cobra Venomm que está passando, a exaustão, a ansiedade por nossa reunião com o Divine ou outra coisa completamente diferente. Ela está olhando pela janela quase de propósito. Como se estivesse procurando alguma coisa. Ou alguém.

— Você está bem, DeeDeeBoo? — pergunto baixo.

Ela demora um momento para responder.

— Estou. E você?

— Sim. Minha bunda está implorando misericórdia. Qualquer momento em nossas vidas em que não estávamos neste carro não passa de uma memória distante.

— Nós sempre estivemos neste carro.

DELIA

Décima hora
O sol está nascendo, e finalmente conseguimos vislumbrar a paisagem da Flórida. Pensei que teria um ar mais tropical e exótico. Mais palmeiras e papagaios. É decepcionantemente parecida com o Oeste do Tennessee. Quilômetros infinitos de folhagens verdes entrecortados por rodovias de asfalto. Colunas de pinheiros. Muitas caminhonetes com bandeiras dos Estados Confederados.
Me pergunto se meu pai também ficou decepcionado ou se aceitou a semelhança como uma espécie de penitência.

Décima segunda hora e quarenta e sete minutos
Chegamos à pousada do centro de convenções. Fazemos o check-in, programamos o despertador para dali a duas horas e caímos nas camas sem nem tirar os sapatos. Mergulho num sono profundo e sem sonhos.

JOSIE

Compramos nossos ingressos e entramos no centro de convenções. É uma colmeia agitada de nerdices. Caras fazendo cosplay de Freddy, Jason, Pinhead, Michael Myers, o Coringa do Heath Ledger, Babadook, Leatherface, Caminhantes Brancos, Daryl Dixon, Beetlejuice, um monte de palhaços assustadores genéricos e zumbis. Garotas fazendo cosplay de Samara de *O chamado*, Arlequina, SkeleTonya, Ripley, Wandinha e Mortícia Adams, Lily Munster, Eleven e Barb de *Stranger Things*, Lydia Deetz, Buffy, palhaças assustadoras e zumbis.

Tem também uns garotos e umas garotas chamados de deslizadores, que usam joelheiras, protetores metálicos na ponta dos sapatos e luvas com placas metálicas nas palmas e nos dedos, e saem correndo e deslizam de joelho e barriga no chão do lugar. Não parece haver um padrão no que consiste ser um deslizador bom ou habilidoso, então é meio como assistir a crianças deslizando de meias em um piso que acabou de ser encerado. Mas eles parecem se divertir.

Estandes vendem máscaras; estatuetas; DVDs; pôsteres; quadrinhos; miniaturas; bonecos Funko; bijuterias; perfumes, sabonetes e velas caseiras com rótulos escritos com aquela fonte Papyrus; réplicas intricadamente decoradas de crânios humanos; tabuleiros de

Ouija; kits para feitiços; facas e espadas; espartilhos; ossos de animais; taxidermia; brinquedos, lancheiras e instrumentos médicos antigos; revistinhas de terror e cartazes.

Filas longas e serpenteantes de pessoas esperando fotos e autógrafos de membros do elenco de *The Walking Dead*, *Buffy, a Caça-Vampiros*, *Penny Dreadful* e *American Horror Story*. Há um ar alegre, infantil, contagiante e bem-humorado por toda parte. Vi pelo menos três tatuagens de Jack Skellington.

Delia parece mais em seu ambiente do que nunca. Ela está absorvendo tudo com o sorriso largo e o encanto vibrante de alguém que de repente se sente muito menos sozinha, que enxerga novas possibilidades em quem ela é. Isso me deixa feliz. Ela aponta para pessoas que fizeram pontas em filmes B desconhecidos, outros apresentadores de programas de terror, diretores, roteiristas e artistas. Eu não tinha noção da magnitude do conhecimento dela. Ela deve passar quase todos os minutos da vida pesquisando mais e mais informações.

O problema é que não sinto exatamente que esse é o meu lugar. Por mais que Deus saiba que passei um bom tempo assistindo a péssimos filmes de terror. Por mais que dedique horas da minha vida toda semana como apresentadora de um programa de terror. Não sei por que, mas sinto que estou observando as pessoas de longe.

Eu e Delia estamos fantasiadas e maquiadas como Delilah e Rayne. Na verdade, eu me sinto *mais* à vontade vestida assim aqui do que de roupa normal. Lawson (de um jeito fofo e engraçado) parece ter vindo com sua melhor roupa no estilo guarda-costas: uma camiseta preta, calça jeans preta e Vans pretos. Só faltam os óculos escuros e um fone. Ele está levando seu papel muito a sério — andando em silêncio atrás de nós, silencioso, concentrado e atento a qualquer ameaça.

Estamos aqui faz mais ou menos uma hora, vagando sem rumo pelos estandes, em uma névoa de exaustão e sobrecarga sensorial, quando...

— Rayne Ravenscroft! Delilah Darkwood! — alguém grita com um forte sotaque do Centro-Oeste.

Viramos. Não passou pela minha cabeça nem por um segundo que alguém poderia nos reconhecer. Mas não deveria ser uma surpresa. Se tem *algum lugar* no mundo em que poderiam saber quem somos, é aqui.

O grito vem de um homem que parece ter quarenta e poucos anos, com um cavanhaque grisalho, um chapéu igual ao de Indiana Jones, uma camisa de botão de manga curta cor verde-oliva, um kilt camuflado com um celular preso na cintura, aquelas sandálias esportivas toscas de tiozão que são proibidas a menos que você seja um homem de ao menos quarenta e dois anos e tenha pés horrendos de ogro peludo. As sandálias são pelo menos um número menores, e seus dedos dos pés — cujas unhas parecem ter sido feitas após seus pés terem sido mergulhados em um tanque cheio de piranhas — estão escapando. Ele anda na nossa direção sem pressa. Ele anda como o som de uma tuba.

— Rayne, Delilah — ele chama de novo em um tom de leve irritação.

— Oi. Raven Ravenscroft — digo quando ele se aproxima. O cheiro terroso de purê de batatas chega um metro antes dele. Estendo a mão. Ele a aperta com uma mão grande, carnuda, quente e, ainda assim, pegajosa, que mais parece uma nádega.

— Delilah Darkwood — Delia diz, e aperta a mão dele também.

— Larry Doehnat.

— Larry *Donut*? — Delia pergunta.

— Doehnat. Tem um H ali. Hã-hã. Doe-hã-nut.

— Parece muito com donut — Delia diz.

— Doe-hã-nut.

— Donut.

— Doe-hã-nut. H. Hã.

— Donut.

— Seus amigos te chamam de Rosquinha? — pergunto. Não é das minhas melhores piadas, mas, sabe, estou exausta.

— Não pratico a antiquada "amizade" — ele responde com um tom grandioso. Nunca ouvi tanta arrogância sobre o fato de não ter amigos.

— Ah — digo.

— Preciso do autógrafo de vocês duas. — Ele diz como se tivéssemos de assinar para receber o carregamento de esterco aviário que ele está largando no nosso quintal.

— Sim, claro — Delia diz. Ela tateia os bolsos. — Você tem uma...

Ele se adianta. Tira um caderno velho e manchado de gordura, abre em uma página, saca uma caneta e a entrega para a Delia, observando-a através dos óculos redondos que parecem ter sido lavados com molho de salsicha.

— Por favor, assine nesta linha aqui. Toma cuidado para sua assinatura não usurpar outras linhas.

— Tá legal. — Delia assina com cuidado e me passa o caderno.

— Mesmas instruções para você — Larry diz. — Por favor, não...

— Tá bom. Entendi. Sem usurpação. — digo. Assino com cuidado, mas definitivamente usurpo um pouco de propósito. *Usurpar*. Que palavra besta. Se eu quiser, eu usurpo tudo.

— Então, de onde você é, Larry? — Delia pergunta com simpatia enquanto assino.

Ele olha para ela por um segundo como se fosse uma pergunta idiota.

— Milwaukee.

— A gente passa em Milwaukee? — Delia pergunta com uma animação ansiosa.

Larry meio ri, meio bufa.

— Claro que não.

— Então como você ficou sabendo sobre nós? — Delia pergunta, desanimada.

— Bom, não foi fácil, isso eu admito. Vocês são bem obscuras.

— Ah. Legal — digo, sem me esforçar para conter a irritação na voz.

— Fui eu que apresentei vocês ao *subreddit* do Apresentadores Obscuros de Programas de Terror.

— Como podemos recompensar você? — murmuro.

— Estou colecionando autógrafos e tirando fotos com todos os apresentadores ativos de programas de terror nos Estados Unidos. Nunca pensei que ensacaria vocês duas tão rápido. — Larry ri de sua sorte emitindo um barulho que parece um peru engasgando com um gafanhoto.

— Que jeito... interessante de se expressar — Delia diz, sua simpatia se dissolvendo como algodão-doce encharcado por uma mangueira.

O tom dela, assim como o meu, passa completamente despercebido por Larry.

— Certo, vamos tirar uma foto. — Ele tira o celular da cintura do kilt e o joga nas mãos de Lawson. — Você está aqui para garantir que essas duas se comportem?

Lawson não sorri nem responde. Ele pega o celular. Larry arruma os óculos e se posiciona entre mim e Delia, envolvendo os braços pálidos, suados e peludos que mais parecem tentáculos de lula em torno de nossas cinturas. Sua mão está nas minhas costelas, logo abaixo dos meus seios. Ele está fazendo o mesmo com Delia.

— Hum, é. Isso está... — digo, me remexendo.

—Você pode só... — Delia diz.

Nós nos torcemos e contorcemos para nos afastar um pouco de Larry. Consigo me distanciar alguns centímetros. *Como um ser humano pode cheirar a purê de batatas desse jeito? Ele está se lavando com um sabonete líquido com aroma de purê de batata?*

— Certo, fiquem paradas para a foto — Larry diz.

Lawson, visivelmente furioso, tira algumas fotos e devolve o celular de Larry, sem dizer nenhuma palavra.

Larry dá um último aperto desnecessário nele.

— Missão cumprida! — ele comemora.

— É bom conhecer um fã — Delia diz.

Larry meio ri, meio bufa de novo.

— Eu não me consideraria um *fã* exatamente. Não sou muito *fã* dessa palavra. — Ele nos abre um sorriso de "Sacou?".

Aponto para ele e estalo a língua.

— *Boa*, hein, Larry.

— Eu me considero mais um *connaisseur* de apresentadores de programas de terror. Um cronista de todos, bons e ruins.

— Ah — Delia diz.

— No momento, vocês... — Ele faz um barulho agudo de *méh*. — Mas acho que, com o tempo, vão melhorar um pouco — Larry diz, a voz transbordando soberba.

— Legal, valeu — digo com frieza.

—Vocês definitivamente poderiam improvisar menos.

— Anotado — Delia diz.

— Chamar o fantoche de Frankenstein de Monstro de Frankenstein.

— Ah, total. Essa nós *nunca* ouvimos — digo. Eu, Delia e Lawson começamos a nos afastar de Larry, mas a ficha dele não cai.

—Vocês também poderiam investir em mais comédia no programa — Larry diz.

— Ah, *sério*? O que você acha engraçado, Larry Donut? — Delia pergunta.

— Tombos e memes da internet.

— Fantástico — Delia diz, inexpressiva.

— Acho que isso é tudo de feedback — Larry diz.

— *Nããão*, continue — murmuro.

— Ah! E não tenham medo de serem mais sensuais. Apimentar as coisas. Aprendam um pouco com a SkeleTonya.

— Nós nos formamos no ensino médio, tipo, semana passada — Delia diz.

Larry dá de ombros.

— Parabéns.

— Táááá — eu e Delia dizemos quase ao mesmo tempo. Interrompemos Lawson, que estava prestes a falar alguma coisa também. Apertamos o passo.

Larry anda mais rápido.

— Ufa, andar tão rápido é difícil com meu Utilikilt. Não tem muita proteção lá embaixo, se é que vocês me entendem. — Ele começa a dizer alguma outra coisa, outros conselhos úteis, tenho certeza. Talvez que a gente devesse sorrir mais. Mas eu o interrompo:

— Enfim, Larry...

Então ele *me* interrompe.

— Ah, além disso, não seria ruim se vocês sorrirem mais. No programa até que está bom, estou falando pessoalmente mesmo. Faria vocês parecerem mais acessíveis.

— Certo, Larry — digo. — Isso foi tão divertido quanto segurar um pum, mas precisamos ir — digo por sobre o ombro.

Larry para de tentar nos acompanhar e grita atrás de nós:

— Uma palavra de sabedoria: não é muito inteligente segurar pum. Faz mal pro fígado.

DELIA

— Então, parece que *isso* aconteceu — digo.

— Acabamos de conhecer uma unha encravada antropomórfica — Josie diz, lançando um olhar para trás para se certificar que Larry não nos seguia.

— Larry é um brócolis humano.

— Ele tem o carisma de uma coisa grudenta misteriosa num lugar público.

— Ele é um cartão de presente com treze centavos.

— Ele é tão encantador quanto um arroto que deixa a sala inteira fedendo.

— Ele era um idiota — Lawson diz, interrompendo nosso número. Mas ele não está errado.

— Mesmo assim, é emocionante conhecer alguém que assiste ao programa — digo.

— Ah, total — Josie diz.

Meu celular vibra. Confiro o que é.

— Ah, não — murmuro.

— Que foi? — Josie pergunta.

— Em vez de nos encontrar no almoço daqui a pouco, Divine quer remarcar nossa reunião para o jantar.

— Ah, que droga. Queria tanto fazer isso logo. Estou ansiosa.

— Eu também.

Quando voltamos a perambular, mergulho de novo em minha confusão de emoções. Há uma dose saudável de irritação com Larry Donut, óbvio. Definitivamente uma pitada de euforia residual por ser reconhecida em público. Mas também... outra coisa. Algo mais profundo e maior do que essas duas coisas.

Então identifico: quando ouvi meu nome (artístico) sendo chamado, pensei, por uma fração de segundo (ainda que a voz e o sotaque fossem diferentes), que meu pai estivesse aqui nessa convenção. Estou a poucas horas de onde ele mora. É uma convenção de terror, então até que faria sentido. Não lembro se ele foi a alguma dessas quando eu era pequena, mas...

Essa ideia faz meu coração bater mais forte e me deixa enjoada de nervoso. Não sei como, mas, com todas as distrações da convenção, tinha conseguido tirá-lo da minha cabeça.

Você está tão perto dele. Faz anos que não está tão perto *assim.* Fico procurando por ele na multidão. Por via das dúvidas. Não faço ideia do que faria se realmente o visse. Ficaria paralisada. Choraria. Quem sabe?

Meu nervosismo aumenta com o passar do dia e se soma à apreensão de encontrar Jack Divine. Se não fosse por tudo isso, eu estaria me divertindo horrores. Vimos alguns bate-papos. Assistimos a alguns curtas de terror amadores. Uma pessoa de Little Rock nos reconhece. Ela é muito mais legal do que Larry. Assinamos o caderno de autógrafos dela.

Pego o autógrafo de Sick-ola Tesla, um apresentador de um programa de terror da internet que eu gosto. Conversamos um pouco. Ele nos parabeniza por manter viva a tradição de apresentadores de programas de terror na TV local. Ele é meio esquisito, mas simpático.

Em um determinado momento, puxo conversa com um diretor de filmes de terror independentes que mora em Birmingham, no Alabama, e trabalha na emissora da TV local de lá. Dou um dos nossos DVDs para ele. Trocamos número de celular e prometemos manter contato. Percebo um amigo em potencial.

Lawson e Josie ficam trocando olhares fofos. Ele carrega os saltos dela enquanto ela veste chinelos confortáveis para andar pela convenção. Fico sinceramente feliz que eles estejam se mantendo ocupados, porque dá para ver que Josie ficaria incrivelmente entediada se não fosse por ele, e não estou no espírito de entretê--la. Não paro de pensar que meu pai adoraria essa convenção. Em como seria estar com ele aqui.

Marcamos de encontrar Jack Divine às cinco da tarde. Quando são 16h45, estou com ânsia de vômito. *Você teve todo o trabalho de conseguir as informações do seu pai. Contratou uma detetive quando você e sua mãe mal tinham dinheiro para pagar a conta de luz. Amarelou toda vez que tentou escrever para ele. Quando vai estar tão perto dele de novo? Você não tem dinheiro para viajar outra vez para a Flórida quando lhe der vontade.*

Meu estômago está se revirando. Roo a unha do polegar.

— DeeDee? — Josie me chama, me olhando com preocupação.

— Hum?

— Você está bem?

— Super.

— Você está… pálida que nem um fantasma.

— Só estou, sabe, cansada.

— Também.

— E nervosa.

Você não vai ter outra chance. Você está a poucas horas de distância. Agora você sabe onde ele mora. Você pode fazer isso. Pode ir e perguntar o porquê. Pode finalmente exorcizar essa pergunta que assombra sua vida. Você precisa sair ao meio-dia amanhã para chegar a tempo para o trabalho.

Josie tem uma entrevista de emprego na segunda. Lawson também tem que voltar. É hoje ou nunca.

Começo literalmente a retorcer as mãos.

—Vai ficar tudo bem — Josie diz.

Engulo em seco e aceno com a cabeça.

— Josie?

— Oi?

Paro por um segundo ou dois.

— Nada.

— Que foi?

Mordo o lado de dentro do lábio.

— Lembra que eu te contei que meu pai está morando na Flórida?

— *Aqui?*

— Boca Raton. A algumas horas de viagem

—Você achou que encontraria com ele aqui?

— Não... mas... — As palavras arranham meu peito. — Estou pensando em tentar ir até a casa dele.

— DeeDee — Josie murmura, surpresa.

— Pois é. Não consigo decidir se devo ir.

— Parte de você deve querer, senão não teria descoberto onde ele está.

— Eu sei, eu sei. — Cerro os punhos para minhas mãos pararem de tremer.

— Se quiser ir, pode pegar meu carro. Eu e Lawson podemos nos virar na reunião com o Divine.

Paro e olho para o teto.

— Aaaaargh. Por que eu fui me fazer passar por isso? — pergunto entredentes.

— Porque você precisava. Vai ver seu pai.

—Você acha que eu devo?

—Você vai se torturar pra sempre se não for. Conheço você.

— Tudo bem você cuidar da reunião?

— Eu definitivamente não entendo tanto de terror quanto você, mas, sim, eu me viro.

Eu acredito nela. Se apenas uma de nós tiver de cuidar dessa reunião, deve ser a Josie. Ela tem uma autoconfiança tranquila que atrai naturalmente as pessoas. Melhor isso do que o meu conhecimento de filmes de terror e história da cultura e programas de terror.

— Não acho que ele vai fazer uma prova oral com a gente nem nada. Você é melhor do que eu em lidar com as pessoas mesmo.

— Então. Confrontar seu pai.

Cubro o rosto com as mãos.

— Eu sei — digo de trás dos dedos. — Estou surtando aqui.

— Tipo, claro. — Josie me abraça. Ela deve conseguir me sentir tremendo.

— Tipo, acho que eu seria inútil para você na reunião com o Jack Divine. Eu estaria obcecada com a ideia de estar perdendo a chance de ver meu pai.

— Vai. Vai ver seu pai.

— Eu vou. — Tento dizer isso com determinação suficiente para me convencer.

— Você vai agora?

— Eu vim até aqui. Tenho que pelo menos conhecer o Jack Divine antes. Depois eu vou.

— Ainda estamos usando as roupas do programa — Josie diz. — Estou tão cansada que nem pensei nisso. Temos tempo de nos trocar?

— Acho que não tem problema — digo. — Andei lendo sobre o Jack Divine e ele definitivamente parece o tipo de gente que acharia normal as fantasias. Pode até ajudar.

Vamos até o local da reunião. Combinei com a assistente do Divine no saguão do centro de convenções. Ficamos esperando em um silêncio apreensivo. Dá cinco da tarde. Depois 17h05. Depois 17h10.

— Será que a gente... liga para ele? — Josie pergunta.

— Não sei. — Meu estômago parece um saco de estopa cheio de filhotes de aranha. —Vamos esperar mais uns minutos. — 17h15. *Cadê? Cadê?*

Às 17h19, nós o vemos. Ele é magro como um graveto e deve ter um metro e sessenta de altura. Parece estar na casa dos sessenta, mas usa um topete preto como graxa que reluz em um tom roxo--azul sob a luz forte do centro de convenções. A pele dele é laranja como um cachorro-quente de posto de gasolina devido a algum tipo de brozeamento artificial. Sobre o lábio superior, ele tem um bigodinho preto igual a uma minhoca. Parece ter sido desenhado a lápis. Ele usa um terno vermelho cintilante que parece mais uma fantasia, uma camisa amarelo-limão com os três botões de cima abertos e sapatos de jacaré brancos com as pontas pretas.

Atrás dele, caminha um homem enorme desgrenhado, grisalho e cinzento em todos os sentidos — o cabelo cortado rente, a pele, os dentes, os olhos lacrimejantes, a cara azeda. Ele parece feito de sucata de ferro besuntada de gordura hidrogenada. Deve ter um metro e noventa e uns cento e vinte e cinco quilos, usa uma jaqueta de couro longa (que parece ter sido feita pelos mesmos fabricantes da minha calça de gambá), uma calça social preta com cara de barata e sapatênis de velho. Tatuagens elaboradas de estrelas, caveiras e uma igreja russa grande e ornamentada com um monte de abóbodas parecidas com cebolas podem ser vistas sob as mangas e sobre a gola da camisa social branca-amarelada.

Ficamos paradas e tentamos sorrir enquanto eles se aproximam. Eles passam reto.

— Sr. Divine? — Josie o chama.

Ele ergue a mão sem se virar.

— Não posso falar agora. Tenho uma reunião. — Ele fala com aquele sotaque estranho de programas antigos de rádio dos anos 1940 que não existem mais.

— Não somos nós que o senhor vai encontrar? — pergunto.

Ele e seu capanga se viram e nos encaram.

— Marcamos essa reunião com sua assistente, Celeste? — digo.

— Celeste?

— ... St. James?

Ele continua atordoado por um momento. Depois diz:

— Aaah, haha, sim! Celeste. Claro. Querida Celeste.

Rimos de nervoso. *Ele esqueceu o nome da própria assistente? Que esquisito.*

Ele se aproxima.

— Jack Divine, como vocês obviamente sabem. E vocês são?

— Josie Howard. É um prazer conhecer o senhor.

— Lawson Vargas. Prazer em conhecer.

— Delia Wilkes. Prazer. Eu e meu pai assistíamos ao seu programa. E ao de SkeleTonya, óbvio.

— E os meus trabalhos mais recentes?

— Hum. — Engulo em seco.

— *Adoramos* — Josie diz. — Óbvio.

Ele fica feliz demais para notar o blefe dela. A expressão dele fica radiante.

— Ora, ora, acho que vamos nos dar bem! Ah, que mal-educado eu sou! Este é o Yuri. — Ele aponta para o Hulk Cinza. Yuri resmunga. — Yuri é meu... sócio? — Ele olha para Yuri em busca de aprovação.

Yuri assente.

— Sócio — ele diz com um forte sotaque russo. — E planejador financeiro.

Jack Divine ri esquisito.

Todos murmuramos um "oi" para Yuri.

Não faço ideia de como esse tipo de reunião funciona. Então acho melhor ir direto ao ponto.

— Então, a gente queria... conversar com o senhor sobre nosso programa. Somos... somos apresentadoras de um programa de terror — balbucio.

— São mesmo? Nunca ouvi falar de vocês — Divine diz.

— Não. Por isso queríamos encontrar o senhor — Josie diz.

— De onde vocês são mesmo? Nova York? Los Angeles?

— Jackson. Tennessee — Josie diz.

Divine exclama, surpreso.

— Jackson, Tennessee? Onde é que fica isso? Seja onde for, Jack não vai pra Jackson. Sacaram?

— Sim, que engraçado — Josie diz, forçando uma risada. — Um trocadilho.

Divine põe as mãos no quadril e finge um sotaque sulista estereotipado, o pior que já ouvi.

— Ora essa, ocês não imaginam, srta. Scarlet, que essas mocinhas vieram desde lá da terra de Dixie e *Amargo pesadelo* pra virar estrelas! Estrelas de TV! Vieram atrás do grande Jack Divine da cidade grande em busca de fama! — Ele olha para Yuri procurando aprovação.

Yuri resmunga e sorri (?). (Fica claro que ele não é muito bom em sorrir.)

— Kenny Rogers — ele diz, como se estivesse nos chamando para uma briga. Esperamos que ele termine a frase ou a associe a alguma ideia, mas não. Apenas "Kenny Rogers".

Eu e Josie trocamos um olhar de "ai, caramba, isso pode dar bem errado, mas talvez ele seja apenas um tipo muito excêntrico de Hollywood... esses tipos de Hollywood são muito excêntricos, certo?" e Lawson participa desses olhares.

Imagino que esse seja um bom momento para ir embora. A

adrenalina de encontrar Jack Divine foi substituída pela adrenalina de ver meu pai. Divine parece meio doido, mas do tipo que Josie e Lawson conseguem dar conta sem mim.

— Enfim, sr. Divine, preciso ir para outro compromisso, mas Josie e Lawson vão conversar com o senhor sobre nosso programa. Foi um grande prazer conhecer o senhor. — Entrego um DVD para ele. Passei o dia todo distribuindo DVDs. Guardei dois. Um deles para Jack Divine.

— Ocê precisa ir lavar os porcos agora? — Divine diz com seu sotaque sulista grotesco.

Nossa, essa foi péssima. Mas finjo que está tudo bem com um riso educado e me afasto. Josie me segue.

Ela me dá as chaves do carro dela e me abraça.

— Espero que dê tudo certo — ela sussurra.

Percebo que estou tremendo.

— Arranja um contrato de TV para a gente, tá? — sussurro, embora nem deva precisar. Divine parece observar a multidão em busca de pessoas que o reconheçam.

Não acredito que vou mesmo fazer isso.

— Ei, boa sorte — Lawson diz.

— Quem precisa de sorte, não é mesmo? — digo. Tento parecer animada e confiante, mas me sinto longe disso.

Talvez sejam o calor abafado e a umidade que me dão a impressão de estar tentando respirar com uma meia encharcada de chá quente na cara, ou talvez eu esteja tão tensa que estou esquecendo de respirar. O que quer que seja, estou ofegante e esbaforida quando entro no carro da Josie e dou partida. Minhas mãos tremem, e derrubo o celular duas vezes enquanto procuro o e-mail com o endereço do meu pai. Finalmente me controlo o suficiente e digito o endereço no celular. Um trajeto de pouco menos de três horas.

Respiro fundo e peço ao universo — dessa vez, só dessa vez — por um pouquinho de sorte, e saio.

JOSIE

Ficamos parados por um momento, olhando uns para os outros sem jeito depois que Delia vai embora. Queria muito que ela estivesse aqui também. Pelo menos tenho o Lawson.

Divine bate palmas duas vezes para quebrar o silêncio.

— Não vamos falar de negócios de barriga vazia. Estou com fome. — Então, com seu sotaque sulista (que não está ficando nem um pouco cansativo e irritante): — O que a senhorita pensa de buscarmos alguma coisa de comer?

— Claro, parece uma boa.

— Então, pode chamar um carro para nós?

— Hum... na verdade, a gente tinha um carro, mas Delia está com ele, então... — Estou me sentindo uma criança ingênua, um peixe fora d'água. Acho que preciso pegar o jeito para falar com esse pessoal da TV.

— Nós dirigimos então. — Divine começa a se afastar, fazendo sinal para Yuri o seguir. Corremos para acompanhar.

Passamos por uma garota de cabelo azul, com uma tatuagem da Linda Blair cobrindo o braço e vários piercings no rosto, usando botas de couro pretas de cano alto e uma calça de vinil preto, carregando um pôster embaixo de um braço e digitando no celular com a outra mão. Ela faz um breve contato visual com Divine e sorri por educação antes de voltar a olhar para o celular.

Ele para, suspira e revira os olhos.

— Sim, sou eu.

A garota responde com uma expressão confusa e olha para trás como quem pergunta: "Ele está falando comigo?".

— Desculpa, eu não…

— Não precisa pedir desculpas, minha querida, mas estou com um pouco de pressa, como você deve ter percebido. Tenho negócios a discutir. Então vamos logo com isso? O que vou autografar? Partes do corpo não. Brincadeira, óbvio. Partes do corpo são analisadas caso a caso. Certo, então. Isto? — Ele tira o pôster de baixo do braço dela com uma mão e estende a outra para Yuri. Yuri coloca uma caneta permanente na mão dele como se fosse um assistente de cirurgião entregando um bisturi. Divine desenrola o pôster e o alisa nas costas de Yuri.

— Senhor, não sei se… — a garota diz.

— Eu teria preferido autografar um pôster de um trabalho meu, claro, mas entendo que você não estava esperando me encontrar — Divine murmura enquanto assina.

A garota ainda está chocada demais para reagir. Ela olha para mim e para Lawson. Dou de ombros como quem pede desculpas. Ela faz com a boca: "Quem é ele?".

Digo a resposta sem emitir sons: "Jack Divine".

Ela balança a cabeça, perplexa. "Não faço ideia de quem seja."

Também balanço a cabeça. "Eu também não fazia até outro dia."

Divine termina de assinar, enrola o pôster rapidamente e o devolve.

A garota o pega.

— Hum… obrigada.

Divine suspira de novo.

— Tudo bem, eu tiro uma foto com você. Estou sentindo sua

relutância em pedir, então vou direto ao ponto para facilitar para nós dois. — Divine pega o celular da mão dela e o entrega para Yuri, então posa ao lado da garota perplexa.

Yuri se atrapalha com o celular em suas mãos de urso.

— Xis — ele diz com a voz cavernosa, como se estivesse ordenando um pelotão de fuzilamento a atirar.

Divine abre um sorriso radiante e a garota dá um meio sorriso hesitante. Yuri tira a foto e devolve o celular para ela.

— Certo, você já conseguiu o que queria — diz Divine. — Estou no quarto mil quatrocentos e onze do Hyatt Regency, se quiser alguma outra coisa mais tarde. A festa normalmente vai da meia-noite até as três da manhã. Ou até o hotel mandar parar. Não leve nenhum gato. Não leve donuts sem cobertura. Pode levar bolo, mas não torta. Southern Comfort, mas não Jack Daniels. Pode ir vestida como uma personagem da DC, mas não da Marvel. Pode levar um grande símio bem-comportado, mas nenhum macaco. Se não souber a diferença, jogue no Google.

— É, não precisa se preocupar com *nada* disso — a garota responde.

— Certo, então, não posso me tardar mais — Divine diz.

— Tudo bem.

Divine começa a se afastar. Ele se vira.

— O que foi?

— Não falei nada.

— Pensei que...

— Não. Não falei nenhuma palavra.

Ele aponta para ela, a sobrancelha arqueada.

— Quarto mil quatrocentos e onze!

— Só para deixar claro: eu não vou.

— Um firme talvez, então! — Divine bate uma palma para nós. — Vamos!

Faço um "desculpa" com a boca para a garota, que balança a cabeça de novo. Eu e Lawson nos entreolhamos.

— O que foi isso que acabou de acontecer? — sussurro tão baixo que quase não emito nenhum som.

— Não faço a menor ideia — Lawson responde igualmente baixo.

Esse Jack Divine é a maior viagem.

Yuri para por um segundo e se vira para nós.

— Kenny Chesney — ele grunhe, depois sai andando, sem esperar por nenhuma resposta. Não que tenha alguma resposta possível.

Seguimos Divine e Yuri até o estacionamento.

—Você acabou de presenciar a parte chata da fama — Divine diz para mim, a sola das botas estalando no asfalto quente. — Todo mundo quer um pedacinho de você. Eu, eu, eu! Me deixa tocar na barra da sua roupa. É cansativo, mas tem lá suas vantagens. Eu me sinto grato. De verdade. Abençoado, eu até diria, se você acredita nesse tipo de coisa. Não quero pensar besteira. Mas seria bom sair de casa sem ser reconhecido, sabe? — Ele seca a sobrancelha com um lenço de seda.

Não digo nada e só concordo com a cabeça.

— Você não sabe como é. Talvez um dia descubra — Divine diz, magnânimo.

— Não sei mesmo — digo. *Exceto pelo Larry Donut.*

Chegamos a um Cadillac Escalade preto. Yuri entra no banco de motorista com um resmungo e um chiado depois de abrir a porta de trás para Divine.

— Espero que não se importem em ficar apertados no último banco — Divine diz.

— Tudo bem. Ou podemos nos sentar no banco do meio e o senhor senta na frente — digo. — O que for melhor.

— Atrás.

— Atrás, então.

Lawson me ajuda a arrumar o vestido (que está começando a fazer com que eu me sinta bem ridícula) e a me apertar no banco do fundo — o que não é nada fácil usando o vestido e salto. Ele se curva para ficar ao meu lado. O interior do Cadillac fede àqueles perfumes caros com cheiro de colônia barata.

— Ar-condicionado, Yuri! — Divine resmunga. — Estou suando feito um porco na fila do puteiro.

Yuri grunhe e o vento começa a soprar das saídas do ar-condicionado.

—Você é fã de música country, Yuri? — pergunto.

Ele grunhe.

— O Lawson aqui é — digo. Lawson me lança um olhar de "valeu por me jogar na jaula dos leões".

Mais um grunhido indecifrável de Yuri. Tanto esforço para puxar conversa. Ele coloca o Escalade em marcha e sai cantando pneu do estacionamento, nos jogando para trás no banco.

— Certa vez, tive uma noite muito animada com George Jones, Willie Nelson e Waylon Jennings em Tijuana — Divine diz. — Digamos apenas que aquele dia envolveu algumas anfetaminas excessivamente puras, mais tranquilizantes de cavalo do que o necessário, algumas garrafas de Jim Beam, um sexteto de strippers norte-americanas com cinco dentes ao todo, um cacto, uma granada, uma dúzia de policiais mexicanos, um chimpanzé vestido de padre, um padre vestido de chimpanzé, um helicóptero, uma bandinha improvisada e um bolo de limão com sementes de papoula.

Lawson mostra o celular para mim, onde digitou: "Uma noite de sábado como qualquer outra".

Aperto a perna de Lawson. Estou tão orgulhosa dele. Eu o transformei em um engraçadinho nível três.

Yuri dirige em alta velocidade pelas ruas de Orlando. Em um momento, Lawson coloca o braço em volta de mim e me abraça para eu não ficar chacoalhando de um lado para o outro. Eu não teria conseguido fazer isso sozinha. E se, em vez de Lawson, Delia estivesse aqui, mas ficasse pensando sem parar no pai dela, seria o mesmo que estar sozinha. Acho que acabou dando tudo certo, no final.

Me pergunto se eu deveria estar aproveitando o momento para conversar sobre o programa. Decido deixar que Divine guie a noite e tentar agir com tranquilidade. Eu tinha planejado procurar no Google "como conseguir um contrato na TV" mas acabei esquecendo.

Chegamos a um lugar chamado Linda's Jim Steakhouse. Tem um manobrista na entrada. Velhos com cara de gigolô com ternos brancos e bronzeados artificiais alaranjados acompanhados de suas esposas/ namoradas/ amantes consideravelmente mais novas que eles se aglomeram na entrada enquanto os manobristas levam embora seus carros típicos de crises de meia-idade/ fim da vida. O pavor vai crescendo dentro de mim. Meu orçamento *com certeza* não banca um lugar como esse. Mas o que eu estava esperando? Um cara de Hollywood não iria me levar a uma reunião em fast-food qualquer. Usando a câmera do celular como espelho, rapidamente limpo um pouco a maquiagem para parecer apenas excêntrica e não profissionalmente bizarra.

— Que bom que você está aqui — sussurro para Lawson, apertando seu braço.

— Ainda mais porque essa é uma das suas primeiras vezes na vida em um restaurante — ele sussurra em resposta, apertando minha mão em seu braço. Demoro um segundo para lembrar da minha própria piada. Adoro que ele se lembra das minhas próprias piadas melhor do que eu.

Entramos no restaurante. É tudo feito de madeira escura e couro e garrafas de bebidas alcoólicas que parecem caras e fotografias autografadas de gente de antigamente e Frank Sinatra tocando enquanto garçons de meia-idade com caras de mau humor usando camisas brancas e gravatas-borboletas andam de um lado para o outro feito formigas esnobes.

— Mesa para quatro, o mais rápido possível — Divine diz com um tom imperioso e arrogante.

O recepcionista nos encara com uma mistura desconfiada de consternação e desdém.

— Deixe-me ver o que temos disponível. — Ele observa Lawson de cima a baixo. — Senhor, sinto muito, mas nosso código de vestimenta exige um blazer para os homens. Se não tiver, posso lhe oferecer um para usar durante o jantar.

Esse jantar vai ser divertido, divertidíssimo. Já comentei que vai ser divertido?

— Claro — Lawson responde apenas. — Tomara que eu não derrube comida nele.

Com um sorriso azedo, o recepcionista vai até um cabide próximo, escolhe um blazer e o entrega para Lawson.

— Imagino que o senhor seja tamanho quarenta e oito.

Lawson pega o blazer azul-marinho com um bordadinho dourado no bolso da frente e o experimenta. Serve perfeitamente.

—Agora, então — o recepcionista diz, analisando o caderno de reservas. —Vai demorar um instante até conseguirmos uma mesa para os senhores.

Divine funga.

— Um instante? Mais uma hora e eu vou recorrer ao canibalismo.

O recepcionista se inclina e, com um tom sussurrado, apontando o indicador para nós quatro, diz:

— Senhor, se esse for algum tipo de situação em que...

— Ela *não* é uma prostituta, se é isso que o senhor quer dizer — Divine diz em uma voz alta e indignada, atraindo olhares. — Bom... não que eu saiba, pelo menos. De qualquer maneira, não é nesse mérito que ela está aqui comigo hoje.

O rosto do recepcionista fica vermelho.

— O senhor me entendeu mal. Eu não estava...

— Eu estou *aqui* — murmuro, corando no mesmo tom do recepcionista. Nenhuma resposta.

Divine estufa o peito do alto de seu um metro e sessenta de altura, feito um galo de desenho animado.

—Você sabe com quem está falando?

— Sinto muito, mas minha memória me falha. Me perdoe.

— Bom, então pegue seu smartphone ou sei lá o que você usa para se informar sobre o mundo e pesquise o nome Jack Divine. Você vai ver que definitivamente não sou o tipo de pessoa que paga por sexo. Não preciso. E que tipo de prostituta se vestiria assim? — Ele aponta para mim.

Quero sublimar e me transformar em vapor. Embora eu esteja vestida como Rayne, eu não estava *tão* envergonhada assim, já que o vestido preto estilo vitoriano da Hot Topic que estou usando mal parece uma fantasia quando se está sem a maquiagem e os acessórios. Além do mais, estamos na Flórida, caramba. Mas agora?

— Bem aqui — digo. — Estou *aqui*. — Nada.

— *Senhor* — o recepcionista diz, como se estivesse falando com uma criancinha pequena —, o que eu *quero* dizer é que, se essa for uma situação de dois casais, podemos conseguir um lugar para cada casal em mesas separadas mais rápido, se o tempo for uma questão de primeira ordem.

Divine gargalha.

— Yuri? Ai, céus, eu iria atrás de alguém melhor do que o Yuri se jogasse nesse time. O que ele tem de músculo, ele tem de feio.

— Estou bem aqui — Yuri resmunga.

— Sim, sim, certo, desculpe, Yuri — Divine diz. — Obviamente a sua beleza é mais interior.

Essa noite vai ser longa. Por favor, Deus, faça valer a pena. Permita que eu consiga isso pela Delia. Permita que eu salve nosso programa.

Lawson estica o braço e aperta a minha mão.

E permita que eu salve isto.

DELIA

Por um tempo, escuto música alto o suficiente para tentar afastar os pensamentos da minha mente, como se estivesse batendo no fundo de um frasco de ketchup mas, não sei por que, isso não funciona. Então troco por um dos meus podcasts favoritos sobre crimes que aconteceram na vida real. Não dá. É como fazer carinho em um cachorro do jeito errado.

Então escuto o zumbido dos pneus. Penso em Josie e Lawson com Jack Divine. Espero que esteja correndo tudo bem. Penso em como nunca dirigi sozinha por tanto tempo. E tento planejar o que dizer para o meu pai.

Oi. Talvez você me reconheça. Sou a filha que você abandonou.

Oi. Sou Delia Wilkes. Lembra de mim?

Oi, "Derek Armstrong". Aposto que você pensou que nunca mais me veria de novo.

E todas essas saudações — uma mais sarcástica do que a outra — terminam da mesma forma:

Vim te procurar porque preciso que você fale na minha cara por que me abandonou. Preciso saber por que eu não era boa o suficiente para continuar sendo sua filha. Por que você não podia continuar sendo meu pai.

Preciso saber o porquê.

A paisagem vai mudando conforme sigo a sudeste em direção

à costa e pego a rodovia I-95 Sul. Começo a ver mais palmeiras. Nunca tinha visto palmeiras antes desta viagem. Segundo o GPS do meu celular, estou perto do mar. Nunca vi o mar também. Sempre quis ver. Imagino que vou adorar da mesma forma que adoro tempestades — coisas tão grandiosas e poderosas que fazem com que eu sinta que não há nenhum problema em ser pequena. Abro as janelas e deixo o vento escaldante soprar meu rosto. Talvez seja minha imaginação, mas há uma suavidade salgada no ar.

Se ele queria escolher um lugar que não o fizesse lembrar de Jackson, escolheu bem.

Começo a ver placas para Boca Raton, e meu estômago torce e espuma como uma máquina de lavar roupa cheia.

Isso é loucura. Você pode sair da autoestrada, dirigir até uma praia, tirar os sapatos, sentar e observar o oceano e voltar. Você vai encontrar Josie e Lawson, e eles vão contar do contrato incrível que conseguiram com o Jack Divine que, apesar das esquisitices evidentes, é um profissional de TV bem relacionado.

Vocês vão colocar biquínis e pular na piscina do hotel até a gerência expulsar vocês. Você vai comemorar seu futuro brilhante, depois de ter finalmente sepultado seu pai. Vai ter mostrado para si mesma que não tem mais nada para provar para ninguém. Depois vocês vão dirigir para casa triunfantes, cantando uma música da Beyoncé até perderem a voz. Vai ser ótimo.

Mas estou sob a força de alguma gravidade, e por isso continuo dirigindo.

Paro na frente do endereço de Derek Amstrong, também conhecido como Dylan Wilkes, também conhecido como meu pai, ouvindo os estalos do motor do carro de Josie até ele esfriar e também os batimentos do meu coração, que palpita em meus ouvidos. Tem um Jeep Compass na entrada, estacionado atrás de um Nissan sedã. Ele dirigia um Jeep Liberty quando eu era pequena. Fora isso, não vejo nenhum indício aparente de que seja aqui que ele mora. A casa é pequena e sem nada de especial. Mas as palmeiras que cercam as ruas dão um ar exótico ao local. Um ar-condicionado na janela zumbe e pinga. Vejo a luz bruxuleante de uma TV no fundo da casa.

Meu pai pode ter refeito sua coleção de filmes de terror e talvez esteja assistindo a um deles agora. Até onde eu sei, pode estar assistindo ao meu programa neste exato momento. Talvez o tenha descoberto de algum jeito inusitado, como o Larry Donut.

Estou zonza e respirando rápido — quase sem ar — a ponto de me sentir fraca, e meu coração está batendo com mais energia do que quando tomei o tal do Cobra Venomm. Encontro meu olhar no retrovisor e tento me animar. Noto que ainda estou com a minha maquiagem de Delilah. Limpo quase tudo. Meu pai já vai ter dificuldades para me reconhecer.

Ninguém acharia ruim se você fosse embora. Ninguém te julgaria. Você já o reencontrou agora, de certa forma. Viu com seus próprios olhos que vocês moram no mesmo planeta e respiram o mesmo ar.

Mas não foi para isso que você veio até aqui. Você não veio para ver se ele ainda está vivo. Veio para perguntar o porquê.

Então pergunte o porquê.

A parte do meu cérebro que está fora do meu controle consciente assume o comando. Abro a porta e desço do carro, e quase caio na mesma hora, porque minhas pernas têm a consistência de uma massa de biscoito antes de assar.

Caminho até a porta da frente e paro na entrada. Sinto como se toda a minha vida tivesse me trazido a este momento. De repente, meu foco é superintenso. Presto atenção em tudo. Percebo que a campainha do meu pai está rachada e que dá para ver parte da lâmpada dentro dela. A tinta da porta do meu pai está lascada. Há um buraco na tela. Ouço os sons abafados que vêm de lá de dentro.

Toco a campainha e escuto passos. O intervalo entre cada pisada demora mil anos. Uma vida se passa entre cada batida do meu coração.

Um homem abre a porta.

— Oi — ele diz, hesitante, sem fazer contato visual. — Desculpa, eu não...

Estou olhando para o rosto do meu pai. Pontos pretos preenchem a minha visão. Sinto que vou desmaiar.

Ele me encara e seu olhar encontra o meu. A cor se esvai de seu rosto no mesmo instante, e ele fica boquiaberto.

—Você é... — ele sussurra, sem ar. Seus olhos se arregalam e ele se equilibra apoiando uma mão no batente. — Não pode ser... Ai, meu deus. *DeeDee?*

Então olho na cara dele e pergunto por quê.

Por que ele me deixou para trás.

Por que eu não era boa o suficiente.

Brincadeirinha! Quando vou começar a falar vomito por toda a entrada da casa dele.

JOSIE

Eles nos acomodam e nos entregam os cardápios. Abro o meu como se fosse um Kleenex em que alguém com ebola tivesse espirrado. Ah, que bom. Filés de setenta dólares. Lagostas de noventa dólares. Entradas de vinte e cinco dólares. Saladas de vinte dólares.

Divine observa o cardápio.

— Hum, hum, hum, tudo me parece tão saboroso! Quem consegue escolher? Então, me fale sobre esse seu programa — ele diz sem me encarar, como se estivesse pensando alto: "Agora, o que exatamente é queijo raclette?".

Aliás, quase não percebo a pergunta dele sobre o programa, de tão indiferente e aleatoriamente que ele a jogou.

— Hum, bom, não sei direito o que Delia contou para o senhor, mas…

— Será que estou a fim de uma coisa mais pesada tipo filé? — Divine interrompe. — Ou algo mais leve tipo lagosta? Não sei. — Ele bate nos lábios e faz sinal para eu continuar, ainda sem me encarar.

— Hum… então… somos apresentadoras de um programa de terror chamado *Sessão da meia-noite*, na TV Six, em Jackson, no Tennessee. Passamos das onze da noite até a uma da madrugada nas noites de sábado. Estamos fazendo o programa há um ano e meio. Gravamos um programa por semana há quase…

— Acho que eu aguento os dois — Divine diz.

— Desculpa, não entendi.

— O filé e a lagosta. Não consigo decidir, então é melhor eu comer os dois.

— Ah. Enfim, nosso programa é transmitido em Little Rock, Topeka, Des Moines, Greenville, Macon...

—Vou pegar os dois. O bom e velho *surf 'n' turf*. Não é estranho como lagosta e bife ficam tão gostosos se lagostas não passam de insetos gigantes do mar?

— Sempre achei estranho ver formigas comendo carne, formigas num hambúrguer ou coisa assim. É tipo: "Vocês não teriam conseguido essa carne por conta própria, senhoras formigas. Tenham um pouco de respeito". — Estou falando rápido porque estou nervosa.

Divine franze a testa.

— O que isso tem a ver?

— Tipo... insetos e... bife? — Fico vermelha. — Pensei que estávamos falando sobre...

— Muito bizarro esse seu comentário no meio do jantar. Você vai me fazer perder a fome. — Divine fecha o cardápio com força. — Apresentadoras de programas de terror, você disse? Vocês procuraram o homem certo, então.

— Imaginei.

— Ninguém conseguiu mais do que eu nesse gênero. Eu sou o pináculo. O maioral. O mandachuva. Fiz sucesso sozinho, mas com a SkeleTonya... foi quando levei os apresentadores de programas de terror para a grande mídia. Ninguém conseguiu o mesmo que eu, nem antes nem depois disso. Eu a transformei em um ícone cultural. Numa celebridade. Ela me deve a carreira dela. A vida dela. Quantos outros apresentadores de programas de terror você acha que a maioria dos norte-americanos consegue citar?

Isso mesmo. Nenhum. Zero. Agora... Minha nossa. — Divine arregala os olhos.

— Que foi? — Olho para cima. Uma mulher linda, parecendo brasileira, usando um vestido preto sedoso está se aproximando da nossa mesa.

Divine finge observar o cardápio, mas seus olhos acompanham a mulher enquanto ela passa. Ela não olha na nossa direção.

— *Benzadeus* — Divine murmura. — Yuri, você viu isso?

— Menina bonita — Yuri diz, sugando o lábio.

Divine aponta para Lawson.

— O que me diz, rapaz? Bela espécime, hein?

— Não prestei atenção — Lawson diz, lacônico.

Divine abaixa o cardápio.

— Agora, como vou me concentrar com aquela Helena de Troia desfilando pelo restaurante?

— Hum... é só se esforçar? — sugiro.

— Yuri, quando aquela sereia passar por aqui, me faça o favor de pegar o número dela?

Yuri dá de ombros.

— Podeixar.

Eu consigo contar nos dedos de uma mão o número de coisas que eu acharia mais perturbadoras do que Yuri pedindo meu número.

— Mas será que é uma boa ideia? Eu... poderia achar estranho se fosse ela.

— O que eu tenho na cabeça? — Divine diz. — É claro que você está certa.

— Pois é, assim...

— Eu mesmo vou pedir o número dela. Vai ser bem mais difícil para ela me rejeitar do que rejeitar o Yuri.

— Hum.

— Não! Melhor ainda! *Você* vai pedir o número dela para mim. De mulher para mulher.

— É — digo. — Não sei se eu me sentiria à vontade em fazer isso.

— Qual é o seu plano, então?

Finjo refletir minuciosamente sobre o assunto.

— Acho que eu a deixaria em paz. Mas essa sou eu.

Divine começa a responder, mas o garçom aparece, chamando sua atenção, exatamente quando a mulher está voltando do banheiro. Fico contente por ela.

— Os senhores já decidiram? — o garçom pergunta. — Sim? Vou começar pela senhorita, então.

Não sei direito como isso funciona — se cada um vai pagar a sua parte ou se ele vai pagar para nós, e estou com pouco dinheiro. Peço a salada de minicouve. Lawson segue o meu exemplo.

— Saladas? Aqui? — Divine pergunta, incrédulo. — Caramba, vocês não sabem o que estão perdendo! Vou começar pelo coquetel de caranguejo e pelo bolinho de caranguejo, com o filé de costela e a lagosta de Terra Nova de um... não, de dois quilos. O Yuri aqui vai querer o mesmo.

— Alguma bebida? — o garçom pergunta.

— Sabe, vamos discutir assuntos importantes, e eu diria que nada ajuda a lubrificar melhor as engrenagens do livre mercado do que... um Pappy doze anos. Um para mim e um para o Yuri.

Por um segundo, penso que Divine pediu um "papai de doze anos", o que imagino que seja ilegal, mas este parece o tipo de lugar que aceitaria um pedido desses.

O garçom sorri *radiante*.

— Muito bem! Excelente escolha, na minha opinião!

— Também acho! Agora, pode me servir com um gole de Dolly?

O garçom tenta não parecer horrorizado, mas falha.

Divine pisca.

— Estou brincando, claro. — Ele e o garçom riem com vontade. Acho que foi uma ótima piada?

Temos uma conversa (estranha, desconfortável) enquanto esperamos nossa comida chegar. Peço licença para ir ao banheiro. Enquanto estou lá, mando uma mensagem para Delia. Te amo, DeeDeeBoo. Pensando em você. Quando saio, Lawson está me esperando à porta.

— Oi — ele diz.

— Oi. Desculpa.

— Não tem por que se desculpar.

— Tem sim. Trazer você aqui hoje. Para o meio dessa loucura. Eu não fazia ideia que seria assim.

Ele dá de ombros.

— Não queria que você enfrentasse esse cara sozinha. Além do mais, estou passando um tempo com você. É tudo que importa pra mim.

Dou um abraço nele.

— Resposta certa.

Ele me abraça de volta.

— Como você está?

— Tipo, além de comer uma salada cara e miserável enquanto vejo uma pessoa cujo ego é do tamanho de um saco com todas as desgraças humanas e seu guarda-costas da máfia russa comerem o equivalente a dois mil dólares de filé e lagosta?

— Além disso.

— Além de que, toda vez que tento falar sobre nosso programa, que é o único motivo para estar aqui com esse lunático, ele encontra uma maneira de falar sobre o quanto ele é incrível? E, enquanto isso, minha melhor amiga, que arranjou tudo isso, pode estar rumo a uma mágoa quase certa a três horas de distância?

— Além disso.

— Além de que parte de mim está morrendo de medo sobre como essa noite vai acabar, mas também estou me sentindo estranhamente animada para saber como isso tudo vai terminar?

— Além disso.

— Ah, então estou ótima, obrigada.

Sorrimos e damos um beijo rápido.

— Estou ficando meio quieto — Lawson diz. — Tem um monte de coisa que eu poderia falar, mas não quero me meter na sua negociação.

— É, deixa que eu cuido disso.

— Se precisar que eu intervenha em algum momento...

— Deixa que eu cuido.

— Aguenta firme — Lawson diz. — Sei que ele parece um doido, mas talvez ele possa ajudar vocês.

— Tomara que sim, porque... — Quase deixo escapar para Lawson o que está em jogo. Mas agora não é a hora nem o lugar. — Senão vamos ter perdido uma noite ótima que poderíamos ter passado nos beijando na piscina.

DELIA

Meu pai pula para trás para não se sujar.

— Desculpa — ofego com uma voz de quem diz "acabei de vomitar e posso vomitar mais um pouco", curvada, as mãos sobre os joelhos. Pelo menos tive a presença de espírito de não dizer: "Desculpa, *pai*".

—Tudo bem, aguenta aí. — Ele calça um par de sapatos ao lado da porta e dá um pulo desajeitado por sobre a poça de vômito no degrau da entrada. Desenrola uma mangueira na frente da casa. — Certo, vai um pouquinho para trás. — Ele aponta o jato em direção aos arbustos, diluindo o vômito por completo.

Estou ouvindo a voz do meu pai de novo. A mesma voz que costumava falar para eu ir dormir. Que me perguntava o que eu queria ganhar de Natal. Que me pedia para guardar meus brinquedos. A voz dele.

Eu o observo sob a luz fraca. Ele está usando uma camisa polo com "SynergInfo" bordado no peito, enfiada dentro da calça cáqui. Ele está com uma pancinha. Tem uma curva mais suave entre o queixo e o pescoço do que eu me lembrava. Rugas finas ao redor dos olhos. Seu cabelo é mais ralo e curto do que antigamente. Ele nunca se pareceu tanto com um *pai*. Nunca se pareceu menos com o *meu* pai.

Enquanto faz isso, vejo que ele me lança olhares algumas vezes. Ele tem uma expressão de choque. Há algum outro sentimento também. Culpa? Raiva? Tristeza? Dúvida? Todas as opções anteriores? Ele mexe a boca algumas vezes como se fosse dizer alguma coisa, mas para antes de falar.

— Derek? — a voz de uma mulher surge de dentro da casa.

Meu pai salta por sobre os degraus.

— Oi, amor?

Nossa, que estranho ouvir meu pai atender a um nome novo.

— Está tudo bem aí?

— Sim! Fui chamado pra um trabalho e, enquanto estava saindo, vi que o Boomer tinha vomitado aqui na frente.

— Ele andou comendo grama de novo?

— Provavelmente. Já estou limpando. Pode voltar pra cama.

O som da voz da mulher queima meus ouvidos. *E ele mente tão bem e tão facilmente.*

Ele enrola a mangueira.

— Espera aí — ele diz baixo. — Vou pegar as chaves. — Ele corre para dentro e volta um pouco depois com chaves, uns lencinhos umedecidos e uma garrafa de água gelada.

Fico parada, em choque, o cheiro azedo de vômito no meu nariz. Ele faz que vai me abraçar.

— DeeDee.

Ergo a mão para impedi-lo.

— Eu... Só, por favor...

— Tá, tá, tudo bem. Eu entendo — ele balbucia. — Certo, precisamos ir. Já vamos conversar.

Concordo com a cabeça e o sigo até o carro dele. Entramos e ele sai da garagem. Ele me passa a garrafa d'água e os lencinhos. Assoo o nariz e entorno metade da garrafa. Ficamos em silêncio por um segundo.

Meu pai está me levando de carro para algum lugar. Pensei que isso nunca, jamais, fosse acontecer de novo.

— Você vivia vomitando quando era bebê. Seu estômago ficou bem mais resistente conforme foi crescendo, mas, mesmo assim... — Ele perde a voz. Vários segundos se passam. — Como?

— Contratei uma detetive. Quem era aquela mulher?

— Era, hum, Marisol.

— Vocês dois...

— Minha noiva.

— Uau. — Tenho aquela sensação de pouco antes de escorregar no gelo. — Quando é o grande dia?

— Setembro.

— Uau.

— Ela está... grávida. É por isso que ela estava dormindo quando você chegou.

— Uau. — (Estou com um problema de vocabulário.) — Menino ou menina?

— Menina.

— *Uau*. Então vou ter uma meia-irmã? — Estou tremendo por dentro. Sinto como se tivesse levado uma cabeçada de bode no estômago.

Meu pai para para refletir por um segundo.

— Sim. Vai — ele responde baixo.

— Uma meia-irmã da qual eu *nunca* teria ficado sabendo se não tivesse ido atrás de você.

Meu pai abre e fecha a boca algumas vezes. Finalmente diz:

— Não... eu... eu não sei. Talvez não.

— Menininha de sorte. — Quase pergunto qual vai ser o nome dela, mas não consigo ir tão longe. *E se for Delia?*

Meu pai faz uma careta como se eu tivesse dado uma joelhada no saco dele. Ele esfrega a testa.

Viro o rosto e olho pela janela para que ele não veja as lágrimas enchendo meus olhos.

— Marisol sabe?
— Sobre você?
— É.
— Ela... sabe.
— Você pareceu muito hesitante.
— É estranho que você use palavras como "hesitante" agora.
— Ela sabe ou não?
— Ela meio que sabe. Ela não faz muitas perguntas. Acho que ela prefere não saber.
— Então não.
— Meio que.
Continuo olhando pela janela.
— Que esquisito.
— Ela sabe que é um assunto doloroso para mim e que tenho dificuldades em falar sobre isso. Ela também tem um passado.
— Ela sabe que seu nome não é Derek Armstrong?
— Meu nome *é* Derek Armstrong.
— Ela sabe que você não nasceu Derek Armstrong?
— Não. — Silêncio por alguns segundos, então ele pergunta: — Está com fome?
Meu estômago está tecnicamente vazio, mas não está me mandando nenhum sinal de fome. Ele tem outras coisas com que se preocupar. Mas respondo:
— Sim.
— Ainda gosta de pizza?
— Alguém deixa de gostar de pizza quando cresce?
Ele abre um sorriso tênue.
— Normalmente não. Eu conheço um lugar.

Nos sentamos e pedimos.

— Estava torcendo para ser a Cicis — digo, procurando algum indício de que ele entenda a referência.

— Sério?

— Não.

— Porque aposto que deve ter uma na cidade.

Não sei se ele entendeu.

— Não, estou bem.

Estou sentada na frente do meu pai. Estou prestes a comer pizza com meu pai de novo. Sinto o formigar de lágrimas se acumulando nos meus olhos. Uma lágrima acaba caindo por mais que eu me esforce para contê-la. Eu a seco rápido.

— Delia — meu pai diz baixo.

— Estou bem. É só... muita coisa.

— Tem certeza?

— Sim. — Seco outra lágrima com o guardanapo.

— Não consigo acreditar como você cresceu. Quando você colocou... — Ele aponta para o próprio nariz, se referindo ao meu piercing no septo.

— Ano passado.

— O que sua mãe achou?

— Foi ela que me levou para colocar.

Ele ri.

— É a cara dela. Não consigo parar de olhar para você.

Acho que não preciso mais me perguntar se meu programa já chegou a ele de alguma forma. Pelo jeito, não.

—Você já, tipo, me procurou no Instagram ou coisa assim?

— Algumas vezes. Mas ver você... de tão longe... partia meu coração. — Lágrimas enchem seus olhos. — Quer me contar da sua vida?

Mais do que tudo. E também não. Mas quero, sim. Um pouco.

— Depois que você foi embora, as coisas ficaram difíceis por um tempo. Minha mãe não ficou nada bem. Eu também não. Foi horrível. Durante anos. Mas sobrevivemos. Nós duas tomamos remédios que nos ajudaram muito com a depressão. E... — Percebo que estou prestes a contar a coisa mais importante da minha vida para ele. A coisa que fiz para tentar trazê-lo de volta. Minha coisa mais sagrada.
— Comecei um programa com a minha melhor amiga, Josie. Chama *Sessão da meia-noite*. Passa na TV Six, em Jackson, e em algumas outras emissoras locais dos Estados Unidos. Somos apresentadoras de um programa de terror, como o do Dr. Gangrene ou o da SkeleTonya.
— É sério? — ele pergunta, deslumbrado.
— É por isso que estamos na Flórida. Para a ShiverCon. Josie está se reunindo com o Jack Divine em Orlando agora.
— Jack Divine? O Jack-O-Lantern? Que produziu o programa da SkeleTonya?!
— O próprio. Ele está conversando com a gente para trabalhar no nosso programa.
Meu pai se recosta na cadeira.
— Nossa. *Nossa*. DeeDee, que incrível. Que bom pra você.
E agora ele sabe. É uma sensação estranhamente anticlimática. Penso em todas as vezes em que estava lá sentada, ouvindo a contagem regressiva de Arliss, esperando por isso. O momento em que ele soubesse o que fiz da minha vida. Agora ele sabe. *E nada mudou. A Terra continua igual.*
— Josie é ótima — digo. — Ela quer trabalhar na TV, então nosso programa é muito melhor do que seria sem ela. Ela é superdivertida.
— Ela parece incrível.
— Você ainda assiste a filmes de terror? — pergunto.
— Às vezes. Principalmente aos mais recentes. Marisol não é muito fã de terror. Ela fica assustada.

—Você ainda assiste a programas de terror com apresentadores e tudo o mais?

— Não. — Ele olha fixamente para a mesa.

Então você nunca me veria de qualquer modo. Que ótimo. Excelente plano, Delia.

Nossa pizza chega. Depois que a garçonete vai embora, meu pai diz:

— O motivo por que não assisto mais a programas de terror é que me fazem lembrar.

— Então você fugiu de algo que amava.

Meu pai não fala nada por um tempo.

— Como ela está?

— Minha mãe? — pergunto com a boca cheia de pizza quente. Para variar, queimei a língua.

— É.

Dou de ombros.

— É a minha mãe. Ela virou gerente da Target. Ganha um extra fazendo leituras de mão e tarô em casa e vendendo bijuterias na Etsy. Preciso pegar no pé dela para ela tomar os remédios. Quando ela toma, fica bem. Quando não toma, fica mal. Estamos pensando em fazer tatuagens juntas.

Meu pai ri.

— De quê?

— Não sei ainda. Vamos muito a brechós e assistimos a muitos filmes de terror juntas.

— Precisa ter uma companhia para ver filmes de terror. Sua mãe era uma boa companhia para isso.

— Pois é.

— Sabe que foi assim que a gente se conheceu, né?

— Não. Você não me contou isso quando morava com a gente, e minha mãe não gosta muito de falar sobre você agora.

— Imagino — ele murmura. Ele respira fundo enquanto se lembra. — Eu e a sua mãe nos conhecemos no segundo ano do ensino médio. Viramos amigos da noite pro dia. Dois esquisitões que gostavam de coisas estranhas. Sua mãe começou a fazer bijuterias com ossos de animais e cascas de cigarra no ensino médio. Sabia disso?

Sorrio com um canto da boca.

— Não. Mas não me surpreende. Ainda é o estilo das bijuterias que ela faz.

Uma expressão de nostalgia toma conta do rosto do meu pai.

— Éramos nós dois contra o mundo. A gente ficava na casa um do outro e assistia à MTV e fumava maconha. O que você não deveria fazer, aliás.

— Um, não fumo. Mas, dois, você perdeu o direito de mandar em mim.

Ele desvia o olhar, acanhado.

— Justo. Enfim. Sexta e sábado à noite a gente ia para a Videoville no meu Ford Tempo 1990 e alugava filmes de terror. A regra era que nenhum de nós nunca podia ter ouvido falar dos filmes. Então a gente sentava no sofá da minha casa ou da dela e assistia. Bom, essa era a regra até termos visto todos os filmes de terror que a Videoville tinha. A outra regra era que não podíamos nos beijar durante o filme. Tínhamos que prestar atenção. Depois era tudo liberado. Ah, e nossa comida favorita para acompanhar os filmes era Doritos com queijo derretido. Nós dois vivíamos bravos e tristes quando não estávamos juntos. — Ele fala com o tom de alguém fazendo um discurso fúnebre. Talvez seja o caso.

— Então sou, tipo, uma super-heroína genética.

—Você é a cara dela.

— Eu sei.

—Te falam isso?

— Eu tenho olhos.

— Sua mãe teria adorado o jeito como você se veste quando estava no ensino médio.

— Estou usando basicamente o que uso para o programa. Nós fomos à convenção de fantasia, e vim direto para cá. Mas minhas roupas normais não são muito diferentes.

— Ela teria adorado. Eu também. Estou contando coisas que você já sabe?

— Como eu disse, minha mãe nunca fala de você e fica brava se eu toco no assunto e, quando você morava com a gente, eu era um pouco nova demais para ouvir sobre vocês ficando chapados e se pegando quando eram adolescentes rebeldes.

— E você? Tem namorado?

— Boa tentativa.

— Eu sei.

— Saí com um garoto por uns meses quando estava no segundo ano. Era o cara dos furões.

— Furões?

— Ele tinha, tipo, uns seis furões e os escondia no casaco na escola e dava comida pra eles durante a aula.

— Ah. Tinha um cara dos furões na minha turma.

— Claro que tinha. Enfim. Depois dele, não fiquei com mais ninguém. Estou ocupada toda sexta e sábado à noite com o programa, então não sou muito de sair. — Ainda não sei direito o quanto da minha vida quero contar para ele. Não acho que ele mereça saber.

— E a sua mãe? Conheceu alguém? — Ele pergunta isso com uma cautela estranha, como se fosse ficar magoado se descobrisse que sim.

Acho estranho contar para ele sobre a minha mãe, sabendo que ela surtaria se soubesse. Mas...

— Quando eu tinha uns doze, ela namorou um cara chamado Joey. Ele era legal. Acho que foi um relacionamento bem sério. Eles ficaram juntos até os meus treze? Catorze? Não sei. Ela sai com um ou outro cara de vez em quando, mas nada sério.

— Em que ano você está na escola?

—Você realmente não sabe?

— Não sei se você repetiu algum ano ou algo do tipo.

— Boa desculpa. Acabei de me formar no ensino médio.

— Parabéns!

— É, mas foi por pouco, então não exagera no elogio. O que é essa... — Aponto para o meu peito, indicando o lugar onde estão as palavras bordadas na camisa dele, como ele fez com meu piercing no septo.

— SynergInfo? É uma empresa de armazenamento de dados. Eu sou administrador da base de dados informatizados lá.

— É uma coisa diferente para você, pelo que me lembro.

— Pois é, consegui meu diploma de sistemas de informação na Universidade de Phoenix alguns anos atrás.

—Você virou adulto mesmo.

Ele ri com tristeza.

Arrumo minhas bordas de pizza no prato como se fossem sobrancelhas franzidas.

— Lembrava de você bem mais velho. Se me perguntasse quando eu era criança quantos anos eu achava que você tinha, eu diria quarenta e sete. Porque você podia dirigir. O que automaticamente fazia você ter quarenta e sete.

— Eu tinha dezenove quando você nasceu. Sua mãe ficou grávida nos últimos meses do ensino médio. Nos casamos no fim do ano.

— Então você ainda nem fez quarenta.

Ele balança a cabeça.

— Seu verão está quase acabando.

Ele me olha, confuso.

Brinco com um pedaço de pepperoni.

— Tipo, digamos que os humanos vivam até os oitenta. Sempre penso que dá para dividir a vida humana em quatro estações. Do nascimento aos vinte é a primavera, dos vinte aos quarenta é o verão, dos quarenta aos sessenta é o outono, e dos sessenta aos oitenta é o inverno.

Ele limpa uma mancha de molho de pizza do cotovelo.

— Então sua primavera está quase acabando.

— Sim.

— E o meu verão também.

— Pois é.

—Você é uma filósofa, DeeDee. Sempre foi.

—Você teve um verão bem maluco, hein? — digo.

— Pois é.

— Eu tive uma primavera bem maluca.

Ficamos ali por um tempo, sem falar, só comendo. Revezamos observar o rosto um do outro por tempo demais e desviar os olhos com vergonha.

— E se a minha mãe não tivesse ficado grávida de mim? — pergunto, finalmente.

— Como assim?

—Vocês teriam se casado?

Meu pai me observa por um segundo, depois baixa os olhos para a mesa. Pega um pedaço de embalagem de plástico do canudinho, enrolando-a em volta do dedo até estourar.

— Hum — ele diz baixo. — Eu não… sei.

—Você queria se casar com ela?

— Eu… acho que sim.

—Você acha que sim?

— Parte de mim com certeza queria.
— Então existe uma parte que não queria.
— Acho que sim.
— Minha mãe queria se casar com você?
— Ela casou comigo.
— Não foi isso que eu perguntei.
Ele suspira e brinca com o garfo.
— Não sei, DeeDee. Acho que sim. Acho que ela queria.

Informações muito importantes conseguem fazer o tempo se arrastar de maneira lenta e delirante como um xarope. Sempre imaginei que meus pais queriam muito se casar. Nunca passou pela minha cabeça que eles só se casaram por minha causa. Eu sou o motivo por que meu pai estava lá para me abandonar. Tenho a sensação de ver uma cobra mordendo a própria cauda, como a sensação de se olhar no espelho por tempo demais ou dizer o próprio nome várias vezes.

Estou tentando entender minha atual tormenta de sentimentos (um tipo de tempestade que eu não adoro!). Raiva. Decepção. Tristeza. Saudade. Triunfo. Fascínio. Mágoa. Está tudo ali, como raios em uma roda de um game show, que fica girando e girando, enquanto espero para ver onde ela vai parar.

Me pergunto o quanto tenho dele e o quanto ele tem de mim.

Me pergunto quem seria o homem sentado à minha frente se eu nunca tivesse nascido.

Me pergunto se estou consertando algo dentro de mim ou quebrando algo que nunca mais vai poder ser consertado de novo.

JOSIE

Divine gesticula com o garfo.

— E aí eu falei: "Ei, Cher, meu bem, você poderia *compartilhar* um pouco desse pó boliviano aí? E, aproveitando, é melhor a gente achar suas roupas íntimas porque acho que o dingo de estimação do Stallone saiu correndo com elas". E aí o Nicholas Cage chega e parece que ele arranjou um balão de ar quente e um piloto…

Se a definição de sucesso em um jantar na indústria da televisão é você ficar beliscando uma salada incrivelmente cara, minúscula e miserável enquanto o homem do outro lado da mesa enche você com uma ladainha incessante de histórias sobre como ele é famoso e quantas celebridades conhece, enquanto você troca olhares de "por favor, faça o Sol transformar a Terra em um globo incandescente de cinzas imediatamente" com seu namorado, que está beliscando uma salada igualmente miserável com um ar triste, então esse jantar está sendo um grande sucesso.

Tiro um sapato e passo o dedo pela panturrilha de Lawson por baixo da mesa. Ele abre um sorriso rápido. Poxa, se tenho de ficar num restaurante idiota, vestida de vampira, ouvindo um cara idiota contar histórias idiotas, vou usar uns truques idiotas de comédia romântica.

Yuri e Divine terminam o jantar e se recostam na cadeira, palitando os dentes. Yuri solta um resmungo um tiquinho mais bem-humorado.

O garçom passa.

— Madame, senhores, vocês apreciaram o jantar?

— Uma delícia — Divine exulta. — Por favor, mande meus cumprimentos ao chef.

— Posso sugerir a vocês uma de nossas sobremesas? Talvez nosso tiramisu ou nosso *crème brûlée*?

— Não posso — Divine diz. — Estou tentando manter a forma. Mas me faça o favor de embalar uma dessas lagostas da Terra Nova de dois quilos para viagem. Caso eu queira beliscar alguma coisinha no quarto de hotel à noite. Sabe, não tem *nada* pior do que ficar com uma fominha em um quarto de hotel.

Consigo pensar em algumas coisas piores.

— Muito bem, senhor — o garçom diz, com um aceno de cabeça que é quase uma reverência. — E a conta?

— Por favor.

O garçom sai.

Divine volta a atenção (uso o termo "atenção" de maneira muito vaga aqui) para nós.

— Por falar em beliscar em quartos de hotel, estive no Joshua Tree em 1979 com a Stevie Nicks. Agora, me deixe dizer, fritar ovos em um ferro de passar roupa de hotel está longe de ser uma situação ideal, mas, quando você está com a Stevie Nicks, tem a sensação de que as possibilidades são infinitas. Enfim...

Minha consciência abandona meu corpo e me torno um ser voador de pura luz e energia, me libertando dos grilhões brutais da gravidade deste mundo. Corro por prados verdes e pastos floridos. O calor do sol aquece meu rosto. Eu e Lawson ficamos de mãos dadas sob a água revigorante de uma cachoeira. O aroma de jasmins e jacintos paira no ar. Agora nado em um oceano quente sob um céu enluarado. Na costa de areia branca, um harpista toca…

O garçom se aproxima com uma caixa e o que parece um caderno de registros antigo de encadernação de couro saído de *Um conto de Natal*. Ele coloca a caixa perto de Divine e começa a deixar a conta também.

Divine gesticula para mim com a cabeça, faz com a boca um "obrigado" e um gesto de *namastê* com a palma das mãos pressionadas uma contra a outra. O garçom deixa a conta perto de mim. Isso acontece em câmera lenta. Ela cai como uma árvore que acabou de ser serrada.

— Não precisa ter pressa — o garçom diz, pegando alguns dos pratos.

Rio constrangida. Divine não mostrou um grande senso de humor até o momento, mas há uma primeira vez para tudo.

Divine sorri e cruza as pernas.

Tá, ele vai manter a brincadeira. Certo. É uma piada muito estressante, mas beleza, vou fingir que caí. Um trotezinho, no estilo de Hollywood. Uma diversãozinha inocente.

Abro a conta e olho o total.

Sinto como se tivessem me empalado com uma lança de gelo afiada.

764,26 dólares.

Tenho de ler duas vezes para ter certeza de que a vírgula não está no lugar errado. Não me entenda mal: 76,42 dólares ainda seria um jantar *bem* caro para os meus padrões, mas não seria cerca de oitenta por cento do meu patrimônio líquido, incluindo todo o plasma sanguíneo no meu corpo. *Hora de a piada acabar. Não estou mais achando a menor graça.*

Olho para Divine. Ele sorri com um ar sereno, inocente, sem demonstrar qualquer sinal de brincadeira no rosto.

— Hummmmm — digo. A ficha finalmente cai: pode ser de verdade. Quero desmaiar. Estou paralisada. Não sei o que fazer. Por mais desprezível que Divine seja, ele ainda pode ser a única esperança para o nosso programa. Penso em Delia confrontando o pai dela neste instante. Não posso perder essa chance por causa de 764 dólares. Eu consigo arranjar um emprego e recuperar o dinheiro, mas posso não ter outra oportunidade como esta. Não quero que Delia pense que eu deixaria de pagar 764 dólares (além da gorjeta... ah, meu deus, esqueci da gorjeta) para ajudar a manter nosso programa.

— Algum problema? — Divine pergunta.

— Nãããão, é só que... nossa.

— Bem-vinda ao show business, minha cara. Comer e beber com as pessoas que podem fazer as coisas acontecerem para você é importantíssimo. Se você não aprender mais nada esta noite, que seja isso. E estou muito feliz com o que comi e bebi.

— Hummmmm.

— E, confie em mim — Divine diz arqueando as sobrancelhas com um ar sacana e falando pelo canto da boca —, tem gente para quem comer e beber significa muito mais, se é que você me entende.

Sinto como se uma barata estivesse rastejando pela minha coluna.

Lawson, que posso sentir que está furioso ao meu lado, começa a pegar a carteira.

— Olha...

Belisco sua coxa com tanta força que me sinto culpada. *Este é um problema meu. Deixa que eu cuido disso.* Ele entende e para.

Engulo em seco.

— E se a gente rachar?

Divine gargalha e bate palmas.

— Gosto da sua audácia, mocinha. Gosto mesmo. Mas não, não posso. Você precisa saber o seu valor.

—Você paga —Yuri resmunga, mais enfático.

O garçom passa.

— Com licença — digo com a voz aguda. — A gorjeta está inclusa na conta?

Ele olha para mim como se eu tivesse acabado de dizer que nunca estive em um restaurante.

— Não, moça. A gorjeta *recomendada* de dezoito por cento não está inclusa.

Pego o cartão de crédito e faço a conta no celular. Uma gorjeta de 137 dólares. Total: 901,26. Da última vez que cheguei, eu tinha pouco mais de 1.200 dólares guardados, o que incluía meu dinheiro de aniversário e o dinheiro de formatura que minha avó me deu.

Veja isso como um investimento. Veja isso como um investimento. Veja isso como um investimento. Talvez ele deixe você tão rica que você vai rir de jantares de mil dólares.

— A gente deveria fazer isso de novo algum dia — Divine diz.

— Ah, claro — digo, quase engolindo o vômito.

Nos levantamos para sair, com Divine guiando o caminho e Yuri na retaguarda. Lawson devolve o blazer emprestado para o recepcionista esnobe.

— Reba —Yuri grunhe enquanto Lawson segura a porta para ele.

— Não sei o que isso significa — digo. — Não sei o que significa quando você faz isso.

Entramos no carro. Do banco do meio, Divine vira para nós.

— E agora é a hora de pôr as mãos na massa! Hora de botar o pé na estrada! Vamos fazer um programa de televisão! Yuri?

Yuri resmunga e engata o carro.

Será que isso está mesmo acontecendo? Acabei de pagar quase mil dólares para fazer nosso programa acontecer? Será que essa noite valeu a pena, afinal? Será que essa vai se tornar uma história incrível algum dia no futuro? Estou distraída demais com minhas visões e reflexões sobre minha recente ruína financeira para prestar atenção nas janelas escuras da limusine e ver aonde estamos indo. Percorremos as ruas e rodovias por cerca de vinte minutos até chegarmos a uma parte desinteressante e definitivamente nada glamorosa da cidade. Entramos em um pequeno centro comercial cercado por uma loja de um e noventa e nove e uma casa de crédito consignado. Estacionamos na frente de uma fachada que tem "Disme Entertainment" escrito com fonte Comic Sans. Fica entre uma loja de artesanato e uma lavanderia. Isso não está com uma cara boa.

A onda de ansiedade retorna. Mas uma pequena fagulha de possibilidade ainda cintila na minha mente. *Talvez seja assim que os programas são feitos de verdade. Talvez esse seja um passo à frente para nós.*

Yuri sai e abre a porta para Divine, e os dois caminham até a entrada. Eu e Lawson descemos do carro estabanados.

— Se esse for um estúdio de filmes pornô... — Lawson sussurra.

Dou risada, mas não porque parece uma ideia completamente improvável.

Divine toca a campainha e faz careta para a câmera de segurança. Alguém destranca a porta. O ar-condicionado está no máximo, e o lugar fede a carpete mofado. É tão úmido aqui dentro quanto lá fora, mas (no mínimo) quinze graus mais frio. Todas as superfícies parecem ligeiramente úmidas, como se tudo fosse coberto por uma camada de condensação e/ou desespero.

Este lugar é tão pouco promissor que parece uma vala comum onde promessas são enterradas.

— Na sala dos fundos — grita uma voz aguda e rouca. Seguimos Divine até a última sala e entramos em uma nuvem de fumaça de charuto. O cheiro é como se alguém tivesse botado fogo em uma pilha de cuecas sujas para disfarçar o fedor de uma latrina de acampamento. Um homem com um charuto grosso entre os dentes digita, letra por letra, em um notebook que mais parece uma placa ofegante. Um mural gigante de algum tipo de roedor de desenho animado cobre a parede atrás dele. É uma tentativa que mirou em coisa fofa e acertou perfeitamente o aterrorizante. O homem à escrivaninha parece ter sido feito por um deus vendado. Apesar do frio úmido, ele está suado, e seu bigode parece um chumaço de pelos tirado do ralo e colado sobre o lábio com cola de peruca.

Ele não parece um homem bem-sucedido. Não parece alguém que faz os outros serem bem-sucedidos.

Ele está prestes a dizer alguma coisa, mas tosse. E tosse. E tosse. Levanta um dedo. Mais uma tosse.

Finalmente, Divine diz:

— Seu irmão está nos fundos? Temos negócios para discutir com você, mas primeiro um pouquinho de — ele faz uns gestos de caratê — *branquinha*. Para ajudar na digestão.

O homem assente, ainda tossindo, e acena para Divine e Yuri entrarem na sala dos fundos. Eles fecham a porta. E ficamos eu e Lawson com o Tossidor.

A tosse dele diminui. Ele bate no peito e escarra uma catarrada na lata de lixo perto da mesa.

—Vocês estão trabalhando com o Divine? — ele pergunta com uma voz esganiçada.

— Talvez? — digo.

— Qual é o seu nome?

— Josie Howard.

O Tossidor olha para Lawson.

— Lawson Vargas.

— E o senhor? — pergunto.

O homem enfia o cigarro de volta entre os dentes.

— Wald Disme.

— Wald Dis… Como o Walt…

— QUALQUER SEMELHANÇA QUE MEU NOME POSSA TER COM QUALQUER PESSOA VIVA OU FALECIDA É MERA COINCIDÊNCIA E NÃO DEVE SER INTERPRETADA EM NENHUM SENTIDO COMO UMA INFRAÇÃO DE PROPRIEDADE INTELECTUAL DAS PESSOAS SUPRAMENCIONADAS VIVAS OU FALECIDAS COM CUJO NOME O MEU POSSA COINCIDENTEMENTE SE ASSEMELHAR — Disme diz muito enérgica e vigorosamente. Parece algo que alguém o obrigou a ler palavra por palavra até decorar.

— Tá — digo —, então é só uma coincidência maluca que seu nome soa exatamente como…

— QUALQUER SEMELHANÇA QUE MEU NOME POSSA TER COM QUALQUER PESSOA VIVA OU FALECIDA…

Levanto meus dois polegares.

— Certo, entendi.

— Então, o que o velho Jackiezinho falou para você? Ele vai te transformar numa estrela? — Ele diz a última parte numa imitação bem razoável do Divine.

— Estamos só conversando. Não sei se…

— Você tem um rosto bonito. Boas maçãs do rosto. Deve ficar bem na frente das câmeras.

— Hum. Valeu. É… muito gentil da sua parte. Enfim, como eu estava dizendo…

— O Jackiezinho contou para você que trabalhávamos juntos nos anos noventa?

— Não.

— Eu era o chefe da Wald Disme Studios. Fazíamos produções diretamente em vídeo. — Ele aponta com o charuto. — Éramos a Netflix antes da Netflix existir.

Dou uma olhada mais de perto na pintura do personagem.
— Esse é o mascote da Wald Disme Studios?
Disme sorri.
— Rickey Rat! O rato com ratitude! "Ratitude" é tipo "atitude".
— Certo. Saquei. — Semicerro os olhos. — Ele está... fumando um cigarro?
Disme mexe as orelhas. Ele é *muito* bom nisso.
Observo o rosto dele, perplexa. Aponto para as minhas orelhas.
— O que isso...
Disme mexe as orelhas mais rápido.
— É, não entendi.
Disme revira os olhos e levanta as mãos, exasperado.
— É o que eu faço em vez de piscar!
— Ah. Legal. Então, seu mascote é um *rato fumando um cigarro*.
— Os jovens gostam de ousadia. É a marca do Wald Disme.
— Hum.
— Se a Disney lançar um daqueles filmes santinhos e sem graça de sereia, a gente acelera e mata um bem rápido e, em poucas semanas, bota aquele negócio nas locadoras. Chega lá antes da Disney.
— Mata um bem rápido — murmuro.
— Então as pessoas alugam o nosso em vez do deles. É mais barato. Dá para assistir em casa. E é melhor.
— Melhor? Em que sentido?
— Bom, para começar... — Une o polegar e o indicador de uma mão para formar um círculo e enfia e tira o charuto algumas vezes, fazendo um barulho de apito com a boca. — Sexo. Pensei que você não tinha entendido.
— O que eu não entendi foi por que os pais vão querer alugar um desenho de sereias fazendo sexo para as crianças assistirem.
Disme dá de ombros.
— Sexo vende.

— Dá pra ver — murmuro, observando uma mancha enorme de água com cor de urina no teto.

— Além disso, as crianças vão descobrir mais cedo ou mais tarde. Sexo é natural.

— Talvez? Mas também *extremamente* estranho para um desenho infantil.

—Você cuida do seu. Eu cuido do meu. Dis*meu*. — Ele aponta para mim e mexe as orelhas.

Suspiro.

Disme fica olhando para o nada com uma expressão nostálgica e distante.

— Começamos até a construir uma DismeWorld. Como a Disney World, só que melhor. Mas não era para ser.

Eu me preparo para o pior.

— *Por favor*, me diga que a diferença não era o sexo.

— Os brinquedos eram mais perigosos.

— Incrível.

— Os jovens gostam de ousadia.

— Ouvi falar que sim.

— Enfim, não era para ser. — Disme dá uma longa tragada no seu charuto e sopra a fumaça para o alto. — Vespões — ele diz finalmente, em um tom que demonstra forte relutância.

— Como é que é?

— Insetos voadores. Que picam. Zumbem. Como abelhas que produzem tristeza em vez de mel.

— Essa parte eu entendi.

— No local de construção. Elas trabalharam bem em equipe. — A expressão de nostalgia saudosa de Disme se transforma no olhar distante de um soldado cansado. — Elas pareciam quase... sencientes. — Ele não parece estar brincando.

— Mas... elas não eram — digo. — Sencientes. Claro.

Alguns segundos se passam.

— Não... não... claro que não. Seria... ridículo — ele murmura depois de um tempo, sem parecer convencido. — Nunca vou esquecer o *zumbido*. Quando fica silêncio? Ouço o zumbido de novo. Como um vibrador gigante no centro do mundo.

— Que coisa para imaginar a toda hora.

— Eu lutei contra os vespões uma noite. Uma tempestade estava chegando. Raios no horizonte. Nós nos encontramos no campo, era eu contra eles. *Mano a...* o que quer que os vespões têm em vez de *mano*. *Ferrano*. Assim que iniciamos a luta, começou a cair um toró. Eu estava usando a armadura que fiz com caixas de papelão e fita adesiva, e a chuva a derreteu como carne de frango de padaria. Elas me picaram nos lábios e nas sobrancelhas. Meu rosto ficou pior do que na vez em que apliquei botox parado em um farol vermelho. Demorei muito tempo para recuperar a dignidade.

— Mas está na cara que você recuperou — digo.

Ele volta de seu devaneio atormentado.

— Precisei usar uma máscara de porcelana branca toda vez que saía de casa nas três semanas seguintes. Tomei Difenidrin gelado em uma taça de vinho de cristal... Enfim, é bom ver que o Jackiezinho está desenvolvendo novos projetos depois do probleminha dele — Disme balança o dedo no ar — com os russos.

— Como é que é? Pode repetir?

— Ah, ele deve uma boa grana para a máfia russa depois que eles financiaram um dos fracassos dele. Por isso o Yuri.

— Yuri não é o guarda-costas dele?

— Ah, Yuri é o guarda-costas dele. — Disme mexe as orelhas de novo.

— Mesmo sabendo que é seu jeito de piscar, posso sugerir que você só pisque ou diga de uma vez o que quer dizer? Fica mais fácil pra todo mundo. Então, sobre o Yuri?

— O trabalho do Yuri é impedir que os outros matem o Divine para que ele possa pagar os chefes do Yuri.

— Os *outros*?

— O Jackiezinho sempre tratou o show business com o lema de que "Não se faz um omelete sem deixar algumas pessoas com vontade de matar você, estilo execução mesmo, amarrando seu corpo em um bloco de motor e jogando você do alto de uma ponte".

Sinto que minhas entranhas estão sendo puxadas por uma moreia para uma caverna subterrânea gélida. Quando se quer muito alguma coisa, você acaba mentindo e mentindo e mentindo para si mesmo. E é isso que eu estava fazendo até então. Levei um golpe. Sinto que vou acordar de um sono febril para descobrir que estava dormindo esse tempo todo numa posição estranha.

Encontro os olhos de Lawson. *Isso não vai rolar.*

Os olhos dele concordam.

O que vou dizer pra Delia? O que vou dizer pro Lawson, aliás? Delia. Eu insisti para que ela fosse ver o pai dela. E se não der certo e isso também for um desastre? Ai, caramba. Começo a planejar como vou pedir para Divine nos levar de volta ao hotel.

A porta se abre de repente e Divine sai praticamente saltitante. Yuri vem atrás, bem mais animado também.

— Jackiezinho! — Disme diz.

Divine está fungando e irradiando uma energia vívida, elétrica e trêmula. Ele dá a impressão de que vai derreter se parar de falar.

— Ora, ora, ora, agora sim. Estava quase dormindo em pé! Nos empanturramos feito imperadores romanos no Linda's Jim.

— O lugar é bom? — Disme pergunta.

— Bom seria um eufemismo.

— Não tenho como saber. Nunca fui a um restaurante — Disme diz. — Guardo um pouco de pão no carro para caso eu fique com fome.

Divine bate palmas e esfrega uma mão na outra.

— Muito bem, pessoal! Quem está pronto para discutir negócios? Quem está pronto para ganhar uma grana? Um dinheirinho vivo? Uma bufunfa da boa?

Divine masca o charuto e se recosta na cadeira.

— O que você tem para mim, Jackiezinho?

— Tenho um excelente programa em desenvolvimento para você... Cheio de arrepios e calafrios... *Monstrão da meia-noite!*

— É *Sessão da meia-noite* — digo. — E acho que, no seu estado atual, talvez não seja uma boa...

— *Monstrão da meia-noite* — Divine cantarola. — Programa de terror para uma nova geração. Hashtag moderno. Hashtag ousado. Hashtag jovem. Hashtag sexy. iProgramaDeTerror. Como iPod.

Nunca desejei tanto poder ser sublimada instantaneamente. Que meu corpo voltasse às poeiras das estrelas de onde surgiu. Não fazia ideia de que a cocaína deixava as pessoas muito mais constrangedoras do que o normal.

— E vamos incluir você por meros dez mil dólares na hora de colocar um crédito de produtor executivo e a comissão habitual ao fim da produção. O que me diz? Tem muita gente interessada.

Disme suspira.

— Jackiezinho, sei não... Não estou convencido. Perdi tudo no último negócio. Tem algum material para eu dar uma olhada?

— Gente, espera um segundo... Ele não é o dono do... — digo.

Divine lança a Disme o mesmo olhar de censura que lançou ao recepcionista no restaurante.

— Como assim? Você não confia na minha opinião agora? Uma marezinha de azar e de repente você precisa assistir a algo que trago para você antes de investir? Tenho produtores fazendo fila, *suplicando* para eu aceitar o dinheiro deles. Mas tudo bem, sete mil e quinhentos em dinheiro *vivo*. Porque eu gosto de você. É minha última oferta.

— Jackiezinho.

— Gente — digo —, nós não vamos v...

— Shhhhh — Divine faz para mim, levando o indicador aos lábios e fazendo um movimento de "calma aí" com as mãos. Depois, de volta a Disme: — Cinco mil. Última oferta. — Ele tem um tom suplicante e bajulador na voz; toda a bravata de vendedor ficou para trás. — Poxa, Wald. No fundo você sabe que é a coisa certa a fazer. Sabe que chegou a hora de o vento soprar a meu favor de novo.

— SENHORES, ANTES QUE CONTINUEM... — grito.

Mas Disme me interrompe.

— Ops — ele diz, semicerrando os olhos para um dos monitores de segurança. — Ah, Jackiezinho, encrenca. Temos companhia.

Ótimo. Agora quem quer que esteja atrás do Divine vai matar todos nós. O que, para ser sincera, seria meio que a terceira pior coisa que me aconteceu hoje.

Divine fica da cor de uma bola de vôlei.

— Quê? Quem é?

Disme vira o monitor de segurança para nós. Uma mulher que parece ter uns cinquenta anos — com uma juba de cabelo loiro que deixaria Dolly Parton no chinelo, usando um vestido de estampa de pele de cobra justíssimo e botas de cano alto — está *gritando*, com o rosto vermelho, para a câmera de segurança. A câmera não tem som, mas não precisa — dá para ouvi-la daqui de dentro. As veias do pescoço e da testa dela estão saltadas. Ela tem os braços e ombros delineados e muito musculosos.

— Jesus, é a Ulrike! — Um suor frenético brota na testa de Divine. — Como ela me achou?

— Deve ter ficado sabendo que você estava na cidade e imaginou que viria pra cá — Disme diz.

— Quem é Ulrike? — pergunto. Ela aponta furiosamente um isqueiro aceso para a câmera. As unhas dela parecem garras de titânio.

— Ex-mulher número quatro, sete e nove, e medalhista de bronze de arremesso de peso feminino nas Olimpíadas da Áustria — Divine choraminga. — Ah, ela está com um isqueiro. Ela vai botar fogo na gente. Não duvido que faça isso. Confie em mim, falo por experiência própria.

— O Yuri não pode... — digo.

Yuri ergue a mão na frente do corpo como se estivesse me empurrando para trás.

— Não. Essa não. Forte como um hipopótamo.

Lawson se aproxima de maneira protetora, nossas peles quase se tocando. Estou muito grata que ele esteja aqui.

— Tá, tá, tá — Disme murmura rapidamente. — O plano é o seguinte: vocês quatro correm para a porta dos fundos. Quando fizerem isso, eu abro a porta da frente. Depois que ela entrar, vocês dão a volta correndo, entram no carro e saem cantando pneu, está bem? Vou tentar ganhar tempo para vocês.

— Te devo uma, Waldy — Divine diz.

— Mais do que uma — Disme diz.

Tiro os sapatos e os carrego na mão. Lawson e eu corremos para a porta, Divine e Yuri logo atrás de nós. Na saída, passamos por um homem com expressão de surpresa que parece um clone de Disme. Chegamos aos fundos exatamente quando ouvimos um rugido lívido em alemão vindo da entrada. Corremos pela lateral do centro comercial, suando e arfando, até chegar à entrada de novo. Um Hummer H2 amarelo está estacionado de qualquer jeito perto do Escalade.

— O carro da Ulrike — Divine diz, ofegante. — Uma pensão bem gasta. Das que eu paguei, pelo menos. Pode ser por isso que ela esteja aqui.

Entramos às pressas no Escalade e saímos do estacionamento, as forças da gravidade nos jogando contra os bancos como se estivéssemos montados em um gigante.

DELIA

Ficamos olhando para os pratos vazios na nossa frente em silêncio. Não é que nossos assuntos tenham se esgotado. É que temos coisas demais que são grandes demais para se dizer em voz alta.

— Estamos bem perto do mar, né? — digo, finalmente.

— Sim — meu pai diz, limpando a garganta. — A uns sete minutos.

— Nunca vi o mar.

— Nunca?

— Lembra que, quando você estava lá, nunca fazíamos viagens caras?

— Sim.

— Não melhorou muito depois que você foi embora.

Meu pai se encolhe e desvia os olhos.

— Imaginei que não melhoraria. Então, nunca viu o mar.

— Nenhuma vez.

— Quer ver?

— Quem não iria querer?

— Então vamos.

— Sério?

— Sério. Marisol está dormindo. Quando você precisa voltar para onde está hospedada?

— Não sei. Tanto faz.

Meu pai paga e nós saímos. *Seu pai acabou de levar você para jantar. Como no dia em que te levou na Cicis no seu aniversário. Você pensou que isso nunca aconteceria de novo.*

No carro, meu pai diz:

— Fico querendo perguntar tudo que aconteceu nos últimos dez anos.

— Fico querendo contar pra você, mas não sei se devo.

— Eu aguento.

— Quis dizer que não sei se você merece saber.

Ele só assente, sem dizer nada. Dirige até chegarmos a um estacionamento. Está escuro. Mais à frente, o céu escurece em um tom mais intenso de preto, sem as luzes da cidade para clareá-lo. Quando abro a porta do carro, escuto as ondas. Isso mexe em algo no fundo de mim mesma, algo maravilhoso e esperançoso por um momento rápido. Está mais frio e ventando mais aqui, e o ar cheira a sal e alga marinha. Paro na grama à beira da praia para ter uma visão panorâmica. As ondas batendo brancas na costa parecem uma espécie de máquina da natureza. Como pulmões inspirando e expirando.

— Nunca me acostumei com isso — meu pai diz, lendo meus pensamentos. — Como o mar continua indo e vindo mesmo quando a gente não está aqui para ver.

Pois é, pai. As coisas continuam acontecendo mesmo quando você não está lá para ver.

— Quero ir para mais perto — murmuro. — Sentir a água.

— Claro. — Meu pai tira os sapatos e as meias e arregaça a barra da calça cáqui.

Tiro minhas botas pretas de cano alto de Delilah Darkwood e as seguro na mão, enfiando as meias dentro de uma delas. Não consigo arregaçar muito bem a barra da calça preta de vinil, mas não ligo se ela ficar molhada. Ando titubeante na areia fria em direção à água, me aproximando com cautela, como se fosse um animal selvagem capaz de me devorar. Chego até a beira de onde as ondas estão batendo. A água fria lambe a ponta dos meus dedos. Meu pai está ao meu lado, quase um metro atrás de mim. Vou avançando devagar. A água cobre meus pés. A vastidão e o vazio do espaço à minha frente me deixam inebriada.

— Vim literalmente até o fim da terra atrás de você — digo mais alto que o barulho da rebentação.

Meu pai sorri com tristeza.

— Por que aqui? — pergunto.

Ele dá alguns passos para chegar ao meu lado, as ondas batendo sobre seus pés e tornozelos. Ele coloca as mãos nos bolsos.

—Você ouviu… — começo a dizer.

— Sim, estou pensando. — Depois de um momento, ele diz: — Porque pareceu um bom lugar para recomeçar. Um lugar onde ninguém ligaria para quem eu era ou o que tinha feito da vida. Que não me julgariam. Acho que é minha melhor explicação.

— Sabe qual é a pior parte de seu pai abandonar você?

Ele murmura alguma coisa, mas não consigo escutar por causa das ondas.

Foi uma pergunta retórica de qualquer forma.

— Você fica com medo de confiar em qualquer outra pessoa ou coisa porque, se até seu pai deixou você, quem não te deixaria? O que não te deixaria?

— Eu sei — ele diz baixo.

— De onde você tirou o nome Derek Armstrong?

— Bom, a parte do Armstrong vem um pouco do Neil Armstrong. Sempre fui fascinado pela ideia de pessoas andando pela Lua. Eu ficava olhando para o céu à noite e não conseguia entender. Parecia algo tão corajoso de se fazer, e eu queria recomeçar, mas com mais coragem. E em parte porque, se era para escolher um novo nome, não queria estar no fim do alfabeto de novo. Era um bom nome de peso que fazia eu sentir que poderia ser forte na minha vida nova, melhor do que fui antes. E Derek era o nome de um dos meus melhores amigos de quando eu era criança. Sempre gostei mais do nome dele do que do meu. E pude escolher.

— Pensei que talvez você tivesse virado um agente secreto ou entrado para a máfia ou algo do tipo.

— Não. Só virei um administrador de dados.

—Você queria mesmo garantir que nunca seria encontrado. — Eu me curvo e passos os dedos das mãos na água. Levo a ponta de um dedo à língua. O oceano tem gosto de sangue dissolvido em água.

Quando olho para meu pai atrás de mim, ele está com a cabeça baixa, a expressão atormentada. É difícil saber na escuridão, mas parece que lágrimas escorrem por seu rosto.

— Eu, hum... — Sua voz vacila. — Queria ser outra pessoa. Muito mesmo. Eu me odiava. Tive de mudar meu nome porque não suportava mais meu nome antigo.

— Então não foi para me impedir de encontrar você?

Ele faz que não.

— Pensei muito em você nos últimos dez anos. Tive sonhos em que fazíamos exatamente isto. Falávamos das nossas vidas. Eu tentava imaginar como você estava. Quem você tinha se tornado. Mas, a cada dia que passava, eu tinha mais medo de procurar você.

E então crio coragem e pergunto por quê.

— Saquê?

— Não, *por quê*. Por que você foi embora?

— Desculpa, pensei que você tinha dito "saquê". As ondas são muito barulhentas.

— *Por quê?*

Ele inspira fundo e prende o ar por um momento antes de expirar. E depois repete.

— Porque sua mãe ficou doente e não estava melhorando, e fiquei com medo. Fiquei com medo de ter que cuidar de duas pessoas. Toda aquela responsabilidade me apavorava. Eu me sentia como naqueles desenhos animados em que um personagem sai correndo por cima da água e está tudo bem até ele perceber que está em cima da água e aí ele começa a afundar. Eu ficava pensando no quanto queria que a minha vida fosse mais simples e alguém pudesse *cuidar de mim* ou, pelo menos, que só tivesse de me preocupar comigo mesmo. Aguentei o máximo que pude com a sua mãe, mas eu também estava doente. Estava deprimido e bebendo demais por causa disso. Eu não conseguia ser forte o bastante por nós três. Comecei a pensar o tempo todo em como seria bom estar morto. Era ir embora ou morrer. Então achei melhor ir embora. Eu queria conseguir, queria ser um bom pai pra você. Ou pelo menos um pai presente. Mas fui um covarde. Não estava à altura da tarefa. E, na minha cabeça, na época, era melhor deixar você do que ficar e ser um péssimo pai e fazer você se lembrar de mim daquele jeito. Então é isso.

Escuto tudo junto com o som das ondas. Minha vontade é dizer: "Pensou errado". Mas minha língua está paralisada.

Meu pai continua.

— Refleti muito desde então e percebi que era mais do que eu pensava no começo. Nunca contei para você, mas meu pai, seu avô, deixou a nossa família quando eu era pequeno. E ele foi meu exemplo. Eu queria *tanto* ser melhor do que ele. Mais do que tudo na vida. Tenho um meio-irmão e uma meia-irmã que nunca conheci. Mas eu não conseguia deixar de lado essa sensação de que eu era tão fraco quanto ele. Eu me convenci que era inevitável. Os homens da família Wilkes vão embora e começam de novo. É o que fazemos. Ser pai nem estava nos meus planos por causa desse medo. Aí aconteceu. Então acho que foi por isso. Talvez eu pudesse ter pensado em uma explicação melhor se soubesse que teria que dar uma hoje.

É isso. É por isso. É uma sensação tão anticlimática. Essa é a pergunta cuja resposta viajei quinze horas para ouvir. A pergunta cuja resposta desejei por mais da metade da vida. A pergunta que me fez aparecer na TV, semana após semana. A pergunta que me torturou, o fantasma que assombrou as margens da minha identidade. E a resposta era basicamente: "O problema não é você; sou eu".

Talvez eu *quisesse* que ele falasse que o problema era eu. Talvez, por algum motivo, eu precisasse ouvir que eu tinha algum defeito que me tornava incapaz de fazer com que ele ficasse. Talvez eu quisesse que a resposta dele ajudasse a curar uma ferida de uma década. Não sei que resposta eu estava esperando ou querendo. Não preparei meu coração para nada disso. Nem teria como.

— DeeDee? — ele diz.

— Desculpa, estou processando. Foi um dia... — Eu desmorono, chorando baixo, cobrindo o rosto com as mãos. Meu pai se aproxima e me abraça. Ele é tão menor, mais fraco e menos substancial do que eu me lembrava. Temos quase a mesma altura. É como se o tempo o tivesse encolhido, o diminuído. Ele tem um cheiro completamente diferente agora. Esse não é o mesmo homem que me embalou nos braços sob um céu de outubro iluminado pela lua e pelas estrelas.

Me pergunto se desenterrei mais coisas do que havia enterrado com esta viagem, ao me livrar de toda a mitologia que criei. Você quer ficar em paz, mas existem coisas as quais você não tem como consertar. Ouvi-lo dizer o motivo não consertou os dez anos de mágoa. Por mais que o motivo fosse diferente da suposição que tanto havia me angustiado.

De repente, o oceano imenso e vazio faz com que eu me sinta muito fraca e solitária. A areia se movendo sob meus pés faz com que eu me sinta à deriva, como se eu pudesse ser levada embora a qualquer momento, como se eu pudesse me perder para sempre. Passei muito tempo da minha vida me sentindo pequena e sozinha, como se tudo que eu tinha pudesse ser levado de mim a qualquer instante.

— Obrigada por me mostrar o mar, mas acho que estou pronta para ir embora agora — digo entre um soluço e outro.

JOSIE

Estou revivendo em minha cabeça a calamidade que foi esta noite e a culpa cada vez mais profunda que sinto por ter incentivado Delia a ir atrás do pai dela. Tomara que pelo menos isso tenha sido um sucesso. Não sei por que, mas eu duvido. Mesmo assim...

— Nossa, essa foi por pouco — Divine diz, ainda mais agitado do que antes, secando o suor da testa com seu lenço de seda. — Vamos rodar por um tempo e talvez possamos voltar para ver o velho Wald quando o Furacão Ulrike tiver passado. Vou te dizer, isso me lembra da vez em que eu, o Scott Baio e uma alpaca...

Eu o interrompo.

— Sr. Divine, obrigada pelo seu tempo, mas não acho que possamos trabalhar juntos. Sinto muito.

Ele me ignora com um gesto de desprezo.

— Olha só, essa é uma conversa de perdedores, isso sim. Se você joga a toalha quando a partida fica difícil, você não vai chegar a lugar nenhum. Acredite em mim.

— Não falei que estou desistindo. Só não acho que sejamos uma boa combinação para trabalharmos juntos. Então, se puderem nos levar de volta ao hotel, seria ótimo.

Yuri entra com tudo em um estacionamento, quase fazendo Lawson e eu batermos a cabeça.

— Ainda não. Ganhar dinheiro antes — Yuri resmunga.

Isso é ruim. Minhas mãos começam a suar. Não sou muito fã da ideia de virar refém nem que por um segundo.

Yuri estaciona a SUV perto de uma caixa de doação de roupas, sai, pega uma toalha e uma caixa de DVDs do porta-malas, abre a toalha no chão e começa a organizar DVDs da SkeleTonya na toalha. Ele claramente tem uma lógica; está quase acabando quando eu e Lawson finalmente conseguimos sair do carro.

Divine fica observando com vergonha, coçando a cabeça.

— O negócio é o seguinte — digo para ele. — Precisamos voltar para o nosso hotel. Por favor, leva a gente de volta. Não faço ideia de onde estamos.

— Por mais que desistir seja contra meus princípios, longe de mim obrigar alguém a fazer qualquer coisa. Então, por mim, nós iríamos. Mas Yuri parece decidido a ganhar um dinheirinho hoje, e ele é muito cabeça-dura. "Como um hipopótamo", ele diria. Parando para pensar — Divine aponta para Yuri, que está andando devagar, examinando a caixa de doação —, Yuri usa muito o hipopótamo como comparação. Forte como um hipopótamo. Teimoso como um hipopótamo. Faminto como um hipopótamo. Sedento como um hipopótamo. Mijou como...

— Você está me ouvindo? Não estou nem aí para o que Yuri quer. Não somos seus prisioneiros nem seus empregados. Quero que nos levem de volta *imediatamente*. — Eu não estava me divertindo antes, mas agora não estou me divertindo *mesmo*.

Yuri se aproxima chacoalhando uma roupa que pegou da caixa, segurando-a no alto para examiná-la sob a luz laranja do estacionamento, levando-a ao nariz fungando profundamente.

— Boa camiseta. Sem buracos. Vende.

— Ai, meu Deus, Yuri. Como eu vou vender isso?

Ele dá de ombros.

— Diz que é de artista de cinema famoso. Talvez Tom Cruise.

Divine revira os olhos e apanha a camiseta.

— Tenho que falar para as pessoas que Tom Cruise tinha essa — ele olha a etiqueta — blusa feminina da Ann Taylor Loft que você tirou do lixo?

Yuri dá de ombros.

— Talvez o Johnny Depp.

Tento manter a voz calma e firme, mas autoritária, apesar de estar com muito medo neste momento.

— Yuri, a gente quer voltar pro nosso hotel agora. Se você e o sr. Divine quiserem ficar até as três da manhã vendendo DVDs e camisetas velhas em cima de uma toalha no estacionamento depois disso, fiquem à vontade.

Yuri vira para mim, impassível, com os olhos sombreados e cansados.

— Você ajuda a vender.

Lawson começa a dizer algo, mas o interrompo.

— Eu? Ajudar a vender DVDs e roupas usadas? Não vai rolar. Sério. — Olho para Divine em busca de ajuda, mas ele está na caixa de doação, o braço esticado dentro dela.

— Hum — digo.

— Não é roubo — Divine diz. — Não dá para roubar o que as pessoas jogaram fora por livre e espontânea vontade.

— Meio que dá. Além disso, "não é roubo" nunca é um bom jeito de começar uma frase.

— Se é pra vender roupas na rua feito um maltrapilho dickensiano, quero ver quais são as minhas opções — Divine diz, puxando o braço. — Acho que... Estou preso aqui. Não consigo sair. Algum de vocês pode...

— Boa sorte — digo. — Estamos indo. Vem, Lawson. — Viro

numa direção qualquer e começo a andar, com Lawson ao meu lado.

— Espera aí! — Divine grita atrás de nós. — E o meu honorário?

— Hono-tário?

— Meu honorário. Minha remuneração. Você não acha que saio por aí espalhando conselhos e conhecimentos sobre o show business de graça, acha? Preciso ganhar a vida.

— Se você está realmente me pedindo mais dinheiro, pode tirar seu honorário da sua bundarária. Nem tenho mais nada de dinheiro depois do seu jantarzinho.

— Você me deve!

— Pelo quê?!

— Compartilhar conhecimentos do show business. Apresentar você a um produtor executivo. Tenho direito a uma comissão.

— Você só ficou contando histórias estranhas sobre fritar ovos no ferro de passar roupa de um quarto de hotel com a Stevie Nicks e cheirar cocaína num balão de ar quente com Nicolas Cage e nos levou para conhecer uma pessoa que perdeu a guerra dos humanos contra os vespões. Já chega por hoje.

— Sua ingrata! Típica *millennial*!

— Eu não sou *millennial*, e isso é uma coisa estúpida que gente velha fala. Enfim, isso foi tão divertido quanto segurar um pum, mas precisamos *mesmo* ir embora.

— Não pode segurar puns. Mal pro fígado — Yuri diz.

Aperto a cabeça e digo entredentes:

— OS TUBOS DE PUM NÃO ESTÃO LIGADOS AO...

— Minha opinião — Yuri diz.

— Quer saber? Não vou fazer isso. Eu me recuso. — Viro e continuo andando. Lawson coloca as mãos nas minhas costas de maneira protetora.

— Yuri! Busca meu honorário! — Divine grita.

Yuri começa a vir na nossa direção. Viro e aponto para ele.

— Não *encosta* em mim. Vou chamar a polícia bem rápido.

Yuri aperta ainda mais o passo.

Lawson fica entre mim e Yuri, o braço erguido.

— Cara, nem mais um passo ou vou te nocautear.

Estou com o celular na mão, pronto para digitar o número da polícia. Yuri passa por Lawson e bate no meu celular, que sai voando e cai no chão.

Antes mesmo que eu consiga falar alguma coisa, Lawson ataca, dando um soco sonoro na cara de Yuri. Ele assume uma postura de combate. Yuri para, zonzo por um momento, leva os dedos aos lábios e os afasta para verificar se tem sangue neles. Seu rosto se enrijece, e ele ergue os punhos. Eu me sentiria bem melhor se o soco de Lawson tivesse machucado mais.

— Pega ele, Yuri! — Divine grita. — Hora da pancada!

Yuri se aproxima com uma agilidade surpreendente. Ele dá um soco; Lawson desvia. Quase sinto o vento do punho dele.

— *Para!* — grito, mas não adianta. E essa não parece o tipo de vizinhança em que gritos de "socorro" sejam incomuns.

Yuri dá um soco forte para o alto e Lawson desvia. Mas Lawson escorrega no chão e cai de costas.

Yuri parte para cima dele em um segundo.

DELIA

Paramos na garagem do meu pai. Não dissemos nem uma palavra no caminho de volta.

— Então — digo.

— Então — meu pai diz.

— Acho que não sei direito o que fazer agora.

— Nem eu.

Me esforço para falar:

—Você... quer manter contato?

Ele se curva, desviando o olhar, observando a escuridão cheia de sapos coaxantes e zumbidos de insetos. Ele apoia o cotovelo no batente e coloca a cabeça na palma da mão, cobrindo os olhos. Segundos se passam. Ele olha para mim, exausto e abatido, de repente uma década mais velho.

— DeeDee.

Qualquer coisa que não seja um "sim" é um "não", e "DeeDee" não é *"sim"*. Mesmo assim, pergunto:

— Isso é um não?

— Eu... não consigo. Dói demais.

Lágrimas novas, intensificadas pela raiva, substituem as que secaram e se tornaram sal no meu rosto.

—Você não faz ideia do que é dor.

— Faço — ele diz baixo. — Sei até o que significa perder um pai.

— E mesmo assim você fez isso comigo.

— Não tive escolha.

— É o que você diz.

— Estou tentando começar uma vida nova. Eu... não posso viver com uma lembrança constante do fracasso que fui para você.

— Não quer. Tem medo.

— Também.

— Você é ridículo.

Ele leva isso como um soco no queixo. Abaixa os olhos e não responde nada. Tudo bem. Não queria que ele argumentasse mesmo.

Abro a porta do carro.

— Tenho uma coisa pra você. Espera aí. — Vou até o carro da Josie e pego o último DVD de *Sessão da meia-noite*. Volto e sento no jipe do meu pai. — Toma. — Entrego o DVD para ele.

— Esse é... é o seu programa?

— Sim. Quero que você assista.

Ele o segura com as duas mãos.

— DeeDee, não sei se eu...

— Você vai me dizer que não sabe se consegue?

— Isso.

— Porque dói demais?

— Isso.

— Porque prefere esquecer?

— DeeDee...

— Porque quer *seguir em frente* — digo as últimas palavras com desprezo.

Ele abre a boca para falar, mas não espero. Reúno toda a fúria que tenho. Dez anos de raiva acumulada em todas as células do meu corpo. Precisei me tornar uma criatura triste para carregar isso tudo.

— Bom, quer saber? Você *vai*. Construí esse *castelo* pra você. Você entende? Fiz esse programa pra *você me ver*. Pra você *sofrer* por ter me deixado. E você vai. Você não precisa falar comigo nunca mais. Não precisa nem lembrar de mim nem pensar em mim de novo. Mas em algum sábado à noite, quando Marisol tiver saído ou depois que você a tiver largado também, você vai botar isso no seu DVD e fingir que descobriu esse programa enquanto estava trocando de canal. E vai assistir à *sua filha* na TV, lidando com o que você deixou pra ela, com uma das fitas de VHS que você deixou pra ela, tentando com todo o coração se conectar a você do único jeito que ela sabia. Talvez fosse idiota e desesperador torcer para que você visse meu programa por acaso, mas vou rir por último porque você *vai* assistir. *Eu* ganhei.

Ele olha para o DVD, derrotado, e assente.

— Lembra do meu aniversário de sete anos? Quando peguei no sono e você me levou pra fora pra olhar as estrelas e a Lua? — Não sei aonde quero chegar com isso. Meu coração não está mais se comunicando com meu cérebro.

O rosto de fica inexpressivo.

— Aniversário de sete anos...

— Lembra?

— Vagamente?

— Deixa pra lá. — Abro a porta de novo.

— Que foi, DeeDee? O que foi?

Faço questão de encará-lo nos olhos antes de falar.

— Aquele foi o dia mais perfeito da minha vida. Só isso. Pensei que você deveria saber.

— Que bom — ele fala baixo, e desvia o olhar.

Procuro alguma evidência de perda. Não há o suficiente.

— Quando deixei de ser uma parte de você? Quando comecei a parecer uma unha cortada que você poderia descartar?

Ele não diz nada.

— Porque você nunca deixou de ser uma parte de mim.

Ele volta os olhos vermelhos para mim.

— Algum dia você vai conseguir me perdoar?

Ensaiei esse momento na minha cabeça muitas vezes. O momento em que meu pai me veria na TV e ligaria para mim e me pediria perdão. E aquele ensaio todo não me preparou para este momento. Porque nunca imaginei que estaria olhando para a cara dele. Sentada no carro novo dele, na garagem nova dele, em frente à casa nova dele, enquanto sua noiva grávida nova está dormindo lá dentro. E, com tantas novidades, acho que ele não deve precisar do perdão que me custaria tanto dar.

— Não — respondo. — Não consigo. Tchau, pai. Tenha uma boa vida. Cuide melhor da sua filha nova. Pena que nunca vou conhecê-la. — Saio e começo a ir embora sem fechar a porta. Mas dou meia-volta. — E mais uma coisa: eu sou muito legal. Sou uma boa pessoa e uma filha amorosa, e trabalhei duro e fiz um programa que pensei que você ia adorar. Você não devia ter me abandonado. Eu não merecia aquilo. — Consigo botar as palavras para fora, mas, assim que volto cambaleante para o carro de Josie, a muralha dentro de mim desmorona. É difícil dizer em voz alta coisas das quais você nem se convenceu direito de que são verdade. Ele chama meu nome atrás de mim, mas continuo andando.

Esse talvez seja o dia menos perfeito da minha vida. Menos ainda do que o dia em que acordei e descobri que ele não estava mais lá. Mas sei que vou ter este dia guardado dentro de mim, queira eu ou não.

Saio dirigindo, deixando meu pai parado na rua atrás de mim. Olho pelo retrovisor e o vejo — provavelmente pela última vez — iluminado pelas lanternas vermelhas do carro como algo saído de um filme de terror antigo.

333

JOSIE

É como aqueles sonhos em que você está vendo algo terrível acontecer e tenta gritar, mas suas cordas vocais estão congeladas e tudo que sai é um ruído seco e fraco.

Yuri se agacha, fica sobre Lawson e dá mais um soco forte. Lawson desvia, o que faz o punho de Yuri acertar o chão com um baque dolorido. Yuri grita de agonia e solta um palavrão (acho) em russo. Lawson tem uma abertura momentânea. Ele poderia se levantar com um salto enquanto Yuri se recupera. Mas não. *O que você está fazendo?* Yuri estende a mão para pegar alguma coisa atrás das costas. Paro de respirar.

Lawson dá uma rasteira em Yuri, que perde o equilíbrio e cai para a frente, em cima de Lawson. Ele tenta dar outro soco enquanto cai, mas Lawson desvia e prende os braços de Yuri. Lawson de repente abre as pernas no ar e as fecha em torno da cabeça e do pescoço de Yuri, imobilizando um dos braços de Yuri no chão, que está esticado como se ele estivesse com a mão levantada para fazer uma pergunta na aula. Lawson gira uma coxa atrás da nuca de Yuri e engancha o joelho da outra em cima da canela da perna que está em torno do pescoço de Yuri. Não parece que Lawson esteja improvisando. Seus movimentos são conscientes e precisos.

Ele começa a apertar feito uma serpente píton, apoiado em um pé. O rosto de Yuri fica em um tom escuro de roxo sob as luzes laranja do estacionamento. Ele arfa o que devem ser mais palavrões em russo, depois dá um tranco, tentando escapar da chave de perna, mas não consegue. Lawson ajusta com as mãos o posicionamento das pernas na cabeça e no pescoço de Yuri preso. Yuri tenta se levantar, puxando Lawson consigo, mas Lawson mantém as escápulas firmes no chão.

Yuri volta a cair lentamente de joelhos, se debate por mais alguns segundos, depois fica completamente imóvel. Lawson solta as pernas e vira o corpo gigantesco e inconsciente de Yuri de lado. Yuri começa a roncar na hora. Lawson se levanta, limpa a poeira das costas, pega o celular do chão e vem até mim.

—Você está bem?

Engulo em seco e faço que sim, ainda chocada, com adrenalina demais correndo pelo meu corpo para conseguir dizer alguma coisa.

— Bom, agora você conseguiu, seu bruto. Você matou o Yuri! — Divine berra. — Eu tinha pegado carinho por aquele imbecil, apesar da grosseria.

— Ele não está morto, idiota — Lawson diz.

— Ah, que coisa horrível de ver! Você mergulhando as mãos no sangue de um homem diante dos meus olhos.

— Cara, eu só fiz ele desmaiar. Ele está roncando agora. Se você calasse a boca por um segundo, conseguiria ouvir.

— Eu sabia que vocês eram encrenca de tão pouco que falaram essa noite toda. A gente precisa ficar de olho nos quietinhos. Quando a pessoa não fala é porque está tramando algo.

Lawson aponta para Divine.

— Cala a boca. Você já falou demais por hoje. Ele se abaixa e revira os bolsos de Yuri. Encontra as chaves do carro.

— É melhor não roubar meu carro, seu vândalo! — Divine grita.

Lawson caminha rapidamente em direção a Divine.

— Não ouse! Um dos meus melhores amigos é o Steven Seagal. Ele prometeu que ia causar um sofrimento terrível a quem tirasse a minha paz! — Apesar da pose, Divine se encolhe inteiro quando Lawson se aproxima. — Para trás, seu brutamontes!

Lawson levanta as chaves do carro na altura do rosto de Divine, depois as joga na caixa de doação. Ele aponta para Yuri, ainda estatelado no chão.

— Quando ele acordar, vai estar com um humor ótimo. Vai ajudar você a se soltar e, talvez, juntos, vocês consigam pegar as chaves aí dentro. Podem até conseguir vender alguma coisa.

Divine assente, apreensivo.

— Tudo bem. Está certo.

Lawson sai andando. Assim que ele se vira, Divine recomeça.

— Não tenho medo de você! Você teve sorte!

Recupero a voz.

— Lawson, dá o honorário do sr. Divine. — Espero que Lawson entenda o que quero dizer.

Lawson abre um sorriso de quem entendeu, dá meia-volta e vai até Divine, cuja pose desaparece de novo.

— Certo, está bem. Vamos ficar calmos.

Lawson segura a cauda do paletó de Divine enquanto impede seus tapas fracos de o atingirem. Então pega o elástico da cueca boxer dele e a puxa para cima, com um barulho alto. Divine grita.

— Ai! Esse foi um cuecão violento e desnecessário! Você vai receber uma ligação dos meus advogados nos próximos dias. Acho que você deve ter me deixado com uma hérnia na lombar! E, se tiver machucado meu ânus, você vai pagar caro por isso!

Vejo meu celular a alguns metros de distância. Corro até ele. Parece estar funcionando bem, mas só com sete por cento de bateria. Lawson vem até mim e começa a guiar o caminho.

— Espera — digo. — Mais uma coisa. — Corro até o carro, abro a porta e pego a lagosta embalada para viagem. Eu a seguro no ar como um troféu. — Eu paguei por essa lagosta. Eu e Lawson vamos comer.

— E se eu quiser beliscar alguma coisinha depois? — Divine lamenta. — Não tem nada pior do que ficar com fominha num quarto de hotel. Ah, não quero mais trabalhar com você. Não mesmo. Você nem se importa se eu vou passar fome. Vou falar para todo mundo que trabalha na televisão não te dar um minuto do dia deles.

— Faça isso — grito para trás. — Comece pelo Disme.

Eu e Lawson saímos andando a passos rápidos. Os gritos indignados de Divine vão ficando mais fracos atrás de nós. Lançamos um último olhar para ele, parecendo uma marionete quebrada e furiosa. E, apesar de tudo — de tudo que aconteceu hoje —, nós dois damos risada.

Meu celular estava com sete por cento de bateria, mas, no minuto que começo a usá-lo para descobrir onde estamos, a bateria cai para quatro por cento.

Lawson tira o celular do bolso dele. A tela está toda estilhaçada.

— Ai, saco. Deve ter quebrado durante a luta. Ele está ligando, mas não dá pra usar a tela.

— Acho que sei em que direção temos que ir. Na verdade, é até meio fácil voltar pro hotel. Mas fica a uns oito quilômetros.

— Não é melhor a gente tentar chamar um táxi, um Uber ou coisa assim?

— Não faço ideia do quanto isso iria custar, e realmente não posso gastar mais dinheiro. Estou totalmente falida.

— Não ligo de andar até lá. Além disso, acho que vou precisar comprar um celular novo, então vamos.

— Desculpa por tudo, de verdade. Estou com muita vergonha.

Lawson sorri e coloca o braço em volta de mim.

— Ei, pude passar um tempo com você. Eu nunca vou reclamar disso.

Dou um beijo no pescoço dele.

— Tá, me explica o que eu acabei de ver.

Lawson sorri enquanto entra em sua área de conhecimento.

— Basicamente, no minuto em que o Yuri assumiu a postura de luta dele, deu para ver que ele era de atacar, não de agarrar. Estava com medo que ele soubesse lutar sambo...

— Sambo?

— Arte marcial russa. Parecida com jiu-jítsu.

— Da hora. Continua.

— Então, pela postura dele, deu para notar que era mais um lutador de rua pela postura. Ele não se movia como se tivesse treinamento. Mesmo assim, eu é que não iria ficar em pé e brigar com ele. Pensei que, se conseguisse levar a luta pro chão, poderia dar uma chave de braço ou fazer um estrangulamento. Certeza que ele não teria nenhuma defesa contra submissão. Mas não queria tentar jogá-lo no chão porque ele era grande demais. Então fingi cair para fazer com que ele fosse pro chão, e *bam*! Estrangulamento triângulo. O mais perfeito que eu já fiz.

— Em outras palavras, você basicamente jogou uma partida de xadrez na sua cabeça em um nanossegundo.

— Uma partida de xadrez em que um soco poderia me deixar no necrotério.

— Espera... *Sério?*

— Na pior das hipóteses sim, mas...

— Você correu risco de vida para ficar entre mim e Yuri?!

— Nunca deixaria que ele encostasse em você.

— Você não faz *ideia* do quanto isso é sexy.

Ele dá de ombros, envergonhado, fingindo que não é nada demais.

— Meu personagem favorito da série Bloodfall é o Taaro Tarkkanan, um guerreiro que é o guarda-costas da rainha das Terras Outonais. Ele jurou morrer para defender a rainha.

Paro na frente dele e coloco uma mão sobre seu peito. (É um peito bonito.)

— Ei, espera um pouco. — Fico na ponta dos pés e puxo seu rosto para baixo, até meus lábios tocarem os dele. — Preciso fazer panquecas pra você — murmuro.

— Sabe o que eu queria não ter deixado no carro do Divine? — pergunto, parando para tirar meus sapatos de salto.

Lawson bate na testa.

— Seus chinelos.

— Pois é. Acho que vão virar o honorário do Divine.

— Não vai ajudar se ele ficar com fominha depois.

— Não.

Lawson para e tira os sapatos e as meias. Ele enfia as meias no bico dos sapatos e os entrega para mim.

— Coloca isso.

— Mas e você?

— Meus pés são supercalejados por causa dos treinos.

— Você é assustadoramente incrível.

Depois de trinta minutos de caminhada, a adrenalina e a alegria de termos conseguido escapar por pouco já passaram. O que ficou foi ter a terrível noção do que nosso fracasso com Divine significa.

— Faz um tempo que você está quieta — Lawson diz.

— Estou chateada que o Divine tenha sido um desastre tão grande. Tipo, chateada *mesmo*.

— Imagino.

— Apostei muita coisa nisso.

—Você vai conseguir juntar dinheiro no verão.

— Não é disso que estou falando.

— Do que você está falando?

Quase digo: "Agora não é o momento. Vamos deixar pra conversar depois". Mas seria péssimo. Não é algo que se diga para alguém que acabou de arriscar a vida por você. Mas também não consigo encará-lo nos olhos. Então, do nada, começo a chorar. Não era a minha intenção. Mas o estresse, a exaustão e a derrota dessa noite tomam conta de mim.

— Ei — Lawson diz com carinho. Ele me abraça e escondo o rosto no seu peito. Ele acaricia meu cabelo. — Está tudo bem. Tudo bem.

— Que tal eu passar por mais uma humilhação hoje, não é mesmo? — digo, me recompondo.

Lawson balança a cabeça.

—Você não tem que se envergonhar. Você enfrentou essa noite como uma campeã. Você é uma guerreira.

Suspiro e seco as lágrimas.

— Não sei. Fiz um acordo com meus pais. Lembra que falei de um possível estágio na Food Network no nosso primeiro encontro?

— Sim. Aquele que sua mãe arranjou pra você?

— Esse mesmo. Meio que prometi pros meus pais que, se as coisas não dessem certo com Divine, eu aceitaria o estágio.

— Então...

— Então, se eu for cumprir minha promessa, quer dizer que vou pra Knoxville no fim do verão. — Ergo os olhos para ver a reação de Lawson.

—Ah. — Seu rosto se turva. Como quando você acende as luzes de um cômodo e alguma coisa parece estranha e você percebe que uma das lâmpadas está queimada.

— Não sei o que fazer. Não quero deixar você e a Delia.

Lawson fica quieto por um bom tempo. Vejo os músculos de seu maxilar tencionarem. Finalmente, ele diz:

— Não quero ser a razão pra você quebrar uma promessa.

— A outra coisa é que, depois desse fim de semana, não sei se quero ser uma apresentadora de programas de terror pelo resto da vida. Andar naquela convenção... me fez perceber que não sou uma pessoa do terror. Não pra valer. Não me sinto dedicada o suficiente. Tipo, você tem alguma dúvida de que queira ser um lutador profissional?

— Não. Se eu tivesse, nunca conseguiria fazer o que faço. Ia doer muito.

—Viu? Além disso, sei que o Divine era cheio de si, mas acredito nele quando ele disse que chegou ao auge no mundo dos apresentadores de programas de terror. E não me parece uma visão muito boa.

— Não, não parece.

— Como vou contar pra Delia?

—Você vai dar um jeito.

— Eu me sinto *péssima*. Fiquei pressionando para ela ir ver o pai dela.

— Não, não ficou. Ela queria ir. Dava pra ver. Você só deu permissão.

— Aquilo vai partir o coração dela. Isso. A gente não pode contar para ela como tudo foi tão horrível. A Delia não precisa de muita coisa pra se achar uma pessoa horrível.

Caminhamos em silêncio contemplativo.

—Vou sentir saudades — Lawson diz. — Queria ter conhecido você antes.

— Aposto que tem treinadores de luta ou algo do tipo em Knoxville. — Ouvir essas palavras em voz alta me faz perceber o quanto quero que elas entrem profundamente na mente Lawson.
— Tem sim.
Espero alguns segundos para ele continuar.
— E?
— E... preciso continuar com o meu treinador. Ele é ótimo. Eu e ele trabalhamos juntos desde que comecei a lutar. Sou muito leal às pessoas.
— Promete pensar a respeito?
Ele assente.
— Vou pensar.
— Desculpa por ter sido tão chata com você no nosso primeiro encontro.
— Parte do seu charme.
— Você é um garoto muito legal.
— Você é uma garota muito ótima.
Andamos e andamos e andamos, meu abatimento cresce a cada passo. Começou a parecer uma marcha fúnebre.
Tiro o celular do bolso para ver quanto falta e gasto os últimos resquícios de bateria. O que é péssimo, porque agora não temos mesmo como chamar um carro. E estou completamente sem energia. Emocional. Física. Meus pés estão com bolhas. Meu coração também.
Paro no meio da calçada. Sinto que vou começar a chorar de novo.
— Estou exausta.
— Quanto falta?
— Mais um quilômetro e meio.
Ele vira as costas e se abaixa, apoiando um joelho no chão.
— Monta aí.

— Cara.
— É sério. Pode montar.
—Você vai me levar de cavalinho por *um quilômetro e meio*?
— Sim.
— Como assim?
— Não treinei nada este fim de semana. Vai ser bom pra mim. A gente se carrega pela academia durante os treinos.
— Tá, mas você vai ter que calçar os sapatos.
— Combinado.

Ele calça as meias e os sapatos. Subo nas costas dele e seguro firme, apoiando a cabeça no cabelo preto farto dele. É como o paraíso.

—Você é forte como um hipopótamo — murmuro. Começamos a rir tanto que ele precisa me colocar no chão por um segundo.

—Você não pode me fazer rir se quiser que isso funcione — ele diz.

— Tá. Vou sentir muitas saudades de você.
— Perfeito. Essa é a coisa menos engraçada para eu pensar.
— Eu não tinha terminado. Saudades… como um hipopótamo.

DELIA

Minha visão está tão turva pelas lágrimas que quase saio da pista algumas vezes.

São poucos os bons lugares no mundo em que dá para gritar. Não se pode gritar em público. Não se pode gritar em casa se tiver vizinhos perto. Não se pode gritar na escola. É estranho que haja tão poucos lugares para fazer algo que às vezes a gente precisa muito fazer. Deveria haver cômodos acolchoados à prova de som, como banheiros para gritar. Felizmente, um Kia Rio numa viagem de três horas na interestadual de Boca Raton para Orlando é um ótimo lugar para gritar.

Então abro a janela e grito para a noite úmida. Grito até o fundo da minha garganta arder e queimar feito um joelho ralado. Até sentir o gosto de cobre na boca. Grito com meu coração de sete anos de idade e todos os anos de mágoa que vieram depois. O ar, pesado pela umidade, parece cobrir o som, como se eu estivesse gritando com a cara em um travesseiro. Esse lugar estranho dá a sensação de que a selva quer devorar o meu grito; como se, no instante em que os humanos parassem de controlar a natureza, ela vai reaver o que era dela por direito. Talvez as capotas de gelo derretam e este lugar desapareça por completo, tomado pela água.

Que ótimo lugar para alguém que está fugindo de suas memórias, onde todo o movimento do mundo segue para o esquecimento.

JOSIE

Quando Lawson sai do chuveiro, estou sentada de pernas cruzadas na cama, o cabelo enrolado na toalha, usando o short e a regata com que dormi, atacando minha lagosta reconquistada. Mergulho pedaços da carne branca e adocicada no potinho de manteiga que veio junto. Delia acabou de me mandar uma mensagem para avisar que estava abastecendo o carro e que chegaria em cerca de uma hora e meia.

— Desculpa, cara — digo, de boca cheia, quando Lawson sai. — Não consegui esperar.

Lawson ruge fingindo raiva, corre até a cama e pula, me fazendo erguer a caixa da lagosta no último segundo, aos risos e gritinhos. Ele me faz cócegas e grito mais um pouco.

— Ouvi dizer que não tem coisa pior do que passar fominha em um quarto de hotel — ele diz.

— O que posso fazer? Queria beliscar alguma coisinha.

Rasgo um pedaço de lagosta, o mergulho na manteiga e dou na boca dele.

Ele mastiga e acena.

— Nada mal… Mas panqueca é melhor.

— Vale noventa contos?

Olhamos um para o outro por um segundo e gargalhamos.

— De jeito nenhum — ele diz.

— Que desastre essa noite — digo. — Em todos os aspectos possíveis.

Lawson fica com o ar distante e satisfeito.

— Quê? Que cara é essa?

— Não foi tão ruim assim em um sentido.

— Qual? — Ergo a mão e arrumo uma mecha rebelde de seu cabelo molhado.

— Falei que ganharia uma luta na sua frente algum dia. Hoje eu ganhei. — Ele sorri.

Coloco a caixa de lagosta no criado-mudo e me levanto ao pé da cama.

—Vem aqui. Fica do meu lado.

Lawson obedece. Seguro a mão dele.

— Eeeee o vencedor da luta de hoje... O que eu falo agora? O seu nome?

— Isso. Também fala como eu ganhei. Por estrangulamento triângulo.

Ergo o braço dele.

— Eeeee o vencedor da luta de hoje, por estrangulamento triângulo, Lawson "Lost in Translation" Vargas! — grito a última parte tão alto, que alguém bate no nosso teto. Mas não estamos nem aí. Lawson dá um mortal para cima da cama, pulando algumas vezes e pulo ao lado dele, e rimos e nos beijamos muito.

Pode ser que não fiquemos juntos para sempre, mas temos o agora.

Dormir juntinho não é estranho nem constrangedor como eu temia. Ficamos só abraçados, os dois com cheiro de sabonete de hotel.

Por mais cansada que eu me sinta, e por mais confortável que esteja agora, de conchinha com Lawson, demoro mais para pegar no sono do que pensei que demoraria.

Imagino como a noite de hoje deve ter me ferido emocionalmente em sentidos que só vou conseguir entender quando acordar de manhã, como o dia depois de se fazer atividades físicas pesadas e exaustivas a que seu corpo não está acostumado.

Pondero sobre a promessa que fiz aos meus pais e se é sensato trocar algo pequeno e seguro por um futuro incerto.

Penso em Delia, voltando sozinha de carro na escuridão, depois de ter a melhor ou a pior noite da vida dela. Duvido que tenha sido algo no meio-termo. E reflito sobre o que vou ter de contar para ela.

E penso no garoto em cujo corpo quente, forte, rígido, mas ainda assim acolhedor, estou aconchegada. Esse que está sendo um perfeito cavalheiro apesar da óbvia ereção que está tendo. Esse que aguentou em silêncio ao meu lado todos os momentos de uma noite difícil. Esse que casualmente correu risco de morrer em uma batalha por mim. Esse que literalmente me carregou nas costas. Esse que me surpreendeu completamente em tantos sentidos.

DELIA

Tento fazer o mínimo de barulho possível enquanto entro no quarto do hotel, porque Josie e Lawson devem estar dormindo. Vou me guiando pela luz do celular.

Josie ergue a cabeça, os olhos semicerrados.

— DeeDee? — ela sussurra, com a voz pastosa de sono. Lawson nem se mexe.

— Oi — sussurro.

— Como foi?

Balanço a cabeça, tentando não começar a chorar de novo.

— Uma droga. Como foi com vocês?

— Estou muito cansada. Amanhã eu te conto.

Posso notar pelo tom da voz dela que não quer me contar agora e, se fosse uma notícia boa, ela ia querer me contar, porque tenho certeza de que ela consegue sentir que estou tendo uma das piores noites da minha vida e que só quero que ela acabe logo.

À noite toda, sonho várias vezes que meu encontro com meu pai termina de um jeito diferente. Os piores sonhos são aqueles em que o dia termina bem, e aí fico acordada por alguns segundos até me dar conta de que foi só um sonho.

Acordamos, finalmente, por volta das onze e meia. Basicamente só temos tempo para cair para fora da cama e escovar os dentes antes de fazer o check-out.

Do lado de fora, semicerramos os olhos sob o sol forte; o ar do lado de fora dá a sensação de entrar dentro de uma boca quente. Minha cabeça ainda dói de tanto chorar. Ou talvez seja uma dor de cabeça nova e esquisita. O que quer que seja, lateja como se alguém tivesse batido várias vezes nela com uma marreta de desenho animado comicamente gigante. Consigo sentir os rastros de lágrimas em meu rosto, que acabaram ficando no meio da minha arrumação apressada antes de sair.

Meu estômago ronca. Consigo ouvir o dos outros fazendo o mesmo — uma sinfonia gastrintestinal. Mas firmamos um acordo tácito de sair direto para pegar a estrada. Dar o fora daqui.

A pior parte é o silêncio no carro. É bem parecido com o silêncio em que você está fofocando sobre alguém e a pessoa chega e pergunta: "E aí gente, estavam falando sobre o quê?", e você fica tipo: "Hummmmm... vooooocê...? Nada, não! Quê?".

Josie está dirigindo, com o cotovelo esquerdo apoiado na janela aberta, a cabeça pousada na mão. Estou inclinada para a direita, a cabeça encostada na janela. O cheiro tangível de derrota paira amarelo e verde no ar, como um pote aberto de feijão cozido esquecido na geladeira, que agora parece ter sido comido e expulsado pelo corpo de alguém.

Leva quarenta e cinco minutos até alguém falar. Sou eu.

— Então. Jack Divine?

— Jack Divine — Josie murmura, balançando a cabeça.

— Não deu nada certo?

Josie ri com amargura.

— *Nana-nina-não*. É, não, deu *errado*, eu diria até.

— Não deu nem um pouco certo — Lawson murmura.

— Ele é...

Josie termina por mim.

— Um psicopata narcisista iludido que provavelmente faria com que todos nós fôssemos assassinados se trabalhássemos com ele? Sim.

— Então ele não vai...

— Não. Ele não vai ajudar a gente. Ele não vai melhorar nosso programa. Não vai nos dar nenhuma oportunidade. Ele só quer conseguir tirar o máximo de dinheiro das pessoas pra pagar a dívida que tem com a máfia russa. *Longa* história.

— Bom. Que droga. Teria sido diferente se eu estivesse lá?

Josie suspira.

— É. Uma droga. Mesmo. E não, nenhuma diferença.

— Viemos de tão longe.

— Pois é.

Eu me sinto como um chumaço gigante de papel higiênico em que deram descarga. Pensei que pelo menos eu conseguiria ter uma vitória nesta viagem. Que coisa boba de se pensar. Eu não *venço*. Não tenho *nenhuma* sorte. A vida só vai tirar mais e mais com a minha cara.

Seguimos em silêncio por mais alguns quilômetros.

— Então. Seu pai? — Josie pergunta.

— Meu pai.

— Não deu certo?

— Não, ouso dizer que deu bem errado.

— Sinto muito, DeeDee.

— Eu também.

— Não quer conversar sobre isso?

— Não muito, não.

Mais quilômetros. Mais silêncio desmoralizado.

— Bom — digo finalmente. — Fizemos nosso programa sem o Jack Divine e podemos continuar fazendo sem ele. Nós mesmas vamos nos levar para o próximo nível. Sempre podemos...

Josie só concorda com a cabeça com um ar estranhamente hesitante.

— Que foi? — pergunto.

— Nada, não.

— *Que foi?*

Ela balança a cabeça e ergue a mão.

— DeeDee, só...

— Por que você está estranha?

— Não estou.

— Não, está sim.

— Tá, não, estou supercansada.

— Não sou burra. Conheço você, tipo, muito bem.

— Só não quero mesmo conversar sobre isso agora.

— Nós podemos deixar nosso programa muito bom sem ele — murmuro. Fico observando para ver a reação de Josie.

Ela tem uma expressão angustiada no rosto.

— Sim — ela diz, sem muita convicção.

— Tá, sério. Desembucha. Vamos ficar mais umas dez horas nesse carro. É melhor botar pra fora logo.

— É exatamente *por isso* que não quero conversar sobre esse assunto agora. E também não quero deixar o Lawson sem graça.

— Ah, que foi, está com medo de sair no pau na frente do Lawson... o *lutador profissional*?

Lawson afunda no banco como quem diz: "Ei, não me mete no meio disso".

— Não, DeeDee, sinceramente não estou nem um pouco a fim de drama — Josie diz.

— Bom, estou vivendo as vinte e quatro horas mais devastadoras da minha vida, então por que não botar todas as cartas na mesa de uma vez?

Josie tira as duas mãos do volante por um segundo e as ergue na frente do rosto como se segurasse uma caixa invisível que contém o que quer que ela não quer me dizer. Ela inspira fundo, segura, e solta o ar.

— *Não posso mais fazer o programa*. Tá bom? Não posso mais. Pronto. Está feliz agora?

De repente, sinto como se uma enorme e fria garra de aço estivesse rasgando meu estômago. O fracasso absoluto com meu pai foi uma coisa. Foi meu passado. Mas esse programa? Esse programa é meu presente e meu futuro. É tudo o que eu tenho. É o que me faz sair da cama todos os dias.

— Do que você está falando? — pergunto com a voz fraca.

Josie pisca rápido, como se estivesse contendo lágrimas.

— *Que foi*, Josie? Que foi? — fala com a voz mais alta.

A voz dela é tensa e aflita.

— Prometi pros meus pais. Se isso não desse certo. Esse lance todo. Com o Jack Divine. Se ele não nos ajudasse. Falei pra eles. Eles me fizeram prometer.

— Prometer o quê?

— Que eu aceitaria o estágio em Knoxville.

A garra abre ainda mais o meu estômago.

— Você não pode estar falando sério.

— Estou.

— É só dizer que não pode.

— Eu prometi.

— Quebra a promessa.

— Não posso fazer isso.

— Não quer fazer, isso sim.

— Tá. Não quero.

— Então é isso? — digo, rindo com amargura. — Você não quer lutar pelo programa?

— Eu *lutei*, DeeDee. Faz meses que meus pais estão em cima de mim. Eles nem teriam me deixado vir se eu não tivesse prometido. Eu tentei a sorte e perdi.

— Você tem dezoito anos. Poderia ter mandado os dois à merda.

— Não, não poderia. Eles são meus pais. Eu amo os dois.

Olho pela janela e balanço a cabeça. Todas as partes do meu corpo doem, como se minhas emoções estivessem transbordando e sendo transformadas em substâncias químicas de dor ou coisa do tipo.

— E, pra ser sincera — ela continua —, não sei se é esse o tipo de programa que quero fazer pelo resto da minha vida.

— Nossa, legal — digo.

— Não estou falando mal do nosso programa. É que ir àquela convenção me fez perceber que esse tipo de mundo não vai ser meu lugar para sempre. Tipo, posso ficar no cantinho e mexer um pouco com isso, como eu fiz, e tudo bem. Mas não posso dedicar minha vida toda a isso. Se não fosse por você e pelo quanto me importo e amo você e também pelo quanto amo fazer o programa com você, eu não escolheria esse mundo.

— Então você está abrindo mão de tudo que a gente fez?

— Não, não estou abrindo mão. Pensei em fazer uma viagem de vinte e quatro horas de ida e volta para Orlando para jantar com uma pessoa completamente transtornada que, diga-se de passagem, *acabou com o meu dinheiro*. Essa noite com o Jack Divine me custou todos os centavos que eu tinha.

— *Como assim?*

— Pois é. É uma história *incrível*, aliás. Mas, enfim, eu tentei, tá? Não estou só abrindo mão. Fiz o possível pra que desse certo, pra que eu pudesse realizar meu sonho e pudesse continuar fazendo o programa.

— Você só quer ser famosa. — Não consigo esconder a acidez na minha voz. Não estou nem um pouco de boa e sei disso, mas...

— Sério? É aí que você quer chegar?

— Ah, é bem aí que eu quero chegar.

— Ei, gente — Lawson diz. — Talvez...

— Deixa que a gente cuida disso — berro.

Ele levanta as duas mãos, como se eu tivesse apontado uma arma para ele.

— Tá. Foi mal.

— Por favor, não seja grossa com ele — Josie diz.

— Por favor, não se juntem contra mim — digo.

— Estou fora dessa — Lawson diz.

— Enfim, é isso aí, Delia, quero ser superfamosa. Quero ter três milhões e setecentos mil seguidores na rede social mais badalada do momento. Quero postar fotos de mim mesma com uma calça branca ondulante tomando uma grande taça de vinho tinto com uma legenda clichê insuportável do tipo "Autocuidado... começa com você mesmo". Quero comer algas marinhas caras e tomar uma água em que todas as moléculas tenham sido alinhadas na mesma direção. Quero falar para as pessoas gostarem desse ou daquele restaurante e oferecer cupons de vinte por cento de desconto de produtos de cama, mesa e banho e dizer que nenhum guarda-roupa está completo sem a minha sandália favorita de mil e duzentos dólares e meu jeans de setecentos e cinco dólares. Quero fazer viagens de seis meses para uma ilha particular para "me encontrar". É isso que eu quero.

— Pois é.

— Sério? *Sério mesmo?* Não. Desculpa. Isso é tipo acusar uma pessoa que quer escrever um livro ou gravar um álbum de só querer ser famosa. Vai ver eles só queiram se conectar com as pessoas. É muito injusto.

Reviro os olhos.

Ela fica irritada com isso. Dá para perceber.

— O único motivo por que ficamos amigas, aliás, é por causa do meu sonho. Foi isso que nos uniu. Você sabe o que quero da vida desde o dia em que me conheceu.

— Mas e eu? — pergunto. — Não tenho direito a ter sonhos também?

— Claro que tem. E eu apoio você de todas as maneiras que eu posso.

— Bom, o meu sonho é o seguinte: continuar fazendo e melhorando nosso programa juntas, até virar algo que nós duas fazemos para ganhar a vida. Como a gente conversou.

— Eu tentei fazer isso acontecer. Tentei mesmo. Tentei apoiar você.

—Você tentou um pouco.

— DeeDee, juro que entendo que você esteja chateada e que você não entende que eu estou chateada também.

— Ah, sério? Você entende como é crescer sem um pai e toda diversão ululante que isso engloba e ter uma *única* coisa boa que é tirada de você? Isso é algo que você jura que entende?

— DeeDee.

— Não. Você entende? Você entende o que é isso? É essa a sua vida?

— Não — Josie diz baixo depois de uma longa pausa.

—Você está muito chateada por me abandonar pra correr atrás de coisas maiores e melhores?

— Sim.

— Até parece.

— DeeDee, foi você quem teve a ideia do programa. De como

a gente faria tudo. Você fez todas as ligações para o estúdio e trouxe o Arliss a bordo. Você cuidava das vendas de merchandising. Você tinha todos os filmes. É só me substituir. O programa é seu.

— O programa é *nosso*.

— O programa pode existir sem mim. Nunca poderia existir sem você.

— Isso é lisonjeador, mas...

— Eu poderia vir para a cidade nas férias e a gente poderia gravar um monte de episódios seguidos — Josie diz.

— Não. Primeiro, o Arliss não toparia. Segundo, precisamos produzir materiais novos com mais regularidade, senão vamos perder nosso horário e talvez até nossos distribuidores. — *E, terceiro, é a coisa que me faz sobreviver durante os outros dias da semana. A única coisa boa na minha vida.*

— Encontra outra pessoa para ajudar ou faz o programa sozinha, como a SkeleTonya fazia. Eu poderia virar uma convidada especial.

— De jeito nenhum. Se você for embora, você foi. Não vai ser uma convidada no meu programa. Estou cansada das pessoas ficarem na minha vida com má vontade. — Falar isso dói, como se um ferro quente passasse por todo meu corpo. Meu cérebro é um turbilhão enorme de mágoa, raiva, tristeza, exaustão e algo que eu poderia chamar de decepção (mas um milhão de vezes mais profundo), e minha boca está meio que falando por conta própria.

— Tá bom, então — Josie murmura tão baixo que quase não escuto.

Eu me sinto como um saco de fezes molhadas de gambá. Talvez seja por isso que todos me abandonam.

Eu daria tudo para ser boa demais para que as pessoas pudessem me abandonar. Por que não sou melhor? Por que não sou o suficiente? Se eu não conseguir manter você ao meu lado, Josie, então quem vou conseguir manter? Inclusive, talvez eu seja poupada de muita mágoa no futuro se não der a ninguém a chance de me abandonar. Esse vai ser meu novo plano. Cansei de amar as pessoas.

Lanço um olhar para Josie enquanto ela olha fixamente para a pista. Ela seca uma lágrima rapidamente. E outra com a outra mão. E mais outra. Ela finalmente desiste e as deixa cair. Uma pende de seu queixo por um tempo infinitamente longo, refletindo o sol radiante da Flórida como se fosse um prisma.

Acho que tudo morre em algum momento, até mesmo o Sol. Minha vida parece uma estrela se desintegrando. E olha que nunca foi uma vida tão brilhante assim.

JOSIE

Do nada, enquanto estou chorando, passa pela minha cabeça o quanto é bom que lágrimas não tenham cheiro de xixi, e quase comento isso com Delia porque sei que ela daria risada em circunstâncias normais, mas ela está de olhos fechados, com a cabeça apoiada na janela, sem olhar para mim. Ela nem parece dormir; parece ter se desligado, de tão sobrecarregados que estão seus circuitos. Sinceramente, se eu estivesse no lugar dela, também estaria assim.

Sinto alguma coisa no meu quadril esquerdo. Lawson passou a mão discretamente entre a porta e o meu banco. Abaixo minha mão e seguro a ponta dos dedos dele com a ponta dos meus. Me dá um pouquinho de conforto. Até eu me lembrar que também estou deixando Lawson — *isso* — para trás, e continuo chorando baixo.

Fico tentando parar, mas o peso brutal da exaustão, da culpa e da tristeza dessa vida que estou abandonando continua a tirar lágrimas de mim como uma pessoa pisando numa esponja.

Coloco a playlist do Dearly que Jesmyn fez para nós. Ela disse que começou a curtir muito esse músico depois que o namorado dela morreu, e dá para entender o porquê. Ele canta como um companheiro de tristeza. A dor e a nostalgia na voz dele são tudo que consigo ouvir nas próximas horas. A mão de Lawson passa para dar um oi de tempos em tempos.

Fazemos menos paradas na volta do que na ida. Não estamos viajando durante a noite, então não precisamos nos esforçar tanto para ficar acordados. Além disso, todos queremos que a viagem acabe logo.

Paramos em um posto de gasolina pequeno perto de Ringgold, Geórgia. Um daqueles lugares meio restaurantes, meio loja de bugigangas. Enquanto estou lá dentro comprando uma Coca, vejo uma coisa de que preciso. Eu não deveria gastar nem um centavo a mais do que o absolutamente necessário depois do que Divine tirou de mim, mas isso é absolutamente necessário. Pago e levo para fora, embalado em um papel branco para proteger.

Lawson ainda está lá dentro, usando o banheiro, quando chego ao carro, então fico esperando.

Quando ele sai, nossos olhos se encontram. Ele me abre um sorriso triste e pergunta:

— Falta muito? — (As piadas dele ainda podem melhorar.)

Quando se aproxima de mim, tiro minha compra de trás das costas e entrego para ele.

Ele sorri e começa a desembrulhar o presente.

— O que é... — Um gatinho de porcelana cai nas mãos dele. Seu sorriso se desfaz, como se ele fosse um garotinho encontrando um presente embaixo da árvore de Natal que ele não tinha esperança nenhuma de receber, e seu centro de prazer no cérebro está sobrecarregado demais de alegria para falar e sorrir ao mesmo tempo.

Ele lança um olhar para mim rapidamente, e baixa os olhos de novo. Olha para mim. Baixa. Olha para mim de novo.

Seus olhos parecem a luz de uma lareira sobre o carvalho polido quando o sol se reflete neles. Não tinha percebido isso antes. *Como um rosto que me pareceu tão comum nas primeiras vezes em que o vi se tornou o mais lindo do mundo para mim?*

Sua sobrancelha se franze. Ele cerra o punho em volta do gato e vem até mim. Penso que ele vai me beijar, mas, em vez disso, ele me ergue em um abraço forte, quase tirando todo o ar dos meus pulmões.

— Calma, tigrão, não vem dar uma de Yuri pra cima de mim. — arfo e rio baixo.

Ele me solta. Tenta dizer algo e para. Tenta de novo e para. Me abraça de novo, mais gentilmente dessa vez, de forma que consigo respirar. Depois coloca a mão na minha bochecha, aperta seu corpo contra o meu, e me beija como se estivesse incendiando e eu fosse a água.

Às vezes, você sabe que está ficando com febre muito antes de ficar. Dias. Uma semana. Está lá, uma contagem regressiva no fundo da sua mente. Você ainda está se sentindo bem, mas seu corpo fica avisando que *algo vai tomar conta de você*. É uma premonição. Se apaixonar é assim. Como o tipo mais agradável de febre, um delírio perfeito tomando conta de você. Você sente que está se aproximando antes de chegar. Muito antes de derrubar você por completo.

DELIA

— Beleza, até — digo, sem encarar os olhos de Josie quando ela me deixa em casa.

— DeeDee? — ela me chama com a voz suplicante.

Mas eu a ignoro, pego minha mochila do porta-malas e entro rapidamente no trailer. Sei que estou sendo babaca com uma das pessoas que mais amo no mundo, mas não consigo evitar.

Minha mãe me encontra na porta da frente, já vestida para dormir.

— Como foi, filha? — ela pergunta.

Balanço a cabeça e tento não olhar para ela, mas minha mãe me abraça e desmorono, chorando de soluçar.

— Te amo, mãe.

— Também te amo, DeeDee. Quer conversar?

Balanço a cabeça de novo.

— Alguém te machucou? — Minha mãe pega meu queixo para me encarar nos olhos.

— Não no sentido em que você está perguntando.

Ela me observa por um segundo antes de me puxar com carinho pela mão até o sofá. Ela se senta e pousa minha cabeça em seu colo e acaricia meu cabelo e meu rosto encharcado de lágrimas.

Ela sabe. Consigo sentir. Nunca acreditei de verdade no dom dela como ela mesma acredita, mas não tenho dúvidas de que ela sabe e sofre tanto quanto eu.

JOSIE

É quase uma da manhã quando chego em casa depois de deixar Lawson na casa dele. Entro pela cozinha na ponta dos pés, sem acender nenhuma luz, e tiro um pote de sorvete de creme com cookies e gotas de chocolate do congelador. Pego uma colher, me sento à mesa, e me preparo para afogar minhas mágoas na comida. Buford entra na cozinha e me dá um latido repreensivo.

Faço *psiu* para ele e o acaricio atrás da orelha.

— Algum dia, vou tentar fazer uma fornada de biscoitos usando só sorvete de creme com cookies e gotas de chocolate — sussurro.

Buford me lança um olhar inquisitivo.

— Mas você não vai poder comer, Bufiezinho — continuo. — Porque nunca consigo lembrar as duzentas e sessenta e sete comidas humanas diferentes que são venenosas pra cachorros, então é melhor não correr risco.

Buford me lança um olhar melancólico. Em algum grau, ele sabe que existem coisas no mundo que ele não pode comer, e isso lhe causa uma enorme tristeza.

— Jo? — A voz sonolenta da minha mãe me assusta.

— Oi, mãe. Desculpa te acordar.

— Que bom que você chegou bem. — Ela entra arrastando os pés e se senta ao meu lado.

— Desculpa. Sei que você odeia quando faço isso. — Levanto a colher e o pote de sorvete.

— Odeio. Mas você não seria a minha Josie se não fizesse. — Ela me observa com seu olhar turvo e desfocado de quando está sem lentes de contato. — E aí? Como foi na Flórida?

— Bom, estou tomando sorvete direto do pote com uma colher, o que é uma das maneiras mais clichês que os roteiristas de cinema e televisão têm para expressar uma crise, então me diga você.

Minha mãe apoia meu queixo na palma da mão e acaricia meu cabelo com a outra.

— Sinto muito, meu amor.

Respiro fundo pelo nariz.

— É estranho desejar que algo tivesse dado certo, mas também ficar contente por ter acontecido do jeito que aconteceu.

— Descobrir o que você não quer pode ser tão importante quanto descobrir o que você quer.

— Pois é. Enfim. Você e meu pai ganharam. Vou fazer o estágio. Parabéns.

Minha mãe para de fazer carinho no meu cabelo e cruza os braços na mesa.

— A questão nunca foi conseguir o que a gente queria. Nós ganhamos quando você estiver feliz. É tudo o que a gente quer. Sei que agora pode não parecer, mas acho que você vai ser mais feliz se sair da cidade e conhecer outros lugares.

Ficamos olhando uma para a outra por um longo tempo.

— Fico preocupada com a Delia — digo finalmente.

— Você é uma ótima amiga.

— Acho que ela discordaria de você neste momento.

— Ela vai mudar de ideia.

— As pessoas sempre a abandonam. Queria ser melhor do que isso.

— Correr atrás dos seus sonhos não é a mesma coisa que abandonar alguém.

Concordo com a cabeça e raspo os restos do sorvete do pote.

— Diz isso pra Delia.

— Acho que a Delia vai se recuperar — minha mãe diz. — Ela parece uma garota de fibra.

— Tomara.

Minha mãe se levanta da cadeira, se curva e beija o topo da minha cabeça.

— Vou voltar pra cama. Amanhã a gente conversa melhor.

Eu a abraço de lado.

— Te amo, mãe.

— Também te amo. Põe a colher na lava-louças. — Ela começa a sair, mas se vira no batente. — Estou orgulhosa da pessoa que você está se tornando.

Rasgo o pote de sorvete e lambo as laterais.

— E por que não estaria?

Ela sorri e desaparece no corredor. Ouço o barulho suave da porta do quarto dela se fechando.

Fico sentada ali por um tempo, cansada demais até para me levantar e ir para a cama, e deixo o zumbido dos meus pensamentos entrarem em sincronia com o barulho da geladeira. Até que ela fica em silêncio e a cozinha fica quieta como a minha solidão.

Me pergunto se é assim que Delia se sente o tempo todo.

É quinta-feira e Delia ainda não falou comigo. Silêncio total. Mandei algumas mensagens, mas não recebi nenhuma resposta. Está na hora de tomar medidas mais drásticas.

Estou dentro do carro no caminho de cascalho até a casa de Delia. Está tarde, então ela já deve ter voltado do trabalho. Fico tentando pensar no que falar para ela, no que dizer para consertar as coisas. Mas nunca fomos o tipo de amigas que fazem discursos planejados uma para a outra. Saio, caminho até a entrada e bato na porta.

Estou prestes a dar meia-volta e ir embora quando escuto passos e a porta se abre. É Delia. Ela parece resignada e triste, mas não brava por me ver.

— Oi. — Aceno, constrangida.

— Oi. — Ela acena, constrangida.

— Oi — digo com uma voz de besta e aceno como uma boba.

— Oi — ela diz com uma voz ainda mais de besta e acena ainda mais como uma boba.

Isso se repete algumas vezes até nós duas estarmos sorrindo.

— Ainda somos amigas? — pergunto.

Delia vem em minha direção, fechando a porta atrás de si, e se senta no degrau da frente.

— Claro, besta.

Sento-me ao lado dela.

— Nunca ficamos tanto tempo sem nos falar. Fiquei em dúvida.

— Não estava a fim de falar com ninguém.

— Estava torcendo pra ser isso e não que você me odiasse.

— Tinha certeza.

Ficamos observando as mariposas voarem e dançarem em volta da luz da placa da mãe de Delia.

— O problema nem é você — Delia diz. — Estou mais processando meu encontro com meu pai.

— Foi horrível?

— Não foi *horrível*. Tipo, ele não bateu a porta na minha cara. Mas foi ruim porque foi muito diferente de como eu queria que fosse.

— Como você queria que fosse?

— Nem sei. Isso que é frustrante. Mas, independentemente do que eu quisesse, não foi o que consegui.

Fico escutando.

Delia continua.

— O que consegui foi que ele era covarde e pequeno. Ele fugiu de mim e da minha mãe porque estava com medo da responsabilidade. É estranho que algo que afetou tanto a minha vida seja resultado do *medo* de uma pessoa. Quase queria que ele tivesse me deixado porque me odiava.

Coloco o braço em volta dela.

— Sinto muito, DeeDeeBoo. Você merece mais do que isso. Te amo.

Ela pousa a cabeça no meu ombro.

— Te amo, JoJoBee. Estou muito triste de perder você também.

— Você não vai me perder. Vou estar sempre com você.

— Mas você vai estar longe.

— Cinco horas.

— Você precisa mesmo ir embora? — Delia pergunta, melancólica.

— Não posso fazer o que quero da minha vida se eu continuar por aqui.

— É o que você quer desde que era pequena, né?

— Sim. Mas ainda dói muito deixar você.

— Eu entendo. Eu não pediria para você diminuir seus sonhos, nem se eu pudesse.

— Eu realmente tentei com o Jack Divine, meu amor.

— Eu acredito em você.

— Tipo, sério, se você soubesse o que a gente passou naquela noite... Ele é uma figura.

— Em que sentido?

— Bom, pra começar, tenho certeza quase absoluta de que a

tal "assistente" dele, Celeste, que te mandou e-mail, na verdade era ele mesmo.

— Jura?

— Juro. E o Lawson acabou nocauteando o Yuri.

— *Sério?*

— Sim. Divine mandou o Yuri tirar dinheiro de nós. Então o Lawson deu um golpe de MMA e o estrangulou até ele desmaiar. Quando deixamos o Divine, ele estava com o braço preso numa caixa de doação de roupa.

Delia meio bufa, meio ri.

— Fala sério.

— Ah! E tínhamos acabado de sair do escritório de um cara chamado Wald Disme.

— Espera, tipo Walt...

— NÃO. NEM UM POUCO COMO O WALT DISNEY. Ele foi *bem* enfático em relação a isso. Enfim, Disme tinha acabado de nos contar sobre uma luta contra um bando de vespões numa obra quando a ex-mulher do Divine, que era uma arremessadora de peso profissional austríaca assustadora, apareceu e ameaçou botar fogo no prédio. Aí a gente teve que fugir.

— Eu me arrependo *profundamente* por não estar presente nisso tudo.

— É engraçado, lembrando agora. Mas só agora, na hora não foi nem um pouco engraçado. Ah, é bom avisar: Divine falou que vai dizer para *todo mundo* em Hollywood para não trabalharem conosco, então...

— Será que ele ainda está preso na caixa de doação? Vai ver ele arrancou o braço com os dentes igual a um coiote.

— Lawson deu um cuecão superforte nele. Ele se despediu de nós dizendo que estaríamos encrencados se tivéssemos machucado o ânus dele.

— Como era de se esperar.

Gargalhamos. Quando nossos risos diminuem, pergunto:

— Então, o que você vai fazer com o programa?

Delia dá de ombros, resignada.

— Continuar, acho. Por um bom tempo, pensei que estava fazendo o programa porque era uma forma de me aproximar do meu pai. Mas, mesmo sabendo que isso não vai rolar, o programa é tudo o que eu tenho.

— Acho que você deveria continuar com o programa.

— Não vai ser tão bom sem você.

— Cara, vai ser ótimo.

— Pense em como o Larry Donut vai odiar nosso programa se a qualidade diminuir um tiquinho que for — Delia diz.

— Fico imaginando Larry Donut assistindo furioso enquanto come um pote gigante de queijo derretido com uma colher de pau.

— *Grrr! Meu nome é Larry Donut e odeio esse programa idiota, mas amo meu pote de queijo derretido.*

— Sério, o Larry Donut que se peide embaixo daquele Utilikilt nojento dele — digo.

— É a coisa mais saudável a fazer, pelo que eu soube. Faz bem pro fígado.

— Isso não existe. *Cadê meu pote de queijo de ódio?*

Quando nossa raiva diminui, Delia volta a falar:

— Desculpa ter dito que você não podia ser uma convidada no programa. É óbvio que quero que você faça o programa comigo sempre que puder.

— Eu adoraria.

— Rayne e Delilah para sempre. — Delia me abraça de lado.

— Rayne e Delilah para sempre. — Retribuo o abraço com ainda mais força.

—Você e Lawson transaram em Orlando antes de eu voltar? — Delia pergunta depois de uma pausa.

Dou risada.

— Não. A gente teve uma noite horrível. Não queria terminar a nossa noite maluca com uma transadinha.

— Mas vocês se pegaram.

— Sim, sim.

— Estava com medo de chegar e pegar vocês na transadinha — Delia diz.

— Senti tantas saudades de você nos últimos dias.

— E eu senti de *você*. Vai ser uma droga morar em cidades diferentes.

—Vai mesmo. — Me levanto e abro a porta da casa de Delia. — Agora, acho que temos um programa amanhã à noite para preparar.

—Você vai amar o filme que eu escolhi. Ou odiar. Talvez odiar.

—Você sabia que eu viria?

— Claro. Temos um programa a fazer.

DELIA

O verão passa como uma nuvem se movendo pelo céu. Enquanto você observa, parece que está passando devagar. Mas se você tirar os olhos por um segundo, ela praticamente já foi.

Trabalho muito. Arranjo um segundo emprego no novo mercado orgânico da cidade. Faço amizade com alguns colegas de lá e saio com eles de vez em quando. Um deles é um garoto chamado Dax, que é guitarrista numa banda de metal até que mais ou menos boa. Foi muito fofo o quanto ele ficou animado quando fui assistir a um dos shows dele. Ele adora filmes de terror e começou a assistir *Sessão da meia-noite* depois que nos conhecemos. Eu e ele temos planos de fazer um "trinta e um dias de terror" em outubro, em que você assiste um filme de terror toda noite. Estou ansiosa para isso. Ele é uma companhia agradável e é bonito de olhar.

Saio com a Josie sempre que ela não está trabalhando ou com o Lawson. Mandamos mensagens uma pra outra até de manhãzinha e quando estamos quase desmaiando de sono. Fazemos nosso programa e Lawson ajuda quando pode. Toda semana, tento me imaginar fazendo isso sozinha. Nunca fica mais fácil. Mas faço o possível para melhorar um pouco mais a cada vez.

Tento aproveitar os dias que ainda temos juntas. Odeio pensar que as nossas últimas semanas podem ser contadas nos dedos de uma mão.

Perto do fim do verão, acontece um grande eclipse solar. Todo mundo diz que é um evento bem raro e que Nashville é um dos melhores lugares do país para vê-lo. Então eu e Josie fazemos uma viagem de algumas horas de carro para lá e compramos óculos pequenos de cartolina para assistir ao eclipse. Achamos um canto tranquilo de um parque para assistir. Quando começa a acontecer, a luz fica em um tom frio e liso de sépia. Por um momento, ficamos fazendo piadas, mas, quando vira um eclipse total, o mundo se escurece e cai a penumbra no meio do dia. As cigarras e os grilos começam a cantar, mas, fora isso, há um silêncio pesado e profundo, como se o mundo tivesse entrado embaixo de um bunker de cobertas. O som do espaço entre os batimentos do coração.

Ficamos em pé lado a lado e observamos a Lua cobrir o Sol. Me sinto tão minúscula — uma engrenagem nessa máquina celestial imensa — como me senti quando estava no mar com meu pai. Mas aqui, com Josie, a sensação me faz bem. Em certos momentos, sinto alívio em ser pequena. Essa sensação coloca as grandezas dos problemas em perspectiva. Desde que haja alguém ao seu lado para te lembrar de que você é importante.

Não sei por que, mas começo a chorar. Olho para Josie e lágrimas estão escorrendo pelas suas bochechas também, sob os óculos toscos de eclipse.

Há algo de especial em presenciar um momento sagrado com uma pessoa que você ama, porque você pega esse momento sagrado e o costura, feito um fio dourado, no tecido da relação de vocês.

Criar algo com alguém que você ama é parecido.

Juntas sob a sombra da lua, por um breve momento, desejo ser capaz de fazer o tempo parar, como se ele fosse algo que não me deixasse para trás.

JOSIE

Na TV, as declarações de amor são grandiosas e cinematográficas. Acontecem embaixo de fogos de artifício ou chuvas torrenciais.

Mas, na vida real, às vezes o que acontece é que você termina de assistir a um filme com um garoto que surpreendeu você pela maneira como entrou no seu coração, e vocês vão para o estacionamento, onde ele abre a porta do carro dele para você entrar porque ele é encantadoramente antiquado em todos os bons sentidos. Você destrava a porta do motorista para ele, e ele entra. Ele começa a ligar a caminhonete, mas para, e você pergunta o que foi, e ele diz que tem uma novidade para contar e está com dificuldade de escolher as palavras. E você fica com um pouquinho de medo, até que ele finalmente diz que arranjou um emprego como treinador e instrutor de grappling numa academia em Knoxville e conseguiu um lugar para morar com dois outros lutadores de MMA.

E depois ele encarava você nos olhos e diz que o motivo por que ele fez isso é que ele ama você e a ideia de você ficar longe dele o fazia sofrer.

Você fica cor-de-rosa flamejante como um nascer do sol por dentro.

E fala para ele que também o ama, e que também sofreria demais por deixá-lo tão longe, então essa é uma novidade bem legal, para dizer o mínimo. Você tenta pensar em uma piada para ajudar a lidar com tudo o que está sentindo, e não encontra nenhuma, mas ele a salva com um beijo, ao mesmo tempo urgente e doce, e ele tem gosto de manteiga e sal de pipoca de cinema, e você não se cansa dele e de como ele beija muito bem, além de todas as outras coisas boas que ele é, vocês se beijam até as janelas do carro se embaçarem, e um policial bater para saber se está tudo bem, e definitivamente está — melhor do que nunca.

Talvez você pare de beijar por um momento e chore um pouquinho porque está muito eufórica, e talvez seja a primeira vez que isso aconteça com você — lágrimas de alegria — e você sente como se um fardo enorme tivesse saído das suas costas porque você nem tinha se dado conta de como estava com medo e triste de deixar para trás sua melhor amiga e o garoto que você ama para correr atrás de um sonho. Você estava até começando a se questionar se o seu sonho valia a pena.

Você pergunta se ele tem certeza mesmo, porque você sabe como ele é leal às pessoas. Ele diz que sim — que pode ser um campeão aonde quer que vá, sob o treinamento de quem quer que seja — e o brilho nos olhos dele (ele tem olhos bonitos) mostra que você agora ocupa o primeiro lugar da lealdade dele, o que é um lugar sublime para estar.

Às vezes as coisas são melhores na TV, mas isso é melhor na vida real.

DELIA

Na TV, as expressões de solidão são grandiosas e cinematográficas. Caminhadas por cemitérios com um quarteto de cordas tocando. Uma pessoa arrancando pétalas de uma rosa enquanto a chuva cai pelas janelas.

Mas, na vida real, às vezes o que acontece é que você está escolhendo um último filme para o programa que você faz com a sua melhor amiga (e você sabe que não é realmente o *último* filme porque você com certeza vai fazer outros programas com ela como convidada, mas mesmo assim), e uma onda súbita de solidão quebra sobre você com tanta intensidade que literalmente faz você cair de joelhos e tira o seu fôlego. E faz com que você se lembre daquela vez em que você estava no mar, com o pai que abandonou você, e você sentia a água fria passar indiferente sobre seus pés.

E então você se ajoelha sobre o carpete vagabundo no quartinho minúsculo do trailer que você divide com a sua mãe — que faz o melhor que ela pode — e tenta respirar, apesar do peso esmagador em seu peito, e você se pergunta se vai ficar tudo bem, e reflete sobre a pouca dignidade que existe na solidão, afinal, por definição, esse é um fardo que se carrega sozinho. Você queria que ficar sozinha fosse algo em que desse para ser bom, como os monges tibetanos que conseguem controlar a temperatura corporal com a força da mente. Ou o tipo de coisa em que dá para encontrar algum tipo de êxtase, como todos os tipos de monges em todos os lugares encontram.

Mas então você pensa em como, para vivenciar a solidão, você precisa sentir falta de alguém, e você odiaria passar a vida sem nunca ter tido alguém, então você se sente estranhamente grata.

Na TV, as coisas são descomplicadas, com muita exaltação. Mas, às vezes, na vida real, é melhor, com todas essas complicações, com toda a dor silenciosa do dia a dia.

JOSIE

Pensei que minha animação com o estágio seria maior do que minha tristeza ao gravar nosso último programa, mas não é. Ainda tenho aquela sensação de último dia do ensino fundamental. Você passou o ano todo ansioso para o fim das aulas para poder ir logo para o ensino médio, mas, quando o dia finalmente chega, você percebe que uma parte importante da sua vida está morrendo. E finais ainda são algo muito novo que você não sabe direito como se sentir em relação a eles.

Você encontra uma desculpa para não sair correndo pela porta quando toca o sinal e a aula acaba. Conversa com o professor pela última vez. Usa o banheiro pela última vez. Dá uma volta demorada até a sala. Ao sair, olha para trás e suspira, e sente essa melancolia profunda, e se pergunta se a vida é só uma série de finais. Novos começos não fazem dos finais algo mais fácil.

Hoje somos apenas eu e Delia, sem convidados, como começamos. Como vamos terminar. Fico contente que seja assim.

Fico olhando para Delia. Ela está juntando todas as suas forças para ser corajosa. Sinto que ela está praticamente entoando um mantra de coragem para si mesma. Ela parece uma pessoa segurando um balde em cima de um ninho de vespas furiosas (ou talvez vespões decididos a fechar um parque temático mal concebido).

Os insetos vão escapar se ela deixar o balde cair, e seus braços estão ficando cansados e trêmulos.

Fica claro para mim que ela está tentando melhorar e tomar mais iniciativa no programa de hoje porque sabe que não vai mais me ter por perto para ajudá-la. Posso ver que ela quer que eu saiba que vai ficar tudo bem sem mim.

Também consigo sentir o coração dela se partindo, e isso parte o meu também.

Os finais dela, incluindo este, nem sempre vieram com novos começos.

— Enfim, Ryan, obrigada por escrever! É óbvio que eu também vou sentir falta da Rayne. Mas o novo estágio dela no banco de sangue é uma oportunidade boa demais para deixar passar! — Delia diz.

— Bom, essa é a última carta da semana — digo com tristeza. — Quero agradecer a todos vocês por...

Arliss levanta a mão com o Frankenstein segurando mais uma carta.

— Calminha aí! Tem mais uma para vocês!

— Como assim? Frankenstein, você normalmente fica doido para acabar com o cantinho do correio! — Delia diz.

Arliss vira o Frankenstein e entrega a carta — uma carta de verdade, não um e-mail impresso — para mim.

— Pois é. Mas acho que hoje é um dia especial.

Pego a carta hesitante, com medo do que Arliss possa ter aprontado. Leio as primeiras linhas para ver no que estou me metendo. Enquanto leio, levo uma mão trêmula aos lábios.

— Chega de suspense, Rayne! — Delia diz.

— Hum. — Balanço a cabeça. — Desculpa, Delilah. Tá. Eu... Tá. — Limpo a garganta e começo a ler com a voz trêmula.

Olá, Delilah e Rayne,

    Meu nome é Jacob Waters. Moro em Topeka, no Kansas, e sou fã do programa de vocês. Quando eu estava no ensino médio, tinha uma melhor amiga chamada Erica. Nós adorávamos assistir a filmes de terror ruins juntos. Ficávamos fazendo piadas e fingíamos ficar assustados. Fomos para faculdades diferentes, mas acabamos voltando para a nossa cidade natal. Quando ela foi diagnosticada com o câncer de útero que desenvolveu depois de contrair HPV, comecei a levar meu notebook para o hospital para que assistíssemos aos filmes juntos. Ela sentia dores quando ria, e tinha dificuldades para ficar acordada até o final dos filmes. Ela morreu alguns anos atrás. Tinha apenas 28 anos. Sinto saudades dela todos os dias.
    Em um sábado à noite, alguns meses atrás, quando eu estava mudando de canal ao acaso, me deparei com o programa de vocês, e ele me transportou imediatamente ao meu tempo com a Erica. As brincadeiras. O jeito como vocês duas obviamente adoram a companhia uma da outra. Os filmes que são engraçados demais para dar medo. Para mim, o programa de vocês é como se alguém tivesse me filmado com Erica. Ele fez eu me sentir amado e seguro. Foi uma chama brilhante e quente, como Erica era para mim nas...

Começo a perder o controle. Minha voz embarga e falha. Olho para Delia, e lágrimas estão escorrendo por seu rosto. Ofereço a carta para ela.

— Não olha pra mim — ela diz, quase sem voz, rindo e chorando. Ela assoa o nariz no dorso da mão.

Limpo a garganta e respiro fundo.

— Ufa. Tá. Certo. Vou tentar terminar. Desculpa, pessoal. Acho que não temos chance de outra tomada, temos, Frankenstein?

— Para a TV local está ótimo — Arliss diz.
— É claro que você diria isso. Aí vamos nós. — Volto a ler.

... como Erica era para mim nas noites mais frias e escuras. O ensino médio foi um período difícil para mim. Teve vários momentos em que eu sentia que queria parar de viver. Houve vezes em que queria desistir. Vezes em que minha luz ficava fraca. Erica estava lá para me apoiar na época, e tentei ser um consolo para ela durante seus dias mais dolorosos.

Encontrar o programa de vocês por acaso na televisão local me fez lembrar que existem pequenos tesouros de beleza e momentos de conexão humana nos lugares mais inesperados. Por isso, assisto ao programa com o espírito de Erica ao meu lado. Sei que ela também teria adorado vocês duas.

Vocês não me conhecem, e duvido que venham a me conhecer algum dia. Mas sei que sou seu amigo, e adorei fingir que vocês são minhas amigas enquanto lembro de outra amiga que já se foi. Vocês me deram um grande presente com esse programa e vou ser grato para sempre.

Seu fã e amigo,
Jacob Waters

P.S.: Não ligo se vocês chamam o fantoche de Frankenstein. Acho que não tem problema.

Há um longo silêncio depois que termino de ler. Um silêncio que dá para *escutar*. O tipo de silêncio que raramente se vê na TV porque é longo e constrangedor demais. Mas para a TV local está ótimo.

Delia suspira.

— Bom.

— Nossa, né — digo.

— É, essa foi... uma carta linda.

— Foi mesmo. Obrigada, Jacob. De verdade. Você nem imagina o quanto isso significa pra mim. — Seguro o papel no colo e me viro. — Frankenstein?

Arliss ergue Frankenstein.

— Desculpa por fazer você esperar muito para ouvir sua carta, Jacob. Frankenstein a guardou para uma ocasião especial.

— Você nos fez chorar de propósito, Frankenstein — digo. — Você está de castigo. — Deixo um momento para Arliss inserir algum efeito sonoro de assobio triste ou de piada. — E nada de ficar dentro da cova, Frankenstein.

Arliss não fala nada, mas faz o Frankenstein me dar um tapinha no ombro. Eu o puxo para perto de mim e o abraço com força, até se ele afastar e dizer:

— Tá, já chega.

— Bom, manticoras e manticoros, fadas e fados, isso é tudo por hoje — Delia diz.

— Me deixa dizer uma coisa rapidinho, Delilah.

— Fica à vontade, Rayne.

— Quero agradecer a todos vocês que apoiaram e assistiram ao programa, que se deram ao trabalho de escrever cartas tão legais. — Estou balançando. Minha compostura está desmoronando como um bolinho esmagado na mão. — Aparecer na TV é meu sonho desde que eu era pequena, então fazer esse programa foi realmente a realização de um sonho. Obrigada. — Consigo terminar relativamente intacta.

— Vamos sentir saudades da Rayne aqui na *Sessão da meia-noite*.

Eu especialmente. — Delia estende o braço e pega minha mão. Apertamos com força.

— Ainda vou fazer participações especiais — digo.

— Assim espero, Rayne. Então, fiquem ligados na próxima semana, pessoal, porque os arrepios e calafrios ainda não acabaram. Vou estar de volta junto com o Frankenstein e quem sabe o que pode acontecer? — A voz dela de repente fica instável e vacilante.

— Até a próxima — digo, sorrindo e acenando com a mão livre.

— Até semana que vem — Delia diz, acenando com a mão livre. Ficamos sentadas, imóveis e em silêncio, até Arliss dizer "corta".

Mas continuamos ali por um tempo, de mãos dadas. Fico observando o estúdio pequeno e escuro da TV Six. Arliss, desligando as coisas e enrolando os cabos. Nosso pequeno cenário improvisado. As lentes escuras das câmeras. A caveira e o candelabro de plástico na mesa ao nosso lado. A ideia de que minha imagem e minha voz vão chegar às casas de pessoas que nunca conheci e nunca vou conhecer, e vou ser uma pequena parte da vida delas sem nunca nem saber. Não estou deixando apenas Delia. Estou deixando uma parte de mim aqui.

Na minha cabeça, digo: "Lembre-se, lembre-se".

No meu coração, digo: "Obrigada" várias e várias vezes. "Obrigada, programa. Obrigada por fazer parte do fim da minha infância. Obrigada por me dar minha melhor amiga e meu namorado. Obrigada por ser o primeiro passo para a realização dos meus sonhos. Obrigada por ser algo que ajudei a criar com minhas próprias mãos, meu coração e minha mente."

Apertada dentro de mim há também a dor profunda da nostalgia por algo que ainda nem faz parte do meu passado.

Às vezes, coisas pequenas e não espetaculares podem conter um universo.

★

Relutantes, caminhamos devagar pelo corredor até a porta, levando nossas decorações e fantasias. Nenhuma de nós fala nada. Arliss nos acompanha, o que é raro.

Antes que ele abra a porta para sairmos (outro gesto raro), coloco as coisas que estou segurando no chão e dou um abraço apertado nele. Ele cheira a fumaça de cigarro, algodão quente e cachorro limpo. É um combo reconfortante.

Ele fica parado por um segundo enquanto o abraço. Depois ele me dá alguns tapinhas desajeitados nas costas como se eu fosse um gato sentado no teclado e ele estivesse me afugentado gentilmente.

— Certo. Boa sorte com tudo. Não se esqueça de nós quando ficar famosa.

— Obrigada por tudo, Arliss. Sei que não foi fácil — murmuro.

— Nem divertido.

— Tá. Nem divertido. Enfim, obrigada por nos aturar.

Ele resmunga com carinho e dá mais uns tapinhas rápidos na minha cabeça.

— Certo, garota. Vai lá virar uma estrela da TV.

— Vou sentir saudades.

— É. — Ele fecha a porta atrás de nós. Meu coração escorrega pelo peito como uma gota de chuva pela janela.

Eu estava tentando pensar em coisas para dizer — o jeito certo de expressar algo que não sei como falar — e não encontrava nada. Felizmente, não preciso dizer nada. Como se tivéssemos planejado, eu e Delia largamos as coisas no chão e caímos juntas, nos sentando no degrau de cima e nos abraçamos com força. Como se um abismo gigantesco e sem fundo estivesse se abrindo embaixo de nós e fôssemos a única coisa impedindo a outra de cair.

Inspiro o cheiro de Delia, de incenso e daquele tipo de hidratante vagamente frutado que não é o aroma favorito de ninguém, mas que você e outra pessoa concordam em comprar porque os dois conseguem conviver com ele. Tento gravar esse cheiro no meu cérebro, para relembrar em algum dia triste em que achar que ninguém me ama.

—Vou sentir tanto a sua falta quando você estiver em Knoxville — Delia diz com a voz rouca. — Você vai arrasar.

— Promete que vai me visitar.

— Eu vou. Jura que vamos continuar sendo melhores amigas.

— Até a morte.

— Até depois disso.

— Nossos cadáveres cheios de larvas nojentas vão ser amigos. Vamos ficar tirando vermes dos buracos dos olhos uma da outra e pintar as unhas amarelas uma da outra de preto e rir de como vamos feder a lixeiras.

— Combinado.

Nós duas rimos, mas a risada logo se dissolve em choro.

De repente me atinge, com mais força do que nunca: tudo acaba. Algumas coisas duram mais do que outras, mas tudo chega ao fim. A infância parece durar para sempre quando você está vivendo, mas um dia você acorda e tem dezoito anos e está indo para a universidade. Aquele filhotinho de basset hound com o lacinho no pescoço? Você vai ver a vida inteira dele passar. Talvez encontre alguém que você ame e se case. E isso pode durar muito tempo, mas de um jeito ou de outro, acaba. Talvez vocês fiquem juntos por cinquenta ou sessenta anos, mas um de vocês vai ficar para trás. Mas é bom que as coisas acabam. Isso obriga você a amá-las furiosamente enquanto as tem.

Tudo aquilo que vale a pena ter morre.

Eu e Delia nos abraçamos por um longo tempo, as cabeças pressionadas com tanta força uma na outra que chega a doer, mas não tanto quanto doeria não ter mais um momento de conexão. Só nos separamos quando levamos um susto ao ouvir Arliss abrindo a porta atrás de nós para ir embora.

DELIA

Entrar no estúdio dá a sensação de entrar em um mausoléu, exceto pelo fato de que eu, sem dúvida, estaria mais feliz entrando em um mausoléu. Preferiria ver os ossos de desconhecidos do que a morte lenta de algo que criei. Já estou apavorada em ver Josie ir embora amanhã de manhã. Estou duplamente apavorada em fazer o programa sozinha pela primeira vez.

Dou alguns passos ecoantes dentro do estúdio quando os bonecos e as decorações que estou carregando escapam devagar dos meus braços. Estou carregando duas vezes mais coisas do que carrego normalmente.

Um belo presságio. O fato de que já estou com vontade de chorar agora não deve ser um bom sinal.

Engulo em seco o nó na garganta, pego tudo do chão e volto a entrar vagarosamente.

Arliss já preparou o cenário. A mesinha. Uma única poltrona. A poltrona de Josie está no canto do set. Vazia. Sinto que estou escorregando pela grama úmida em direção a um lago lamacento. Não sei como vou fazer isto.

Arliss está ajeitando a câmera.

— E aí — digo para ele.
— E aí — ele responde.

Me aproximo e entrego um envelope.

— Desculpa. Só tenho trinta dólares hoje. Nosso carro quebrou na semana passada e Josie não está aqui pra dividir a conta, então...

— Parte de mim quer que ele diga: "Não. Trato é trato. Cinquenta contos ou vou embora". Assim, eu teria uma desculpa para desistir.

Arliss pega o envelope. Ele o segura por um segundo, bate o indicador nele, depois o devolve.

— Não se preocupa.

— Posso te arranjar o resto, juro. Só preciso...

— Não se preocupa — ele diz com a voz suave, mas firme.

— Pega o que tem aí.

— Que parte de "não se preocupa" você não entendeu?

— Tá.

Entrego a folha de deixas para ele e falo do filme da semana. Ele volta à preparação, e eu também. Termino alguns minutos antes dele e fico sentada em silêncio, calafrios serpenteando pela minha espinha. Dou uma olhada na maquiagem e faço alguns retoques. Penso em fazer alguns aquecimentos vocais como os que Josie fazia, mas não lembro. Relembro algumas das coisas que planejei durante minha sessão solo de planejamento pré-programa.

Arliss termina e me faz um sinal de joinha. Abro um sorriso tênue e retribuo o joinha. Ele ergue uma mão, os dedos abertos, e começa a contagem regressiva.

— Em cinco, quatro, três, dois...

De repente, sinto uma solidão opressiva, palpável. É aterrorizante estar sozinha quando todos os olhos estão em você. É como perceber que você está sentado no galho mais alto de uma árvore. É diferente de quando meu pai me abandonou, quando minha dor era particular. Todos que assistem ao programa vão poder ver. *Mas não meu pai. Agora eu sei que ele não assiste.*

— Olá, senhoras e demônios, está na hora do... desculpa, quero dizer, talvez… — gaguejo com uma alegria forçada. — *Argh*. Corta. Já errei tudo. A gente pode…

Ele faz que sim.

— Em cinco, quatro, três, dois… — Ele aponta.

Respiro fundo. Minha cabeça está girando. Até hoje, eu não tinha ideia de como dependia de Josie para ter forças. Até hoje, não tinha ideia de como dependia da mais vaga possibilidade de meu pai me assistir.

— Olá, senhoras e demônios, sou Delilah Darkwood. Talvez vocês tenham notado — minha voz começa a tremular — mas sou só eu esta semana. — Meu coração parece ter levado uma cotovelada. Minha compostura desaba. Sinto meu rosto desmoronar. Cubro a boca com a mão e lágrimas quentes escorrem sobre ela feito um rio correndo. Preciso seguir em frente. Esta é a minha segunda e última tomada; para a TV local está ótimo, diria Arliss. Mas não consigo me recompor. Começo a soluçar. Aquele tipo de choro em que desconhecidos viram para você e perguntam: "Você está bem, meu anjo? Quer que chame alguém? Tem certeza? Mas tem certeza de que você está bem?". Ergo os olhos turvos e vejo Arliss se aproximar. Balanço a cabeça. "Não consigo. Desculpa por fazer você perder seu tempo", tento dizer com a cabeça.

Ele vira para a direita, onde a poltrona vazia de Josie está de costas para mim. Ele a pega, a puxa para ficar de frente para mim, e se senta.

Tento pedir desculpa, mas não consigo. Meu coração está se partindo.

Arliss estende o braço e coloca uma mão quente, pesada e forte no meu ombro. Faço um contato visual turvo com ele, mas não consigo falar nada.

Ele ajeita o boné de beisebol e acena devagar.

— Me deixa dizer o que eu sei sobre ser deixado para trás — ele diz, mais baixo e gentil do que nunca o ouvi falar.

— Parece uma conversa divertida — consigo dizer.

— Vou perdoar o sarcasmo dessa vez. — Ele afaga a barba e baixa os olhos por um segundo, depois volta a erguê-los para mim. — Devia ser mil novecentos e noventa e oito. Você nem tinha nascido ainda. Eu estava me divertindo muito. Caramba. Eu era bonito. Tinha uma namorada gata e aventureira que era três anos mais velha do que eu e tinha uma tatuagem de rosa em cima da... Bom, enfim. Eu tocava baixo pra caramba. Estava na estrada com o Cole Conway. Foi onde conheci minha namorada. Falavam que o Cole seria o próximo grande sucesso na música country. O próximo Garth Brooks, diziam. Eu tinha criado um hábito de usar heroína no caminho, mas não era nada demais, eu pensava. Só me deixava de bom humor, sabe? Não é sempre que estou de bom humor.

Balanço a cabeça e seco os olhos com os mindinhos, tentando não borrar ainda mais o rímel já borrado.

— Nunca tinha percebido.

— Então, eu estava no meu auge. Acabei descobrindo que eu não era o único que estava se divertindo. Aquela minha namorada também estava se divertindo um pouco, e o Cole também. Na verdade, eles estavam se divertindo *juntos*.

— Ela parece uma boa pessoa — digo.

— Ô, se era. — Arliss solta um longo e demorado suspiro. Ele desvia o olhar, mas, antes que faça isso, vejo a mágoa tremeluzindo em seus olhos como a chama de uma vela prestes a se apagar. Ele estala a língua algumas vezes, como uma pessoa tentando ganhar tempo antes de fazer alguma coisa dolorosa. — Bom, essa descoberta foi... pesada pra mim. Comecei a usar *muito*. Estacionamos numa parada para caminhoneiros perto de Jackson. Entrei numa cabine do banheiro, enfiei uma agulha no braço e acordei sozinho no hospital Madison County. E foi aí que a festa acabou para mim. Passei um tempinho no hospital e depois me transferiram para um centro de reabilitação de drogas para eu poder ficar limpo.

"Me deram alta e eu não tinha para onde ir. Nenhum trabalho. Nenhum dinheiro. Eu finalmente tinha entendido que tinha um problema. Cole e a namorada nova dele fizeram a gentileza de deixar meu baixo e meu amplificador quando me largaram no pronto-socorro, e penhorei os dois para pagar um mês de aluguel de num muquifo infestado de baratas no Sul de Jackson. E lá estava eu. Nenhuma habilidade além de tocar baixo. Nenhuma formação além da estrada. Arranjei um emprego para lavar louças em um restaurante. E comecei a tentar pensar num jeito de ganhar a vida. Vi uma vaga de zelador aqui na TV Six. Consegui o trampo. Eles perceberam que eu tinha certa experiência técnica por causa dos meus tempos de músico, então me botaram atrás de uma câmera e de um painel de edição. Acordei um dia e mais de vinte anos tinham se passado. E aqui estou."

Ele pausa por um momento.

— *Isso* é ser deixado para trás. E, mesmo assim, dá para ter uma vida digna. Sabe por que ainda estou aqui? Porque estou contente. Talvez até feliz. Encontrei meu caminho. Minha vida é simples. Acordo de manhã. Como meu cereal, tomo meu café, penso meus pensamentos. Vou para casa depois do trabalho, me sento no meu quintal e fico fazendo carinho no meu cachorro e ouvindo música e minha própria respiração. É bom estar vivo e existir. Muitas coisas não deram certo para mim, especialmente o amor, mas não tem problema. Não sou tão bonito quanto já fui. Mais da metade da minha vida já se passou. Quem sabe quantos anos perdi quando estava curtindo. Mas estou muito mais saudável agora, se é que dá pra acreditar.

"Às vezes me sinto solitário, mas todo mundo se sente assim.

Estamos todos procurando algum tipo de salvação em alguma coisa. Às vezes, tentamos encontrar nas pessoas. Encontramos. Ela escapa por entre nossos dedos. Encontramos de novo. Somos abandonados. Viver é doloroso, mas sempre vou preferir isso à alternativa. A consciência é um presente maravilhoso. Foi preciso quase morrer para eu me dar conta disso. Droga, não estou falando mais coisa com coisa. Enfim, dito isso tudo, você não foi deixada para trás."

— Sinto como se eu tivesse sido — digo entre uma fungada e outra, secando o nariz com o dorso da mão.

— Minha namorada me deixou, e me deixou pra valer. Mas a Josie? Ela não deixou você. Pessoas que se amam nunca deixam umas às outras de verdade. Se conheço vocês duas, você não vai dar nem dois passos para fora daqui até estar mandando mensagens pra ela sobre como eu sou um pé no saco.

— Errado.
— Mesmo?
— Sim, a gente gosta de você.

— Meus esforços foram em vão — Arliss diz, com um brilho nos olhos. — A questão é a seguinte, menina. Josie saiu para encontrar o caminho dela. Você precisa encontrar o seu. Às vezes isso leva as pessoas em direções diferentes por um tempo. Mas vocês vão continuar amigas e ficar tudo bem. — Arliss me dá um tapinha no ombro. — Mais uma coisa: seria muito fácil pensar que dá para se proteger de se magoar simplesmente não amando ninguém. Meio como dá para evitar ser atropelado por um ônibus se você nunca sair de casa. Mas isso não é jeito de viver. É melhor amar as pessoas e se magoar. Ninguém nunca diz no leito de morte que gostaria de ter amado menos gente.

Seco uma lágrima com o indicador.
— Arliss?
— Quê?

— Acho você uma pessoa muito boa, por mais que tente convencer todo mundo que não é.

— Não precisa exagerar.

Seco os olhos.

— Promete que não vai tirar sarro de mim pelo que vou dizer?

— Não.

— Obrigada por estar aqui comigo. Nem meu próprio pai estava. Obrigada por isso, e por me ajudar a fazer este programa por tanto tempo. — Queria ter algo melhor a dizer, mas não encontro as palavras (é meio que como me sinto hoje).

Arliss baixa os olhos. Ele limpa a garganta algumas vezes.

— É. — Talvez seja minha imaginação, mas a voz dele embarga um pouco. Ele acena, se levanta, tira a poltrona do set de novo. — O prazer é meu — ele diz baixo, de costas para mim.

— Mentiroso.

Ele vira, entreabre um sorriso e assume sua posição atrás da câmera.

— Mesmo assim, não quero passar a noite toda aqui. Então vamos logo acertar essa introdução.

Respiro fundo, o ar estremece meus pulmões e sai. Tomo uma decisão. O discurso motivacional de Arliss me deu um fio de coragem para terminar o que comecei. Para lhe dar o fim que merece. E depois vou seguir meu caminho. Pensei que conseguiria, mas não sou forte o suficiente para fazer isso sozinha.

Junto forças para destruir essa parte de mim, essa coisa linda e excepcional que eu tinha (e olha que nem era tão linda e excepcional assim). O ciclo dela chegou ao fim. Não sei o que vou dizer. Decidi que vou falar com o coração e, se sair uma calamidade, que seja. Queria ser capaz de fazer uma despedida mais digna.

Arliss ergue a mão mais uma vez.

— Em cinco, quatro, três, dois...

Tenho tanta vontade de chorar de novo que sinto náusea por segurar o choro. Mas sei que tenho essa última chance. Afinal, mesmo no seu humor mais paciente e flexível, Arliss não vai me deixar tentar gravar isso umas vinte vezes. Deveríamos ter terminado com Josie aqui, não comigo mancando na linha de chegada. Rezo em silêncio para conseguir. *Só dessa vez, me deixe ser tão boa quanto a Josie.*

— Olá, senhoras e demônios. Sou Delilah Darkwood. Vocês podem ter notado que estou sozinha esta semana. Por isso, gostaria de dizer uma coisa. — Começo a desmoronar. Engulo em seco o nó na minha garganta. — Este vai ser o...

Ouvimos uma batida na porta lá fora. *Ah, que ótimo.*

— Inferno — Arliss murmura. — A gente nunca vai conseguir terminar isso. — Ele volta para o corredor para atender a porta.

Continuo sentada, tentando controlar o mais novo impulso de fugir correndo do set como um fio de cabelo rebelde. Tomara que eu não tenha perdido o pouco embalo que estava conquistando. Enquanto Arliss conversa com quem quer que esteja à porta, fecho os olhos para me concentrar no que vou dizer. Em vez disso, meus pensamentos entram em espiral.

Você não é boa o bastante.
Você não consegue.
Você nunca vai ser feliz.
As pessoas sempre vão abandonar você.
Você não é boa o suficiente para as coisas que ama.

No corredor, passos de duas pessoas ecoam mais alto do que o meu choramingo. Os passos pesados de Arliss, e os mais leves e rápidos de outra pessoa. Imagino que alguém que trabalha na emissora tenha deixado as chaves na mesa ou metade de um sanduíche de mortadela na copa e sentiu vontade de terminá-lo.

— Ei, menina — Arliss diz.

Abro e ergo os olhos.

Minha mãe está diante de mim. Ela está usando um vestido de cetim preto que comprou em um dos nossos passeios aos brechós, e usa luvas pretas longas até os cotovelos. Uma base clara cobre seu rosto e a parte superior do peito, e ela está usando uma maquiagem teatral escura nos olhos. Seu cabelo está armado e tem uma mecha cinza pintada com spray. O visual dela é uma mistura de Helena Bonham Carter com Belatriz Lestrange com Helena Bonham Carter em qualquer outra personagem que ela já representou.

Não sei o que pensar sobre o que estou vendo. Levanto.

— Mãe?

Ela sorri.

— Você quer dizer — ela ergue as mãozinhas e as balança — Dolores Darkwood.

— Mãe — repito, a voz vacilante, implorando para ela não estar fazendo uma piada de mau gosto enquanto me aproximo dela devagar.

Ela estende os braços e corro até ela, e ela me abraça com força, como se eu fosse escapar de seu aperto. Choro e choro de soluçar. E sinto suas lágrimas quentes na lateral do meu rosto.

— Eu não consigo fazer isso sozinha — digo. — Me esforcei tanto.

— E não precisa, DeeDee. Nunca vou deixar você sozinha. Estou aqui para apoiar você, filha. Sempre vou estar.

Nos abraçamos e balançamos para a frente e para trás.

Saio do abraço e seco os olhos. Respiro fundo e me abano.

— Como você chegou aqui? Estou com o carro.

Ela seca os olhos também.

— Candy me trouxe depois da leitura dela. E me ajudou com a maquiagem.

— E o trabalho?

— Conversei com o meu chefe. Vou pegar mais uns turnos à noite em troca de não trabalhar mais de sexta.

— Por que não me contou?

— Não sabia se eu teria coragem de fazer isso. Não queria que você criasse expectativas e eu acabasse amarelando.

Olho na direção de Arliss. Ele está perto da câmera, esperando pacientemente. Mas não quero abusar da minha sorte.

— Certo — digo para minha mãe. — Não é melhor arrumar a maquiagem?

—Acho que o rímel borrado dá um ar legal e assustador — ela diz.

— Estou pronta se você estiver.

—Vamos lá. Mas preciso avisar que estou muito nervosa. Nunca fiz nada parecido com isso antes.

Vamos até o cenário. Arliss se apressa e pega a poltrona de Josie e a coloca para minha mãe.

— Ah, obrigada... Desculpa, nem perguntei seu nome na porta — minha mãe diz.

Arliss inclina o boné.

— Arliss Thacker. Prazer. — Ele está estranhamente agitado e balbuciante.

— Shawna Wilkes. Você é um cavalheiro, Arliss. Obrigada por tudo que você fez pela minha filha.

Ele cora.

— Não é nada demais.

— Para ela, significa muita coisa.

Arliss sorri, *mostrando os dentes*. Essa é uma ocorrência extremamente rara.

— Certo. É só seguir o exemplo da sua filha, tá?

— Assisti a todos os episódios do programa.

— Não duvido.

— Mas é diferente estar deste lado da câmera.

— Não duvido.

— Mas sobrevivi a coisas piores — minha mãe diz, depois de respirar fundo. — Vou sobreviver a isso.

Arliss sorri *de novo*. E não é que ele tem um sorriso bonito?

— Não duvido. Nós, sobreviventes, nos viramos para sobreviver. — Ele e minha mãe trocam um olhar de cumplicidade.

Nos sentamos. Minha mãe vibra com uma energia nervosa. Estendo o braço e pego a mão dela, que ficou fria e tensa.

— Ei — digo. — Você vai arrasar.

Ela assente rápido e engole em seco sem responder nada.

— Só precisa de prática — digo.

Ela assente de novo e abre um sorriso tênue para mim.

— Aliás, tive uma ideia para um novo quadro de horóscopo que a gente pode fazer hoje — ela sussurra.

Arliss faz a contagem regressiva e aponta.

Nem preciso me esforçar muito para parecer animada e contente.

— Olá, senhoras e demônios, eu sou Delilah Darkwood, e você está vendo um rosto novo na *Sessão da meia-noite*. Hoje está aqui comigo...

Minha mãe fica paralisada por um segundo.

— Ah! Eu? Dolores Darkwood! — Ela desata a rir baixo. — Desculpa. Desculpa. Podemos tentar mais uma vez?

— Certo, mãe — digo com carinho. — Respira fundo. Arliss só nos deixa tentar duas vezes, e aí...

— Não tem problema — Arliss diz, me interrompendo, todo trêmulo e corado de novo. — Podemos tentar até você acertar.

— Não quero incomodar você à noite toda. Juro que vou pegar o jeito — minha mãe diz.

— Não é incômodo nenhum — Arliss diz.

Nossa, o Arliss está agindo de um jeito muito estranho. Parece até que... Ah, *caramba*. Consigo praticamente ver meu próprio cérebro de tanto que estou revirando os olhos por dentro.

Mas, ao mesmo tempo, sinto como se todas as moléculas no meu corpo fossem uma revoada de pássaros levantando voo em um campo.

Há momentos em que a gente se resignou a levar a vida à sombra do que poderia ter sido. Olhando do fundo do poço para a felicidade inalcançável. Finalmente aceitamos que a vida não é o voo ininterrupto que imaginávamos ser na infância, quando sempre achamos que o ano seguinte vai ser melhor do que o anterior. Dizemos a nós mesmos: "Isso é tudo que me resta", até que algo, *alguém*, vem e diz: "Espera aí, tem mais".

Talvez o importante na vida não seja evitar a dor a qualquer custo. Talvez seja ter uma ou duas pessoas que aceitem a missão difícil de ser sua salvação, que tornem sua vida maior.

Eu guardava uma memória no meu mais sagrado coração, do meu pai me segurando em seus braços, sob as estrelas de outubro, o cheiro agradável no ar da noite de outono. Um dia perfeito.

Mas agora vou guardar uma memória nova, da minha mãe me segurando nos braços sob a luz fraca e o cheiro frio e úmido de porão da TV Six. Um dia perfeito.

JOSIE

Buford me deixou dormir abraçada com ele à noite toda. Ele não me deixava fazer isso desde que éramos pequenos. Acho que ele parou de gostar quando foi ficando velho e rabugento. Eu estava terminando de fazer as malas e ele entrou rebolando no meu quarto, devagar e com dor nas juntas, como ele tem agora. Eu dei um beijo na testa dele e falei: "Bufie, a mamãe vai embora, e não vão me deixar levar você pro alojamento da universidade. Então você vai ter que ficar". E vi nos olhos tristes e caídos que ele entendia, e entendia também que talvez não estivesse aqui na próxima vez em que eu vier. Pensar nisso me deu a mais profunda e pura tristeza, do tipo que nem dá para ter raiva por sua inevitabilidade, apenas aceitar. Então, quando chegou a hora de dormir, ele veio arrastando os pés e permitiu que eu o trouxesse para a cama comigo, e me deixou ficar abraçada com ele de novo.

Eu o vejo agora, pelo retrovisor. Delia se ajoelha perto dele, erguendo a patinha dele e o fazendo dar tchau. Ela também acena e seca os olhos com o dorso da mão. Aceno em resposta pela janela e seco os olhos enquanto saio devagar com o carro.

Atrás de mim, e ao meu lado, como sempre, está Lawson, sua picape puxando um trailer U-Haul com as nossas coisas. Ele vai me ajudar na mudança, e depois vou ajudá-lo na mudança dele para sua casa nova.

Seu celular está cheio de músicas que escolhi para ele ouvir durante a viagem. Meu celular está cheio de músicas que ele escolheu para mim. Fizemos um acordo de que nenhum de nós pode escutar nenhuma outra coisa durante as cinco horas para Knoxville.

Fiquei fingindo que seria um grande sofrimento, mas a verdade é que suas músicas me fazem lembrar dele, então não tem problema.

Paramos em frente à casa de Jesmyn em Nashville para almoçar e fazer uma visita, e tem uma única mensagem no meu celular, da Delia: Rayne & Delilah para sempre.

É difícil ver por entre as lágrimas para responder, mas dou um jeito.

Eu: Rayne & Delilah pra sempre.
Delia: Já estou com saudades.
Eu: Estou com mais.
Delia: Te amo, JoJoBee.
Eu: Te amo, DeeDeeBooBoo.

DELIA

Querido pai,

    Escrevi muitos e-mails como esse, mas você não sabe, porque nunca cheguei a mandar nenhum deles. Talvez eu não mande este também. Acho que só vou descobrir quando eu terminar de escrever.
    Tenho duas histórias para você. A primeira é a seguinte. Eu estava na copa do mercado onde trabalho, conversando com dois dos meus novos amigos, quando Josie (aquela minha amiga de que falei, que fazia o programa comigo) me ligou. Ela disse que ouviu umas meninas morrendo de rir no corredor em frente ao dormitório dela e saiu para ver o que era. Elas estavam assistindo a um vídeo do meu programa. Minha mãe faz o programa comigo agora. Quando Josie foi para a faculdade, eu pensei em desistir, porque era difícil demais fazer sozinha, mas minha mãe veio e me salvou. Enfim, nesse vídeo, eu e minha mãe estávamos tentando fazer um esquete com marionetes e éramos péssimas naquilo e, sem querer, minha mãe ficava fazendo a marionete dela fazer um movimento de masturbação.
    Então nós duas demos risada e não conseguíamos parar. Estávamos nos divertindo tanto que deixamos a cena ir ao ar. Não

é a primeira vez que isso acontece, mas, dessa vez, não sei como, as pessoas acharam o vídeo e começaram a compartilhar. Acho que é contagiante ver duas pessoas rindo daquela forma, fazendo bobagens e se divertindo juntas. Enfim, viralizou. Milhões de pessoas já assistiram. Talvez até você já tenha visto a essa altura. Recebemos um monte de convites para convenções de terror e talk shows. Milhares e milhares de pessoas se inscreveram no nosso canal do YouTube, que começamos a alimentar mais.

Tudo em que consigo pensar é como estou feliz que minha mãe estava lá para me apoiar quando mais precisei dela. Como fico feliz que ela tenha impedido que minha vida fosse pequena demais. E isso me leva à segunda história.

Desde que vi você na Flórida, fiquei pensando em uma lembrança que tenho de alguns anos atrás. Numa manhã de um fim de setembro, acordei muito mais cedo do que o comum. Por algum motivo, saí e ainda estava escuro e frio.

Foi então que vi um vaga-lume piscando. Não acreditei. Pensei que fosse uma alucinação. Nunca tinha visto um nessa época do ano. Ele se movia tão devagar que dava para ver que estava morrendo. Pensei nele o dia todo. Como fiquei chateada que a luz daquele vaga-lume solitário estava se apagando para o mundo depois que todos o abandonaram. Parecia triste e desesperado.

Mas andei pensando bastante naquele vaga-lume nos últimos tempos. E não porque agora é setembro. Mas porque o vejo com outros olhos. Talvez aquele vaga-lume não estivesse triste, solitário e desesperado. Talvez estivesse bem, apesar de ter ficado para trás, e estava emitindo sua luz, porque é isso que vaga-lumes fazem.

Por muito tempo emiti minha luz para uma pessoa diferente de mim. Mas não mais. Agora brilho forte por mim. Dá para produzir luz mesmo quando todos nos abandonam, porque é isso o que fazemos. É o que eu faço. Não sei se o mundo vai se lembrar de mim ou do que eu fiz, pai. Mas sei que brilhei o máximo que pude.

Fico feliz de ter comido pizza com você uma última vez.

Fico feliz de ter visto o mar.

Espero que você tenha uma vida boa e seja um bom pai para sua filha nova.

Espero que se lembre de mim às vezes e me ame, ou pelo menos lembre que já me amou um dia. Sempre haverá uma parte de mim que ama você.

Espero que eu seja mais corajosa do que você quando a vida for difícil. Acho que eu já sou em alguns sentidos.

Sua filha,
Delia

Clico em enviar.

AGRADECIMENTOS

Este livro não teria sido possível sem meus agentes incríveis, Charlie Olsen, Lyndsey Blessing e Philippa Milnes-Smith, nem minha equipe editorial brilhante: Emily Easton, Lynne Missen e Samantha Gentry. Minha gratidão infinita a vocês.

Obrigado a Phoebe Yeh e a todos da Crown Books for Young Readers. Obrigado a Barbara Marcus, Judith Haut, John Adamo, Dominique Cimina, Mary McCue, Margret Wiggins, Kristin Schulz, Adrienne Waintraub, Lisa Nadel, Alison Kolani, Ray Shappell, Trish Parcell e Megan Williams da Random House Children's Books.

Minha eterna gratidão a Kerry Kletter. Sua escrita me faz lembrar das possibilidades da linguagem bonita e precisa, e das ideias claras. Não sei como já escrevi sem sua amizade, seu talento, sua sabedoria e seu olhar crítico. Sim, copiei e colei dos meus últimos agradecimentos, mas ainda é tudo verdade.

Meu mais profundo obrigado a Brittany Cavallaro e Emily Henry. Vocês são escritoras talentosas, engraçadas e incríveis, e pessoas que me inspiram diariamente com suas obras e suas mensagens de texto que mal consigo acompanhar. Obrigado por serem um exemplo tão maravilhoso de amizade feminina. Preciso do livro que vocês estão escrevendo juntas nas minhas mãos.

Victoria Coe e Bridget Hodder, outra dupla dinâmica de amizade, uma inspiração para mim e para este livro.

Stephanie Perkins, por sua ligação naquele dia e por fazer eu acreditar que eu poderia escrever um romance. Afinal, não tem ninguém mais especialista nesse assunto do que você.

David Arnold, meu gêmeo bizarro. Será que algum dia vamos parar de nos surpreender com como somos parecidos? Mais importante: isso nunca vai parar de me deixar feliz.

Nic Stone. Minha parceira no Working on Excellence e irmã de Crown. Fico muito feliz que o mundo finalmente tenha acesso aos seus livros.

Jennifer Niven e Angelo Surmelis, por serem exemplos de generosidade e bondade como autores e como pessoas. Vocês merecem tudo de bom que aconteceu e ainda vai acontecer.

Jesse Andrews, por me inspirar a escrever um livro engraçado.

Minhas chefes, Amy Tarkington e Rachel Willis. Sempre me perguntam como consigo escrever com um emprego em tempo integral. Vocês são o motivo. Obrigado.

John Corey Whaley, Rainbow Rowell e Benjamin Alire Sáenz, obrigado por me permitirem desabafar sobre política além de me fascinarem com o talento de vocês.

Adriana Mather, por ser basicamente o exemplo máximo de calma e de como pôr a cabeça no lugar, se desligar de tudo e trabalhar. Você é uma das minhas heroínas.

Brendan Kiely, por ser um rosto tão querido e presente em tantas das minhas viagens, e por ser uma voz tão forte a favor do bem no mundo.

Ryan Labay, por ser o mais encorajador e o mais da hora.

Kristen Gilligan e Len Vhalos, por serem tão incríveis e talentosos e por defenderem tanto os meus livros.

Marlena Midnite, Robyn Graves e Blake Powell do *Midnite*

Mausoleum, por criarem um programa tão divertido, querido, bobo e bizarro que descobri por acaso na emissora local da minha região às onze horas de um sábado à noite. Josie e Delia não são nenhuma tentativa de escrever sobre vocês, mas não teriam existido se não fosse por vocês.

Cameron McCasland, obrigado pelas informações sobre o estranho e maravilho mundo da TV local. Ainda não acredito que tive a sorte de receber o membro de uma das melhores equipes de programa de terror no meu quintal.

Amber Addison, obrigado pelas informações sobre MMA.

Rose Little-Brock, por colocar tanta bondade no mundo e por ser o motivo por que eu assistiria a uma série de TV sobre livreiras texanas.

Steph Post, por ser não apenas um escritor talentoso, mas também um incrível defensor dos livros.

Nickolas Butler, por arranjar tempo para sair com um total desconhecido que, por acaso, era um dos seus maiores fãs.

À equipe da Jeffz Game of Thronez Korner.

Aos escritores talentosos que me deram a honra de ser um dos primeiros leitores de suas obras: Sharon Huss Roat, Marie Marquardt, Estelle Laure, Calla Devlin, Ashley Woodfolk, Samira Ahmed, Randy Ribay, Maggie Thrash, Jared Reck, Richard Lawson, Anica Mrose Rissi, Kelly Loy Gilbert, Tanaz Bhathena, Carlie Noël Sorosiak, Gae Polisner, Kit Frick, Farrah Penn, Sarah Nicole Smetana, Eric Gansworth, Peter Brown Hoffmeister e Susin Nielsen.

Aos funcionários e campistas do Tennessee Teens Rock Camp e do Southern Girls Rock Camp. Poder ver com meus próprios olhos a magia e a beleza de meninas se unindo para fazer arte foi um enorme impulso para este livro.

Aos leitores, bibliotecários, educadores, livreiros, podcasters, membros de clubes de livro, instagrammers e blogueiros (e a todos os outros profissionais dos livros) que tanto defenderam meus livros. Vejo vocês e o trabalho que fazem, e sou profundamente grato. Vocês fazem do mundo um lugar melhor em um momento em que tantas pessoas se esforçam para fazer o oposto. Ao compartilhar histórias, vocês estão devolvendo dignidade àqueles que têm sua dignidade roubada. Vocês estão ajudando a escrever a contranarrativa das narrativas de ódio e medo que são tão predominantes atualmente.

Mãe e pai, vovó Z, Brooke, Adam, Steve. Amo todos vocês.

Ao amor da minha vida, minha melhor amiga e primeira leitora, Sara. Não teria conseguido escrever este nem nenhum outro livro sem seu amor, seu apoio e a felicidade que você me proporciona. Estar com você faz qualquer pousadinha furreca em Jackson, Tennesse, parecer um hotel cinco estrelas.

Ao meu garoto maravilho, Tennessee. Nada me deixa mais alegre do que ver você crescer, e você me chamar de pai é a maior honra que já senti. Adoro ter um livro seu na minha estante agora. Espero que algum dia todos possam ler as aventuras do *Mega Monster Man*. Obrigado por ser meu filho.

ESTA OBRA FOI COMPOSTA PELA VERBA EDITORIAL EM BEMBO E FUTURA
E IMPRESSA PELA GRÁFICA BARTIRA EM OFSETE SOBRE PAPEL PÓLEN SOFT
DA SUZANO S.A. PARA A EDITORA SCHWARCZ EM SETEMBRO DE 2019

A marca FSC® é a garantia de que a madeira utilizada na fabricação do papel deste livro provém de florestas que foram gerenciadas de maneira ambientalmente correta, socialmente justa e economicamente viável, além de outras fontes de origem controlada.